ein Ullstein Buch

ÜBER DAS BUCH:

In diesem Band, der den zweiten und dritten Teil seiner Romantrilogie enthält, die mit *Und ewig singen die Wälder* begann, schildert Trygve Gulbranssen das weitere Schicksal der Björndals, jenes Bauerngeschlechts, das vor dem Hintergrund der norwegischen Wälder mit den immer wiederkehrenden Grundproblemen des menschlichen Daseins konfrontiert wird. Reichtum und Ansehen haben sich die Björndals erworben, stolz und mächtig leben sie als unumschränkte Herren auf ihrem Hof, werden bewundert, aber auch beneidet und gehaßt. Düster und drohend wie die gewaltige Landschaft des Nordens kündigen sich auch die Schicksale dieser starken, eigenwilligen Menschen an. Eindringlich und packend vermittelt der Autor, der in der Erzähltradition der großen skandinavischen Schriftsteller steht, ein Bild der norwegischen Bauernwelt um 1800.

DER AUTOR:

Trygve Gulbranssen, am 15. Juni 1894 als Sohn eines Baumeisters in Oslo geboren, war zunächst Kaufmann und Sportjournalist, ehe er 1933 mit seinem ersten Roman *Und ewig singen die Wälder* überraschte, dem *Das Erbe von Björndal* und *Heimkehr nach Björndal* folgten. Trygve Gulbranssen starb am 10. Oktober 1962 auf seinem Hof Hobøe bei Eidsberg.

Trygve Gulbranssen

Das Erbe von Björndal

Roman

ein Ullstein Buch

ein Ullstein Buch
Nr. 20889
im Verlag Ullstein GmbH,
Frankfurt/M – Berlin
Titel der norwegischen
Originalausgaben:
Det blåser fra Dauingfjell und
Ingen vei går utenom
Übersetzt von Ellen de Boor

Ungekürzte Ausgabe

Umschlagentwurf:
Hansbernd Lindemann
Foto: Iris Gamradt

Taschenbuchausgabe mit
Genehmigung der Albert Langen –
Georg Müller Verlag GmbH,
München – Wien

Printed in Germany 1988
Druck und Verarbeitung:
Ebner Ulm
ISBN 3 548 20889 4

März 1988

Vom selben Autor
in der Reihe der
Ullstein Bücher:

Und ewig singen die Wälder (20818)

CIP-Titelaufnahme
der Deutschen Bibliothek

Gulbranssen, Trygve:
Das Erbe von Björndal: Roman /
Trygve Gulbranssen, [Übers. von Ellen
de Boor]. – Ungekürzte Ausg. –
Frankfurt/M; Berlin: Ullstein, 1988
(Ullstein-Buch; Nr. 20889)
Orig.-Ausg. gesondert u. d. T.:
Gulbranssen, Trygve: Det blåser fra
Dauingfjell u. Gulbranssen, Trygve:
Ingen vei går utenom
ISBN 3-548-20889-4
NE: GT

Erster Teil

1

Major Barre war seit Jahren nicht mehr im Dienst, aber der militärische Zug an ihm war unverkennbar, wenn er kraftvoll und flott die Straße entlang kam und seinen Stock mit dem metallenen Knopf ein wenig wippen ließ.
Das Wetter war herbstlich grau und tiefer Schmutz auf der Straße; aber Barres Schaftstiefel reichten bis zu den Knien, und er ging mit festem, ruhigem Schritt. Ja, er merkte kaum, daß es schmutzig war; denn er blickte selten zu Boden. Sein Kinn ruhte stramm und glattrasiert zwischen den Kragenenden über der blendendweißen Halskrause, seine leuchtenden Augen sahen offen geradeaus – aber sie ließen rasche Seitenblicke zu den Fenstern schweifen, wo Bekannte wohnten oder wo er vor ein, zwei Tagen ein neugieriges Frauengesicht hinter den Gardinen bemerkt zu haben glaubte.
Trotz Mißgeschick und ärmlichen Verhältnissen war Major Barre noch lange nicht mit dem Leben fertig. Sechzig Jahre waren kein Alter für einen Kerl wie ihn. Noch immer blitzte es in seinen forschen, lebenslustigen Augen, wenn er »etwas Hübsches« entdeckte; und wohin er kam, brachte er eine herrlich gute Laune mit.
An der Marktecke sah er Justizrat Gabbe im größten Schmutz vorsichtig von Stein zu Stein trippeln. Er trug seine ewigen Schnallenschuhe und enganliegenden Strümpfe um die wattierten Waden, aus den Ärmelaufschlägen seines Gehrockes schimmerten die Spitzenmanschetten hervor.
Barre murmelte etwas wie »alter Narr«, grüßte aber tief, als der Justizrat einen Augenblick aufsah.
Gabbe war im Begriff, die Straße zu überqueren, blieb jedoch nachdenklich stehen, als er den Major gewahrte, hob sein Lorgnon und betrachtete ihn forschend. Nach kurzem Bedenken änderte er die Richtung und ging Barre entgegen. Beide blieben stehen, und der Justizrat musterte den Major noch einmal durch das Augenglas.
»Es gehen Gerüchte über Euer Fräulein Tochter, die schöne Adelheid«, lispelte der Justizrat.
Ein Zug ernstlicher Überraschung lief über Barres freundliches Gesicht, und sein Blick wurde streng. »Gerüchte« bedeutete für ihn »Schlechte Nachrichten«.
Der Justizrat sah die Veränderung in seinem Gesicht und fügte schnell hinzu: »Ja, Adelheid hat immer eine Schwäche für Rousseau gehabt.« Weiter kam er nicht. Der Major unterbrach ihn mit seiner lauten Stimme: »Wieso Schwäche für Rosso? Wer ist das? Rosso?«
Um die bläulichen Lippen des Justizrats legte sich ein feines, nachsichtiges Lächeln, und er zog die Brauen hoch, so daß die wulstigen Augenlider un-

mäßig lang wurden. »Aber, aber, mein lieber Major«, sagte er behutsam, »Ihr kennt doch diesen rebellischen Schweizer...«

»Nein, der Teufel soll mich holen, wenn ich einen Schweizer kenne«, donnerte Barre.

Der Justizrat sah sich nervös um. Dieser Major Barre geriet doch allzu leicht in Aufregung, aber die Geschichte mit der Tochter mußte ja auch eine bittere Pille sein, wenn sie wahr war; und der Justizrat war sehr neugierig, die Wahrheit zu erfahren. Er erklärte Barre, wer Rousseau war und daß die »Nouvelle Héloïse« das Lieblingsbuch seiner Tochter Adelheid sei; und der Major mußte gestehen, daß ihm dieser Rousseau nicht ganz unbekannt war. Um nicht mit seinen Schuhen im Schmutz stehenbleiben zu müssen, schlug der Justizrat ein Glas Portwein im Klub vor. Unterwegs bekam er aus dem Major heraus, daß seine Tochter verlobt war – auf dem Lande. Aus Feingefühl vermied der Justizrat das Wort »Bauer«. Die Justizrätin, die mit der verstorbenen Frau des Majors entfernt verwandt war, hatte gestern einen leichten Ohnmachtsanfall bekommen, als sie von Adelheids Verlobung gehört hatte. Sie hatte das Wort »Bauer« mit ständig wachsendem Entsetzen wiederholt und gemeint, daß sich Adelheids Mutter und besonders die Großmutter, die Bischöfin Ramer, im Grabe umdrehen würden. Adelheid sei zwar mit ihren bald siebenundzwanzig Jahren eine ziemlich gereifte Dame, aber es war kein Geheimnis, daß sie Apotheker Bohr ihr Jawort gegeben hatte, und der war doch ein wohlhabender Mann in sicheren Verhältnissen – wenn auch schon ein wenig betagt. Und jetzt hatte sie dem Apotheker wegen eines Bauern den Laufpaß gegeben. Zu Hause bei Justizrats gab es dafür nur eine einzige Erklärung – dieser Rousseau hatte Adelheid den Kopf verdreht.

Am Tisch im Klub bereute der Justizrat, daß er sich durch seine Neugier zu dem Vorschlag hatte verleiten lassen, sie wollten ein Glas trinken. Bestätigt war ihm das Gerücht ja schon, und es schien ihm verlorene Zeit, hier mit Major Barre zu sitzen, der ihn niemals interessiert hatte und der jetzt, nach dieser Geschichte mit der Tochter, kaum mehr zur Gesellschaft zu rechnen war. Auch störte ihn das laute Sprechen und das Stoßen und Klappern vom Billardzimmer her. Er zog seine goldene Schnupftabakdose mit den galanten Schnitzereien auf dem Elfenbeindeckel hervor, klopfte sanft darauf und nahm eine Prise. Der Major benutzte diesen Anlaß, eine Tonpfeife abzubrechen, sein Taschenmundstück darauf zu stecken und sie beide in den scheußlichen Rauch eines schlechten, beißend-scharfen Tabaks einzuhüllen.

Dem Justizrat war zumute, als sei er aus Versehen in eine Seemannskneipe geraten, und er beschloß, die Pein kurz zu machen. Er zog seine goldene Uhr mit der schweren Kette und den klirrenden Petschaften und ließ diese Pracht lange vor aller Augen blitzen.

»Es ist wohl Zeit aufzubrechen«, sagte er und blickte unter den langgezogenen Lidern zu Barre hinüber. Auf dessen Gesicht lag nicht nur der gewöhnliche Zug von flotter Sorglosigkeit. In seinem Blick war eine blitzende Vergnügtheit, die der Justizrat schon gleich bemerkt hatte, als sie sich begegneten. Das Augenglas kam wieder hervor, und der Justizrat sah Barre forschend und etwas gereizt und unsicher an.

»Das Schicksal Eurer Tochter scheint Euch nicht sonderlich zu bedrücken«, sagte er mit deutlich zurechtweisendem Ton. Major Barre nahm die Pfeife aus dem Mund, reckte sich ein wenig, und seine Augen blickten frisch und munter drein. »Nein«, erwiderte er ruhig, »um die habe ich keine Sorge.«

Das Auge des Justizrats hinter dem Lorgnon zuckte starr und groß, das andere blinzelte unsicher. Nach langem Schweigen senkte er den Blick und nippte an seinem Glas. Plötzlich schlug er ihn wieder auf und fragte: »Wie heißt...«, er wollte sagen, der Bauer, biß sich aber auf die Zunge, »wie heißt – der Ort, an den Adelheid kommt?«

»Björndal«, antwortete der Major, und seine Augen strahlten nur so.

Das schwammige Gesicht des Justizrats geriet in eine merkwürdige Unruhe, und die blauen Lippen gaben einen schmatzenden Laut von sich, wie man ihn von hinfälligen alten Leuten hört. »Björndal«, wiederholte er leise und starrte gleichsam abwesend vor sich hin. »Ich hatte einmal mit jemand zu tun, der Dag Björndal hieß. Ist Adelheids Zukünftiger mit ihm verwandt?«

»Ja«, erwiderte der Major, »er ist der Sohn des alten Dag Björndal.«

Ein Glucksen, wie wenn ein Pfropfen aus einer Flasche gezogen wird, drang aus dem Mund des Justizrats, und das Augenglas knallte auf den Tisch. Die Lider, die er sonst so ausdrucksvoll zu verziehen und so sicher zu beherrschen verstand, klappten und zuckten jetzt und gaben seinem Gesicht einen halb verstörten Ausdruck.

Der Major hatte sich in den Stuhl zurückgelehnt; er ließ den Blick zu ihm hingehen und sog kräftig an seiner Pfeife, um sein Lächeln zu verbergen.

Endlich faßte sich der Justizrat wieder und steckte das Augenglas ein. »Sind dort – viele Geschwister?« fragte er unsicher.

»Nein, Adelheids Zukünftiger ist der einzige«, sagte Major Barre ruhig und deutlich. – Und er mußte kräftig qualmen, um sich das Lachen zu verbeißen, denn der Justizrat sah in seiner Fassungslosigkeit jetzt geradezu dumm aus, und der Major hatte alle Mühe, nicht laut herauszuplatzen.

»Dag Björndals einziger Sohn«, brachte der Justizrat endlich hervor, »da muß ich schon sagen...« Er starrte nachdenklich auf den Tisch, entdeckte, daß die Gläser leer waren, und bestellte neue. Er hatte ganz vergessen, daß er noch vor kurzem keine Zeit gehabt hatte, länger mit Barre zusammenzusitzen. Er trank dem Major jetzt freundlich zu und zog die Schnupftabakdose und nahm sich reichlich Zeit – er mußte wohl erst seine Gedanken sammeln.

»Da wart Ihr im Sommer?« fragte er.

»Ja – und auch letzte Weihnachten«, erwiderte Barre.

»Er, der Alte, soll so unermeßlich viel haben – Höfe und Wald und Geld...«

Der Justizrat redete so leise, als spräche er nur mit sich selber. »Und er soll sehr klug sein – in Geldsachen ...«
»Schon möglich«, warf der Major ein.
»Aber«, sagte der Justizrat und blickte plötzlich auf, »es soll so altmodisch und steif dort zugehen, und er selbst soll ein, hm, ein harter, ein sehr harter Mann sein.«
»Och ...«, sagte Barre, »auf Björndal gibt es Altes und Neues; und ich für meine Person hatte dort über nichts zu klagen. Vorher hatte ich gehört, es sei gefährlich, mit Dag Björndal zu tun zu haben; aber seit ich ihn kenne, weiß ich, daß man keinen besseren Freund haben kann als ihn. Und wie hart er auch zuzeiten gewesen sein mag – ich glaube, niemand kann ihm nachsagen, er habe einem Unrecht getan.« Barre hatte sich in Eifer geredet und sprach jetzt mit erhobener Stimme.
Daher beeilte sich der Justizrat zu entgegnen, auch er habe nichts anderes gehört, als daß alles mit rechten Dingen zugegangen sei, und er beschönigte und vertuschte, was er von »altmodisch« und »steif« gesagt hatte, und meinte zum Schluß: »Aber dann ist ja – Adelheids Mann – Gutsbesitzer«, und sah ganz erleichtert und befriedigt aus.
Bei diesen Worten konnte sich Major Barre nicht länger beherrschen. Er lachte aus vollem Halse sein lautes, dröhnendes Lachen, daß alle im Zimmer erschrocken aufblickten. Der Justizrat war ganz bestürzt. Er hatte schon wegen seines ganzen Auftretens ein schlechtes Gewissen – und jetzt mußte er auch noch dieses Lachen erregen, das unangenehme Aufmerksamkeit weckte. Er fühlte sich in mehr als einer Richtung unbehaglich, und der kalte Schweiß drang ihm langsam unter der Perücke hervor, die er hauptsächlich seines Kahlkopfes wegen trug. Er gab allerdings vor, er trüge sie nur der alten würdigen Mode zuliebe.
Endlich kam der Major zur Ruhe. »Entschuldigt, Justizrat, daß ich so lachen mußte, aber wenn ich in Verbindung mit meinem zukünftigen Schwiegersohn an den blöden Titel Gutsbesitzer denke, dann krieg' ich Krämpfe. Er ist schlecht und recht Bauer und Jäger, Wehrmann, Kerl, alles was Ihr wollt – nur nicht Gutsbesitzer.«
Die neuen Gläser waren leer, und der Justizrat hatte es eilig, heimzukommen und der Justizrätin zu erzählen, daß sie über Adelheid beruhigt sein könne; und mochte auch Major Barre über den Titel Gutsbesitzer lachen, bei sich daheim gedachte er ihn auf jeden Fall fleißig zu benutzen. Der Titel und Dag Björndals Reichtum würden manches gutmachen; und außerdem war ja Adelheids Mann mit dem wohlhabenden Kaufmann Holder verwandt. Der alte Björndal war mit Therese Holder, Kaufmann Holders Base, verheiratet gewesen. Das wußte auch der Justizrat. Merkwürdig, wieviel man weiß, wenn man es nur wissen will – und hier galt es, sich an den neuen Reichtum in der Familie möglichst nah heranzumachen.

Der Justizrat hatte solche Eile heimzukommen und das Gehörte zu erzählen, daß er die würdevolle Ruhe vergaß, die er sich zugelegt hatte, seit er Justizrat geworden war. Die Leute, die ihm begegneten, drehten sich um, blickten ihm nach und wunderten sich.

Die Justizrätin, die ihrem Gatten beigebracht hatte, was sich für einen Mann in seiner Stellung schickt, und die sehr für das Feine war, ließ sich aber durch seine Erzählungen nicht trösten; doch beteuerte sie merkwürdig eifrig sowohl auf französisch wie auf norwegisch, wie lieb ihr Adelheid Barre immer gewesen sei. Ja, sie brachte es so weit, über die vielen Vorzüge Adelheids zu weinen – über ihre Sprachkenntnisse, ihr unvergleichliches Französisch, ihr musikalisches Talent, ihre Tüchtigkeit im Haushalt, ihre Belesenheit, ihre vornehme Schönheit und über die strenge standesgemäße Erziehung bei ihrer Großmutter, der Bischöfin, durch die sie in dieser leichtsinnigen Zeit einen Schutz gewonnen und ihren Wandel fleckenlos rein bewahrt hatte. Und das alles sollte jetzt an einen Bauern weit draußen auf dem Lande fortgeworfen werden! Die Justizrätin weinte hörbar und schluchzte in ihr duftendes Taschentuch.

Der Justizrat lauschte den Ergüssen seiner Frau mit wachsendem Staunen. Früher hatte er aus demselben Mund oft genug gehört, wie ungebildet, wie zimperlich, welch aufgeblasener Habenichts Adelheid wäre. Daher dämmerte es ihm, daß wohl doch etwas an seinem Bericht Eindruck gemacht und seine Frau dazu veranlaßt haben mußte, Adelheid plötzlich als einen Hort der Tugenden hinzustellen.

2

Major Barre bewohnte zwei kleine Zimmer mit Küche in einem Holzhäuschen am Rande der Stadt. Die Straßen – oder richtiger Wege – dort draußen waren sehr winklig, und die Gärten vor den Häusern reichten so weit, daß oft nur ein enger Pfad dazwischen blieb. Ja, manchenorts sprangen die Zäune so weit vor, daß sie den Weg versperrten und man zurückgehen und versuchen mußte, auf Umwegen ans Ziel zu gelangen. Das alte Fräulein Eleonore Ramer mußte schließlich einen schmutzigen Jungen bitten, ihr den Weg zur Wohnung des Majors Barre zu zeigen.

Vor der Tür blieb sie lange stehen und ordnete die Löckchen unterm Hut und die Spitzenvolants am Rock unter dem Mantel, sie streifte die langen schwarzen Handschuhe sorgsam über die Ellbogen und schob den kleinen Sonnenschirm von einer Hand in die andere. Selbst jetzt im Spätherbst mußte sie einen Sonnenschirm tragen. Sie nahm sich reichlich Zeit, ehe sie anklopfte. Ihr Besuch galt Adelheid, der Tochter ihrer Schwester, die sie sieben Jahre lang nicht gesehen hatte. Ein Gerücht, das bis zu ihr gedrungen war, veranlaßte sie heute, ihrem alten Vorsatz, Major Barre nie mehr wiedersehen zu wollen, untreu zu werden. Ihre Schwester hatte sich vor siebzehn Jahren wegen seiner Geld- und Weibergeschichten von Major Barre scheiden lassen, und seitdem hatte Fräulein Ramer den Major nicht wiedergesehen. Zehn Jahre nach der Scheidung war Frau Barre gestorben, und die Tochter hatte zum Vater ziehen müssen. Fräulein Ramer hatte wohl manches Mal, seit sie in der Stadt lebte, Lust verspürt, ihre Nichte aufzusuchen, aber sie wollte dem Major auf keinen Fall wieder begegnen. Und Adelheid hatte kaum geglaubt, ihrer gestrengen Tante willkommen zu sein, seit sie bei dem Vater wohnte; sie hatte sie daher nicht besucht, obgleich sie sich oft nach einer Unterhaltung mit ihr sehnte. Sie hatten sich einmal so gut verstanden, die beiden.

Fräulein Ramer nahm den Sonnenschirm mehrmals aus einer Hand in die andere, ehe sie sich endlich dazu bequemte, anzuklopfen. Adelheid öffnete selber, und als Fräulein Ramer hörte, daß der Major nicht zu Hause war, trat sie sehr beruhigt ein. Adelheid mochte von diesem überraschenden Besuch nicht nur Gutes erwarten, aber sie lächelte ihr freundliches Lächeln, bot der Tante einen Stuhl an und ging in die Küche, um das Teewasser aufzusetzen, und wohl auch, um sich etwas zu sammeln, ehe das kam, was jetzt kommen mußte. Fräulein Ramer sah sich in den ordentlichen, aber ärmlich ausgestatteten Zimmern gründlich um und wischte sich schnell über die Augen, um ihre innere Bewegung nicht zu verraten, als sie Adelheid kommen hörte. Sie hatte selbst nicht viel zu verzehren, besaß aber doch ihre schönen alten Möbel und Sachen, während hier nur eine alte Uhr und ein paar Kleinigkeiten erkennen ließen, daß da Leute von Stande wohnten.

Während das Teewasser kochte, ging Adelheid aus und ein, aber erst, als sie am Tee genippt und von den trockenen Kuchen mit Gelee gekostet hatten, kam Fräulein Ramer in Fluß. Es hieß, sie gleiche ihrer Mutter, der Bischöfin; und sie war dafür bekannt, daß sie über alles ziemlich frei von der Leber weg redete.

»Ja, meine liebe Adelheid«, begann sie, »du wirst dir darüber klar sein, daß mich nur ein zwingender Grund dazu bringt, über deines Vaters Schwelle zu treten. Ich habe etwas von dir gehört – ja, es handelt sich um deine Heirat. Ich kann mir denken, daß dein Vater dich dazu bewogen hat, und sehe es daher als meine Pflicht an, mich mit dir auszusprechen. Du begreifst, daß mein Auskommen bei meinem Musikunterricht und meinen sonstigen schmalen Mitteln sehr dürftig ist; aber ich will es gern mit dir teilen, um dich hiervor zu retten. Auch du kannst deine Fähigkeiten und Kenntnisse ausnutzen, und wir werden schon fertig werden.« Sie fügte ein paar französische Worte darüber hinzu, daß der Mammon schon manchen Verzweifelten verlockt habe. Adelheid saß mit gesenktem Kopf und kämpfte gegen ein Lächeln an. »Aber, liebe Tante«, sagte sie, »wie kommst du darauf, so etwas zu glauben?«

»Glauben?« fragte Fräulein Ramer scharf. »Vergißt du unsere Gespräche hierüber? Habe ich dir nicht erzählt, wie es den Frauen aus unserer Familie ergeht? Habe ich dir nicht schlagende Beispiele genannt? Weshalb sie alle unglücklich geworden sind? Erinnerst du dich nicht an das Schicksal deiner Mutter? Habe ich dir nicht gesagt, daß keine Frau aus unserer Familie den Mann bekommt, den sie liebt, und daß es Unglück bringt, einen anderen zu nehmen? Der Reichtum blendet dich, Adelheid, und wenn ich sehe, wie bescheiden du hier lebst, dann verstehe ich deinen Schritt; aber bedenke, was du tust, bevor es zu spät ist!«
»Aber, liebe Tante«, wollte Adelheid sie unterbrechen.
»Nein, nein«, fuhr Fräulein Ramer fort und setzte die Teetasse hart auf. »Du weißt eben nicht, was dir bevorsteht. Wäre es noch ein Mann von Stand und Bildung, der auf dein Wesen Rücksicht nehmen könnte, wie Apotheker Bohr; aber ...« Hier blickte sie überrascht auf.
Adelheid hatte sich erhoben, und die Tante starrte sie verständnislos an – die schlanke gutgewachsene Gestalt und das stolz erhobene Haupt; dann aber stand auch die Tochter des Bischofs auf. Sie war ebenso groß wie Adelheid, und trotz ihren fast fünfzig Jahren zeigte sie noch deutliche Spuren ihrer früheren Schönheit und Haltung.
»Ich hoffe inständig, der Reichtum hat dich nicht schon so verblendet«, sagte sie bestimmt, »daß du es nicht erträgst, die Ansicht deiner eigenen Tante zu hören.« Auf französisch fügte sie schnell hinzu: »Hast du bedacht, daß nicht nur deine Bildung entwürdigt – sondern daß auch dein – Körper preisgegeben wird?«
»Schweig!« schrie Adelheid sie an und schlug die Hände vors Gesicht. »Ich liebe ihn, Tante – sag nichts mehr.«
Fräulein Ramer stand wie vor den Kopf geschlagen. Ihre Lippen bewegten sich, aber kein Laut kam hervor, die Augen starrten verwirrt auf Adelheid. »Liebst ihn«, konnte sie endlich herausbringen. Und ganz leise, kaum hörbar, wiederholte sie: »Liebst ihn ...«

Sie ließen sich beide auf die Stühle nieder, aber keine rührte ihre Tasse an.
Fräulein Ramer war ganz verstört. Da hatte sie die stolze Adelheid in Tränen der Verzweiflung über ihre Erniedrigung zu finden gedacht und gehofft, ihren Zorn über den ruchlosen Major ausgießen zu können, der jetzt seine eigene Tochter verkaufte. Und endlich war es ihre Hoffnung gewesen, Adelheid voll edler Barmherzigkeit in ihre eigene Wohnung heimführen zu können. Sie hatte wohl auch berechnet, daß sie ihr Mädchen nicht mehr brauchen würde und also geradezu sparen könnte, wenn Adelheid zu ihr käme. Jetzt gingen alle ihre Pläne in Rauch auf.
Fräulein Ramer saß lange schweigend vor ihrer Tasse. Es ist bitter, als Retter erscheinen zu wollen und entdecken zu müssen, daß für Rettung kein Bedarf

ist. Ihre Gedanken arbeiteten unablässig; ob es nicht doch etwas gab, wovor sie Adelheid retten konnte? Und endlich nahm es Gestalt an. »Ich habe dir nie erzählt, Adelheid, wie sehr du deiner Großmutter gleichst. Wenn ich dich jetzt betrachte, nachdem ich dich so viele Jahre nicht gesehen habe, ist es fast überwältigend, wie ähnlich du meiner Mutter bist. Und du weißt, was man von ihr sagte. Sie hatte zwei Fehler. Sie war für eine Frau etwas zu groß, und ihre Nase war eine Spur zu lang, sonst aber war sie vollkommen. Du hast genau dieselben Fehler, aber sonst bist du – ja, du bist schön, Adelheid. Das weißt du wohl auch selber.«
Adelheid errötete sichtlich und versuchte eine Einwendung, doch Fräulein Ramer war jetzt im Gang und ließ sich nicht aufhalten. »Mutter war auch sehr glücklich, dich in ihren letzten zehn Jahren bei sich zu haben. Sie erwähnte es dir gegenüber zwar nie, aber mir hat sie gesagt, daß du ganz unglaublich gelehrig seist. Sie und deine Mutter hätten dir Französisch bis zur Vollkommenheit beigebracht, in Deutsch und Latein wärest du gut zu Hause und wüßtest viele griechische Brocken; sie rühmte deine musikalischen Anlagen und war mit deiner häuslichen Tätigkeit sehr zufrieden. Du weißt selbst, daß Mutter niemals mit jemand zufrieden war, und wenn sie dich sogar rühmte, dann will das viel besagen, Adelheid. Mutter war auch froh, dich gut vor allen Herzensangelegenheiten bewahrt zu haben, obgleich du schon fast zwanzig Jahre alt warst, als sie sich zum Sterben hinlegte und mir dies sagte. Sie bedauerte all die armen jungen Mädchen tief, die schon im Alter von dreizehn bis vierzehn Jahren ihre ersten Erlebnisse haben und, kaum eingesegnet, mit irgendeinem Lebemann verkuppelt werden. Sie wollte, daß du erwachsen wärest, ehe du eine Wahl träfest, und« (hier brach Fräulein Ramer in Tränen aus) »das letzte, was sie mir sagte, war, ich solle dich ermahnen standzuhalten, bis der Rechte käme, ›denn Adelheid ist dafür bestimmt, in sehr großen Verhältnissen zu leben‹, sagte Mutter.« Fräulein Ramer schluchzte laut, und auch Adelheid wischte sich rasch mit dem Taschentuch über die Augen und blickte tief bewegt vor sich nieder. Daß ihre gestrenge Großmutter sich so viele Gedanken um sie gemacht hatte, hatte sie bisher nicht geahnt.
Fräulein Ramer saß lange weinend in ihre eigenen Gedanken versunken da, dann aber richtete sie sich wieder auf. »Liebe Adelheid, du bist allerdings schon siebenundzwanzig, aber manche machen auch in so spätem Alter noch eine anständige Partie, und ich weiß von vielen, die ein Auge auf dich geworfen haben. Mit all deinen Tugenden, deiner Schönheit, deinen Kenntnissen, deinen Anlagen, deinem feinen Wesen – findest du es nicht töricht, dich wegzuwerfen, weit weg von allen Menschen, nur aus deiner Rousseau-Schwärmerei heraus?«
»Rousseau?« Adelheid richtete sich heftig im Stuhl auf.
»Ja«, fuhr Fräulein Ramer unbekümmert fort, »wenn es nicht der Reichtum

ist – und du sagst, du liebst ihn, den dein eigener Vater schlecht und recht als rohen Bauern bezeichnet hat, ja, sogar als Jäger –, dann gibt es nur eine Erklärung...«

Adelheid hatte sich zu ihrer vollen Größe erhoben, und ihre Stimme bebte dunkel, als sie fragte: »Hat Vater gesagt, Dag sei roh?«

Fräulein Ramer starrte betroffen und erschrocken auf das schöne drohende Bild ihrer Nichte.

»Nein, vielleicht nicht gerade wörtlich dies. Aber jedenfalls, daß er kein Gutsbesitzer sei, daß er mitarbeite, sich im Wald herumtreibe und ...«, Fräulein Ramers Stimme zitterte, »ein Jäger sei. Das hat dein Vater zu Justizrat Gabbe gesagt.«

Der düstere Ernst in Adelheids Antlitz verwandelte sich in helles Lächeln. Sie wußte, daß ihr Vater den Justizrat für den größten Narren in der ganzen Stadt hielt, und sie begriff sehr wohl, weshalb der Vater dies gerade zu ihm gesagt hatte. Daher setzte sie sich beruhigt wieder hin.

Fräulein Ramer bemerkte Adelheids ruhiges Lächeln und feuerte, vielleicht dadurch gereizt, ihren letzten entscheidenden Schuß ab. »Ich habe gehört, daß diese Leute auf Björndal rücksichtslos und hart sein sollen; und, liebe Adelheid« (hier ging sie wieder ins Französische über), »hast du bedacht, was es heißt, mit jemand das Bett zu teilen?« Weiter kam sie nicht.

Adelheid unterbrach sie entsetzt: »Aber, Tante...« Dann setzte sie etwas leiser hinzu: »Schönen Dank, daß du mir helfen wolltest, aber – es ist alles so anders, als du denkst, so ganz anders...«

Als Tante Eleonore aufstand, um zu gehen, war sie so verwirrt, als wäre sie in einer ganz anderen Welt zu Besuch gewesen, und in der Tat: es war auch ein Besuch in einer für sie neuen, fremden Welt. In der Flurtür sagte sie: »Nun, ich werde diese Menschen ja bei der Hochzeit zu sehen bekommen.«

Als Fräulein Ramer fort war, ließ Adelheid gegen alle Gewohnheiten das Teegeschirr stehen und setzte sich hin. Nachdenklich stützte sie die Wange in die Hand. Der Besuch hatte soviel in ihr aufgerührt. Erinnerungen an ihre Mutter und Großmutter, und an deren Ausspruch, daß alle Männer Heuchler seien. Aber sie ließ kein Mißtrauen aufkommen gegen ihn, den sie erwählt hatte. Sie war der festen Überzeugung, Mutter und Großmutter hätten ihre bitteren Worte nicht gesprochen, wenn sie ihn gekannt hätten. Mit all ihrer Reife, mit allen ihren guten Eigenschaften glaubte Adelheid an ihn, wie eben Frauen an ihren Auserkorenen glauben.

Aber andere Gedanken knüpften sich an Tante Eleonores Redeschwall. Auch ein so feiner Mensch wie die Tante tastete und wühlte sich mit den Gedanken in ihren Körper hinein. Weshalb konnten die Menschen einander nicht in Frieden lassen? Und Hochzeit! Das hatte Adelheid von sich geschoben. Eigentlich hätte ja ihr Vater die Hochzeit ausrichten müssen, und der hatte dafür kein Geld. So hatte sie sich dabei beruhigt, daß es kein großes Hochzeitsfest

geben würde, nur eine einfache Trauung. Tante, die so verständig war und so genau wußte, daß Vater weder das Geld noch das Haus dafür besaß, rechnete trotzdem fest auf ein Hochzeitsfest. Auch andere hatten schon etwas davon gemunkelt. Was bedeutete das?
Mit einemmal überfiel es sie. Die Leute, und auch die Tante, rechneten auf eine Hochzeit in Björndal, eine richtige dreitägige Bauernhochzeit. Sie redeten streng und abfällig von rohen Bauern; aber sie wurden mit unwiderstehlicher Macht vom Reichtum gelockt, vom Abenteuer, vom Leben. Bilder zogen an Adelheids Augen vorbei: die schnüffelnden, innerlich zersetzten, eng aufeinanderhockenden Stadtmenschen und – der große viereckige Hofplatz auf Björndal mit allen den Häusern in geraden Reihen drum herum und – gutem Atemraum zwischen den Menschen.
Mitten in diesen Vorstellungen tauchte es jetzt wie eine Möglichkeit vor ihr auf, wie eine Wahrscheinlichkeit, daß Vater Dag eine große Hochzeit auf Björndal halten würde. Das Kleid war ihr erster Gedanke. Woher sollte sie es nehmen? Sie schob alle peinlichen Fragen beiseite und sah sich als Braut. Und genoß wie alle Frauen den Gedanken an das große Schauspiel. Da wühlten plötzlich Tante Eleonores Worte tief in ihrem Innern; und im Gegensatz zu den meisten Frauen sah sie das Widerliche in der Hochzeitsschaustellung. Daß man sich um zwei Menschen scharte, die in Frieden und allein sein sollten. Diese widerwärtige alte Sitte, diese Verwandten und Freunde, die sich an die beiden herandrängten – auf ihrem Weg zur Hochzeitsnacht, um einen Nachgeschmack ihrer eigenen Erlebnisse aufzuschnuppern oder, wenn sie unverheiratet waren, um nah und schwül ein Zittern der eigenen Begehrlichkeit vorauszufühlen. Lange starrte Adelheid Barre vor sich hin. Ihre Augen, die vom blauesten Blau zu Steingrau hinüberwechseln konnten – je nach Beleuchtung und Stimmung –, waren jetzt steingrau, und in ihrem Herzen schien alle Farbe und alles Licht auf ihren schönen Träumen in einem grauen rauhen Nebel zu verschwimmen, in dem die Menschen halbgeblendet umhertappten. Ja, so machten die Menschen einander das Leben so schwer.
Mit einemmal hob sie den Kopf und schüttelte die Bedrücktheit ab. Ihre Augen wurden wieder blau und lebendig. Sie besaß ja einen Vertrauten auf der Welt – einen, der das Leben meisterte. Nicht an ihren Verlobten dachte sie in diesem Fall, sondern an – seinen Vater. Sie konnte ja Vater Dag Björndal sagen, sie wolle kein Hochzeitsfest, und sie brauchte ihm nicht das alles zu erklären, was man keinem Menschen sagen konnte. Sie wußte, sie brauchte nur darum zu bitten, er möge es ihr ersparen. Er würde sie forschend betrachten, aber er würde ahnen, daß sie ihre Gründe hatte, und würde nicht fragen. Sie mußte vor sich hinlächeln. Es war, wie ihr Vater gesagt hatte. Vater Dag war wirklich kein Gutsbesitzer, er war »nur Bauer«. Er hatte seine eigene Art. Bei anderen könnte sie tausend Worte machen, um zu erklären, warum sie keine feierliche Hochzeit haben wollte, und doch würde

keiner aus seinem Gelüst nach einer Hochzeit herauskriechen können. Und dies Gelüst würde jeden verhindern, andere Gefühle zu verstehen. Vater Dag war nicht an Gelüste gebunden. Er war aus einer Schicht gewachsen, die Willen besaß und die daher auch begreifen konnte, daß andere etwas wollten. Wenn sie ihm sagte, sie wolle keine Hochzeit haben, dann würde er sie nachdenklich ansehen. Aber aus der Erfahrung heraus, daß sie niemals einem törichten Einfall nachgegeben hatte, würde er verstehen, daß sie für einen so sonderbaren Wunsch einen tieferen Grund haben mußte. Und wenn sie sich nicht näher erklärte, dann würde er wissen: hier handelt es sich um etwas, was sie nicht aussprechen kann. Er würde die Braut als Hauptperson bei der Hochzeit betrachten und nichts tun, was denen zuwider wäre, denen es galt.
Sie dachte sich so tief hinein, weil es so ganz zu all den anderen guten Eindrücken paßte, die sie von dem »rücksichtslosen, harten« Alten auf Björndal hatte, der jetzt ihr zweiter Vater werden sollte. Ja, ihr zweiter Vater. Und da wurde es ihr ganz klar. Trotz allem wollte sie von der Hochzeit kein Wort erwähnen. Lag Vater Dag etwas an einem solchen Fest, dann mußte sie sich damit abfinden, wie alle anderen, sollte es auch häßliche Schatten auf den großen Wendepunkt ihres Lebens werfen.

3

Justizrat Gabbe hatte nie erwartet, noch auf seine alten Tage eine lange anstrengende Reise auf schlechten Straßen im Herbstregen zu unternehmen, und ebensowenig, eine Bauernhochzeit mitzumachen. Wer aber eine so willensstarke Frau hat, der muß sich eben in das Unglaublichste fügen. Und so geschah es denn auch, daß sich dieses hochvornehme Paar in dem weitläufigen Zuge der Hochzeitsgäste befand, der eines Tages spät im November des Jahres 1809 nordwärts durch das Land zuckelte.
In Korsvoll, der letzten Wechselstation der äußeren Gemeinde, warteten die Gespanne von Björndal, um die Gäste nach Norden zu bringen, durch die Talgemeinden über die Waldberge und durch die Waldsiedlung zum Björndaler Hof. Der Justizrat kam als einer der ersten in Korsvoll an und war sehr erstaunt über alle die Fahrzeuge, die dort hielten. Er wußte zwar von dem Wohlstand auf Björndal, aber auch Reichtum hatte schließlich seine Grenzen. Die meisten Gespanne mochten natürlich irgendwo geliehen sein, um den Gästen zu imponieren. Er war noch nicht lange genug Justizrat und Standesperson, daß er nicht noch die Neugier des einfachen Mannes im Leibe gehabt hätte, und so fragte er den Kutscher aus, woher alle diese Wagen kämen. Er wunderte sich, wie viele nach Björndal gehörten, freute sich aber, seine Vermutung bestätigt zu finden, daß auch viele von anderen Höfen dabei waren. Seine Freude war indessen von kurzer Dauer; denn der Kutscher, der selber

aus Björndal stammte, fügte trocken hinzu, auch diese Höfe gehörten seinem Herrn, es wären also auch diese Fahrzeuge sein Eigentum.

Hierbei wurde dem Justizrat etwas flau zumute. Der Kutscher war schlau genug gewesen, den Grund der Fragen zu ahnen. Der Justizrat bekam hier die erste Bestätigung für die Wahrheit des bekannten Wortes: Es gehört nicht unbedingt Dummheit dazu, ein Bauer zu sein.

Er war niemals weit von der Stadt fort gewesen; daher hatte er sich mit düsteren Ahnungen auf diese seiner Meinung nach nicht ganz gefahrlose Reise begeben. Und bei den schlimmsten Kurven und Steigungen war er neben dem Wagen hergegangen, um »das Pferd zu schonen«. Wenn sie durch waldige Gegenden gefahren waren, hatte er sich ängstlich umgeblickt; und als sie jetzt in der Abenddämmerung durch das offene Land immer weiter nach Norden fuhren und der Duft und das Sausen des Björndaler Hochwaldes ihnen entgegenschlug, wurde ihm ganz beklommen zumute. Der schmale Weg über den Waldkamm zur Siedlung hinunter durch die zottigen Riesenfichten, die ihn mit ihren Ästen streiften, war für den Justizrat wie ein Spießrutenlaufen zwischen lauter flüsternden Gespenstern. Und wie schon so mancher Fremde im Laufe der Zeiten seufzte er erleichtert auf, als der Wald sich lichtete und er die Hütten und Häuser der Siedlung überblickte.

Und wie jeder andere wurde er gepackt von dem Anblick des Björndaler Hofes, wie man ihn weit drüben sah, dunkel und mächtig, mit den vielen Gebäuden am Waldrand hoch überm Land. Er wußte selber nicht recht, warum, aber sein Gefühl sagte ihm wohl, daß keine geringen Menschen hier mitten in den Wäldern den Platz für einen Großbauernhof gerodet und die Häuser so sicher und fest an eine Stelle gesetzt haben konnten, von der man solchen Ausblick hatte wie von dem alten Hof dort oben.

Der Kutscher sagte einiges, woraus die beiden Gäste entnehmen konnten, daß alles, was sie jetzt vor sich sahen, das ganze Land mit Hütten und Häusern und Höfen und Wald ringsum nach allen Seiten der alte Besitz der Björndalbauern sei; und der Justizrat rechnete im stillen hinzu, was er von der Macht des alten Dag über viele Höfe auch im Südland wußte, ja sogar über den Herrensitz Borgland, der wie ein ganzes Reich für sich in dem Gebiet lag, das sie soeben durchfahren hatten.

So gut es die Dämmerung zuließ, sah er sich um, als sie jetzt ins Tal hinabfuhren. Sie überquerten den Hofplatz von Hammarbö und staunten seine uralten dunklen Gebäude mit den kleinen Fenstern, den tiefen Lauben und den schweren Rasendächern an. Dieser erste düstere Hof der Siedlung, der schon im tiefen Abendschatten der steilen Felswände lag, die dahinter blauschwarz und gewaltig zum Himmel ragten – dieser Hof war für sie, wie für so manchen anderen vor ihnen, der erste unauslöschliche Eindruck von der Gegend.

Sie fuhren weiter hinunter, es war jetzt dunkel. Kein Baum rauschte mit üppigem Laub, und der Blumenflor war längst dahingesunken, um wieder zu

Erde zu werden. Alles, was in Sommertagen die Hügel bei Hammarbö so schön machte, war jetzt schwarze Asche, und es blieben nur steile Abhänge mit gefährlichen Wegbiegungen und lockeren Steinen; Wasser rieselte, es war düster und die Luft voller Herbstabend und Schauer.

Bergab ging es durch die dunklen Höfe der Siedlung, vorüber an kleinen halbversteckten Katen. Ein Köter kläffte irgendwo, und an ein paar Stellen glühte es hinter den Fensterscheiben von flackerndem Feuer. Sonst war alles nur Finsternis und toter Herbst. Die beiden Gäste aus der Stadt dachten an Adelheid, die sich mit all ihrer zarten Schönheit und ihren seltenen Gaben fürs Leben an diesen Platz binden sollte. Es durchschauerte sie, und die Frau zog das Taschentuch und wischte sich die Augen.

Sie schraken auf, als der schwere Hufschlag der Pferde über die Holzbrücke donnerte, wo der lange Anstieg zum Hof beginnt, und sie sahen mit offenen Augen die mächtigen moosbewachsenen steinernen Einfriedungen und die gewaltigen Stämme der breiten Allee an sich vorbeigleiten. Wie der Weg anstieg, öffnete sich seitlich der Blick nach Süden, und je tiefer das Land dort unten im Dunkel versank, desto geheimnisvoller verschwamm es zu einem Schattenland, über das sie sich immer höher erhoben. Es war ihnen auch, als würde die Luft heller und der Atem freier, je höher sie kamen; und da – plötzlich – ging tief drinnen in der Allee ein merkwürdiger Lichtschein auf, fern und märchenhaft. Als sie sich näherten, sahen sie den Abschluß der Allee: die beiden riesengroßen Torpfosten mit dem Rasendach darüber. Hundegebell und Kettenrasseln ertönten, dann fuhren sie in den Hof ein. Was sie gesehen hatten, war der Lichtschein von den aufgestellten Laternen gewesen – und jetzt waren sie mitten drin in dem Zauber des mächtigen alten Hofes. Sie sahen über den gewaltigen Hofplatz hin, der frisch gefegt und sauber war und auf dem man eine Unmenge von Gebäuden, fern, aber deutlich, im Dunkeln erkennen konnte, genau rechtwinklig wie unerschütterliche Mauern – und mitten auf dem Hof ragten die drei Riesenstämme der alten Eiche ins Dunkle hinein, und trockene Blätter sirrten im Wind wie Metall – irgendwo dort oben, wohin der Lichtschein nicht mehr reichte.

Vor der breiten Treppe des Neubaus hielt der Kutscher. Das neue Haus war einst vor einem Menschenalter von Hauptmann Klinge gebaut worden; aber noch heute hieß es der Neubau und war niemals richtig in Gebrauch genommen worden. Es gab von früher her soviel gute Gebäude auf Björndal, die nach alter Art aus den dicksten Stämmen des Waldes errichtet waren; in ihnen fühlten sich die Besitzer des Hofes am wohlsten – und meistens auch die Gäste. Von dem langen Laubengang führte die Tür in die alte Diele mit dem großen Kamin, und dort waren seit Urzeiten mancherlei Leute empfangen worden. Das neue Haus war Therese Holder zuliebe gebaut worden, der Frau Vater Dags und Dags Mutter. Sie stammte aus der Stadt und war die Tochter des Großkaufmanns Holder. Sie und ihre Schwester, Jungfer

Dorthea, hatten so viele feine Möbel und anderen Staat mitgebracht; da war der Neubau aufgeführt worden, hauptsächlich wegen der Möbel. Ein großes Haus mit vielen Zimmern im Erdgeschoß und oben und mit großen Fenstern. Die große Küche war seitdem immer benutzt worden und der mächtige Saal jeden Weihnachtsabend. Dort war auch seinerzeit Fest und Tanz gewesen, und Gäste hatten im gelben wie im blauen, roten und grünen Zimmer und in anderen Stuben gewohnt. Aber sonst war es meist ein totes Haus gewesen. In den letzten Jahren, seit Dortheas und Thereses Tode, war der Tisch im großen Saal des Neubaus nur noch am Heiligen Abend gedeckt worden und zum Leichenschmaus für die beiden und für Hauptmann Klinge, der als Schreiber auf dem Hofe gelebt hatte.

Jetzt fuhren Justizrat Gabbe und seine Frau am Neubau vor und wurden wie alle Gäste auf Björndal von Jungfer Kruse empfangen. Sie war die Tochter des Tambours Kruse und schon als junges Ding aus kleinen Verhältnissen nach Björndal gekommen. Sie hatte hier eine tüchtige Ausbildung erhalten, und jetzt unterstand ihr die gesamte Frauenarbeit im Hause.

Jungfer Kruse empfing die Gäste freundlich und würdig, führte sie in das blaue Zimmer hinauf und sagte ihnen, um welche Zeit sie zum Abendessen erwartet würden.

Der Justizrat und seine Frau sahen sich im Zimmer um und sahen dann einander an; die Justizrätin zog die Gardinen zur Seite, und beide blickten in den Novemberabend hinaus. Von hier oben konnten sie in der Ferne noch Hammarbö und die Felsen westlich davon erkennen, den Kamm, den sie überquert hatten, und die ganze Siedlung tief unten. Der Himmel war von bleierner Färbung, aber mit den lichten Spuren vom Widerschein des Tages, wie sie der Herbsthimmel haben kann; und die Linien der Landschaft standen noch in voller Deutlichkeit gegen den dunkelnden Himmel.

Der Justizrat und seine Frau sahen einander noch einmal an, und die Frau wischte sich wieder leicht mit dem Taschentuch über die Augen; dieses Mal aber kaum aus Mitleid für Adelheid Barre.

Die Stadtgäste kamen an, einige Wagen dicht hintereinander, andere in langen Zwischenräumen, je nachdem, wie sie es unterwegs mit Pferd und Kutscher getroffen hatten. Die letzten hatten einen Unfall mit dem Wagen gehabt und kamen spät. Der einzige Gast, der an diesem Abend nicht kam, war – Adelheid.

Der neue Pfarrer des Kirchspiels, ein entfernter Verwandter von Adelheids mütterlicher Familie und Bischof Ramer, war nicht wie die meisten Pfarrer seiner Zeit. Er hielt sich strenger an die Bibel und an guten alten Volksbrauch. Wenn er Adelheid in seiner Kirche trauen solle, dann müsse sie die Nacht vor der Hochzeit bei ihm auf dem Pfarrhof bleiben. So setzte Major Barre seine Tochter dort ab und fuhr selber sogleich nach Björndal weiter. Er wollte sie am nächsten Tage rechtzeitig zur Kirche abholen. Vater Dag hatte ihn gebeten, heute abend zeitig zu kommen und die Gäste aus der Stadt zu empfangen, die Dag ja größtenteils fremd waren. Und der Major bedauerte es ganz und gar nicht, seinen gestrengen »Vetter Pfarrer« verlassen und den Abend auf Björndal verbringen zu können.

Der Major gab den Gästen aus der Stadt die nötige Auskunft und hatte seinen Spaß daran, ihr Erstaunen über die stattlichen Räume und Möbel zu beobachten; sein Lachen dröhnte über den Abendbrottisch und späterhin durch alle Zimmer.

4

Während der Major den festlichen Abend genoß, saß Adelheid beim stillen Abendessen im Pfarrhof und wurde, mit der Pfarrfrau als ernsthaft nickender Zuhörerin, vom Pfarrer auf die Feierlichkeit des kommenden Tages und ihr zukünftiges Leben in Björndal vorbereitet. Zunächst hatte Adelheid den Eindruck, als rühre der Pfarrer grob und ungebührlich an Gefühle, die nur ihr gehörten und mit denen sie allein sein wollte; aber der Pfarrer hatte mehr als eine Absicht dabei gehabt, als er sie am heutigen Abend auf dem Pfarrhof haben wollte. Und Adelheid, die keine Mutter mehr hatte und einen Vater, mit dem man über ernste Dinge nicht reden konnte, ließ sich allmählich von den tiefen, ruhigen Worten des Pfarrers umhüllen und spürte, daß sie noch nie in so sicherer Obhut gewesen war.

Der Pfarrer Nils Ditlev Ramer war ein strenger, altmodischer Pfarrer und hielt nichts von Narrenpossen. Mitunter waren Leute aus abgelegenen Katen nach alter Sitte auf Strümpfen zu ihm hereingekommen. Da hatte er sie aufgefordert, die Schuhe wieder anzuziehen. »In die Kirche kommst du auch nicht auf Strümpfen, und der Pfarrhof ist nicht mehr als Gottes Haus; wenigstens nicht, solange ich hier wohne.«

Derartige Geschichten waren bekannt geworden, und die Leute wunderten sich, wie recht der Pfarrer doch habe. In seinen Predigten brachte er oftmals Bibelstellen an, die sie vom Lesen kannten, und hielt sich an Begriffe und Gleichnisse, unter denen sie sich etwas denken konnten. Und wenn sie etwas bei ihm zu tun hatten, dann überschüttete er sie nicht nur mit fremden Worten, sondern tastete sich an sie heran, spürte dem nach, was sie dachten; und wenn sie von ihm gingen, schien er sie nur zum Verstehen ihrer eigenen Gedanken gebracht und selber eigentlich nichts gesagt zu haben – so gut wie nichts. Eine merkwürdige Ruhe und Wärme ging von dem neuen Pfarrer aus. Pfarrer Ramer stand felsenfest in seinem Glauben, und deshalb brauchte er seine Predigten nicht mit gelehrten philosophischen Redensarten hoch und umständlich über die Köpfe seiner Gemeinde weg zu halten. Unverdrossen lebte er sich immer mehr in sie ein, und nach wenigen Monaten seiner Wirksamkeit fühlte er sich bereits auf gutem Wege; im Norden aber hatte er eine Außengemeinde. Von dort kamen die Leute selten zur Kirche. Er hatte alle Berichte über sie gesammelt, aber sie waren so widersprechend. Der eine redete von starrem Trotz gegen die Kirche und überhaupt gegen alles – ja, von wildem Eigensinn und hartem Geiz in Geld- und Besitzangelegenheiten. Andere Gerüchte sprachen von weitherziger Menschlichkeit, ja, von Großmut bei Not und Unglück; und der Pfarrer hatte auch von Leuten dort oben gehört, die streng an den alten Bräuchen ihrer Gegend festhielten, und es gab viel, was darauf deutete, daß sie wie Christenmenschen lebten. Aber wirklich klug konnte er aus jenen Leuten im Norden noch nicht werden. Sie hielten sich von allen anderen zurück – auch von ihm. Und doch lag eben dort die Macht, die Macht über diesen Bezirk und andere Bezirke. Eine geheimnisvolle Macht über das Wohlergehen der Menschen, ja, über ihre Gemüter und Gedanken. Eine Macht, die sogar er spürte. Eine Macht des Reichtums und – die mystische Macht starker, ganzer, unergründlicher Menschen über die gewöhnlichen, unsicheren, haltlosen Menschen dieser Welt. Der Pfarrer war neugierig auf sie. Was war der Kern dieser Macht? Was gab diesen Menschen ihre innere Sicherheit, daß sie alle anderen schreckten, in allen Köpfen spukten? Der Reichtum allein konnte es nicht sein. Es mußte eine ganz gefühllose Selbstsucht sein oder ein eigener selbstsicherer Gottesglaube oder – beides miteinander verbunden. Denn Selbstsucht und Gottesglaube können sich so vielfach miteinander verbinden. Grade das machte ja den Pfarrerberuf zu einem ewigen Kampf. Das menschliche Herz nahm wohl Gottes Wort an, legte es aber auf seine eigene Art aus, ließ nicht Gottes Wort die Selbstsucht vertilgen und an ihre Stelle treten, sondern verband sogar so tiefe Gegensätze wie diese.

Ja, der Pfarrer hatte sich dies in all seinem Nachdenken über die widersprechenden Gerüchte um Björndal selber ganz klargemacht. Und die wenigen Male, da sich der alte Dag in der Kirche sehen ließ, hatte er das ausdrucksvolle Gesicht dieses mächtigen Mannes so forschend betrachtet, daß er gegen alle Gewohnheit ein wenig aus dem Text gekommen war.

So stand es mit Pfarrer Ramer zu der Zeit, da er die Nachricht erhielt, er solle Adelheid Barre und den jungen Dag Björndal trauen. Einen überraschenderen Auftrag hätte er nicht bekommen können, und er brauchte einige Zeit, seine Gedanken zu sammeln. Dann aber stand ihm seine Pflicht auch klar vor Augen. Da hatte er sich nun davor gefürchtet, es mit diesen Großbauern der nördlichen Siedlung zu tun zu bekommen, weil er sie nicht verstand; und jetzt kam seine eigene Verwandte und wollte dorthin auf den Hof – wollte eins mit diesen Leuten werden. Erbebend stand er davor, wie vor einer Art Wunder. Gottes Beistand in seinem Wirken hatte er – dessen fühlte er sich jetzt sicher. So schrieb er an Major Barre und stellte ihm und der Braut sein Haus zur Verfügung – und in reiner Andacht empfing er heute den Major und Adelheid.

Der Pfarrer hatte sie vorher nie gesehen, aber von des Majors etwas lockerem Leben gehört und von der Schönheit der Tochter und ihren vielen Vorzügen. Daß sie von der Bischöfin Ramer erzogen worden war, warf in seinen Augen noch einen besonderen Glanz auf sie. Daß der Major weiterfuhr, war dem Pfarrer ganz recht. Es war die Tochter, die er unter seinem Dach haben wollte aus Rücksicht auf die alte ehrliche Sitte und – aus anderen gewichtigen Gründen. Er hielt es für seine Pflicht zu versuchen, wie er Adelheid gewinnen und sich dadurch auch den Zugang zu dem verschlossenen Lande dort oben verschaffen könnte und – vielleicht später zu den Herzen jener Menschen.
Als sich Adelheid nach der Abfahrt des Majors umgezogen hatte und aus ihrem Zimmer herunterkam, war der Pfarrer lange stehengeblieben, um sie zu betrachten. Ein so gutes, feines Lächeln hatte der Pfarrer Ramer und so liebe, freundliche Augen; und die unverhohlene Bewunderung, die jetzt in diesem Lächeln lag, und sein langes Schweigen ließen Adelheid die Röte ins Gesicht steigen. Aber das Lächeln schwand, und eine leichte Wehmut legte sich über des Pfarrers Züge. Er mochte wohl daran denken, daß es Adelheid mit ihrer großen Schönheit und vielseitigen Bildung bestimmt sein sollte, hier auf dem Waldhof Hausfrau zu werden, und er vermutete dahinter wohl, wie so mancher andere, die blendende Macht des Reichtums.
Als er aber später am Abend bei Tisch Adelheid seine Predigt hielt, erwähnte er nichts von seinen Gedanken über die Rolle, die der Mammon in Adelheids Entschluß spielen mochte. Er sprach nur fein und einfach über die Liebe und das Glück, den Mann zu bekommen, den man liebte. Später dankte er Gott, daß er seine stolze Verwandte nicht in unbesonnenem Mitleid für immer von sich gestoßen hatte. Allmählich und vorsichtig entwarf der Pfarrer vor Adelheid ein feierliches Bild von dem wichtigen Ereignis im Menschenleben, das das Eingehen einer Ehe bedeutet; und noch behutsamer wies er auf die gegenseitigen Pflichten der Eheleute hin – nicht nur im Zeitlichen warm und treu zueinander zu stehen, sondern auch auf den geistlichen Wegen zur Ewigkeit. Ja, mit verständigen Worten hielt er ihr die Pflicht vor Augen, ihres Mannes nächster Seelsorger zu sein, alle die guten Eindrücke aus dem Hause ihrer Großmutter, der Bischöfin, mitzunehmen und sie ihrem Mann zum Geschenk zu bringen, ihrem Heim, ihrer Umgebung und ihren Kindern, wenn sie einmal welche bekäme.
Adelheids Gemüt war bei dem Gedanken an alles, was bevorstand, ohnehin aufs äußerste angespannt. Darum machten ihr des Pfarrers leise, warme Worte einen so tiefen Eindruck, daß sie sich trotz all ihrer Willenskraft nicht zu beherrschen vermochte. Die Tränen quollen hervor und füllten ihre Augen, und sie mußte das Taschentuch nehmen.
Der Pfarrer sah sie erst etwas erschrocken an, dann aber erhob er sich, trat leise hinter ihren Stuhl und strich ihr behutsam über das volle Haar.
»Manches Leid bringt das Leben«, sagte er, »und ich weiß, du hast schon

viele Prüfungen bestehen müssen, Adelheid; aber geh froh und vertrauensvoll der Zukunft entgegen, zu der dich Gott ausersehen hat. Gewiß hat er seine Absichten damit. Und vergiß nicht, dich an ihn zu halten, wenn Sorgen kommen. Erinnere dich auch daran, daß ich sein Diener bin und hier draußen auf dem Pfarrhof sitze und an dich denke und – auf dich warte, daß du zu mir kommst, nicht nur im Kummer, auch in der Freude, Adelheid – so oft du magst.«

5

Lange lag Adelheid in dieser Nacht wach. Ja, sie stand wieder auf, ging zum Fenster und blickte nach Norden. Nur tiefes Dunkel; aber ihr war, als müsse sie versuchen, mit ihrem Blick durch die Nacht zu dringen, mitten durch alle Klippen und Höhen und über den Wald hin zum äußersten Norden – bis nach Björndal. Ob wohl dort noch Licht in den Fenstern war? Und ob er wohl jetzt daheim war, Dag? Oder draußen im Wald? Woran dachte er jetzt? Ein Zittern überfiel sie vor Kälte und bebender Angst. War er glücklich, daß er sie bekam? Ganz, ganz glücklich? Oder – stand er ihr noch mit dem fragenden Zweifel gegenüber, den sie immer bei ihm zu spüren meinte, schon immer seit dem letzten Herbst, da sie sich an jenem Abend in der Björndaler Diele zum erstenmal begegneten? Sie war damals mit ihrem Vater von Borgland aus dorthin gefahren, um Vaters alten Freund, Hauptmann Klinge, zu besuchen, der hier seine letzten Jahre als Schreiber verbrachte.

Sie starrte ins Dunkel hinaus und dachte daran, wie sie Dag zum erstenmal gesehen hatte, mit zerfetzten Kleidern und einem blutigen Verband um den Arm nach einer Rauferei mit einem Adler, und wie stolz und hübsch er trotzdem gewesen war. Und sie stellte sich ihn vor, wie er zu Weihnachten gewesen war, als sie so manchen wunderbaren Tag dort in der Jungfernkammer verlebte. Wie scheu, beinahe stumm er sie betrachtet hatte, aber mit forschenden, bewundernden Blicken. Sie dachte an den eindrucksvollen Weihnachtsabend auf Björndal, an den Ball auf dem großen Borgland und an die schmerzliche Heimfahrt mit Dag – an den letzten Abend, als er nur »Gute Nacht« sagte und in den Wald lief und – nicht einmal zu Hause war, als Vater und sie am nächsten Morgen abfuhren. Sie dachte an alle ihre Ängste und Zweifel, nachher in der Stadt, wo sie in tiefer Hoffnungslosigkeit schließlich dem alten Apotheker versprochen hatte, die Seine zu werden.

Und sie dachte an die letzte Fahrt nach Björndal, zu Hauptmann Klinges Sterbebett und seinem Begräbnis – und wie sie mit ihrem Vater den ganzen Sommer dort geblieben war – an ihre einsamen, qualvollen Wanderungen im Rosengarten und zu allen schönen Plätzen in der Umgebung des Hofes ...

Und sie dachte an jenen Morgenspaziergang mit Vater Dag, der sie auf die Bergkuppe nördlich über dem Hof hinaufgeführt hatte, und an die Aussicht von dort oben, endlos weit hin über die Hochwälder von Björndal und die Siedlung – so unendlich weit, wie sie noch nie die Welt überblickt hatte. Und sie erinnerte sich an die letzten Tage in Björndal, als sie mit dem Leben abschloß und sich unter Gottes strenge Fügung beugte: daß sie für den Apotheker Pflegerin seines Alters werde, wenn sie wieder in die Stadt zurückkehrte. Dann kam der allerletzte Abend mit den bitteren Tränen beim Packen in der Jungfernkammer und der zitternden Angst bei dem feierlichen Abschiedsessen in der Alten Stube; und mit einemmal war das Unfaßliche geschehen. Als ihre Verzweiflung am höchsten gestiegen war, hatte Vater Dag die unglaublichen Worte gesprochen, daß sie und der junge Dag sich ineinander verliebt hätten. Sie erinnerte sich der brennenden Verlegenheit und zugleich der Freude, die sie damals befallen hatte, und der Furcht, es könne doch nicht wahr sein, Dag könne gar nicht in sie verliebt sein.

Und wie in stiller Andacht stellte sie sich die Begegnung mit Dag am gleichen Abend in der halbdunklen Diele vor, wo sie dicht auf ihn zu trat und er ihr den Kuß gab, den einzigen bis heute – und ihr versicherte, es sei wahr, er liebe sie wirklich.

Adelheid setzte sich; sie stützte fröstelnd die Ellbogen auf das Fensterbord und starrte in die Finsternis draußen. Ihre Angst flog ins Dunkel hinaus und kam gewaltig und drückend von dort zurück.

Vater Dag hatte seither alles mit ihrem Vater geregelt. Nicht einen einzigen Brief hatten Dag und sie sich geschrieben; nicht ein Wort. Vater Dag bestellte zwar jedesmal, wenn er kam, er solle schön grüßen; aber der Sohn hatte ihm sicherlich keinen Gruß aufgetragen. Ja, Vater Dag hatte ihr sogar Schmuck mitgebracht, schwere goldene Ketten und Ringe. Die seien von seinem Sohn; aber ob der wohl auch nur ahnte, daß der Alte ihr diese Geschenke mitbrachte? Kaum. Sie sprachen fast nie miteinander, der Vater und der Sohn. Jedenfalls hatte sie es während ihres langen Aufenthaltes auf Björndal nie gehört. Sie waren nicht verfeindet – im Gegenteil, sie mochten sich gern; aber der junge Dag war gegen alle so schweigsam, und Vater Dag schien eine Scheu vor seinem Sohn zu haben. Das Dunkel wogte Adelheid entgegen, undurchdringlich, ohne Anfang noch Ende, ohne Gestalt noch Laut, aber doch lebendig – ein Gewimmel von Ängsten und Zweifeln.

Wenn Dag nun seinen Sinn geändert hätte? Sich nicht freute, sie zu bekommen? Wenn er nicht wollte ...? Wenn er jetzt, heute nacht, in den Wald gelaufen war, wie damals am letzten Abend nach Weihnachten und viele, viele Male im Sommer, und – nicht wiederkam zum morgigen Tage, weil er die Verbindung mit ihr nicht wünschte ...? Oder wenn ihm etwas zustieß? Es war gefährlich in den Wäldern von Björndal. Bären und Wölfe und wilde Riesenelche hausten dort, und es gab Felsberge und Klüfte und reißende Wasserfälle.

Und Dag ging auch so wenig vorsichtig mit seiner Büchse um. Ein Schuß konnte unversehens losgehen ...
Adelheid erhob sich zitternd und kroch wieder zwischen die kalten Laken. Es war so klamm und kalt in den großen Stuben des Pfarrhofs. Zu den Höfen im offenen Land und auch zur Pfarre gehörte nur so wenig Wald. Sie mußten mit dem Holz sparen, fast wie die Leute in der Stadt. Zwar war heute abend hier im Zimmer Feuer gemacht worden, aber es war schon lange ausgebrannt. Adelheid dachte an die Weihnachtstage auf Björndal. Klirrender Frost draußen ums Haus, aber in den Stuben drinnen flackerte es in den Kaminen und sauste es in den Öfen, die Knechte und Mägde schleppten von früh bis spät Holz, und oben in der Jungfernkammer, wo sie immer geschlafen hatte, lag das Birkenholz hoch an der Wand aufgestapelt. Da konnte man feuern, soviel man wollte.
Ja, ja, die Jungfernkammer. Adelheid kroch in den kalten Kissen zusammen. In der Jungfernkammer stand ein großes, warmes Bett. Es war aus der weiten Welt einst in das feine Stadthaus des Kaufmanns Holder gekommen und von dort nach Björndal, mit Holders Tochter, der Jungfer Dorthea, die bis zu ihrem Tode in dieser Kammer gewohnt hatte. Daher hieß sie die Jungfernkammer, und darum war dort alles so fein wie nirgends sonst, die Schubladen und die Kommode lagen voll von Putz und Silberzeug. Und drinnen an der Wand des großen Bettes hing ein Kruzifix aus Elfenbein, Silber und Gold.
Es war so behaglich und gut, das große Bett in der Jungfernkammer auf Björndal, wie ein ganzes Haus für sich. Man lag da so weich und warm und geborgen unter dem Kruzifix, wenn draußen der Sturm tobte. Dort würde sie morgen nacht liegen. – Würde sie es wirklich? Mit einemmal wurde ihr heiß zwischen den klammen Laken. – Nie wieder würde sie in der Kammer allein schlafen. Morgen war sie verheiratet. Wo würden Dag und sie ihr Zimmer haben?
Dag hatte immer, schon seit seiner Kinderzeit, in dem alten Küchenhaus für sich allein gewohnt, mit seinen Angelgeräten und den Hunden und Waffen. Es hatte keine Fenster und nur einen Herd in der Mitte. Es war das älteste Haus auf Björndal. Das war kein Raum für Eheleute. In der alten großen Schlafkammer schlief Vater Dag; und er gab seine Gewohnheiten niemals auf, dort war er und dort blieb er. Es würde wohl darauf herauskommen, daß sie ihr Zimmer irgendwo im Neubau bekamen.
Immer, wenn sie an ihre Rückkehr nach Björndal dachte, hatte ein Teil ihrer Freude darin bestanden, wieder in der Jungfernkammer zu wohnen mit all ihrem feinen Behagen im Kleinen und Großen. Und dann der Balkon davor, wo sie so manchen Morgen und Abend gesessen und über die Siedlung bis nach Hammarbö hinuntergeblickt hatte. – Erst jetzt ging es ihr auf, daß sie nicht mehr ihr gehören würde, die Kammer. Aber – konnten sie denn nicht doch dort wohnen, Dag und sie? Nein, sie konnte sich Dags mächtige Gestalt

nicht da hineindenken, zwischen die Volants und Blenden und die zierlichen Sachen aus Jungfer Dortheas Hinterlassenschaft – und dazu Hundepfoten auf dem Teppich und dem Luchsfell vor dem Bett, Büchsen kreuz und quer in den Ecken und ein Beil zwischen den Riechfläschchen und dem Silber auf der Kommodendecke. – Das würde Dag nicht wollen – und sie auch nicht.
Der Unterschied zwischen ihr mit ihrer Vorliebe für alles Feine und Dag mit all dem Rauhen, das ihn umgab, wurde ihr zum erstenmal so ganz klar. Sie versuchte sich damit zu trösten, daß sie ihn sich auf dem Weihnachtsball auf Borgland vorstellte. Wie hübsch und adrett er da ausgesehen hatte mit blendendweißen Krausen am Hals und an den Handgelenken, mit ordentlichem Haar und der würdigen Ruhe in seiner ganzen, kräftigen Gestalt. Aber alltags, da war er noch wie an jenem ersten Abend, als er abgerissen in die Diele geschlendert kam und einen Geruch vom Wald mitbrachte. Und gerade so liebte sie ihn, ja so, und doch auch wieder auf die andere Weise in seinen Feierkleidern. Aber – er konnte sich dort, wo sie am liebsten wohnte, nicht wohl fühlen; und weshalb sollte sie sich wohl fühlen, wo er wohnen wollte
Ihr Märchenschloß war nun einmal die Jungfernkammer, wie Jungfer Dorthea mit ihrem gefühlvollen Wesen sie einst eingerichtet hatte. Und die ihm vertraute Welt war das Zwielicht jenes Küchenhauses mit den harten Geräten des Waldbewohners und den tappenden, witternden Hunden.
Erst jetzt, in der allerletzten Nacht, kam ihr die intimste Wirklichkeit zum Bewußtsein. Sie hatte diese Dinge von sich geschoben, hatte nicht daran denken *wollen* – und doch machten solche Dinge das Leben aus. Ihre Gedanken waren jetzt im Dunkeln mit sich selbst allein, hatten nichts, wohin sie abschweifen konnten – waren ganz um das gesammelt, was bevorstand. Sie würde nicht in dem großen Bett liegen wie früher, allein. Ihr Herz war vorher ganz von Freude voll gewesen. Jetzt war es nicht nur voll Freude. Adelheid Barre hatte in ihrem Leben meist nur an eines gedacht – an sich selbst. So war sie siebenundzwanzig Jahre alt geworden und fühlte sich jetzt plötzlich in einem Wirbel, der sie in etwas Neues hineinriß, in das sie wohl selber hineinwollte, nur nicht so jäh. Alles wirbelte so schnell dahin, daß sie in ihrer halben Erstarrung nicht zu folgen vermochte.
Sie dachte an Dag, dem sie morgen angetraut werden sollte, in wenigen Stunden schon, fürs ganze Leben. So unendlich viele Stunden sie bisher an ihn gedacht hatte – immer waren die Gedanken von einer warmen Freude gedämpft worden. Jetzt, dicht vor der Entscheidung, im Dunkel der letzten Nacht, gingen sie klar und suchend aus wie Späher zum Schutz ihres eigenen Ichs. Und sie kamen zurück und sagten, sie habe kaum zehn Sätze mit dem gewechselt, der von morgen ab als Herr über sie gebieten sollte – sie kenne ihn nicht – sie habe keine Ahnung von seinen Gedanken über Leben und Tod. Ebensowenig ahnte sie, wie und wo sie zusammen wohnen würden. Nichts wußte sie.

Lange lag sie wie vom Schreck geschlagen; plötzlich aber fiel ihr ein, wie vieler Frauen Los dies zu allen Zeiten gewesen war. Im Alter von fünfzehn bis sechzehn Jahren wurden jedenfalls in der Stadt die meisten verheiratet und kannten das Leben nicht und am allerwenigsten ihren Mann. In ihrem Alter hatten manche schon eine Schar von sechs bis acht, ja zehn Kindern und steckten mitten im Ernst des Lebens, ehe sie noch Zeit gefunden hatten, mit ihm zu beginnen. Sie hatte immerhin so viel gesehen, gehört und gelesen, daß sie wußte, was ihr bevorstand; man lernte die Menschen ja nicht nur durch Worte kennen; in ihrem Alter konnte man viel mit seinen Augen sehen und mit seinen Ohren hören. Sie hatte Dag gründlich und oft beobachtet, und sie kannte seinen Vater gut. Ohne es zu wissen, fühlte sie doch, was ihr bevorstand.

Ein einziges Mal, nach jener ersten Abendbegegnung, hatte sie Gott gebeten, Dags Frau werden zu dürfen in guten und bösen Tagen, in allem, und ihn gebeten, sie zu strafen, wenn sie versagte; und heute, wo die Erfüllung nahte, lag sie hier und ließ Zweifel in sich aufkommen. Das Bett war endlich warm geworden, und Adelheid Barre streckte sich ihrer ganzen Länge nach aus und legte ihren Kopf auf dem Kissen zurecht; sie schloß die Augen und ließ ihre Gedanken von warmer Freude einlullen.

6

Alles war überstanden. Major Barre war seine Tochter abholen gefahren mit dem großen Hengst an der Deichsel und dem Großknecht Syver Hintenauf als Kutscher, und in der Kirche war ein festliches Gedränge gewesen. Der Pfarrer hatte ihnen allen mit ungewöhnlich gewichtigen Worten ernst und klar zu Herzen gesprochen und darauf mit gerade so viel Nachdruck in der Stimme und so viel Sicherheit in seinem Amt die Trauung vollzogen, wie es sich Vater Dag gewünscht hatte, wenn vor einer so kritisch musternden Versammlung aus Stadt und Land sein einziger Sohn in der Kirche seiner Gemeinde getraut würde.

Ein endloser stattlicher Zug von Wagen war dann von der Kirche nach Björndal gegangen; alle waren wohlbehalten eingetroffen, hatten bei der Ankunft einen Imbiß bekommen, mit einem guten Schnaps nach altem Brauch, und man war in bester Stimmung zur Hochzeitstafel im großen Saal gegangen; man hatte gesungen und Reden gehalten und angestoßen nach städtischem Schick. Jeder hatte das Wohl ausgebracht, das ihm am Herzen lag, auf das Brautpaar und das Zwillingsreich, auf den König und den Wirt und Norwegens freie Bauern. Und es war die gleiche Fülle an Speisen auf dem Tisch wie seit Urzeiten bei allen Festlichkeiten auf Björndal, und überraschend fein war es hergegangen mit Wein und Schnaps und Bier und Silber für jeder-

mann; alles hatte Zug und Ordnung gehabt, nett gekleidete Mädchen aus Hof und Siedlung trugen auf und trugen ab und sorgten für alles Nötige.
Justizrat Gabbe hatte das Lorgnon erhoben und mit hochgezogenen Brauen zu seiner Frau hinübergeblickt – und auch andere hatten vielsagende Blicke gewechselt.
Früher einmal war achtzig Jahre lang eine Frau auf Björndal aus und ein gegangen. Bis in ihr hohes Alter hatte sie streng und feierlich bewahrt, was sie seit frühester Jugend über gute Sitten und Bräuche, namentlich was die Küche und das Anrichten betraf, sah und hörte. Sie hatte Ane Hammarbö geheißen und war mit den Björndals blutsverwandt gewesen. Als Ane Hammarbö noch lebte, war Therese Holder aus einer der ersten Familien der Stadt als Frau nach Björndal gekommen. Sie hatte sich vorgesetzt, Anes Bräuche beizubehalten, und hatte einiges aus der Erfahrung ihres großen Stadthaushaltes hinzugetan. Und noch zu Thereses Lebzeiten hatte Jungfer Kruse dies alles übernommen.
Daher fanden die Gäste wenig Zeit, ihre ausländischen Moden anzubringen. Sie hatten genug damit zu tun, von allem zu kosten, was auf den Tisch kam aus Wald und Berg und Wasser, aus Stall und Ernte des Hofes.

Ja, jetzt war alles überstanden. In allen Zimmern summte es um die Punschgläser von Stimmen. In den Kabinetten spielten die Alten Karten, im Saal dröhnte die Musik, und die Jugend und alles, was nicht zu alt war, tanzte.
Aber es gab auch Leute, die weder Karten spielten noch tanzten. Sie hatten sich meist einen Platz im Saal oder in den Kabinetten gesichert, wo sie das Treiben am besten überblicken konnten. Und hier steckten sie die Köpfe zusammen und zogen über alles her, was ihnen vor Augen kam und was an diesem Tag geschehen war. In einem der Kabinette saß Adelheids gestrenge Tante Eleonore. Sie trug ein Kleid von schwerem Seidendamast mit reichen Falten, im völligen Widerspruch zur herrschenden Mode. Ja, das Kleid und sie selbst stammten aus einer längst vergangenen Zeit. Das Kleid mochte einst weit ausgeschnitten gewesen sein, jetzt aber war es züchtig geschlossen und wies Spuren von mehr als einer Änderung auf, je nach der Mode und vor allem nach dem Alter der Besitzerin. Tante Eleonore war das Kind einer Zeit, da es in der Welt draußen leichtsinnig zuging. Aber sie war die Tochter eines Bischofs und – einer Bischöfin, die wegen ihrer unerbittlich strengen Anschauungen ein wahrer Schrecken für ihre Umgebung gewesen war, und so hatte sich ihr Leben ganz anders abgespielt, als es damals üblich war. Sie sollte einmal eine Liebe gehabt haben; doch da war ihr etwas über das Vorleben ihres Auserkorenen zu Ohren gekommen, und sie hatte sich daraufhin vom Leben zurückgezogen. Ob sie das wohl später bereut hatte? Der Welt verriet sie es nicht; heute aber folgten ihre Blicke Adelheid und Dag mit merkwürdiger Spannung. Adelheid hatte den Ausdruck ihrer Augen beobach-

tet, mit dem sie Dag ansah, und konnte ihn nicht wieder vergessen. Es war, als versetze sich Tante Eleonore an ihre Stelle und träumte sich als Dags Braut. Adelheid hatte ihre Tante immer als einen Menschen ohne innere Beziehung zum lebendig strömenden Leben angesehen; heute wurde sie die innere Verwandtschaft mit ihr gewahr. Hinter dem strengsten Äußeren konnte das Leben am stärksten glühen. Tante Eleonore tat ihr leid, und sie spürte mit warmer Dankbarkeit, daß sich ihr eigenes Schicksal anders gestaltete. Ja, plötzlich schien ihr alles einen viel größeren Wert zu bekommen. Die innere Wärme, die sie bisher in Gedanken und Auftreten gemeint hatte zügeln zu müssen, bekam jetzt die Übermacht. Der tiefe, funkelnde Blick, den Tante Eleonore auf Dag heftete, hatte ihr sozusagen die Erlaubnis gegeben, aus all ihrer steifen Zurückhaltung herauszutreten und das zu sein, was sie ja jetzt vor Gott und den Menschen war – verheiratet.

Einsam saß Tante Eleonore steif und aufrecht in einem hochlehnigen Sessel; ihr seidenes Kleid fiel in schweren, geschwungenen Falten nieder. Wo das Licht die Seide traf, leuchtete sie in blutrotem Glanz, im Schatten aber dunkelte sie bis ins Schwärzliche. Und ihre Augen zeigten ein ähnliches Farbenspiel. Tief schwarz unter den Wimpern, funkelten sie in lebendigstem Blau, wo das Licht sie streifte, und Lichter schienen sich in ihnen zu entzünden, wenn sie etwas von Adelheid oder Dag entdeckte.

Sie war ja gekommen, um »diese Menschen« und die Verhältnisse, in denen Adelheid künftig leben würde, kennenzulernen. Ihre Blicke waren sehr ungnädig gewesen, als sie gestern ihren Fuß über die Schwelle auf Björndal setzte, und es hatte sie verstimmt, daß Adelheid ohne ihr Wissen auf dem Pfarrhof untergebracht war und sie nun nicht bei ihr sein konnte. Sie hatte Vater Dag äußerst scharf gemustert, hatte aber keinen anderen bestimmten Eindruck erhalten, als daß er würdig auftrat und auch in Kleidung und Haltung sehr von der Vorstellung abwich, die sie sich von ihm gemacht hatte. Und es war ihr ebenso wie vielen anderen gegangen, die nach Björndal kamen. Sie wurde unsicher. Am gespanntesten war sie auf den Bräutigam, aber er zeigte sich den ganzen ersten Abend nicht, und sie hatte stark das Empfinden, daß diese Menschen hier nach ihren eigenen Gesetzen lebten.

Ja, sie war auch als einzige nahe mütterliche Verwandte gekommen, um Adelheid ein Schutz zu sein; im Verlauf des Hochzeitstages aber war sie von solchen Gedanken abgekommen. Sie hatte Vater Dag und den Sohn genau betrachtet, als sie in ihrem festlichen Anzug zu Tisch gingen. Sie traute sich genügend Urteilsfähigkeit zu und fing jetzt bereits an, etwas wie Stolz auf die Zukunft ihrer Nichte zu empfinden. Dann hatten die Tafel, das festliche Treiben in Saal und Nebenzimmern, noch mehr aber die ruhige Sicherheit in der ganzen Veranstaltung sie bestochen. Und jetzt fühlte sie sich mitten in einem der großen Ereignisse ihres Lebens.

Sie war es so gewohnt, Familie als etwas der Vergangenheit Angehöriges zu betrachten, daß sie nicht vor Schluß des Hochzeitsessens auf das Urteil der anderen über Björndal geachtet hatte. Dann war es ihr zu Bewußtsein gekommen, daß diese Menschen ja künftig ihre eigene lebende Verwandtschaft waren. Von dem Augenblick an sah sie alles mit anderen Augen.

Sie hatte Adelheid mit tiefem Verständnis betrachtet, den jungen Dag mit glühenden Blicken; und Vater Dag sah sie mit wachsender Ehrfurcht an, seit sie seine ruhige Sicherheit bemerkt hatte. Sie hatte das verkniffene Lächeln um seinen Mund beobachtet, als die hochtrabende Rede auf den norwegischen Bauern gehalten wurde, und seine kalten Blicke, als die Standespersonen ihre Herablassung allzu deutlich spüren ließen. Sie machte sich alles zu eigen, was Macht und Wohlstand des Hauses leuchtend hervortreten ließ, als gehöre es ihr selbst; und ein warmes Gefühl von Stolz auf die stattliche Erscheinung des Alten und des Bräutigams und auf deren untadelige Kleidung schwoll in ihr empor. Erst der Anblick dieser beiden machte ihr den Sinn der straff anliegenden Mode der napoleonischen Zeit deutlich, da sie ihre kraftvollen Gestalten aus aller Erbärmlichkeit heraushob, die man sonst sah. Und – sie waren jetzt ihre Verwandten. Sie hatte seit ihrer neuen Entdeckung zwar noch allzu wenig von ihnen gehabt, aber später fände sich gewiß noch Gelegenheit. Was ihr gefiel, wollte sie eingehend betrachten, das Fräulein Ramer.

Jetzt saß sie in angemessen ehrenvoller Zurückgezogenheit und stattlicher Haltung in einem schönen Sessel und verfolgte mit wachen Augen alle Vorgänge im Saal und in den Nachbarkabinetten, und mit scharfen Sinnen fing sie Worte und Blicke auf. Ihre Bekannten aus der Stadt sollten sich fortan hüten, noch Geringschätzung oder Spott zu zeigen. Das könnte ihnen einmal teuer zu stehen kommen. Sie hatte allerlei Verbindungen und viel Einfluß, und ihre Zunge redete deutlich und unverblümt über Menschen, die ihr mißfielen.

Major Barre hatte zu Vater Dag geäußert, daß Fräulein Ramer die letzte sei, die er sich als Gast bei der Hochzeit wünsche. Ein gefährliches Frauenzimmer, wenn sie hinterher zu klatschen anfinge – aber man könne sie ja nicht übergehen. Der Alte hatte den Worten des Majors nicht viel Wert beigemessen, desto größeren aber der Tatsache, daß Fräulein Ramer Adelheids leibliche Tante und also künftig eine besonders nahe Verwandte war.

Am späteren Abend wechselte er im Vorbeigehen ein paar Worte mit Adelheid und merkte, daß sie für diese Tante viel übrig hatte. Und daher wanderte Vater Dag jetzt durch das festliche Gewimmel, bis er Fräulein Ramer entdeckte. Sie machte keinen sonderlich einladenden Eindruck, als er sie vom Nebenzimmer aus stolz wie eine Königin allein sitzen sah, und es kostete ihn sicherlich einige Überwindung, einen Menschen aufzusuchen, der ihm als so gefährlich geschildert worden war. Nein, Vater Dag war im Leben manchem begegnet und hatte vor keinem Angst gehabt – bisher. Sein Sohn hatte heute geheiratet. Lebendiges Leben würde wie in alten Zeiten dicht um ihn sein.

Wenn der Sohn in den Wald ging, so blieb ihm Adelheid zur Unterhaltung und der Major als häufiger Gast. Es würde auf seine alten Tage gemütlicher werden. Und Kinder würden kommen. Ihm wurde ordentlich heiß vor Freude, wenn er es sich ausmalte. Nie im Leben war er so zuversichtlich gewesen wie heute. Er hatte sein Teil getrunken wie alle anderen und war guter Laune.

Deutlich ging ein Ruck durch Fräulein Ramer, als Vater Dags Gestalt sichtbar wurde; unwillkürlich ließ sie den Fächer vor ihrem Gesicht hin und her gehen, als er einen Stuhl nahm und sich neben sie setzte. Dann ließ sie den Fächer fallen und spielte statt dessen mit ihren breiten, goldenen Armbändern und schob sie am Handgelenk auf und nieder. Sie sah ihn jetzt richtig aus der Nähe, zum erstenmal, seit sie sich ihrer Verwandtschaft bewußt geworden war. Sie kam bald über die erste Verlegenheit weg, und ihre scharfen Augen beobachteten ihn genau, ohne ihn anzustarren. Niemals hatte sie eine besser gefältelte, schneeweißere Hemdbrust gesehen, und was das goldene Petschaft an der Weste anbelangt, so fehlte auch das nicht. Andere klirrten wohl mit mehreren herum, dieser reiche Mann aber trug nur eins.

»Du siehst hier wohl dem Tanz zu?« fragte Vater Dag.

Fräulein Ramer stutzte einen Augenblick, als er sie duzte, aber aus seinem Mund klang es gut, und es war ja jetzt auch das einzig Richtige. »Ja«, antwortete sie, »ich sehe dem Tanz und der Jugend zu und – freue mich an dem Gedanken, daß Adelheid es im Leben doch so gut treffen durfte.« Da hatte sie wohl wieder fast zu offen herausgeredet; aber das geschah ihr so leicht, dem Fräulein Ramer.

Vater Dag zog die eine Augenbraue hoch und streifte sie mit einem flüchtigen Blick. Meinte sie ehrlich, was sie sagte, oder steckte etwas dahinter? Er konnte aber in Fräulein Ramers hellen, aufrichtigen Augen keine Spur von Zweideutigkeit entdecken. Dagegen fiel ihm jetzt die große Ähnlichkeit zwischen ihr und Adelheid auf, und dies ließ ihm den Gedanken durch den Kopf schießen, so würde Adelheid in vielen Jahren einmal auf dem Hof hier herumgehen, wenn er selber längst zu Grabe getragen war. Er blickte still und wehmütig vor sich hin, dann hob er entschlossen den Kopf. Ihm fiel es nicht ein, einen Zweifel zu äußern, ob Adelheid es wirklich so gut getroffen hätte, wie es andere seines Standes getan hätten, nur um es wiederholt und immer wieder versichert zu bekommen. Er überhörte die Worte einfach und sagte: »Es würde Adelheid vielleicht Freude machen, wenn du eine Zeitlang hierbliebest – über Weihnachten ...«

Einladungen hatte Fräulein Ramer schon manche bekommen, aber – aber daß sie gleich zwei Monate lang dableiben solle, darum hatte sie noch keiner gebeten. Sie wußte genau, daß man Furcht vor ihr hatte und sie nicht gern lange Zeit hintereinander bei sich sah, und in dem Punkt fühlte sie sich auch Adelheids nicht ganz sicher. Etwas zögernd antwortete sie, sie sei für diese Einladung sehr dankbar, sie habe aber ihre Wohnung und ihre Magd in der

Stadt. Adelheids wegen könne sie ja nach der Hochzeit noch etwas hierbleiben; und – Weihnachten? Ihr fiel ein, was der Major in der Stadt vom Weihnachtsfest auf Björndal erzählt haben sollte, und sie wendete Vater Dag ihr Gesicht gerade zu.
»Ja, Weihnachten. Ich habe davon gehört, wie schön Adelheid und ihr Vater es letzte Weihnachten hier gehabt haben; und wenn es Euer – dein Ernst ist, dann komme ich Weihnachten sehr gern.«
Vater Dag machte seine gewohnte Denkpause und erwiderte, sie müsse selber wissen, was sie wolle, aber was ihn betreffe, so pflege er seine Worte ernst zu meinen.
Fräulein Ramer merkte wohl: er war es nicht gewohnt, daß man seine ehrliche Meinung auch nur mit einer höflichen Redensart in Zweifel zog. Sie hätte sich fast vergessen und ihre Hand auf seinen Arm gelegt, statt dessen ließ sie den Fächer fallen. »Ich weiß schon, daß Ihr – daß du es so meinst«, sagte sie. »Man ist nur an solche Redensarten gewöhnt. Wenn Adelheid will, bleibe ich gern ein paar Tage; und darf ich auch zu Weihnachten kommen, dann wird mir das eine große Freude sein.«
Vater Dag blickte wieder flüchtig zu ihr auf. Er konnte nichts anderes entdecken, als daß sie ein aufrichtiger Mensch war; und was der Major gesagt hatte, mußte mit dessen eigenen Sünden zusammenhängen. Denn der alte Dag war für die schwachen Seiten des alten Herrn nicht blind.
So saßen denn Fräulein Ramer und Vater Dag im Kabinett und blickten sich verstohlen an, indes die Töne vieler Stimmen und Instrumente sie umsummten. Er betrachtete ihr altmodisches Staatskleid und spürte den Duft ihres Parfüms. Es erinnerte ihn an vergangene Zeiten, an seine stattliche Frau und an deren feine Schwester, Jungfer Dorthea; er dachte an alle beide. Als die Musik hereinbrauste, einer der alten Tänze, die er konnte, erhob er sich plötzlich und verneigte sich vor Tante Eleonore. Ihre erschrockene Ausrede, es sei so lange her, zerstreute er mit einem Lächeln. Die Gäste aus Stadt und Land sperrten die Augen auf, als Fräulein Ramer in ihrem mächtigen seidenen Kleid an Vater Dags Arm in den Saal rauschte, und von Spieltischen und Punschgläsern kamen sie in alle Türen, und jeder starrte auf das unglaubliche Bild, wie Dag und Fräulein Ramer miteinander tanzten.
Daß Vater Dag späterhin, als er merkte, es ging noch, auch mit der Braut tanzte, war nur natürlich, und es wurde noch lange danach auch in der Stadt davon gesprochen, was für ein hübscher Anblick es gewesen sei, als Adelheid an ihrem Hochzeitsabend mit Vater Dag im Saal von Björndal tanzte.
Denn auch dem Alten erging es wie den anderen – das Fest, der Wein und das Brausen der Musik rissen ihn mit. Er richtete sich zu seiner ganzen Größe auf, die Augen bekamen Glanz, das Haar wellte sich in der Wärme, und so bot der alte Dag einen Anblick, den man nicht so leicht vergaß.

7

Der Abend schritt vor und neigte sich zur Nacht, aber die Bewirtung wollte kein Ende nehmen.

Vor den Kabinetten lag gleich neben der Küche ein Zimmer. Es war den ganzen Abend verschlossen geblieben, als es aber auf die Nacht zuging, öffnete Jungfer Kruse die Türen und bat die Gäste hinein. Und dort drinnen war eine lange Tafel angerichtet, ganz wie die Weihnachtstische auf Björndal. Sie bog sich unter allen erdenklichen Gerichten, und das zu einer Zeit, da Krieg und Hungersnot im Lande herrschten und Schmalhans sogar in recht feinen Häusern Küchenmeister war. Ringsum wurde es lebendig, denn ein jeder mußte sich an der langen Tafel selbst versorgen.

Um den Tisch entstand ein lustiges Gewühl – und auch wer bisher noch seine feine Steifheit bewahrt hatte, taute jetzt gemütlich auf; die Schnäpse zum Essen und das starke Bier taten wohl auch ihre Wirkung. Im Eßzimmer und in den Nebenräumen wurden vor kleineren und größeren Gruppen Reden gehalten, und Makler Rader hielt im blauen Kabinett sich ganz allein laut und deutlich eine Rede – so wurde später erzählt.

Das gelbe Kabinett war so eingerichtet wie ein Zimmer in Therese Holders früherem Stadthaus. Die weißen, goldgeränderten Rokokomöbel stammten auch von dort, und die Wände waren mit gelbem Seidendamast bezogen. Hier saßen die allervornehmsten Damen zusammen, wenn sie sich nicht gerade auf einem Ausflug durch andere Zimmer befanden, um ein Auge auf ihre Männer zu haben oder irgend etwas zu entdecken, worüber sie später losziehen konnten. Sie spielten anstandshalber ein wenig L'hombre, vor allem aber schwatzten sie, und meistens mit gedämpfter Stimme. Hier wurden die Manieren Vater Dags und des Bräutigams durchgehechelt, und selbst Adelheid wurde gründlich vorgenommen. Besonders ihr Kleid gab unendlichen Gesprächsstoff. Man fand es unangemessen kostbar für eine, die aus so engen Verhältnissen kam, außerdem war es weder altmodisch noch richtig nach der jetzigen Mode; natürlich nur, weil Adelheid immer etwas Besonderes sein wollte. Und dann war es nicht weiß, sondern blau. Das Schlimmste dünkte es sie, daß Adelheid die Richtung der jetzigen Mode nicht benutzt hatte, um das Kleid am Hals geschlossen zu tragen.

Bei der dröhnenden Musik und dem vergnügten Stimmengewirr in den Zimmern fühlten sie sich sicher und redeten allzu offen über Adelheids Kleid, darüber, daß sie mit allen zu oft getanzt habe und daß man auch nicht das leiseste Zeichen von Zuneigung zu ihrem Mann bemerkt habe, ja, daß sie nach dem Essen kaum je in seiner Nähe zu sehen gewesen sei. Sie trieben es so weit, den jungen Dag zu bedauern, weil er Adelheid Barre zur Frau bekommen hatte; er sei ja auch den ganzen Abend recht nachdenklich und ernst gewesen. Niemand hatte ihn lächeln sehen – und das mußte doch seinen Grund haben.

In ihrem Eifer, Adelheid zu tadeln, entdeckten sie, daß er zu gut für sie sei, redeten sie über sein Aussehen, seine Haltung, seinen Ernst – und vergaßen ganz, was sie vorher über ihn geäußert hatten; jetzt fanden sie ihn noch hübscher und stattlicher als Adelheid, und dazu komme noch sein Reichtum. Und trotzdem konnte Adelheid so auftreten ...

Mitten in ihrem Redestrom räusperte sich plötzlich eine der Damen. Alle blickten auf, es wurde totenstill, lange. Fräulein Ramer war aus dem Seitenzimmer hereingekommen und rauschte majestätisch erhobenen Hauptes mit einem rätselhaften Lächeln um den Mund langsam durch das Kabinett.

Die Damen blickten ihr lange nach – und sahen einander an –, dann aber flüsterten sie etwas auf französisch, und die Rede kam wieder in Fluß. Über die Hochnäsigkeit dieses armen Fräuleins Ramer, über ihr lächerliches Kleid und davon, wie sie jetzt umherstreiche und sich an diesem Reichtum beteiligt fühle.

Die Worte waren gewählt, mit französischen Phrasen gemischt und glatt wie der Seidendamast des gelben Kabinetts, und ihr Sinn paßte gut zur Farbe der Wände.

Adelheids Kleid war allerdings auf eine merkwürdige Weise zustande gekommen. Vater Dag hatte, wie an alles andere, auch an das Kleid gedacht, als er die Namen der vielen vornehmen Bekannten vernahm, die der Major zur Hochzeit einzuladen wünschte. Dag hatte die schlechten Verhältnisse des Majors längst durchschaut und daher kurzweg erklärt, er wolle als Adelheids zweiter Vater für ein Kleid sorgen, das sie unter solchen Hochzeitsgästen mit Anstand tragen könne. Und er beauftragte den Major, eines von Adelheids Kleidern zu einem Schneider zu bringen und ohne ihr Wissen danach ein neues nähen zu lassen; es solle von der kostbarsten Seide sein mit Putz und zierlichen Säumen, wie es der Schneider richtig fände.

Die leichten, einfachen Kleider der damaligen Mode wurden zu Hause genäht, und wenn es etwas recht Feines sein sollte, nahm man ein Nähmädchen zu Hilfe. Damenschneider waren eine ausgestorbene Rasse. Aber das wußten weder Vater Dag noch der Major, und so marschierte der Major zu einem dieser alten Schneider, der ihm bekannt war. Das Ergebnis dieses Unternehmens, in das sich die drei alternden Männer hinter Adelheids Rücken eingelassen hatten, war ein tief ausgeschnittenes Kleid von himmelblauer, viel zu dicker Seide mit enganliegendem, festem Mieder und einem breiten dunkelblauseidenen Saum mit schweren Stickereien in Rahmgelb und Gold, dazu ein Schal aus derselben Seide wie das Kleid, mit den gleichen Bordüren wie am Kleidersaum. Der Sitz des Rockes war einfach und frei, wie es die griechische Mode jetzt vorschrieb, aber das Mieder war zu hoch und der Ausschnitt zu tief, die Seide viel zu schwer.

Adelheid vergoß bei der ersten Anprobe bittere Tränen, aber in seiner Verlegenheit behauptete der Major, Vater Dag habe das Kleid so gewünscht. Adelheid machte sich über den Wunsch ihres Schwiegervaters viele Gedanken; immerhin bewunderte sie den meisterhaften Schnitt des Kleides. Es saß wie angegossen, und nach mehreren Anproben versöhnte sie sich mit der Aussicht, es tragen zu müssen; der Schneider werde wohl besser über die Mode in der großen Welt Bescheid wissen als die Nähmädchen und Frauen in der Stadt. Daß sie mit ihrem dunkelblonden Haar und ihren tiefblauen Augen in dem Kleid schön aussah, blieb ihr nicht verborgen.

Fräulein Ramer mochte wohl einiges von dem Klatsch der Damen im gelben Kabinett aufgefangen haben, denn sie blieb nachdenklich in der Tür zum Saal stehen. Als sie dann Adelheid entdeckte, die heiß und glühend gerade einen Tanz beendet hatte, lohte gleichsam eine blaue Flamme in Fräulein Ramers Augen auf, und mit einem merkwürdigen Lächeln um den Mund ging sie Adelheid entgegen und zog sie auf ein Sofa nieder.
»Dein Schwiegervater ist ein seltener Mensch«, begann Tante Eleonore. Adelheid blickte sie fragend an. »Er nahm sich die Zeit, mich aufzusuchen, und unterhielt sich lange mit mir – und hast du gesehen, daß er mit mir tanzte?«
»Ja«, sagte Adelheid, »du hättest selber sehen sollen, wie – ihr euch ausnahmt.«
»Hm«, machte Fräulein Ramer nur, aber ein warmer Schimmer zog in ihr Gesicht, und sie hob den Fächer. »Er ließ alle anderen Verpflichtungen liegen, um mit mir zu tanzen, und mit dir, nur mit uns beiden. Ein ganz seltener Mensch.« Und sie erzählte Adelheid von seiner Einladung und ihrem Versprechen, jetzt gleich einige Tage hierzubleiben und zu Weihnachten wiederzukommen.
Adelheid kamen erst Bedenken, dann aber fiel ihr ein, wie nett es sein könnte, ihr alles zu zeigen, auch die altmodischen wohnlichen Räume in den alten Gebäuden; sie lächelte sie in aufrichtiger Freude warm an und beteuerte, wie gemütlich sie es fände, wenn Tante Eleonore hierbliebe – recht lange.
Fräulein Ramer fühlte die Ehrlichkeit in Adelheids Worten, und dies machte ihre Freude voll. Adelheid hatte nichts dagegen, wenn sie blieb, Adelheid hatte ihr die scharfe Zurückhaltung während der letzten sieben Jahre verziehen, und Fräulein Ramer verspürte die tiefe Freude, die einen überkommt, wenn man einen alten Freund wiedergewinnt.
Sie betrachtete einen Augenblick nachdenklich Adelheids glühende Schönheit; und wieder trat in ihre Augen das blaue Leuchten, und ihren Mund umspielte dasselbe merkwürdige Lächeln. »Frierst du, Adelheid?« fragte sie.
»Nein, liebste Tante.« Adelheid sah sie erstaunt an.
»Du ziehst immerzu den Schal so fest um dich. Bei dieser Hitze würde ich ihn zusammenlegen und in der Hand tragen.«

Adelheid senkte den Kopf und fächelte sich leise.
»Und, Adelheid, du könntest dich in der Nähe deines Mannes zeigen – so ab und zu einmal. Es ist nur natürlich, wenn eine Braut ihrem Mann etwas Aufmerksamkeit zeigt ... Und gar – einem solchen Mann. Ich kann es sehr gut begreifen, daß du ihn liebst.«
Adelheid neigte den Kopf noch tiefer und fächelte sich stärker. Sie antwortete nicht. Fräulein Ramer blickte sie eine Weile forschend an, gab ihr dann mit dem Fächer einen leichten Schlag auf den Arm und sprach im Aufstehen ein paar französische Worte, die man etwas als »Großes, glückliches Kind« deuten konnte. Adelheid blickte zu ihrer Tante auf und gewahrte Tränen in den Augen der strengen alten Dame.
Adelheid blieb in tiefem Sinnen eine Weile allein sitzen. Dann erhob sie sich und schlenderte langsam, ohne den Schal zusammenzuziehen, durch die Zimmer hinaus, lehnte ab, wenn jemand mit ihr tanzen wollte – sie sei ein wenig müde –, und entdeckte schließlich Dag. Er saß im Gespräch mit Oberstleutnant Balt, einem alten Freund ihres Vaters und, wie sie wußte, einem eifrigen Jäger.
Adelheid setzte sich neben Dag und hörte ihn zum erstenmal mit einem anderen sprechen. Sie achtete nicht auf die Unterhaltung, sie saß nur dabei und war glücklich. Leute gingen aus und ein, die Musik dröhnte, viele Menschen schwatzten und lachten, und irgendwo trällerte einer zur Musik.
»Nein«, sagte der Oberstleutnant endlich. »Ihr wollt sicherlich tanzen.« Und dann standen sie alle drei auf. Adelheid ließ den Schal von der Schulter gleiten und raffte ihn in der einen Hand zusammen, wie es ihr Tante Eleonore geraten hatte. Balt musterte sie scharf, dann flog ein Lächeln über sein rauhes Gesicht, und er sagte: »Adelheid – einen Mordskerl von Jagdkameraden hast du bekommen, aber du bist selbst auch ein prächtiger Jäger!«
Adelheid und Dag hatten den Umweg zum Tanzsaal durch das gelbe Kabinett gemacht. Ihr linker Arm lag in Dags Arm, ihre Hand bewegte leicht den Fächer zur Kühlung ihres heißen Gesichts. Den rechten Arm ließ sie hängen, und eins von den bestickten Enden ihres Schals baumelte über die Hand und schleppte auf dem Fußboden nach. Sie nickte den Damen freundlich zu. Die Kerzen und der Widerschein der gelben Tapeten warfen einen goldenen Schimmer auf die blaue Seide ihres Kleides, und auf ihren Schultern und den rahmgelben, goldgeränderten Volants lag der vornehme Glanz alten Elfenbeins.
Justizrat Gabbe, der sich gerade zu einem kurzen Besuch in diesem Kabinett befand, hob sein Lorgnon und starrte hingerissen auf sie. Als die Erscheinung verschwunden war, wendete er sich an seine Frau. »Hast du je so etwas gesehen?« fragte er bebend vor Bewunderung.
»Nein«, erwiderte sie scharf, »*das* habe ich nicht.«
»Beinahe ebenso – hm – flott wie dein Kleid, das du um die Jahrhundert-

wende trugst.« Er sah sich fragend um. Naaa? Es wurde plötzlich totenstill. Nun hatten sie sich den ganzen Abend mit Klatsch über Adelheids Kleid erbaut, und jetzt bekamen sie eine Mahnung an ihren eigenen Leichtsinn aus noch nicht lange verflossenen Jahren an den Kopf.

8

Bei der Rückkehr vom Tanz begegneten Adelheid und Dag dem Alten. Er hatte den Gästen nach allen Seiten zugetrunken und war gegen alle liebenswürdig gewesen, wie es sich für den Wirt gehört. Noch lag ein Widerschein davon auf seinen Zügen, als er, offenbar ganz zufällig, das Brautpaar traf.
»Wollen wir drei nicht ein paar Schritte hinausgehen?« fragte er, kehrte um und ging voran, durch die Zimmer und die Flurtür bis auf die Treppe. Adelheid legte zum Schutz gegen die kühle Nachtluft ihren Schal um, neugierig, was wohl hiermit beabsichtigt sei.
Ein paar Laternen erleuchteten trüb das Dunkel, und aus den Fenstern fiel Licht. Sonst lag schwarze Nacht über dem Hofplatz. Gespenstisch schimmerten die Stämme der Eichen aus der Finsternis, und fern leuchtete warm ein Licht. Aus dem Neubau klang das Dröhnen der Musik, und auch unendlich weit hinter der Eiche ertönte etwas wie der Takt von Musik. Sie gingen die Treppe hinunter und auf die Bohlen hinaus, die jetzt bei dem Schmutz des Spätherbstes über den Hof gelegt waren.
Die Musik vom Hochzeitshaus erstarb allmählich, und neue Töne wuchsen immer stärker aus dem Licht im fernen Dunkel des Hofes hervor. Adelheid lauschte gespannt. Sicherlich würde sie das unfaßliche Märchen niemals ganz begreifen, das dieser große Hof darstellte. Immer etwas Neues – Unerwartetes. Dumpfes Dröhnen in gleichmäßig sicherem Takt erscholl immer deutlicher – Juchhe und Juhu – und zwischen diesen taktfesten Klängen ein seltsamer Ton. Sie beherrschte mehrere Instrumente, hatte viele Melodien bei Feiern und Festen gespielt und gesungen, Musik aller Art meinte sie zu kennen, aber diese war ihr fremd und neu.
Es war ihr Hochzeitstag, ja, ihre Hochzeitsnacht; grenzenlosen Kummer und – selige, unfaßbare Freude hatte sie auf dem Weg zu dieser Stunde durchlebt. Das mochte dazu beitragen, daß der neue Klang eine so betörende Macht gewann. Der alte Dag voran, der junge hinterdrein; geborgen schritt sie im Dunkel – einem Märchen entgegen. Schwer und unablässig dröhnten die dumpfen Laute, fest und rhythmisch erklang das Rufen, sehnsüchtig und heiß sang der goldene Klang dazwischen. Eintönig, geradlinig, und doch lebte und zitterte es wie ein leises Zucken, ein dunkles Gurren im Gold der Töne. Es war wie ein Drang des Lebens, das empor mußte und wollte und es doch nicht vermochte, ganz empor bis zur Sonne. Wie Tausende von ungesagten

Worten, wie das Unaussprechliche selbst im Gemüt des Menschen, in allen Menschenherzen, erklang es dahinter, dahinter, immer hinter den gewaltigen Taktschlägen. Als ob es nicht hervorkönnte, nicht durchdringen dürfte, weil es das Verlangen des Menschenherzens nach etwas war, was niemand erreichen kann.

Der Lichtschein wurde deutlicher. Hinter kleinen, trüben Scheiben lebte und leuchtete er spärlich. In Adelheid verschmolz er mit dem heißen, goldenen Klang; wurde eins mit ihm, faßte ihr Gesicht und ihr Gehör zu einem einzigen, zwiefach starken Sinn zusammen, der mit doppelter Kraft empfand.

Vater Dag stampfte auf der Schwelle, die Türangeln kreischten, Licht flammte ihnen entgegen, und wie in eine unwirkliche Welt schritt Adelheid mit Dag hinein, und die Tür fiel hinter ihnen zu. Vater Dag mochte Jungfer Kruse gebeten haben, ihren nächtlichen Besuch in der Gesindestube anzukündigen; denn der Tanz ging ohne Unterbrechung weiter, nur noch stärker. Dröhnendes Stampfen, wildes Röckeflattern der Mädchen, übermütiges Schubsen und Schwingen der Burschen mit donnerndem Juhu und Hei, und tief aus dem Dunkel einer Ecke zirpte und lockte und reizte und rann der goldene Ton dazwischen.

Ein Bursche kam aus dem Halbdunkel auf Vater Dag zu. Ein paar geflüsterte Worte, dann trat der Bursche in das Spiel von Licht und Dunkel zurück und war verschwunden. Der Tanz ging, und die Fiedel klang wilder und wilder. Adelheid ergab sich ihr und fühlte mit allen Sinnen, mit all ihrer Musik all die überwältigende Stimmung dieses Tages – des Tages ihres Lebens. Der Tanz und das Klingen dahinten wuchs und stieg – bis zum Reißen ihrer Sinne, wuchs und wuchs immer noch, raste – wild, wild, wilder, wilder – Raserei – Schluß.

Die Gestalten auf der Diele glitten in den Schatten zurück und verschwanden, die Fiedel war mit einem blutenden Schluchzen verstummt. Alles war mit einemmal totenstill; aber in Adelheids Ohren ging der Tanz weiter, und die Melodie der Geige lag noch in der Luft, lebte ihr eigenes Leben – ohne Instrument, ohne Spielmann – lebte und klang – unsterblich.

Aus dem Dunkel trat ein Mädchen mit drei Gläsern auf einem Brett. Jeder der drei Neuangekommenen nahm eins. Gläserklirren und Becherklang tönten aus der Finsternis. Das Kienholz, das in den Kamin geschoben wurde, knackte, das Feuer lebte auf, Flammen lohten, und im Schein der Glut tauchten die Gesichter aus dem Dunkel hervor – viele: alte mit starren Augen und junge mit kecken Blicken. Vater und Sohn traten hinter Adelheid zurück, die Flammen im Kamin flackerten in leuchtendem, lebendigem Schein auf, und Adelheid stand mitten in ihrem Licht.

»Wir trinken also auf die Braut«, sagte Vater Dag. Leises Schmatzen und Schlucken. Kein Wort. Das Mädchen mit dem Brett kam wieder, und die drei Gläser wurden daraufgestellt. Adelheid merkte jetzt, daß sie allein im Licht-

schein stand, und zog sich zurück. Der junge Dag öffnete die Tür, der Vater folgte ihm und mahnte über die Schulter zurück: »Nicht zu wild!« Aber in seiner Stimme lag kein Ernst.
Vater Dag bog ab, auf einem langgelegten Brett, das zum alten Haus führte, ins Dunkle der Laube. Adelheid und Dag folgten ihm neugierig. Adelheid war heute nach der Kirche zum Umziehen in ein großes Zimmer des Neubaus gewiesen worden; hier würden sie also wohl künftig wohnen, Dag und sie.
So setzte sie ihren Fuß wieder auf die alte, brave Treppe und die Laube, die sie letzte Weihnachten so oft in Kummer und Freude betreten hatte und auch während der langen Sommerzeit. Der Alte öffnete die mächtige Tür; die Angeln kreischten unter ihrem Gewicht, und dann standen sie in der alten Diele. Im Kamin war heute abend Feuer gewesen – es glühte noch und verbreitete genügend Helligkeit, wenn man von draußen hereinkam. Vater Dag ging die Treppe hinauf; sie knarrte unter seinem schweren Tritt. Die Jungen folgten schweigend. Oben schritt er geradeaus zur Jungfernkammer und öffnete die Tür. Drinnen war es dunkel. Er holte Stahl und Zunder aus der Tasche, war also wohl auf diese Stunde vorbereitet. Er schlug einmal an; zündete nicht, aber Adelheid konnte im Schein der Funken einiges erkennen und sah, daß alles an seinem alten Platz stand. Vater Dag schlug noch einmal, der Zunder fing Feuer, und er steckte das Licht auf der Kommode an. Ruhig, bedächtig ging er zum Ofen, machte die Tür auf, der Feuerstrahl knisterte von neuem, und dann prasselte es drinnen durch den Haufen von Birkenholz und Rinde. Er wies auf die Stelle zwischen Ofen und Bett. »Hier haben wir eine Tür gebrochen.« Er hatte aus dem Ofen einen Rindenspan mitgenommen und ging durch die Tür nach rechts ins Dunkel hinein. Gleich darauf sauste es auch dort hinten, und Adelheid und Dag tasteten sich durch die Tür.
Der alte Bodenraum war in ein großes Zimmer umgewandelt worden. Die Decke fiel nach Süden schräg ab wie in der Jungfernkammer, aber in die Südwand hatte man ein niedriges Fenster gebrochen. In der inneren Ecke war ein großer, gemauerter Kamin, gleich dem unten in der Diele – in denselben Rauchfang eingeführt wie der Ofen in der Jungfernkammer. Jetzt umflackerte hier brennender Kien einen dicken Wurzelstubben. Zwei von den guten alten Stühlen, die Jörn Vielfalt einst gefertigt hatte, mit hohen Rücken- und Armlehnen, waren vor den Kamin gestellt und daneben ein Klapptisch. In der Außenecke unterm Dachgebälk stand ein Bett von der alten Form, wie Dags Bett im Küchenhaus, nur länger und breiter und kunstlos bloß mit ein paar geschnitzten Schnörkeln geziert. Aber schön gebleichte Laken und Kissen glänzten darin. In der hintersten Innenecke stand ein großer Eckschrank und hinterm Bett eine schwere Truhe und eine Spiegelkommode. An den Wänden waren reihenweise Haken von Wacholderholz angebracht. Der Fußboden war weiß gescheuert, und vor dem Bett lag ein Flickenteppich.
Vater Dag blickte sich schnuppernd in der Stube um. Mit dem Rücken gegen

die beiden sagte er mit leiser, etwas bebender Stimme: »Ich hätte ja eigentlich aus der großen Schlafkammer unten ausziehen sollen. Ich hatte es vor, aber ich bringe es nicht fertig. Ich ziehe ja wohl einmal aus, auf den Friedhof – bis dahin möchte ich meine Nächte weiter dort verbringen. Du, Adelheid, sollst jetzt als Frau auf dem Hof bestimmen, ob ihr im Neubau wohnen oder hier vorliebnehmen wollt. Dein Zimmer steht seit deinem letzten Besuch unberührt, und jetzt haben wir für Dag dieses hier instand gesetzt. Ich weiß, er fühlt sich im Küchenhaus am wohlsten, wir haben es aber so weit hergerichtet, daß er die Flinten, und was er sonst will, an die Wand hängen und sich Feuer machen kann, wenn er heimkommt.«

Vater Dag wendete sich gegen den Kamin und blickte hinein. Ein Balken ächzte, wie oft in alten Gebäuden bei Wetterwechsel, und die Flammen schossen in den Windzug des Ofens hinauf. Sonst war es still.

»Ja, ihr Jungen müßt Nachsicht haben mit mir altem Mann, wenn nicht alles so ist, wie es sein könnte ...«, hier kehrte sich Vater Dag ihnen zu, Adelheid stand in der Tür und Dag dahinter; »und«, er hob den Kopf und blickte sie ernst und fest an, »dann haltet euch in allem, was kommt, an unseren Herrgott, solange ich lebe und auch späterhin. Es ist doch das sicherste.« Seine Stimme verriet, wie schwer ihm der Entschluß fiel, dies auszusprechen.

Der junge Dag schlich wieder in die Stube und in den Flur hinaus, als sich der Vater zum Gehen anschickte. Adelheid vermochte keinen Fuß zu rühren, und als er an ihr vorüberkam, da glitt ihr seidener Schal wie eine Schlange zu Boden, sie warf dem Alten ihre bloßen Arme um den Hals, und die Tränen quollen hervor – unaufhaltsam. Wie traurig war sie noch drüben im Neubau gewesen, weil sie gewiß dort wohnen sollten, wo Wände und Dielen so klanglos und kalt knarrten, wo es so trocken und verblichen nach Polstermöbeln, Tapeten und Farbe roch! Und wie hatte sie sich das tiefe und lebendige Ächzen der Balken im alten vertrauten Haus ausgemalt und den Geruch von Kamin und Rauch und lebendiger Wärme, von gescheuerten Holzmöbeln und von jahrhundertelangem menschlichem Leben! Wie hatte sie über all die Fülle von Behaglichkeit und lieben Dingen in der Jungfernkammer geweint, in der sie nun niemals mehr schlafen sollte! Und jetzt – jetzt hatte Vater Dag alles so eingerichtet, wie sie es sich am heißesten wünschte, und entschuldigte sich noch, daß es nicht besser sei.

Vater Dags Hemdbrust war ein wenig feucht geworden, war nicht mehr so feingefältet, nicht mehr so weiß, als er wieder durch die Kabinette und den Saal des Neubaus wanderte; seine Brust aber war genauso breit wie vorher, vielleicht noch um eine Spur gewölbter. Sein Sohn hatte zwar kein Wort geäußert und Adelheid auch nicht viel herausbringen können; aber sie hatte ihm so gut zu verstehen gegeben, daß seine Anordnungen wohlgelungen waren. Nun würde es kommen, wie er es ersehnt hatte: die jungen Leute würden unter dem gleichen Dach mit ihm wohnen, sie alle würden dicht beieinander leben.

Die Musik brauste, und im Saal ging der Tanz. Es flüsterte und gurrte in den Winkeln, wo es schummrig war, und es lachte und summte und trällerte von Stimmen aus den Kabinetten und vom Speisesaal her, wo einige wieder von vorn angefangen hatten. Es sah aus, als solle es nie ein Ende nehmen.

Für Adelheid war es nicht wie ein einzelner Tag, sondern wie unendlich viele gewesen, so voller Erlebnisse und Spannung, voller Festlichkeit und Stimmung und – Unruhe. Jetzt verlangte es sie nach der Stille ihrer Kammer. Vater Dag hatte das Licht oben nicht gelöscht, es stand sicherlich noch brennend auf der Kommode, und im Ofen war Feuer, und die Tür zu Dags Stube stand offen. Und dort glühte jetzt gewiß der große Wurzelklotz im Kamin. Sie dachte beim Tanzen fast nur hieran, und schließlich dachte sie überhaupt nichts anderes mehr. Darum suchte sie Vater Dag auf. Sie flüsterte ihm zu, sie wolle jetzt gehen, sagte ihm »gute Nacht« und dankte ihm für alles. Vater Dag überlegte erst, ob das anginge; dann nickte er und fuhr mit der Hand in die Westentasche. Er zog einen kleinen Schlüssel hervor und steckte ihn Adelheid zu.

»Der Sekretär und die Truhen oben waren bei deinen früheren Besuchen verschlossen. Jetzt gehört dir dort alles. Die Truhenschlüssel liegen irgendwo im Sekretär. Nein – mir brauchst du nicht dafür zu danken, du hast es von Dorthea Holder geerbt. An sie kannst du hie und da denken, wenn du magst. Du wirst mit ihr gut bekannt werden, wenn du einmal ihre Sachen durchsiehst. Oben liegt auch ein Mantel für dich aus Fellen, die Dag zusammengebracht hat. Er wußte nicht, daß du gestern im Pfarrhof bleiben würdest, daher hast du ihn nicht, wie er wollte, für die Fahrt zur Kirche bekommen.«

Adelheids Hand stahl sich in die Vater Dags, und er drückte sie, ein wenig fester als sonst. Dann ging sie durch den Saal, um Tante Eleonore »gute Nacht« zu sagen und auch ihrem Vater, wenn er nicht allzusehr in Stimmung wäre.

Vater Dag blieb, und seine Augen folgten der stattlichen Gestalt, bis sie verschwand. Dann ging sein Blick über alle Anwesenden, von Gesicht zu Gesicht, und es leuchtete darin auf wie Triumph. Von seiner allerfrühesten Kindheit an bis in späte Jahre hinein hatte er die Geringschätzung des offenen Landes gegen sich und seine Familie gespürt, gegen die Waldleute, und niemals war er dieses Gefühl richtig losgeworden, trotz all seinem erworbenen Reichtum. Auch heute abend hatte der oder jener in Tischreden oder durch unüberlegte Äußerungen im Gespräch mit ihm eine Art Herablassung gezeigt, die ihm nicht behagte. Ane Hammarbös Kunde aus uralter Zeit, daß der erste seiner Sippe, der nach Björndal kam, königlichen Blutes gewesen sei, hatte er kaum für etwas Sicheres genommen. Wie sich aber seine Vorväter im Kampf aus dem wilden Wald emporgerungen hatten, bis Hof und Siedlung wurde, was sie heute waren, das schien ihm bedeutend genug, daß sie sich mit jedem messen konnten. Und Adelheid – sie stammte mütterlicherseits von Leuten, die sicherlich bedeutender waren als irgendeiner der Gäste, auch ihr Vater sollte ja aus recht gutem Hause sein; und jetzt ging Adelheid in seine Familie ein.

Vater Dag reckte sich ganz hoch auf und wanderte durch die Lichterfülle, breit und mächtig. Die Tränen, mit denen Adelheid sein Hemd benetzt hatte, dünkten ihn funkelnde Edelsteine.

Adelheid hatte dreien eine »gute Nacht« zugeraunt. Ihr Vater war aufgebraust und hätte fast verraten, daß sie zur Ruhe gehen wollte, aber er biß sich noch rechtzeitig auf die Zunge. Er begleitete sie sogar bis in die Vorderstube des alten Hauses, die einst von Jörn Vielfalt aus der früheren Küche umgebaut worden war und dem Neubau am nächsten lag. Hier strich ihr Major Barre zum erstenmal, seit sie ein zehnjähriges Kind gewesen war, über die Wange und stammelte etwas davon, daß sie ihm viel verzeihen müsse; aber er sei eben Soldat gewesen und – immer geblieben.

Sie weckte ein sonderbares Gefühl in Adelheid – diese zarte Bitte ihres polternden, selbstzufriedenen Vaters. Mit all seinen Schwächen und Fehlern war er doch ihr Vater, und gerade er hatte sie nach Björndal gebracht. Gleichwohl vergaß sie diesen Vorfall, als sie sich im Dunkel die Treppe hinauftastete, vergaß alles vor Spannung, die Kammer wiederzusehen – allein.

Sie schloß die Tür hinter sich und blieb andächtig stehen. Die Tür zu Dags Zimmer war angelehnt, und sie konnte dort drinnen in der Finsternis nur einen lebendigen Schein vom Kamin her erkennen. In ihrem eigenen Ofen prasselte es noch etwas, sie öffnete die Ofentür und legte frische Birkenscheiter nach. Sie sog den Duft des Holzes ein, das an der Wand aufgestapelt lag. Es schien ihr der Inbegriff aller Wärme und Behaglichkeit der Welt. Weiß und seidig war die Birke, wenn sie draußen auf den Weideplätzen stand, die Prinzessin des Sommers, und warm und ausgiebig und duftend war sie zur Winterszeit drinnen im Haus. Liebkosend strich sie über einen seidenglänzenden Klotz.

Dann schritt sie feierlich und langsam bedächtig durch die Kammer. Ja, alles war wie früher. Der Lavendelgeruch aus den Schubladen und der süß-schwere Duft der getrockneten Rosenblätter in der Dose auf der Kommode. Die hatte Jungfer Kruse gewiß schon im Sommer zurechtgemacht, als sie selber so grenzenlos verzweifelt hier umherlief, bevor Vater Dag freite – ja, für Dag und sie freite, sie aus ihre Qual befreite.

Adelheid überkam fast eine Ausgelassenheit, als sie, sich wie im Tanzschritt wiegend, zur Kommode schritt, den Dosendeckel abnahm und tief und lange in die Rosenblätter hineinschnupperte. Sie hatten im Sommer unten im Rosengarten geblüht und bewahrten noch jetzt den Duft von Sommertag und Sonne. Sie schloß den Deckel wieder und blickte im Spiegel über der Kommode tief in ihre eigenen Augen.

Sie begann die goldenen Reifen zu lösen, die in griechischer Art ihr Haar zusammenhielten, und die dicken Locken umwogten befreit den Hals.
Plötzlich fielen ihr ihre Sachen im Neubau ein. Wie sollte sie jetzt darankommen? In Gedanken zog sie die oberste Kommodenschublade auf, und die nächste, und die übernächste. Da lag ihr Zeug. Jungfer Kruse hatte neben all den tausend anderen Dingen, die sie an diesem Tag im Kopf haben mußte, auch noch hieran gedacht. Adelheid wendete den Blick zur Bettdecke drüben bei der Fenstertür. Ja, dort hing auch ihr Reisekleid – und über dem großen Sessel der Mantel »aus Fellen, die Dag zusammengebracht« hatte. Feierlich wie in der Kirche wandelte sie die wenigen Schritte, ganz langsam, und beugte sich über den Mantel. Es war das erste Geschenk, das sie von Dag selbst bekam. Die anderen Gaben stammten sicherlich vom Vater; aber die Felle für den Mantel hatte er bestimmt selber gesammelt. Sie ergriff ihn vorsichtig, hob ihn auf und ging damit ans Licht. Ja, es war Marder – der ganze Mantel. Gab es so viele Marder in der Welt? Und obwohl sie nichts von der Jagd verstand, dämmerte es in ihr doch, wieviel Mühe und Achtsamkeit all diese Felle der vorsichtigen, blitzschnellen Tierchen Dag gekostet haben mußten. Sie hielt den Mantel an ihre Wange, um die Wärme des weichen Pelzes richtig zu fühlen, und drehte und wendete und betrachtete ihn. Innen war er mit dicker Seide gefüttert.
Adelheid hatte den Schlüssel in den Sekretär gesteckt, ihn dann aber wieder herausgenommen und in eines der kleinen Fächer der obersten Kommodenschublade gelegt. Seine Geheimnisse mochten bis zu einem anderen Mal warten. Sie hatte nachgesehen, ob das Kruzifix an der Innenwand des Bettes hing, und den Vorhang so zurechtgezogen, daß das Licht hindurchfiel wie damals am ersten Abend. Sie hatte in Dags Zimmer geguckt, ob das Feuer im Kamin in Ordnung sei, dort in einem der Stühle gesessen und die mächtige knorrige Kiefernwurzel betrachtet, die so heiß loderte. Heute nacht würde sie alle die Wärme von sich strahlen, die sie in einem Jahrhundert aufgespeichert hatte. Und sie hatte sich in Dags Stube umgeblickt, die karg war wie die eines Soldaten.
Dann war Adelheid in ihre Kammer zurückgekehrt und hatte sich für die Nacht zurechtgemacht; als sie aber fertig war, um zu Bett zu gehen, verfiel sie darauf, den Pelzmantel anzuprobieren, und nahm ihn um. Sie spürte ihn wie eine merkwürdig nahe Wärme an sich, anders als alles, was sie je gefühlt hatte. Sie steckte die nackten Füße in die Pantoffeln und öffnete die Fenstertür; ja, sie ging auf den kleinen Balkon hinaus, der wie ein Vogelnest hoch oben an der Mauer hing, als wolle sie Dags Mantel in der kühlen Nachtluft erproben. Es war sehr trübes Wetter ohne Sterne noch Lichterschein. Nur ein strömender Hauch von Herbst und Nacht und – von Wald strich durch das Dunkel; die Nacht war heute von Tönen belebt. Adelheid erfaßte nicht gleich, was das für Laute waren, so unendlich fern waren alle ihre Gedanken dem

Hochzeitsfest. Es waren menschliche Stimmen und Musik, was sie in der Nachtstille aus dem Neubau vernahm und weit hinten aus der Gesindestube, wenn die Musikanten im Saal eine Pause machten.
Sie knöpfte den Mantel fest zu, schlug den Kragen hoch und setzte sich hier draußen auf eine der Bänke. Seltsam, allein hier oben in der Finsternis zu sitzen und auf die Musik und das Festgetöse zu lauschen, auf den Widerhall ihres eigenen Hochzeitstages. Dieses Getöse aus dem Saal wurde zu einem Abschied – von allen dort unten, von der Stadt, von ihrer ganzen Vergangenheit, zu einem letzten Akkord ihres bisherigen Lebens. Und das Brausen des Tanzes mit dem sinnverwirrenden Fiedelklang aus der Gesindestube schien ihr wie ein Lockruf aus dem neuen Leben, dem sie jetzt entgegenging.

9

Adelheid hatte bisher zehn glückliche Jahre verlebt. Das waren ihre zehn ersten Kinderjahre. Der Vater war den größten Teil dieser Zeit Rittmeister bei den Dragonern gewesen, und sie hatten auf einem großen Landgut mit viel Vieh und mutigen Pferden gewohnt. Wenn der Vater daheim war, gab es Leben und Jubel, Ausfahrten und Ritte; der Vater sagte, Adelheid sei ein fertiger Dragoner zu Pferde gewesen, schon ehe sie zehn Jahre alt war.
Dann geschah das unsäglich Traurige, daß die Mutter Adelheid mit zur Großmutter nahm und sie dort wohnen blieben. Der Vater kam niemals mehr, und was Adelheid über ihn munkeln hörte, lehrte sie den Menschen verabscheuen, dem sie ihre lichtesten Erinnerungen verdankte. So keimte das erste Mißtrauen gegen das Leben in ihr. Die zehn Jahre im Haus der Großmutter verliefen ruhig, aber streng und freudlos.
Als die Mutter starb und dann auch die Großmutter, mußte Adelheid zu dem verhaßten Vater zurück. Die seitdem verflossenen sieben Jahre mit ihrer Not und Bitterkeit hatten sie tief gezeichnet. Allerdings entdeckte sie gerade in diesen Jahren ihre Schönheit und lernte mit dem Vater alle Vergnügungen der Zeit kennen. So manches Mal war Adelheid Barre Ballkönigin gewesen, und doch ...
Der Ernst aus dem Hause der Großmutter war ihr geblieben, hatte sie gelehrt, Schmerz hinter dem gesellschaftlichen Lächeln, Hohlheit hinter allen Schmeicheleien zu erblicken. Der Festglanz draußen und die Not zu Hause ließen das ganze Dasein als Lüge empfinden.
Dann war Björndal in ihr Leben getreten. Von der ersten Stunde an hatte sich für ihr Gefühl dieser mächtige, alte Hof mit dem scheuen Ernst des jungen Dag in eins verwoben und zu einem Bild der Wahrheit und Rechtschaffenheit geformt – im Gegensatz zu der Falschheit und dem Leichtsinn der städtischen

Kreise, in denen der Tanz am tollsten wirbelte, während Unglück und Leid des Krieges in den Familien am schlimmsten hausten.
Und sie, die durch die Einöde ihres Elternhauses tief verschreckt war und niemals wagte, einem der vielen Liebesschwüre zu glauben, die man ihr heiß zuflüsterte, sie, die jedem Gerede von Hingabe mißtraute – sie war von Liebe zu einem Mann gelähmt worden, der nie ein einziges gutes Wort zu ihr gesagt hatte.
Während eines endlosen Jahres hatte sie so die Ängste und Schmerzen der Liebe bis zur Verzweiflung durchlebt.
Ja, und nun war sie glücklich an diesem Tag – und noch viele, viele Tage, schwindlig vor Glück über alles und jedes. Sie weinte und litt vor lauter Freude in ihrer schönen Kammer, und sie, die in allem Mißgeschick ihr Haupt stets so stolz und hoch getragen hatte, schmolz in warmer, weicher Menschlichkeit hin und fühlte das Bedürfnis, einem den Arm um den Hals zu legen und, wenn es nicht anders sein sollte, dann – Dags Vater.
Aber wer so mitten in seiner glücklichen Kindheit von Mißtrauen gegen sein Liebstes vergiftet und im Haß gegen den eigenen Vater erzogen wird, wer als Zweifler groß geworden ist – solch ein Mensch wird eben wie Adelheid.
Einige Wochen nach der Hochzeit saß sie eines Abends in ihrer Kammer. Vater Dag hatte unsichere Nachricht aus der Stadt bekommen, der Krieg mit Schweden gehe zu Ende, es gäbe vielleicht bald wieder Fahrtmöglichkeiten nach England, und die Stille, die seit einiger Zeit in den Waldungen herrschte, hörte dann vielleicht auf. Und der Alte ließ, ohne Weiteres abzuwarten, mit der Arbeit beginnen. Er hatte Zimmerholz in der Stadt liegen, Unmassen, die nicht verschifft worden waren und für die er keine Bezahlung erhalten hatte. Jetzt wollte man die Rechnungen begleichen zum alten niedrigen Preis in wertlosem Papiergeld. Aber nein, hatten sie bisher nicht abgerechnet, dann sollten sie jetzt ehrlich bezahlen. Doch zog er aus ihrem Eifer seine Schlüsse und verfügte ja über genug Leute und Pferde, die nur zehrten, ohne Nutzen zu stiften. Er teilte dem Sohn seine Pläne mit, und Dag zog in den Wald, die Arbeit in Gang zu bringen; er schien es eilig mit dem Wegkommen zu haben. Adelheid verspürte ein Frösteln, als sie erfuhr, daß er fort wolle – noch am gleichen Tag, da es besprochen worden war.
Dag war schon mehrere Tage fort, sie sorgte sich etwas; aber Vater Dags Ruhe wirkte dämpfend auf ihre Unruhe, und sie selbst mahnte sich immer wieder zur Vernunft.
An diesem einsamen Abend fiel ihr ein, daß sie noch gar nicht den Schlüssel benutzt hatte, den Vater Dag ihr am Hochzeitsabend gegeben hatte. Tante Eleonore war lange dagewesen, und abends war es spät geworden und ihr zum ruhigen Aufenthalt in ihrer Kammer keine Zeit geblieben. Auch war eine Fuhre aus der Stadt mit ihren Sachen gekommen, darunter Bücher aus dem Nachlaß ihrer Großmutter. Vater Dag hatte ihr nach ihren Angaben gleich

Wandbretter machen lassen, eins in die Kammer für ihre Lieblingsbücher und zwei in eines der Kabinette im Neubau. Nach Tante Eleonores Abreise hatte sie auf ihrer Stube schöne Stunden beim Durchsehen der Bücher verlebt, voller Erinnerungen an die Großmutter und die Zeit bei ihr. Trotz aller Strenge der alten Dame war es eine gute Zeit, und die Bücher waren ihre Freunde gewesen – die Bücher des Bischofs.

Heute abend aber war sie unruhig umhergelaufen, auf den Balkon hinaus und wieder in die Kammer hinein, ja, in Dags Zimmer, hatte dort im Kamin Feuer angezündet, um etwas Leben von Licht und Schatten in den düsteren Raum zu bringen, und hatte an die Abende gedacht, da Dag und sie hier bis tief in die Nacht vor dem Kamin saßen. Sie hatte Worte und Gedanken aus ihm herausgelockt – über Wälder und Menschen, und war ihm nähergekommen; aber immer wieder empfand sie doch, wie unendlich weit es noch bis zu seinem Inneren war. Im Nachdenken hierüber war sie wieder in die Kammer zurückgekommen, als ihr plötzlich der Schlüssel einfiel.

Jetzt hatte sie ihn hervorgeholt. Es war ein zierlicher Schlüssel mit feinen Schnörkeln im Ring und vielen Zacken am Bart; sie fühlte ein Zittern in den Händen, als sie ihn in Jungfer Dorthea Holders Sekretär steckte. Was mochte darin sein – im Schrank einer feinen, reichen Jungfer? Der Tochter eines großen Kaufmanns, einer engelhaften Schönheit, wie sie von Vater Dag vernommen und übrigens auch selbst an dem ganzen Zuschnitt der Kammer gemerkt hatte. Der Schlüssel drehte sich gut, als sei erst gestern damit geschlossen worden, die Türen kamen ihr leise und zutraulich entgegen. Sie waren einst von einem Meister so kunstvoll gemacht, daß sie sich langsam von selber öffneten.

Adelheid hatte niemals in den Sekretär ihrer Mutter hineinblicken dürfen. Großmutter hatte gleich nach Mutters Tod alle Schubladen ausgeräumt, und Großmutters eigener Sekretär stand kalt und leer, als sie tot war. Sie hinterließ keine Geheimnisse. So war sie, und so würde es auch wohl mit Dorthea sein. Ihre Schwester Therese, Dags Mutter, hatte sie ja überlebt, und seitdem verwahrte Vater Dag den Schlüssel. Sicherlich war alles vernichtet und verbrannt, wie bei anderen Leuten auch. Aber nein, Vater Dag hatte, als er ihr den Schlüssel gab, so lieb gesagt, alles im Sekretär und in den Truhen solle ihr gehören. Es war nicht seine Art, mit feierlichen Worten etwas zu verschenken, was öde und leer war.

Adelheid faßte mit bebender Hand den Knopf der obersten Schublade zur Linken und zog sie heraus. Da lagen Papiere, Briefe, oder was es sein mochte, vom Alter vergilbt. Sie zog die nächste Schublade auf. Da lag ein großes Buch, sicherlich die Bibel. Sie zog die nächste auf – wieder ein Buch. Zaghaft nahm sie es heraus und öffnete es. Datum und Jahreszahl – ein Tagebuch. Die Buchstaben der feinen, zierlichen Schrift tanzten ihr vor den Augen, sie schloß das Buch und legte es zurück. Es würde Wochen und Monate brauchen, bis sie

imstande wäre, es wieder zu öffnen, um in seine Geheimnisse einzudringen – Geheimnisse von Björndal, von seinen Menschen und von Jungfer Dorthea selber.
Schubladen mit Spitzen und Brokatkragen, Duft von – nein, nicht von blassem Lavendel, sondern von anderen, lebhaften, betörenden, heißen Düften aus der Zeit der pompösen Reifröcke und der hohen, schweren Frisuren – starke, berauschende Düfte aus Ländern im fernen Süden.
Eine Schublade war etwas kürzer als die übrigen. Adelheid wußte, was dies bedeutete; ihre Hände zogen den Schub ganz heraus, suchten in der Tiefe und holten einen Kasten aus dem Geheimfach. Sie spürte keine Überraschung. Es war gerade so, wie es im Märchen sein mußte. Schwere goldene Ketten und Armreifen, einer davon so breit wie ein Daumen, und Ringe mit blitzenden Steinen, ein Halsband, vorn mit vielen Perlen besetzt, eine goldene Haarspange; unten auf dem Boden zwei große Goldstücke.
Erst jetzt kam es über sie – dieses beklemmende, angstvolle Gefühl, das unsichere Gemüter befällt, wenn ihre Hoffnungen in Erfüllung gehen.
Sie hatte sich nach dem Glück gesehnt, sie wie alle anderen. Und für sie war es mit der Hochzeit und dieser Kammer und mit – Dag in Erfüllung gegangen. Doch das Märchen forderte mehr und immer mehr. Und es erfüllte sich auch dies: niemals nahm es ein Ende.
Noch hatte sie nicht in die vergilbten Papiere geblickt, nicht in die eingehefteten Schreibblätter der Bibel, nicht in das Tagebuch, nicht in die Truhen. Und noch wußte sie nichts von dem großen, dem größten Wunder des Märchens Björndal, von den Wäldern, die Dag durchstreifte, und niemals würde sie etwas von diesen Abenteuern erfahren.
Hier war alles wie Vater Dag, wie sein Sohn. Der Weg zu ihnen war so unendlich lang. Sie hatte Bücher gelesen, mehr als die meisten Menschen, hatte über des Bischofs Büchern gesessen, hatte alle die Stellen, an denen seine Zeichen noch lagen oder die angestrichen waren, in sich gesogen. Sie kannte Predigten und geschriebene Kapitel von Menschen und für Menschen, sie hatte einst so fest auf ihr eigenes Wissen vertraut. Ja, selbst die Menschen hatte sie damals zu verstehen geglaubt. Die Kavaliere, alle Leute in der Stadt erschienen ihr lächerlich einfach und alle gleich. Aber diese Menschen, zu denen sie jetzt gehörte nach Gottes ernstem Wort aus dem Mund des Pfarrers und durch alles, was seitdem geschehen war – was wußte sie von ihnen?
Und jetzt hatte ihr Vater Dag den Schlüssel zu Jungfer Dortheas ganzen Geheimnissen gegeben. Ein grenzenloses Zutrauen zu der Verstorbenen und – zu ihr selbst. Ohne ein einziges Wort hatte er ihr mehr Gutes gesagt als alle anderen Menschen bis zu dieser Stunde. So etwas konnten Alltagsmenschen mit ihrer Unsicherheit, ihrem Mißtrauen gegen sich und andere niemals wagen. Unfaßlich, daß jemand so sicher sein konnte!
Adelheids eigenes eingewurzeltes Mißtrauen gegen alles und gegen sich selber

ließ sich durch diese Eindrücke nicht beschwichtigen, sie jagten ihr nur einen bebenden Schrecken ein. Wie sollte sie Vater Dag dies alles vergelten, und wie konnte sie sich seines grenzenlosen Zutrauens würdig zeigen? Sie kannte soviel von dem lockeren Leichtsinn der Zeit, wußte, daß der Welt, der sie entstammte, nichts mehr heilig war. Sie konnte daher nicht ahnen, daß des Pfarrers Worte bei der Trauung in der Kirche für Vater Dag Gottes eigene Ewigkeitsworte waren und sie zu einem Glied seiner Familie machten. In seiner Sippe wußte man nichts von Zweifel und Scheidung, wenn man kirchlich getraut war.

In jüngeren Jahren hatte der Alte mancherlei von seiner Frau oder deren Schwester in seinem Herzen verborgen. Später hatte er soviel von der Last des Lebens und — des Todes verspürt, und manches, was ihn früher bedrückt hatte, schien ihm jetzt nichtig. Solange Dorthea lebte, hatte er viel von ihrem feinen Wesen gelernt. Am Ende konnte auch Adelheid aus Dortheas toten Behältnissen etwas lernen. Sollten auf einem Blatt eines Buches Bemerkungen über ihn selber stehen, dann half es eben nichts. Seine Ehre war jetzt auch die Adelheids.

Aber Adelheid war ein Kind ihrer eigenen Welt. Alles, was sie hier erlebte, blieb ihr unfaßbar. Der wertvolle Inhalt des Schmuckkastens schien sein Licht auf das ganze Geschenk Vater Dags zu werfen — es unbegreiflich, ja beinahe drohend zu machen. Sie ließ alles wieder in den Kasten gleiten und stellte ihn an seinen Platz zurück, machte Schübe und Türen zu und schloß ab.

Sie erhob sich voller Unruhe und ging in Dags Stube. Hier gab es keine Geheimnisse noch wertvolle Gegenstände. Nur eine einzige Flinte hatte er mit heraufgebracht, sie hing einsam und kalt an einem der Wandhaken. Das Feuer im Kamin war fast ausgebrannt. Nur ein schwacher Schimmer von Glut lebte und bewegte sich noch zwischen den Holzkohlenbrocken.

Es war, als verlören die Dinge in ihrer eigenen Kammer allen Glanz für sie, als versänke alles in Finsternis und die kümmerliche Glut im Kamin wäre das einzige, was hier nicht düster war. Und auch Dag war irgendwo draußen im Finstern, weit von ihr. Was sie ihm hier und da hatte entlocken können, verriet von seinem Innern nur wenig. Sie kannte ihn nicht, und alle schönen Geschenke, alles Vertrauen, alle Geheimnisse schienen ihr wertlos. Dag blieb das große Geheimnis für sie; und bis zu ihm war es so hoffnungslos weit. Die Unruhe über all das überwältigende Erleben in ihrer Kammer mischte sich auch in diese neuen Gedanken und wuchs zu eisiger Angst.

Sie wußte später nicht mehr, wie es zugegangen war — sie mußte ohne klare Absicht aufgestanden und in den Gang hinausgetreten, die Treppe hinuntergestiegen sein. So leise wie möglich öffnete sie die schwere Außentür, und ihre Füße trugen sie durch die Laube ins Dunkel, zu dem alten, niedrigen, balkenschweren Küchenhaus, das Dags Geheimnisse barg und das sie da hinten im dunkeln Hof grade erahnen konnte.

War sie wirklich dorthin unterwegs – und was wollte sie dort? Wußte sie überhaupt, was sie wollte?
Sie war die Stufen vom Laubengang auf den Bohlenweg hinabgestiegen, der über den Hof führte. Das Küchenhaus lag ohne Fenster, dunkler als dunkel, zum Bersten geheimniserfüllt da. Aber ahnte man nicht auf dem Dach einen Lichtschein, dort, wo das Rauchloch sein mußte? Und ahnte man nicht drinnen ein schwaches Geräusch von einem Hund oder etwas Ähnlichem?
Adelheid blieb tief beklommen stehen, bereit, beim geringsten Laut kehrtzumachen und zu flüchten; doch nichts war zu hören als die Laute der Nacht, ein Ächzen im Gebälk, leises Wassertropfen irgendwo und in der Luft der wehende Hauch eines fernen Duftes nach Wald und altem Haus – und nach dem Rauch eines Feuers.
Lange stand sie und fühlte das stille Strömen der Nacht wie eine Betäubung um sich; dann besann sie sich wohl, denn sie straffte sich langsam, ging auf die Tür des Küchenhauses zu und klopfte vorsichtig an. Das dumpfe, kaum hörbare Knurren eines Hundes erklang irgendwo, von drinnen aber kam keine Antwort. Die Mägde, die das Küchenhaus ausfegten und das Bett machten, taten das zeitig am Tag. Seit langen, langen Jahren hatte niemand anders als Dag nach der Mittagstunde diese Klinke berührt.
Adelheid machte sich am Schloß zu schaffen und schob die Tür auf. Drinnen war es hell. Hoch und heiß schlugen die Herdflammen auf, und Rauch lag in dem Raum. In träge schwebenden Schwaden umwölkte er das Dachgebälk und zog zuletzt schnell durch das Rauchloch ab. Trotz den Flammen sah man nichts vor Rauch, und Adelheid konnte Dags hohe Gestalt nur undeutlich erkennen – groß und drohend hinter dem Herdfeuer. Er war aus dem Wald heimgekommen, hatte sich rasiert und steckte eben die Spiegelscheibe und das Rasiermesser in eine Wandspalte, als er jemand kommen hörte. Mit gespannter Aufmerksamkeit wendete er sich der Tür zu, als das Unerhörte geschah, als jemand die Klinke berührte und jetzt bei Nacht in seine Höhle eindrang.
Dag brauchte Zeit, bis er begriff, wer da gekommen war, und Adelheid war so aufgeregt, daß sie zusammenfuhr, als die Tür hinter ihr zufiel.
Endlich glitt ein zaghaftes Lächeln über Dags Gesicht, und Adelheid erwiderte es erleichtert. Er riß Jacke und Weste vom Stuhl und warf sie auf einen Haken, dann stellte er ihr den Stuhl am Herd hin. Er hatte sein Hemd über der Brust zurückgeschlagen und die Ärmel bis zu den Ellbogen hochgekrempelt. Jetzt knöpfte er das Hemd zu, streifte die Ärmel herunter und setzte sich auf einen dreibeinigen Schemel am Feuer.
Adelheid sah sich um – mit einem Gefühl, als habe sie sich unrechtmäßig in Dags Knabenwelt eingedrängt, die er jahrelang allein besessen hatte, lange, ehe sie ihm vor Augen gekommen war.
Aber sie konnte es nicht lassen, alles zu betrachten: das Bett, das aufgeschlagen und weiß im dunklen Winkel stand, und die Wände, wo Pulverhörner,

Büchsen, Jagdspieße und Fischnetze in Bündeln auf Pflöcken hingen. Ein großes Messer steckte in der Wand, andere hingen in Scheiden an den Haken. Beile waren in die Wand geschlagen, eines sah sie auch in einem Pfosten der Bettwand stecken. In Ecken und Winkeln lagen andere Geräte, Riemen, Seilenden und ein Stück Kette hingen an Haken und sahen unter aufgehängten Kleidern hervor. Ein Hund lag zusammengerollt am Bett, den Kopf auf den Pfoten, äugte herüber und betrachtete sie, und neben Dag am Herd reckte sich ein zweiter in der Wärme. Es roch nach Brand und Rauch, nach altem Haus und Hunden, die Flammen wühlten und murrten um die Kienscheite auf dem Herd, der Rauch trieb umher und hinauf, und irgendwo ächzte es im Gebälk. Seltsam war es für Adelheid, hier zu sitzen und im Heim ihres eigenen Mannes zu Besuch zu sein; denn daß dieses sein wirkliches Heim war, daran zweifelte sie nicht.

Auch für Dag mochte es ein merkwürdiger Augenblick sein. Daß jemand, der einst Adelheid Barre geheißen, ihn nächtlicherweile im Küchenhaus aufsuchen könnte, war das letzte, was er vermutet hätte; aber er saß mit breiten Schultern da und starrte mit festem Blick in die Glut. Dieser Besuch war nicht das erste Liebeszeichen, das er erhielt.

Trotz ihrem Stolz und – trotz Großmutters Ermahnungen war Adelheid ein Weib, und sie hatte an den Abenden sicherlich mehr gesprochen als Dag, hatte zärtliche Worte geflüstert und gut mit ihm sein wollen.

Dag war noch nie im Leben etwas fehlgeschlagen, alles hatte sich ihm nach Wunsch gefügt. Wohl hatte er damals sehr um seine Mutter getrauert, aber daß bei alten Leuten der Tod einkehrte, entsprach dem Lauf der Dinge. Die einzige Qual in seinem Leben war die Zeit gewesen, da er sich nach Adelheid krank sehnte. Der Vater hatte auch dies für ihn ins Lot gebracht.

10

Auf Björndal wurde, wie damals überall im Land, im Winter an Mehl gespart; aber es mangelte weder an Fleisch noch an Fisch, und diese wässerigen unnützen Dinger, die sich Kartoffeln nannten und die sie auf Geheiß des Alten neben den Feldern auf jedes Fleckchen setzen mußten, das sie unten in der Siedlung, auf Waldrodungen oder auf Björndal selber besaßen, kamen ihnen jetzt zustatten. Sie meinten erst, man könne ebensogut Wasser in den Teig mischen wie Kartoffeln darunter reiben, aber mit der Zeit merkten sie, wieviel mehr das Mehl ausgab, wenn man Kartoffeln daruntermengte. Und zu Speck und Fleisch und Fisch schmeckten sie nicht übel.

Das Weihnachtsfest verlief auf Björndal wie alljährlich. Den Heiligen Abend mit allen Hofleuten am Tisch im großen Saal hatte Adelheid ja schon im

vergangenen Jahr miterlebt; jetzt aber erschien ihr alles noch festlicher. Es mochte mit daran liegen, daß sie nun nicht mehr als Gast dabei war, hauptsächlich aber kam es wohl durch ihres Vaters Berichte von der bitteren Knappheit, unter der so viele andere zu leiden hatten.
Auf Björndal gab es wie alle Jahre Grütze und Fleisch und Schnaps und Bier für jeden – bis zum ältesten armen Teufel hinunter. Früher war das Fleisch das Schönste gewesen, dieses Jahr erwies sich Grütze als das Begehrteste.
Und Tante Eleonore, die den versprochenen Weihnachtsbesuch nicht vergessen hatte, staunte noch mehr als damals Adelheid – staunte über den Weihnachtstisch im Saal mit dem ganzen Gesinde – über die Bibel zwischen den Leuchtern auf dem Tisch, über den festen Ernst, mit dem Vater Dag den Weihnachtstext las, und über die ganze feierliche Würde, die ihren Glanz auf die Stunde und die Menschen warf.
Sie sagte hinterher zu Adelheid, sie habe noch nie so stark empfunden, daß der Weihnachtsabend der Hauptabend des Jahres ist.
Major Barre reiste nach Weihnachten für einige Tage in die Stadt, kehrte aber schleunigst zurück und wußte Schauermärchen zu erzählen: von Kornknappheit und der Kornverteilung auf dem Rathaus, von wüstem Gedränge und von blutigem Eingreifen der Wächter, die mit ihren Morgensternen die anstürmenden hungrigen Menschen im Zaum zu halten suchten. Aber er konnte auch von all den Hoffnungen berichten, die man sich dort auf den Verdienst aus der Englandfahrt und auf den daraus erwachsenden Aufschwung des Handels machte. Vater Dag schenkte an diesem Abend freigebig ein, warf hie und da ein Wort dazwischen und holte aus dem Major alles heraus, was er von bedeutenden Leuten hierüber und vor allem auch darüber hatte sagen hören, daß das Geld mehr und mehr an Wert verlor.
Vater Dag war seit unendlich langer Zeit ein reicher Mann gewesen. Er hatte ein ganzes Menschenleben hindurch an nichts anderes als an Geld gedacht. Dabei hatte er gelernt, allen Menschen und Dingen zu mißtrauen. Dann aber hatte er die Entdeckung gemacht, wieviel andere Freuden er um des Geldes willen versäumt hatte. Das erste, was ihn weckte, war ein warnendes Wort von Jungfer Dorthea am Abend vor ihrem Tod gewesen. Als dann seine Frau starb, merkte er, daß er in den dreißig Jahren seiner Ehe kaum je Zeit gefunden hatte, mit ihr zu reden. Und danach war er in mancher Hinsicht milder geworden, hatte in seinen Geldangelegenheiten nicht mehr so herzlos gehandelt wie bisher und das Bedürfnis verspürt, den Menschen näherzukommen und ihnen zu beweisen, daß seine lieben Verstorbenen nicht umsonst gelebt, sondern auf ihn gewirkt und dadurch allen genützt hatten, mit denen er es in Hof und Siedlung, im Wald und draußen im offenen Land zu tun bekam.
In der letzten Zeit war er nur noch bedacht gewesen, ein erträglicher Herr über alle seine Untertanen, ja, ihnen womöglich ein Freund zu sein. Und dann hatte ihn der Gedanke an seinen Sohn und Adelheid beschäftigt, und daß die

Sippe neue Schößlinge treiben würde. Wie ein Nebel legte es sich über sein Denken und Sinnen vor Freude, daß ein winziger Junge zur Welt kommen und mit ihm durch die alten Stuben tappeln könne.
Seit kurzem war ihm jedoch etwas Neues aufgegangen. Früher hatte ihn Mißtrauen gegen die Menschen erfüllt, wenn es um Geld ging; jetzt überfiel ihn ein neues Mißtrauen – gegen das Geld selbst. Es war allmählich allzuviel geworden. Es standen in Vetter Holders Büchern so große Zahlen, im tiefen Keller drunten quoll die Truhe über. Und alles war bloß Papier. Er hatte noch Bauholz in der Stadt liegen, das von dort nicht gleich hatte verschifft werden können. Er hatte dafür keine Bezahlung erhalten, jetzt aber bekam er Briefe über Briefe mit immer größeren Summen. Es war eine Masse Holz, und Unendliches würde im Frühjahr neu dazukommen. Sie schlugen jetzt mit vielen Leuten in den Waldungen, sein Sohn war selbst dabei, und so wußte er, daß zuverlässige Arbeit geleistet wurde.
Es waren Stämme aus seinen Wäldern, sie besaßen Wert, und er wollte nicht Papierfetzen dafür haben.
Als Dag einmal dringend Bargeld verlangte, hatte Vetter Holder geantwortet, er brauche wertbeständiges Silber wegen seines Kredits in Hamburg und könne ihm daher nicht soviel ausbezahlen. Vater Dag hatte neuerdings darüber nachgedacht. Es war ja gut und schön mit Dänemark und Kopenhagen und dem König unten, aber die Werte dort waren sicherlich größtenteils zu Papier geworden. Vetter Holder mochte wohl seine Absichten mit Hamburg haben. Es lag weit draußen in der Welt; aber sie rechneten in Hamburg mit Silber, und das war etwas, worauf sich Dag verstand. Wie, wenn er hamburgisches Silber für sein Holz verlangte, gleichviel, ob es nun nach England oder nach Holland ging?
Er schenkte Major Barre an diesem Abend tüchtig ein und erwähnte vor ihm Silber und Hamburg und ließ ihn reden; und der Major hatte vieles auch darüber gehört und wußte es bunt und lebhaft wiederzugeben.
Als der Alte zu Bett ging, stand sein Plan fest, und so kam es, daß er für sein Holz bedeutend kleinere Summen als andere gebucht bekam; aber starke, unerschütterliche Summen in Hamburger banco.
Was er sonst an Geld einnahm, legte er in Land und Waren an; er kaufte allerlei moderne Geräte für den Hof oder zum Ausleihen an die Bauern in der Siedlung und auf den Vorwerken im Wald und an die Güter drunten im offenen Land, die er in der Hand hatte. Und als sie mit Fällen fertig waren, ließ er Ställe auf Kätnerstellen, wo es vorher keine gegeben hatte, für Kleinvieh und Schafe bauen. Und er kaufte Pferde und Kühe, Schweine, Schafe und Hühner und tat sie zu seinen Kätnern in Pflege. Selbst wenn es nach der Mißernte mit dem Futter knapp würde, wäre es doch ein Ausweg, wenn die Tiere so verteilt waren, meinte er.
Und die schwarzen Hengste von Björndal trabten ihre alte Straße nach Süden

und kehrten mit schweren Lasten heim; die Kutscher luden im Abenddunkel ab, verstauten alles in den Schuppen und verloren kein Wort darüber, womit sie kamen oder wo sie es geholt hatten. Der alte Dag hatte für so viele zu sorgen und besaß die Macht, Wege durch Notzeiten und Mangel zu bahnen. Er hatte Saatkorn für so viele schaffen müssen, Saatkartoffeln und Gemüsesämereien. Und neues Brotgetreide und anderes, damit es bis zur neuen Ernte reichte.

Major Barre fand in der Folge nur wenig Zeit, länger auf Björndal zu verweilen, aber er kam mitunter zu kurzem Besuch und berichtete vom Leben in der Stadt, von der Papiergeldflut und von Leuten, die plötzlich reich geworden waren, von Sektgelagen und allerhand sinnloser Verschwendung. Aber er erzählte auch von Beamten und anderen, die auf ihr festes Einkommen angewiesen waren, und von kleinen Leuten; die hätten alle mancherlei Entbehrungen zu erdulden.

Auf Björndal gingen die Sommertage wie früher dahin, ruhig und gleichmäßig im Wechsel von rieselndem Regen und brennender Sonne, und Äcker und Wiesen wuchsen der Sonne üppig entgegen. Und der Herbst kam – mit Wind, der im Sonnenschein über die Felder strich, die Ähren wurden voll und reif und wogten schwer und verheißend im Winde.

Es mußten zwei neue Stadel erbaut werden, damit diesen Sommer alles Heu unter Dach kam, und die Scheunen wurden so übervoll, daß man neue errichten mußte.

Der Alte war überall dabei, vom frühen Morgen bis zum späten Abend. Niemals war die Arbeit so flott gegangen wie in diesem Frühjahr mit den modernen Geräten – niemals war die Freude über die Ernte so groß gewesen wie nach diesem Hungerjahr.

Kätner aus dem Walde waren nachts bis an die Felder geschlichen und hatten Ähren gerauft, lange bevor sie reif waren. Ein Kerl, der hierbei erwischt wurde, mußte vor den alten Dag; er bekam scharfe Scheltworte und eine tüchtige Ohrfeige.

Ein Junge, den sie eines Tages wegen derselben Sünde mitbrachten, machte sich aus Angst in die Hosen und, gerade vor Dag, auf den Fußboden. Der Junge kam mit dem Schrecken davon. Er mußte aber versprechen, nicht mehr zu stehlen, sondern lieber zum alten Dag zu kommen und mit ihm zu reden, wenn zu Hause bei der Mutter etwas fehlte.

Es war Krieg in der Welt, und Vater Dag kämpfte und rang für alle, die zu ihm gehörten. Aber es waren nicht nur diese äußeren Aufgaben, die ihn so ungewöhnlich betriebsam machten. Es war auch etwas im Hause selbst. Er hatte sich zwar längst sein Teil gedacht, aber im Laufe des Herbstes wurde es so still und geheimnisvoll um ihn her, daß er sich alle Mühe geben mußte, so zu tun, als habe er von nichts in der Welt eine Ahnung.

II

Die alten Häuser dröhnten und ächzten im Winde der Herbstnächte.
Wenn der Sturm dreinfuhr, war es, als höbe sich jeder Pfosten, ja das ganze Haus. Es knarrte und knirschte und verstummte mit einem schweren Ruck, wenn sich der Wind legte. Ja, sie schienen zu leben, die alten Gebäude, zu leben und sich in Wind und Wetter zu bewegen.
In der Jungfernkammer lag Adelheid wach und lauschte. Ein Licht brannte auf der Kommode. Die Tür zu Dags Zimmer stand offen, so liebte sie es jetzt. Dag lag dort drinnen und schlief, lautlos im Finstern, aber die Laute der Wände waren in dem großen Raum nebenan stärker als in der Kammer; denn die Balken spannten dort drüben weiter.
Der Sturm tobte heute nacht gewaltig, er packte das Haus, daß es sich zu heben und zu senken schien wie eine Meereswelle; oder kam dieses Schwindelgefühl nur aus ihr selbst? Nun würde es mit ihr bald soweit sein. Den Tag über und am Abend hatte sie ernste Anzeichen dafür gehabt; sie waren dann abgeklungen, jetzt aber begannen sie von neuem. Sie wollte sich zwingen, auf den Wind zu horchen, brachte es aber nicht fertig.
Vielleicht war ein schwaches Stöhnen über ihre Lippen gedrungen, denn plötzlich stand Dag vor ihrem Bett. Er strich mit seiner harten Hand weich über die ihre und blickte sie forschend an.
Sie feuchtete die trockenen Lippen mit der Zungenspitze und flüsterte: »Willst du Jungfer Kruse bitten, herzukommen?«
Er spielte ein wenig mit ihrer Hand, dann hob er sie ein Stückchen, beugte sich darüber und drückte behutsam seine Lippen darauf. Als er sich wieder aufrichtete und hinausging, waren seine Augen blank.
Wie oft hatte sich Adelheid dies von Dag gewünscht, was so viele andere getan hatten – früher! Gewünscht, seinen Kopf so gesenkt vor sich zu sehen. Endlich jetzt war es geschehen. Sie wollte ihm eigentlich mit der anderen Hand über das Haar streichen, aber es ging nicht mehr.
Jungfer Kruse kam leise herein, flüsterte etwas und setzte sich abseits an die Tür. Dag wollte selbst eine erfahrene Hilfe holen. Man hörte in der Ferne eine Kutsche davonrollen.
Adelheid versuchte auf Wetter und Wind zu lauschen, um ihre Gedanken zu beschäftigen; aber die Wehen folgten immer dichter aufeinander. Plötzlich flammten Bilder vor ihr auf von Dingen, über die sie in Jungfer Dortheas Tagebuch gelesen und von Jungfer Kruse und Vater Dag Näheres erfahren hatte – von der Sippe und den Menschen, von Geburt und Tod hier auf dem Hof. Zwischen den Wehen sah sie Dags Mutter Therese vor sich. Sie hatte deren Porträt im Saal oft und lange betrachtet. Warum lebte sie nicht mehr? Vor sich sah sie auch das Bild, das sie sich von der alten Ane Hammarbö gemacht hatte, die so unermeßlich erhaben und streng gewesen sein und Vater

Dag geglichen haben sollte, weil sie Björndalsches Blut in den Adern hatte. Alle Berichte von Anes Tüchtigkeit hatten in Adelheid eine lebendige Vorstellung von ihr erweckt, und sie dachte jetzt an Ane – daß sie an einem Kindbett niemals einen Mißgriff getan hätte. Von der, die Dag jetzt holen wollte, hatte Adelheid nie etwas gesehen oder gehört, doch auch sie sollte tüchtig sein; und eine Gewähr hierfür schien ihr fast in dem Namen der Frau zu liegen: Unn Hammarbö.

Sie war die Urenkelin der alten Ane und von niemand geringerem als Therese Björndal selbst als Hilfe bei Wochenbett und Krankheit eingesetzt worden, damals, als Therese hilflos in ihrem Rollstuhl sitzen mußte. Therese mochte Unn einige Male bei der Pflege mitgehabt und gesehen haben, daß sie sich dafür eignete, und so hatte sie Unn angelernt. Und jetzt versah Unn das Amt, in dem sich Ane und Therese so glänzend bewährt hatten.

Unn war, früh verwitwet, nach ihres Mannes Tod heim nach Hammarbö gezogen; da nannten die Leute sie wieder bei ihrem Mädchennamen. Sie mochte jetzt etwa achtundvierzig Jahre alt sein.

Adelheid lag von Schmerzen und Gesichten wie betäubt. Sie hatte sich so weit in der Gewalt, daß kein Laut über ihre Lippen drang, aber sie sah nichts als ihre inneren Gesichte und vernahm auch nichts. Deshalb hörte sie auch nicht wie Jungfer Kruse, daß der Wagen in den Hof ratterte und jemand die Treppe heraufkam.

Adelheid nahm nichts wahr, bis ihr Blick plötzlich eine lebendige Erscheinung auffing – das Bild, das sie sich von Ane Hammarbö gemacht hatte. Sie fuhr entsetzt halb im Bett auf und starrte verwirrt empor.

»Hier ist Unn«, hörte sie Jungfer Kruses Stimme aus weiter Ferne.

Adelheid glitt in die Kissen zurück, sie zwang ihre Lippen zu einem mühsamen Lächeln und streckte ihr die Hand entgegen. Unn ergriff sie fest, beinahe ziehend, und setzte sich auf den Stuhl neben dem Bett.

Jungfer Kruse mochte in einer solchen Stunde reichlich zu tun haben und entfernte sich gleich nach Unns Ankunft wieder. Dag hatte man beigebracht, er zöge sich für diese Nacht am besten ins Küchenhaus zurück.

So blieben Adelheid und Unn allein. Unn hielt Adelheids Hand immer mit dem gleichen ziehenden Griff; sie beugte sich merkwürdig tief und starrend vor. Adelheid fühlte sich plötzlich zu einer lebendigen Begegnung mit der ganzen gewaltigen Vergangenheit berufen, von der sie mit so brennender Anteilnahme gelesen und gehört hatte. Ihr war, als blicke sie durch Unns hohe Gestalt, ihre scharfen Züge und leuchtenden Augen in Dags Sippe und das Leben von Björndal zurück – weit, weit in die ferne Vergangenheit.

Unn verlebte eine ebenso feierliche Stunde. Sie hatte bisher noch keinen Schimmer von Adelheid gesehen – weder damals zu Weihnachten noch im Sommer, noch seit ihrer Verheiratung; aber sie hatte viel von ihr gehört, unendlich viel. Ja, Adelheids Besuch in der Gesindestube am Hochzeitsabend

war wie ein Märchen in die ganze Siedlung und bis zu den Waldkätnern gedrungen – wie unsäglich schön sie sei, mit einem goldenen Reif im Haar und goldenen Rosen am Kleid und funkelndem Gold an den Armen.
Unn hatte nicht einmal gespannt gewartet, sie hatte sich gar nicht träumen lassen, daß man sie überhaupt nach Björndal rufen könnte, wo ihre Urgroßmutter so manche ehrenvolle Aufgabe erfüllt hatte. Es würde sicherlich eine Hebamme – oder der Doktor, oder beide – aus der Stadt kommen. Und dann war Dag selbst gekommen und hatte grade sie geholt, und nun saß sie hier, sah Adelheid vor sich und hielt ihre Hand.
Sie blickten einander an, Adelheid und Unn, in gegenseitiger Verzückung – ohne daß die eine ahnte, was die andere bewegte.
Unn ähnelte zwar ihrer Urgroßmutter, aber zwischen ihren Geburtstagen lag ein Dreivierteljahrhundert. Die alte Ane hatte ihre Kindheit und Jugend in bitteren Zeiten verlebt; so war sie im Alter hart und unbarmherzig geworden. Auch Unns Augen blickten im täglichen Leben streng, doch konnten sie auch merkwürdig tief und warm werden, so wie heute; aber durchdringend waren sie auch dann, durchdringender, als sie selbst wußte. Sie packten Adelheid, diese Blicke, trugen sie durch die Wehen hindurch und machten sie zuversichtlich, als ihr das Schwerste bevorstand.

Es ging auf den Morgen zu. In der Jungfernkammer lag Adelheid mit dem Neugeborenen im Arm. Alles um sie her war frisch bezogen und weiß. Die alte Wiege stand breit und mächtig vor dem Bett, überquellend von kleinen feinen Daunenkissen und Laken mit Einsätzen und kunstvollen Säumen oben und unten, ja, sie hingen bis auf den Boden hinab. Adelheids Augen glänzten tief und lebendig; ihre Stirn durchzogen noch deutliche Spuren der überstandenen Anstrengung; die Locken, die unter der Spitzenhaube hervorkamen, klebten feucht an den Schläfen, und der schöne Mund hatte den verbissenen Schmerzenszug noch nicht ganz verloren.
Aus Dags Stube hörte man das Flackern der Flammen; man hatte im Kamin Feuer gemacht, um Wasser warm zu halten, und auch in der Kammer war wegen des neuen kleinen Lebens leicht geheizt worden.
Dag war grade wieder gegangen, und Adelheid wartete jetzt auf Vater Dag. Die heiße Betäubung der Freude lag noch über ihr, daß alles überstanden, das Kind wohlgestaltet und – ein Junge war.
Die Stiege knarrte, Stufe für Stufe, die Dielenbretter draußen auf dem Flur ächzten, so war es unnötig anzuklopfen – Vater Dags Kommen war genügend gemeldet. Er schloß leise die Tür, tastete sich feierlich heran und setzte sich ans Bett, beugte sich hinunter und streichelte, so behutsam er konnte, Adelheids Hand, während er auf das Kind hinunterblickte. »Ja, meine Adelheid«, sagte er, »und ein Junge ist es auch.«
Adelheid brachte kein Wort hervor, ihre Augen schimmerten feuchtblank, sie

schluckte und kämpfte, um nicht in Tränen auszubrechen. Vater Dag war so verzückt und benommen, daß sie vor Freude laut hätte herausweinen können. Ja, auch ihm erging es wunderlich. Er stand plötzlich auf, atmete tief und wendete sein Gesicht ein wenig ab. Er wollte etwas sagen, brachte es aber erst nach dem dritten Versuch heraus. Dann erklangen die alten Worte, die wohl seit undenklichen Zeiten über allen Neugeborenen der Sippe gesprochen worden waren: »Gott segne deinen Eingang in diese Welt und sei mit dir alle Tage und nehme dich zu sich, wenn das Leben zu Ende ist.« Bei den letzten Worten versagte die Stimme, und Adelheid sah grade noch, daß Vater Dags Augen voller Tränen standen, als er die Hand wie zum Gruß gegen sie hob, sich jäh umdrehte und ging.

Das Märchen von Adelheid wuchs und wuchs.
Jetzt hatte Unn Hammarbö mit eigenen Augen die Kammer gesehen – alles stimmte, was die Mägde immer davon gemunkelt hatten. Dort glänze es von Silber und quelle über von Spitzen, und Möbel gebe es dort mit schöneren Schnitzereien als in der Kirche, und einen Jesus am Kreuz, und hier und da im Dunkeln sonderbare Beleuchtungen und Düfte wie von blühenden Gärten. Und Unn hatte auch Adelheid genau betrachtet – sie sei schön wie keine zweite, aber unmenschlich hart müsse sie sein; denn sie hätte einen großen Knaben zur Welt gebracht, ohne einen Mucks zu tun. So etwas wirkte unheimlich, und beim abendlichen Gespräch in Häusern und Hütten, wo das Märchen von Adelheid mit übernatürlichem Schein und Glanz Gestalt gewann, fielen auch Worte über ihren steifen Stolz, über ihre Härte und Gefühllosigkeit und Unbegreiflichkeit. Und so wanderte ihr Bild über Feld und Wald, soweit Menschen wohnten.
Unn Hammarbö ahnte nicht, daß ihre Äußerungen über Adelheid, die sie in scheuer Hochachtung vor ihren allernächsten Angehörigen getan hatte, eine solche Auslegung finden würden.

Adelheid war glücklich, grenzenlos glücklich. Nie mehr im Leben vergaß sie das Glücksgefühl dieses Herbstes und Winters. Neben allem anderen, was ihr in der Kammer teuer war, hatte sie nun auch ihr Kind in der schönen Wiege, für die Jungfer Dorthea einst all das Prachtzeug genäht haben mochte, lange vor Dags Geburt.
Alle Leute auf dem Hof grüßten so ehrerbietig aus der Entfernung, und Vater Dag fragte täglich und stündlich nach dem Kleinen, und endlich durfte er ihn dann fest in seinen Armen halten und gründlich betrachten.
Auch der junge Dag beschäftigte sich mit dem Kind, wenn er daheim war. Und mehr noch: er begann in seiner Stube aufzuhängen, was er vorher im Küchenhaus gehabt hatte. Es dauerte eine Weile, ehe Adelheid es bemerkte, aber eines Abends spät, als Dag im Walde war und sie Wasser wärmen

wollte, ohne unten jemand zu stören, zündete sie Feuer in seinem Kamin an und blieb dort ein wenig sitzen. Als sie sich umsah, entdeckte sie allerlei Neues an den Wänden; und hinten in der dunklen Ecke am Fußende des Bettes lagen Stiefel und ein Rucksack, und in der Wand steckte ein Beil.
Dag hatte also begonnen, ihr näherzuziehen.

12

Weihnachten wurde nach diesem guten Jahr in vollem Glanz gefeiert. Der Major und Tante Eleonore kamen und andere Gäste, es gab Festlichkeit und Tanz und schwungvolle Tischreden, Lieder und begeisterte Gesänge. Mancher Gast konnte sich nur schwer damit abfinden, am Heiligen Abend mit dem ganzen Gesinde am Tisch zu sitzen und bei Bibel und Kirchenlichtern andächtig zuzuhören, wie Vater Dag den Weihnachtstext verlas. Noch unangenehmer war, daß sich der Alte an diesem Abend so schrecklich zeitig zurückzog mit dem unabänderlichen Bescheid, man werde in der Frühe geweckt werden, um zur Christmette in die Kirche zu fahren. Ging man so mit Gästen von Stande um? Es half ihnen allen nichts, sie wurden geweckt und bekamen im Bett einen Imbiß und einen Schnaps. Sie grauten sich vor der kalten Nachtfahrt und murrten ärgerlich. Aber das Schellengeläut und der Fackelschein unterwegs und die feierliche Messe in der Kirche wirkten auf sie ebenso wie auf andere. Das Naive, Ursprüngliche in ihnen durchdrang den Nebel von Modetorheiten, die sie für ihre eigentliche Lebensaufgabe und Weltanschauung gehalten hatten.
Pfarrer Ramer stand nicht wie viele Pfarrer seiner Zeit auf der Kanzel, um eine Entschuldigung dafür zusammenzuphilosophieren, daß es leider Gott möglicherweise gebe. Er stand dort, um Gottesdienst zu halten, und glaubte so innig an seinen Gott, daß die ganze alte Kirche davon mit Leben erfüllt wurde. Seltsam klangen die Schellen, und seltsam lohte der Fackelschein über die Schneelandschaft und auf den Stämmen des Bergwaldes, als sie heimfuhren. Gewaltige Worte, die nicht nur für Glück und gute Tage, sondern auch in Tod und Unglück ihren Wert behalten würden, klangen ihnen durch das Dunkel nach im Lied der Schellen, flammten im Glanz der Fackeln auf der ganzen Fahrt von der Kirche bis auf den Hofplatz von Björndal.
Wegen der vielen Gäste hatte man bisher immer im Neubau gegessen; doch als man jetzt aus der Kirche heimkam, war der Tisch mit all seinem unglaublichen Überfluß an jeder Art Fleisch und Fisch und anderen Gerichten wie jedes Jahr in der Wohnstube des alten Hauses gedeckt, wie es seit alter Zeit Sitte war.
Es mochte alle das gleiche Gefühl überkommen wie damals Adelheid selbst: Ehrfurcht vor dem Hauch von ererbter Kraft und alter Überlieferung von Echt-

heit und Sicherheit über dem Ganzen, vom Gebälk bis zu den kunstvollen Stühlen und dem Silber auf dem Tisch.
Und wie ein Mann richteten sich zu Beginn aller Blicke auf den alten Dag. Keiner wußte recht, wie man mit ihm dran war. Adelheid biß sich auf die Lippen, um nicht zu lächeln. Alle diese weltgewandten Menschen – auch über sie hatte Vater Dag Macht gewonnen nach dem gestrigen Tage und dem Anfang des heutigen. Sie saßen respektvoll ganz still. Und er zögerte heute besonders lange, ehe er sein Glas ergriff. Sicherlich hatte er gestern abend und heute morgen etwas von ihrem Murren vernommen – er hatte so feine Ohren, der Vater – und gönnte es ihnen jetzt, daß sich ihnen die Feierlichkeit recht tief einprägte.
Endlich hob er sein Glas und sprach wie gewöhnlich bei diesem feierlichen Essen ein paar Worte. Er dankte ihnen, daß sie den langen Weg nicht gescheut und die alten Sitten des Hofes nicht durchbrochen hatten, und ermahnte sie, bei diesem Tisch dankbar an des Herrgotts reiche Gaben zu denken. Dann lächelte er wehmütig, trank ihnen zu und setzte sein leeres Glas nieder.
Der alte Dag dämpfte jetzt die Lustigkeit nicht mehr, die der Schnaps und das starke Bier hervorriefen, und wie schon so manches Mal erfüllten Lachen und festlicher Lärm die Wohnstube.
Adelheid hatte sehr wohl beachtet, was der Vater über des Herrgotts Gaben sagte angesichts der Reichhaltigkeit dieser Festtafel.
Alles hatte hier seinen uralten Sinn.

13

Der alte Dag war trotz seiner Freude diesen Winter ein wenig besorgt. Auf Grund der guten Ernte und vor allem wegen der Entwertung des Geldes begannen die Leute rings im Lande zu versuchen, ihre verpfändeten Höfe als Erbgut zurückzuerwerben. Und sie zahlten mit einer Handvoll wertloser Scheine, ja, hundert Taler galten jetzt nicht mehr als früher ein paar Schillinge.
Er dachte an seine guten Taler, bare Silbertaler, die er seinerzeit überall eingesetzt und zum Erwerb der Höfe verwendet hatte.
Damals war er hart gewesen, und sein alter Leibspruch hatte gelautet, das Recht müsse seinen Gang gehen, wenn auch der Schuldner noch so herzlich um Gnade bat. Jetzt war es schon zweimal vorgekommen, daß ihm jemand den Hof wieder abgenommen und ihn mit einem Haufen dreckigen Papiers abgespeist hatte. Und es war das Recht, das hier seinen Gang ging. Auf den Papierfetzen standen die richtigen Zahlen. Daß die Scheine keinen Wert besaßen, war nicht ihre Schuld. Er konnte noch mehr dergleichen erleben; das gesetzliche Rückkaufsrecht für Erbhöfe blieb fünfzehn Jahre in Kraft, und viele

Güter besaß er noch nicht so lange. Vor allem dachte er dabei an Borgland, das mächtigste Gut drunten im Tal, das ihm erst knappe zwei Jahre gehörte. Dort wohnte noch der frühere Besitzer, Oberst von Gall, mit seiner bösen Tochter Elisabeth, die einst Dags ältesten Sohn Tore in der Schlucht des Jungfrautals sozusagen in den Tod getrieben hatte. Dag hatte der Verlockung nachgegeben, in die Haupthypothek dort schwere Gelder zu stecken, um sich den Hof dann übertragen zu lassen, »zur Sicherheit«, wie sein Anwalt in der Stadt sagte.

Jetzt hatte er zwei Jahre hindurch eine Anzahl Pferde und kräftige Leute mit schweren Geräten dort arbeiten lassen, nicht nur während der Bestellung. Er hatte auch Gräben ziehen und alles Vernachlässigte in Schick bringen lassen; und bei der letzten Ernte war er über den reichen Ertrag der riesigen Felder und Wiesen rein erschrocken.

Nun würde er es wohl, kaum daß er es hochgebracht hatte, loswerden und zugleich alles verlieren, was er hineingesteckt hatte. Es war ja natürlich Übermut gewesen, sich mit so unnötig großen Geschäften zu befassen. Er besaß ja genug an Björndal und den endlosen Waldungen. Aber er mochte bedacht haben, daß es einmal auf Björndal jüngere Söhne geben könne. Der älteste sollte Björndal erben, ungeteilt – wie es immer gewesen war; der zweite konnte dann Borgland bekommen. Und der dritte und die nächsten, falls mehr kämen, konnten ihr Teil aus seinem anderen Besitz im Südland erhalten.

Ja, Vater Dags Gedanken waren auf Adlersflügeln gefahren. Jetzt war der erste Enkel da, und die Werte begannen zu schwinden, das Land ihm unter den Händen fortzugleiten.

In dieser Zeit kam im Kirchspiel und im offenen Lande das Gerücht auf, der alte Dag benutze hohe Talerscheine, um seine Pfeife anzuzünden, ja, er trüge Fidibusse aus Talern in seinen Ärmelaufschlägen.

Manche hielten dies für Übermut, andere meinten, er wolle die Regierung und Obrigkeit im Lande dadurch verhöhnen, daß er dieses Lügengeld verbrenne. Daß er seine Pfeife mit – einem ganzen Hof ansteckte, das wußte keiner.

Der Winter ging hin, das Frühjahr 1811 kam. Wo auf Borgland im letzten Sommer Wiesen geblüht hatten, da keimte jetzt der Winterroggen in den Furchen. Dags Roggen. Man meinte, über dem Feld schon einen grünen Schimmer zu sehen, aber das war in der zweiten Aprilwoche wohl noch nicht gut möglich. In den Scheuern lagen Eggen mit langen Eisenzinken und dicken eisernen Beschlägen und schwere Pflüge mit größerem Eisen und schärferen stählernen Scharen, als man sie je gesehen hatte. Dags neue Ackergeräte. Die Björndaler Waldgäule waren es gewohnt, sich mit schweren Fuhren auf allerlei Boden vorwärtszuarbeiten. Sie stürzten auf dem Borglander weichen Erdreich nicht in die Knie, wenn Pflug und Egge schwerer als gewöhnlich waren und tiefer in den Boden schnitten.

Jetzt ging es wieder auf die Zeit zu, da der Großknecht von Björndal mit Gäulen und Leuten kommen und anweisen und befehlen und über den alten Besitz der Gallschen Familie regieren sollte und der Oberst ihnen alt und zittrig aus einem Versteck im Zaun nachstarren und Fräulein Elisabeth hinter der Gardine in ihrer Kammer hervorlugen würde.
Der Oberst war recht hinfällig geworden, seit er damals vor zwei Jahren nach Björndal hatte fahren müssen, um vom alten Dag Geld zu erbitten und die verfallene Hypothek auf Borgland damit zu retten, und es dann erlebt hatte, daß der andere den Pfandbrief bereits erworben hatte. Der Oberst hatte allerdings friedlich auf Borgland wohnen bleiben und ohne Abrechnung verbrauchen dürfen, was er mit den Seinen aus der Wirtschaft benötigte, und Dag hatte seinen Fuß nie über die Schwelle gesetzt. Aber der Oberst war schon durch das frühere Unglück mürbe gemacht worden und nach der Geschichte mit dem Pfandbrief ganz vernichtet. Fräulein Elisabeth, die einst so schöne, übermütige Dame, hatte das Haus seitdem nicht mehr verlassen.
Es war in der zweiten Aprilwoche, die Sonne schien, und durchsichtige Wolkenstreifen durchzogen den lichtblauen Himmel wie feine Stränge vom Rande der Erde bis hinauf in die Ewigkeit des Himmels. Unendlich hoch droben hörte man unsichtbare Lerchen trillern. Es gärte und schwoll im Erdboden, und Wasser rann und sickerte in allen Ritzen und Furchen.
Der Borgländer Stallbursche zerrte das steifbeinige dunkelbraune Reitpferd des Fräuleins gesattelt vor das Portal. Er hatte es mit aller Macht gestriegelt und gebürstet und abgerieben, aber da es zwei volle Jahre im Stall gestanden hatte, ohne bewegt zu werden, war es nicht menschenmöglich, es glatt zu kriegen, und es ging auch, als wagte es kein Bein vor das andere zu setzen. Aber der Bursche hatte aus der Küche Bescheid bekommen, das Fräulein wolle ausreiten – was für ein Einfall! Wenn man zwei ganze Jahre vor ihr Ruhe gehabt hatte, könnte sie einen auch weiter in Frieden lassen, dachte der Stallbursche, während er das Pferd hielt und so forsch auszusehen versuchte wie früher. Er schielte nach Fräulein Elisabeth, als sie, ganz wie ehemals, hochmütig und ohne Gruß herauskam und aufsaß.
Ein brennender Schmerz von einem Peitschenhieb fuhr dem Burschen übers Ohr, und so hochnäsig wie möglich fragte Fräulein Elisabeth: »Was? Das nennst du ein Pferd putzen?« Die Peitsche klatschte von neuem, diesmal aber auf das Pferd; und der Sporn mußte ihm wohl tief ins Fleisch gedrungen sein, denn der Gaul zuckte zusammen und hob mit einem Klagelaut den Kopf. Er machte einen kläglichen Versuch zu galoppieren, bekam die Beine endlich in Gang, und dann trabten sie aus dem Hof in die Allee hinaus.
Der Bursche rieb sich das Ohr und sagte, während er ihr nachsah, ungefähr dasselbe, was der verrückte Bruder des Obersten, »Bruder Lorenz«, der hier wie ein Gespenst herumlief, von ihr zu sagen pflegte: »Der Teufel soll sie bei lebendigem Leibe holen!«

Am Ende der Allee begegnete Fräulein Elisabeth einem ärmlich gekleideten blassen Mädchen von einer der Kätnerstellen. Die Kleine mochte schon allerlei über das Fräulein gehört haben, denn sie lief ohne Gruß davon, wahrscheinlich, um schnell vorbeizukommen. Aber Fräulein Elisabeth hielt das Pferd an und rief: »Halt!«
Das Mädchen blieb stehen, und die Reitpeitsche sauste ihm rechts und links um die Ohren; es tat weh, als würden ihm die Ohren abgeschnitten. Dicke Striemen liefen über beide Backen und den Hals unter den dünnen Zöpfen hin. Die Kleine schrie wie am Spieß, und Fräulein Elisabeth richtete sich hoch im Sattel auf. »Das nächste Mal wirst du wohl knicksen!« Und dann gab sie dem Gaul wieder den Sporn und ritt in die Frühlingssonne hinaus, aufrecht und immer noch schön trotz den zwei Jahren in ihren vier Wänden.
Hinten im Hof ging der Bursche zum Stall, die Hand am Ohr. Was hatten all diese Veränderungen der letzten Zeit zu bedeuten? Zwei Jahre lang war der Narr, der Lorenz, hier herumgestrolcht, wie es ihm beliebte, und im Stall, in der Gesindestube und überall hatten sie ihren Spaß an seinem närrischen Geschwätz gehabt; jetzt, seit Weihnachten, hielt man ihn wieder wie früher in seiner Kammer fest, und er durfte nur seinen Morgenspaziergang im Garten machen, ehe die anderen auf waren. Der Oberst, der bisher wie ein Schatten umhergeschlichen war, begann sich wieder überall zu zeigen. Er kam, die alten Geräte und die Gäule, soweit sie nicht schon verkauft waren, zu besichtigen, und redete davon, alles Schadhafte instand zu setzen. Und heute erschien auch noch das Fräulein mit dem alten Teufel im Nacken und wollte ausreiten.
Die Herrschaften auf Borgland hatten in den letzten Jahren mit niemand Umgang gehabt. Sie schlossen sich ein aus Scham darüber, daß sie ihr ganzes Hab und Gut verloren und auf Borgland jetzt nichts mehr zu sagen hatten, so daß sie von der Gnade des alten Dag leben mußten. Darum erfuhren sie auch so wenig von den Ereignissen in der Welt draußen, aber im Spätherbst hatten sie unerwartet den Besuch eines Beamten aus dem Südland bekommen und durch ihn gehört, wie viele Erbgüter rechtskräftig eingelöst worden waren und wie leicht die Papierscheine hierfür zu haben wären.
Der Oberst, mutlos und gebrochen, fühlte sich vielleicht endlich einmal wohl, seit ein Stärkerer den riesigen Besitz verwaltete. Er war auch verständig genug zu erkennen, daß dem Hof noch vieles mangelte, selbst wenn es eine Kleinigkeit war, das Geld für den Rückkauf gepumpt zu kriegen. Der Pferde- und Rindviehbestand war seit Jahren nicht erneuert, die besten Tiere verkauft, mit den Geräten stand es hoffnungslos, die Gebäude verfielen allmählich – wie es eben ist, wenn irgendwo Armut jahrelang zehrt. Um alles zu ersetzen, was hier fehlte, brauchte man auch Geld, und da war es nicht, wie bei dem Rückkauf des Gutes, mit kümmerlichen Papiergeldsummen getan. Da ging es um größere Zahlen – nach dem wahren Tageswert für jedes einzelne Stück.
Dazu kam noch, daß der Alte auf Björndal so anständig gewesen war. Im

ersten Jahr, jenem dunkeln Mißjahr, hatte er ihnen die gesamte Frucht überlassen und war ihnen außerdem noch hilfreich beigesprungen; im zweiten Jahr, das so großartig ausfiel, hatte er nur so wenig für sich selber beansprucht, daß ihnen alles im Überfluß blieb. Der Oberst war mit dem Rechtlichkeitsbegriff einer generationenlangen Herrschaftspflicht groß geworden. Er besaß sehr wohl einen Blick dafür, was Dags Hilfe an Leuten, Pferden und Geräten für Borgland bedeutete. In seinem Stolz empfand er es als Unredlichkeit, alles dies noch neben den Werten anzunehmen, die der Alte in gutem Geld für den Pfandbrief bezahlt hatte. Das schmeckte nach Unehrenhaftigkeit. Aber Fräulein Elisabeth hatte ihn aufgehetzt, ihn mit bissigen Reden Tag und Nacht aufgestachelt, bis er sich schließlich hinsetzte und den Rückkauf anmeldete. Damit er sich nicht anders besinne, nahm sie das Schriftstück an sich und hatte es schon wochenlang in Verwahrung.

Sie wußte aus den Bedenken des Vaters, wie sehr es an allem übrigen mangelte, und hatte ihre Beschlüsse danach gefaßt. Sie wollte das Schriftstück nicht absenden, ehe die Björndaler mit der Frühjahrsbestellung fertig waren. Selbst wenn sie dann auch den Anspruch auf die Ernte behielten – dies wußte sie nicht genau –, war das Land wenigstens bestellt, und sie würden weiter dränieren und bessern, wie sie angefangen hatten; ihr Vater aber gewann Zeit, um das nötige Geld aufzubringen und den Einkauf von Vieh und Geräten zu besorgen. Sie hatte beschlossen, sich bis zur Absendung des Schreibens im Hause zu halten; heute aber lag ein so wunderbarer Frühling in der Luft, und sie fühlte sich wie neugeboren in der Hoffnung, daß sie wieder die Herren auf Borgland würden und daß ihre frühere Freundin Adelheid, die jetzt auf Björndal verheiratet war, den drohenden Verlust von Borgland erführe. Sie mußte heute einfach in die Sonne hinaus, die altgewohnten Wege reiten und nach der langen Eingeschlossenheit das Leben ringsum spüren.

Und Elisabeth von Gall, die man »die Böse« nannte, bog aus der Borgländer Allee nach Norden ab, in den Weg nach Björndal hinein. Man munkelte so allerhand über sie. War sie es nicht gewesen, die Tore Björndal in einer Mondnacht auf den alten Weg gehetzt hatte – zur Schlucht im Jungfrautal –, und niemand hatte ihn wiedergesehen? Ihr Kavalier an jenem Abend, der forsche Leutnant von Margas, war auch dabeigewesen – mit seinem Degen, und Tore Björndal ohne Waffe. Und nachher war Leutnant Margas nie mehr nach Borgland gekommen, und es hieß, er sei ins Ausland gegangen und in der napoleonischen Armee gefallen. Sie hatte Tores Bruder, den jungen Dag, zum Ball nach Borgland geladen und ihn den ganzen Abend umgaukelt, aber er hatte sie verschmäht und zuletzt mit Adelheid Barre getanzt, die dann seine Braut geworden war. Ja, man tuschelte manches über Fräulein Elisabeth, von ihrer teuflischen Bosheit gegen Menschen und sogar – gegen unschuldige Tiere.

Nun ritt sie hochmütig im Sonnenschein dahin – ein Stück Weges nach

Norden. Fräulein Elisabeth war sehr kurzsichtig, aber sie vernahm vom Walde her das Rollen eines Wagens, und bald konnte sie ihn auch sehen. Da wendete sie ihren Gaul und ritt gemächlich zur Allee zurück. Doch der Wagen folgte ihr die Allee hinauf. Da hielt sie ihr Pferd an und wartete mit starrem Blick.

Es war Syver Hintenauf, der Großknecht von Björndal, und er wollte das Ackergerät, das sie voriges Jahr in Borgland gelassen hatten, vor der Frühjahrsbestellung nachsehen. So etwas geschah immer rechtzeitig auf Björndal und überall, wo der alte Dag herrschte.

Fräulein Elisabeth erkannte ihn, aber auch er hatte sein Teil von ihr gehört und rollte breit und sicher daher, um an ihr vorbeizufahren ohne Gruß, nur mit einem kleinen flüchtigen Aufblick zu ihr.

»Kann Er nicht einmal grüßen?« Die Reitpeitsche zischte durch die Luft, aber sie wurde von des Großknechts mächtiger Faust aufgefangen, ihr aus der Hand gerissen und flog, vor ihren Augen in vier Stücke zerbrochen, in den Straßenschmutz.

Er wollte weiterfahren, aber sie gebot ihm mit scharfer Stimme zu halten.

»Raus aus der Allee mit ihm!« schrie sie. »Was hat Er hier zu schaffen?«

»Oh«, antwortete Syver, »ich wollte man bloß nach den Geräten sehen.«

»Hier hat niemand von – von drüben mehr was nachzusehen. Die Geräte werden wir auf die Straße werfen, daß Er es weiß. Dort könnt ihr sie abholen.«

Syver musterte sie ruhig, und ein behaglicher Zug kam in sein Gesicht. »Ich hab' meinen Auftrag vom Alten, und was der sagt, das tu ich.«

Fräulein Elisabeth beruhigte ihren Gaul, dem sie in der Wut den Sporn gegeben hatte. »Will Er machen, daß Er fortkommt! Niemand von drüben hat hier noch etwas zu suchen. Bestelle, daß wir das Gut einlösen, sofort einlösen – alles ist schon geschrieben!«

»Geschrieben vielleicht«, sagte der Großknecht ganz langsam, »aber bloß nicht eingereicht, nicht rechtzeitig eingereicht, und jetzt ist es ja zu spät.« Er spuckte geräuschvoll in weitem Bogen aus.

Fräulein Elisabeth wurde bleich. »Zu spät?« flüsterte sie atemlos.

»Ja, jetzt braucht man richtiges Geld dazu. Jetzt muß alles gesetzlich taxiert werden. Gestern ist ein Brief gekommen vom Avkaten.« Und damit fuhr Syver Hintenauf an Fräulein Elisabeths Nase vorbei und bog mit besonderem Schwung in den Hof von Borgland ein. Und er hauste und rumorte in den Scheunen und hantierte mit Eggen und Pflügen und Spaten, daß es über den ganzen Hof schallte. Wenn der alte Dag rücksichtsvoll war und hier auf dem Hof niemand behelligte, war Syver Hintenauf eine Rechtfertigkeit für sich. Er kannte die alte Geringschätzung der Borglander Herrschaft für alle Björndaler, ja, für alle lebenden Menschen überhaupt, und wußte von den Teufeleien des Fräuleins. Es hatte ihm in den Fingern gejuckt, sie auf der Stelle durchzuwal-

ken, dieses Teufelsweib, doch ging das bei einer so feinen Herrschaft wohl nicht an.
Der Alte hatte ihm geradeheraus gesagt, die Frühjahrsbestellung sei von ihm aufgeschoben worden, weil er hier und anderwärts den Rückkauf erwartet habe. Dann war Nachricht gekommen, in Kopenhagen habe man mit der Papierwirtschaft Schluß gemacht; der 5. April sei Stichtag. Künftig solle taxiert werden. Syver hatte hier selbst die Felder bestellt, wie der alte Dag es ihm aufgetragen und gezeigt hatte. Und daß bei ordentlicher Taxierung heute hier unbezahlbare Werte steckten – soviel Zutrauen besaß Syver zu seiner eigenen Arbeit.
Und die Rückkaufsfrist, die früher fünfzehn Jahre betrug, sei jetzt auf fünf Jahre herabgesetzt, hatte der Alte gesagt. Da konnten der Oberst und diese hochnäsige Ziege schwarz werden, ehe sie in den drei restlichen Jahren solche Summen auftrieben. Solchen Reichtum traute Syver nur Vater Dag zu. Er kannte weder Gnade noch Rücksicht für Leute wie die Borglander. Er steckte mitten in der Arbeit seine Pfeife an und rauchte und lärmte, als sei er der Herr über ganz Borgland.
Syvers Behauptungen erwiesen sich als recht und richtig in jedem Wort. Fräulein Elisabeth schickte einen Eilboten zum Vogt hinunter und bekam die Antwort, sie habe zu lange gezögert. Sie war daraufhin Tage und Wochen bettlägerig. Auch den Obersten traf es hart, nachdem er sich nun glücklich entschlossen hatte; am nächsten Tag aber schon machte er wieder seinen Spaziergang im Garten, und man hörte ihn pfeifen – ganz wie in den guten alten Zeiten.
Syver fragte sich, ob, wenn er heimkäme und von dem Zusammenstoß mit dem Fräulein erzählte, Dag wohl böse werden und beschließen würde, den Oberst samt seiner Tochter aus Borgland zu vertreiben.
Nein, der Alte hatte ihm einmal das Versprechen gegeben, er dürfe bis zu seinem Ende ruhig auf Borgland sitzen, und es kam ihm nicht in den Sinn, daß man ein einmal gegebenes Wort widerrufen könne.
Auch schilderte Syver den Vorfall ohne jede Heftigkeit. Er hatte seinen Ärger noch auf Borgland ausgetobt und berichtete das Geschehene jetzt nur ganz beiläufig.
Nach der günstigen Regelung des Rückkaufsrechts von Freigütern war Dag mild und gnädig gestimmt, und er sagte ernst zu Syver: »Den Oberst kannst du getrost ehrerbietig grüßen, denn der war doch Soldat.«

Es verlautete von Borgland nichts mehr über eine Kündigung, die Björndalschen Leute zogen wie sonst mit den Gäulen von der Frühjahrsbestellung daheim zur Bestellung auf Borgland, die schweren Pflüge mit den stählernen Pflugscharen rissen tiefere Furchen in den guten Boden als je in all den Jahrhunderten vor Dag Björndals Zeit.

Der Oberst stand im Garten hinter den Büschen und blickte wehmütig über den alten Familienbesitz hin, und oben in Fräulein Elisabeths Kammer bewegten sich die Gardinen verstohlen hinter den Scheiben.
Vater Dag war nun mit dem Gang des Rechts nicht mehr unzufrieden, noch auch mit der Regierung und Obrigkeit im Lande. Er steckte seine Pfeife auch nicht mehr mit Talerscheinen an.
Es gab eine gute Ernte, auf Borgland war sie sogar hervorragend. Und im Spätherbst kam auf Björndal wieder ein Sohn zur Welt.

14

»Lensmann Ravner ist ein Gauner«, sagte der Volksmund von Lensmann Christofer Ravner.
Er besaß zwei Höfe und auf jedem eine Frau. Es hieß, er sei von der einen nach dem Gesetz geschieden, aber nicht nach der Liebe; und er steckte auch sonst noch in allerlei Weibergeschichten. Wenn er davon genug hatte, spielte er Karten und soff sich voll. Man erzählte, er zwänge Leute von der Straße, mit ihm nach Hause zu kommen, er machte sie betrunken und nehme ihnen im Spiel das Geld ab. Und das stimmte wohl: wenn Leute zu ihm kamen, um Schulden oder Abgaben zu bezahlen, schenkte er ihnen ein und spielte Karten mit ihnen; und wenn sie heimkehrten, war ihr Beutel leer, und beim Gehen schuldeten sie ihm mehr als beim Kommen. Er besaß einen riesigen Holsteinerhund, dem er allerlei Kunststücke beigebracht hatte. Über diesen Satansköter des Lensmanns gab es unendliche Geschichten, aber bei Tageslicht bekam man ihn nie zu sehen. Spätabends, wenn die Karten flogen und die Leute trunken lärmten, wenn der Tabaksqualm wie ein Nebel in der Amtsstube lag, tauchte der Köter wie ein Geist aus irgendeinem Winkel auf – niemand wußte, woher – und legte sich unter den Tisch, an dem gespielt wurde.
Der Lensmann konnte den Hund besprechen, daß er das Fell sträubte und gräßlich knurrte, ja, er konnte ihn durch Besprechen so unglaublich riesenhaft werden lassen, daß er den ganzen Tisch hochhob. Leute, die dies zum erstenmal erlebten, liefen davon und vergaßen alles gewonnene Geld; und hinterher war es nicht mehr zu finden. Viel Unheil hatte der Lensmann angerichtet, den einen zu übermäßigem Trinken verleitet, den anderen beim Spiel um Haus und Hof gebracht. Es gab zwar noch andere Beamte in der Gegend, aber es war nicht ratsam, sich in die Angelegenheiten des Lensmanns zu mischen, wenn es um die eigenen nicht viel besser stand.
Nach wie vor kamen Leute von weit her oder auch aus der Nähe zu Dag, um ihn zu einem kleinen Darlehen zu beschwätzen. Er ließ sie ausreden, nahm sich Zeit für sie und hörte nicht nur auf die Worte, sondern achtete auf den

Tonfall und paßte auf, wo sie logen. Er saß ihnen mit aufmerksamen Blicken gegenüber und betrachtete sie sich gründlich. Er half den meisten, half mit den Jahren immer häufiger, und wenn er einem nicht traute, verlangte er eine hypothekarische Sicherung. Mehr als einen alten Faulpelz erzog er zur Arbeit. Trotz seinem Alter sah man ihn unentwegt bei jeder Witterung draußen mit seinem Rappen. Er wollte sehen, wie es dort stand, wo er geholfen hatte, und bei manchem fruchteten seine Mahnungen und Hinweise mehr als sein Geld. Er war ein Kind der alten harten Zeiten droben in der Waldsiedlung. Er hatte viele Tage in Wind und Wetter gearbeitet und unendliche Erfahrungen gesammelt, manche aus seinem eigenen Erleben, die meisten aber doch aus den alten Weisheiten, die sein Vater aus der harten Arbeit vieler, vieler Geschlechter weitergegeben hatte.

Unter denen, die zu ihm kamen und ihm ihr kümmerliches Los klagten, erwähnte erst einer, dann ein zweiter den Lensmann mit seinem Schnaps, seinem Kartenspiel und seinem Hunde. Dag hatte sich jäh vorgebeugt, als er zum zweitenmal davon hörte, aber er war alt, er mochte es wieder vergessen haben.

Eines Tages saß Vater Dag in der Schreibstube am Fenster. Er hatte in alten Akten geblättert, aber die Erinnerung an Klinge mochte ihn überkommen haben; denn er starrte nachdenklich, die Hand unterm Kinn, aus dem Fenster über die herbstlichen Felder. Seine Pfeife lag erloschen auf dem Tisch, der Rauch aber zog noch in lichten Schwaden auf das Kaminfeuer zu und in den Schornstein hinauf.

Es klopfte an die Tür zur Diele – Jungfer Kruse brachte eine Frau herein, die von weit her aus dem Süden gewandert kam, um mit Dag zu sprechen. Sie knickste einmal an der Tür, als Jungfer Kruse sie hinter ihr schloß, und knickste sich durch die Stube, aber schließlich kam sie doch auf dem Stuhl am Kamin zu sitzen, den Dag ihr anwies. Er wendete sich ihr mit seinem Drehstuhl zu, der nach Hauptmann Klinges Zeichnung angefertigt war, und nach langen umständlichen Einleitungen rückte sie mit ihren Schmerzen heraus.

Sie wagte Dag nicht anzublicken. Die verarbeiteten Hände bewegten sich unaufhörlich. Sie zerrten und strichen an der Schürze, während sie sich beim Sprechen vor und zurück wiegte.

Was sie zu erzählen hatte, betraf den Lensmann. Ihr Mann sei dem Lensmann ins Garn gegangen und hocke bei ihm, trinke und spiele Karten tagaus, tagein. Er wage dem Lensmann nichts abzuschlagen, denn er sei bis über beide Ohren verschuldet, müsse also weiterspielen. Und wenn er einmal gewinne, dann verschwinde das Geld, behaupte er, und der Satansköter schleiche umher und mache ein Wesen, daß er halbtot vor Schreck nach Hause komme. Jetzt habe der Lensmann wieder seine Tour; es gehe nun schon zwei volle Tage und Nächte so. »Gott weiß, wie das noch enden soll«, schloß das Weib.

»Ja, er weiß es sicher, darauf kannst du dich verlassen, Mutter«, sagte der alte Dag streng.
Das Weib war so in sein eigenes Jammern versunken, daß es vor Schreck vom Stuhl hochfuhr, als Dags scharfe Worte durchs Zimmer klangen. Sie stand vor Verlegenheit fast auf einem Bein, und ihre Augen gingen auf und ab, als er sie in ruhigerem Ton fragte, ob die beiden ihr Kartenspiel wohl auch heute abend fortsetzen würden.
Die Frau antwortete, das könne die ganze Woche so gehen, wenn der Lensmann seinen Anfall habe.
Der alte Dag kannte das Weib nicht, merkte aber bald, daß ihm der Mann bekannt war. Bereits zweimal hatte er versucht, den Kerl mit Schuldenerlaß und Fuhrhilfe, ernsten Ermahnungen und Strenge wieder auf die Beine zu bringen. Er strich sich über das Haar, der Alte. Die harte Haut über der Narbe an der Schläfe, die von einer Schlägerei in seiner Jugend herrührte, zitterte und zuckte. Seine Lippen wurden schmal, und er preßte sie zusammen, sein Kinn schob sich merkwürdig vor. »Du kannst in die Küche gehen und dir etwas zu essen geben lassen, während wir anspannen«, sagte er.
»Gott steh mir bei«, rief das Weib, »du willst doch nicht etwa zum Lensmann fahren? Das geht auf Leben und Tod!«
Die Dielentür schlug hart hinter Dag zu, und die Frau drehte sich verlegen hin und her, folgte ihm aber schließlich und fand auf einem Umweg in die Küche, wo sie vorher mit Jungfer Kruse gesprochen hatte.

Der Alte hatte die Frau nach Hause gefahren, und es war Abend geworden. Sie bat ihn unterwegs noch hoch und heilig, bis zum hellen Tag zu warten und jemand mitzunehmen; er solle sich um ihretwillen nicht ins Unglück stürzen. Der Lensmann sei keine Privatperson, sondern die Obrigkeit, und sein Hund – in dem Hund stecke der Teufel selber.
Dag band das Pferd am Torpfosten an und schritt im Dunkeln den schmutzigen Steig zum Hofe des Lensmanns hinein. Licht hinter den Vorhängen, Stimmen und Schläge auf den Tisch verrieten ihm, wo sie hausten. Er tappte zur Eingangstür; sie war nicht verschlossen, und er ging den Lauten nach. Er hatte des Hundes wegen eigentlich eine Axt und die Pistole des Hauptmanns mitnehmen wollen, es dann aber doch gelassen. In seiner Jugend wäre er sogar ohne Waffe einmal fast zum Mörder geworden. Er mußte sich in acht nehmen. Er tastete sich bis zur Amtsstube vor und machte die Tür auf.
Das glühende Gesicht des Lensmanns mit den starren schnapsgeröteten Augen leuchtete durch die Rauchschwaden über der Kerzenflamme, an der er gerade seine tönerne Pfeife in Brand setzte, als die Tür aufging.
Sogar der Lensmann fühlte mitten in seinem wilden Rausch so viel Respekt vor dem Alten, daß er die Pfeife fallen ließ und stieren Blicks sitzen blieb. Die anderen drei, die um den Tisch saßen, gafften ebenfalls zur Tür, voll

kriechender Angst, geduckt und sinnlos berauscht. Dag rief den Ehemann der Alten an und forderte ihn mit unerbittlicher Stimme auf, mitzukommen. Da aber kam Leben in den Lensmann. Er war einmal ein forscher Kerl gewesen, und alles Unwesen, in das er geraten war, hatte ihn noch nicht so weit heruntergebracht, daß seine Wut nicht einen Funken der alten Forschheit in ihm hätte aufflammen lassen. Er fluchte mit den abscheulichsten Gotteslästerungen, die Dag je zu Ohren gekommen waren, und dann – dann stürzten der Lensmann und der Hund mit einem Satz auf ihn los. Dag war alt, gewiß, aber er hatte keinen Branntwein im Schädel, und er hatte in seiner Jugend unendlich oft im Kampf mit Mensch und Tier blitzschnell zufassen müssen. Er hatte mit der sausenden Axt in der Faust mitten in einem Rudel Wölfe gestanden und gleichzeitig seine Beine gebraucht. Zehen und Hacken hatten in den Wolfsrachen gekracht, und die volle Wucht seines Trittes hatte das Rückgrat mehr als eines Wolfes gebrochen. Jetzt klatschte ein einziger Schlag mit der flachen Hand, und man hörte einen nassen Schubs. Der Lensmann stürzte hintüber zu Boden und riß einen Stuhl mit, der Köter heulte wild, so daß es im ganzen Haus widerhallte. Der Alte tat einen Schritt vorwärts und brach dem zuschanden getretenen Hund mit einem Fußtritt das Rückgrat, und das Geheul erstarb. Dann packte er den Mann, den er suchte, stieß ihn zur Tür, und ehe er ihm folgte, fegte er als letztes die Kerze vom Tisch, so daß die Stube in tiefer Finsternis lag. Draußen prügelte er den Mann nüchtern, zerrte ihn in den Wagen, fuhr ihn nach Hause, lieferte ihn seinem Weibe ab und drohte ihm mit Himmel und Hölle, falls er noch ein einziges Mal den Fuß in den Hof des Lensmanns setzte oder eine Karte anrührte, solange er lebte.

Der Lensmann sah keinen Grund, über das Geschehene etwas verlauten zu lassen; aber die anderen drei erzählten ihr Teil von den Gesichten, die sie in ihrer Trunkenheit gehabt hatten, und das waren keine Kleinigkeiten gewesen. Der alte Dag habe die Stühle in der Stube zerschmettert, den Lensmann auf die Holzsplitter geschleudert und den Köter mit einem Fußtritt bis an die Decke gewirbelt, so daß der leidige Satan heulend aus ihm ausgefahren sei und das Licht mitgenommen habe, als er sich durch die Wand davonmachte. Das war noch der einfachste Bericht. Bestehen blieb, daß Dag den Lensmann verprügelt und seinen Zauberkünsten mit dem Köter ein für allemal ein Ende bereitet hatte.

15

Es ging auf das Frühjahr 1812 zu, aber es gab keinen Frühling, nur Regen und Nässe.

Manchenorts kam die Saat erst um St. Olaf, den 29. Juli, in die Erde. Auch der Sommer wollte nicht kommen, nur Regen und Sturm.

Der Herbst blieb ebenfalls aus; nur der Winter – der kam. In einer der ersten Septembernächte gab es Frost; schwarz und schlaff wurde alle Frucht von der die Menschen leben sollten ein ganzes langes Jahr hindurch. Leichenweißer Schnee deckte die Felder.

Der alte Dag hatte trotz dem Überfluß der letzten zwei Jahre kein Korn verkauft. Die Papiergeldhaufen, die er damit hätte verdienen können, machten weder Mensch noch Vieh satt. Er dachte nicht nur an das Hungerjahr 1810 – er wußte auch von früheren. Er hatte auf den Waldkaten bei den zuverlässigsten Leuten Vorratsschuppen errichtet und allen Überfluß dorthin geschafft.
Jetzt im Frühsommer schickte er seine Leute über Land zu allen Vorratsschuppen, und zwar keinen geringeren als Syver Hintenauf mit dem Schmied und dem Tischler und schweren Schlössern. Alle Luken wurden vernagelt, alle Türen erbarmungslos abgeschlossen und die Schlüssel in Jungfer Kruses Kammer an den Haken gehängt.
Drunten in der Siedlung fanden kleine Flächen an der Südseite von Häusern und Hecken vor dem ärgsten Frost Schutz, in Waldhöfen kamen die Kartoffeln an den Südhängen durch, und auch auf Björndal hielten die Wälder die Kälte etwas ab.
Aber draußen in Borgland auf den weiten Flächen mähte der Frost alles nieder und bedeckte es dann mit Schnee.
Ein schwarzes Jahr. Gegen den Winter gab es rings im Land Kinder und Erwachsene mit gedunsenem Leib und gelben Gesichtern vom Hunger, dem Rindenbrot und der ewigen Nässe; Ruhr und Tod hausten, und aus den Ställen kam das unerträgliche Brüllen des Viehs, das vor Hunger zusammenbrach.
Knappe Kost auch auf Björndal. Vater Dag hielt damit zurück. Niemand konnte wissen, wie lange die Not währen würde.
Weihnachten aber war wie immer. Erst Brei, dann Fleisch obendrauf, reichlich Fleisch und Speck. Es wurde tüchtig geschlachtet, und Fallgruben, Schlingen und Netze waren auf Dags strengen Befehl fleißig in Gang gewesen.
»Der Wald wird uns schon retten, wenn wir uns um das bemühen, was er uns zu geben hat«, war seine Rede. Der Wald spendete vielerlei; und allerwärts sammelte man Moos und Sumpfgras, Heide und Laub, Wild, Fische und Geflügel.
Von draußen kamen sie alle, die von Dag abhängig waren, und eine Kleinigkeit erhielten die meisten. Es kam auch, wer seinen Hof inzwischen zurückgekauft hatte. Jetzt wollte man ihn Dag für einen Sack Korn wieder überlassen. Er besann sich eine Weile und fuhr sich mit der Hand durchs Haar. Dann erhielten auch sie etwas Korn, ohne Überlassung des Hofes. Hierüber könnte man später reden.
Es war der Herrgott, der sich in diesem Jahr offenbarte, da durfte man gegen die Notleidenden nicht hart sein.

Bei all seinem durchdringenden Scharfblick in Geldfragen und der Landwirtschaft, bei aller Menschenkenntnis, bei seiner klugen, einsichtigen Vorsorglichkeit fühlte sich Dag treuherzig-kindlich dem einzigen ergeben, den er für größer hielt als sich selbst.

Aber die Leute kamen wieder und wieder den ganzen Winter hindurch von allen Seiten, und der Alte mußte ja auch für eine neue Aussaat noch Korn übrigbehalten.

Unter den lockeren Dielenbrettern in den Scheunen, unterm Dachgebälk von Sommerställen und Schafpferchen, aus verschlossenen Kleidertruhen in den Vorratskammern, von den unmöglichsten Stellen holten sie auf Björndal in der knappen Frühjahrszeit Saatkorn hervor. Und noch niemals waren die Furchen so dicht gepflügt, noch nie hatten die Eggen den Boden so gründlich und sauber zerkrümelt wie im Frühling 1813 unter Syver Hintenaufs strenger Aufsicht. Nicht eine einzige Handvoll von dem Korn, das Dag zur Aussaat gerettet hatte, durfte man beiseite bringen. Syver hatte seine Anweisungen und war dann ärger als Dag selber. In die Erde sollte es, jedes einzelne Korn, und in der nächsten Minute harkten es die Eggen unter. Es war kein Korn für Spatzen und Krähen, das Saatkorn dieses Jahres. Lieber mochte es etwas tiefer untergewühlt werden und etwas später aufgehen.

Aber es ist eine lange, endlos lange Zeit von der Frühjahrsbestellung bis zur Kornreife. Ewig lang für einen, der vor Hunger halbtot ist, schon ehe die Frühjahrsarbeit begonnen hat. Vielen erging es in diesem Frühling so. Und sie kamen nach Björndal – alle, die ein gewisses Anrecht hatten, und unendlich viele andere. Sie verließen sich auf den alten Dag – mehr als auf alle Maßregeln der Regierung, mehr als auf König und Obrigkeit.

Man glaubte, er müsse zaubern können; so viele hatten erzählt, daß sie Korn von ihm bekommen hätten.

Bei all seiner unerschütterlichen Festigkeit hatte Dag jetzt eine schwache Stelle. Kam jemand in der Not vertrauensvoll zu ihm, dann tat es ihm bitter weh, nein zu sagen. Und wo das Herz spricht, da geht es oftmals schief. Und schließlich ging es auch auf Björndal schief. Eines Tages nahm Dag eine Abschätzung vor, und da stellte es sich heraus, daß er ganz unmöglich bis zum nächsten Herbst ausreichen konnte.

Wie einst gingen die Fuhren zur Stadt – mit Fellen und auch, um einzukaufen; aber Korn war nicht zu bekommen. Es kamen auch Briefe, und eines Tages fuhr Dag selber in die Stadt. Vetter Holder hatte in einem seiner Schreiben erwähnt, Silber aus Hamburg, das bedeute Schiffe auf See, und Schiffe auf See könnten Korn für das Land bedeuten, wenn das Glück günstig wäre.

Im Spätsommer, als die Not so groß wurde, daß Menschen am Wegrand Hungers starben, kam ein Mann nach Björndal gefahren, wie es für den Fall abgemacht war, daß ein Schiff einliefe. Und er hatte den ganzen Wagen voll

Weizen – Roggen war nicht zu haben gewesen – und einen Brief von Vetter Holder: die Gäule könnten kommen ...
Dag war ans Westfenster in der Alten Stube getreten wie in seiner Jugend, wenn wichtige Briefe kamen, und hatte das Schreiben dort geöffnet. Er ballte das Papier zusammen und warf es in den leeren Kamin, dann schritt er wie ein Elch durch die Zimmer und hinaus. Silber hatte er darangewagt, für sich selbst und etwas auch für den Vetter Holder, um das Schiff in See schicken zu können, und jetzt war es also geglückt. Ein paar messerscharfe Worte an Syver Hintenauf, und Gaul auf Gaul zog davon – nach Süden. Noch nie hatte man im offenen Lande einen solchen Anblick gehabt, wie da heute die Rappen von Björndal daherkamen – einer nach dem anderen.
Ein Schiff faßt unglaublich viel, und dieses gab dem Vetter Holder seinen reichlichen Teil und Dag alles, was er brauchte, um bis zum Herbst durchzuhalten; gab es ihm gut und reichlich, und noch so viel darüber, daß er davon verkaufen konnte – »aber nur gegen Silber«, sagte Dag, »denn das habe ich drangewagt«. Silber gäbe es im Lande nicht, hatte es gehießen; jetzt aber rückten sie mit alten Talern und anderem heraus, und der Alte bekam mehr Silber ein, als er ausgegeben hatte, und außerdem noch sein Korn.
»Das müssen wir noch einmal versuchen«, sagte Vetter Holder, »da gibt's Geld zu verdienen.«
»Nein, Geld habe ich genug«, antwortete Dag.
Also bewahrheitete es sich, was die Leute geglaubt hatten: Dag konnte wirklich zaubern. Trotz Obrigkeit und königlichem Gebot zauberte er Korn in die Hände der Armen. Es stand noch nicht so schlecht um seine Nächsten, nicht auf Björndal, nicht in der Siedlung, und in den Waldkaten schon gar nicht. Da war immer noch etwas Korn auf dem Boden der Kisten in seinen kleinen Vorratsschuppen zurückgeblieben. Er hatte sie zwar vor allem errichtet, um das Korn darin sicher zu verschließen. Aber er konnte es nicht übers Herz bringen, den Häuslersfrauen dort draußen das Letzte wegzukratzen.
Aber aus dem offenen Lande kamen hungergequälte Menschen, und da verspürte er wohl Lust, seine Macht zu zeigen, würden die Leute sagen; und vielleicht war das auch richtig, aber aus seinem Willen kam Korn, und Korn bedeutete Leben.
Daß der Alte damals zahllose große und kleine Leben dem sicheren Tod entriß, daran zweifelte niemand.
Nach dieser Leistung begab er sich auf eine ungewohnte Sommerwanderung in den Wald und sah sich genau darin um. Er suchte sich eine hochgelegene Stelle, von der er weit hinausblicken konnte. Das Korn kam vom Silber, das Silber vom Wald. Das Silber war vergänglich wie die Wälder. Für Korn hatte er es hingegeben, aber es war wiedergekommen. So ging es auch mit den Wäldern. Sie kamen wieder, selbst wenn man noch soviel darin schlug – ewig, wie das Silber.

Es gab eine gute Ernte, und alles auf Björndal ging nach Dags Wunsch. Der Winter auf das Jahr 1814 war schneidend kalt, und in der Stadt und anderwärts herrschte große Not; auf Björndal aber brannte das Feuer in den Kaminen hell und kräftig, wie immer bei kaltem Wetter. Major Barre kam auf Besuch und erzählte von den großen Ereignissen draußen in der Welt und daß im Norden der Friede geschlossen sei. Gegen Ende Februar erschien er noch einmal und berichtete zornsprühend, der König in Kopenhagen habe Norwegen ohne einen einzigen Schwertschlag an Schweden abgetreten.
»Dänisch oder schwedisch – kann mir gleich sein«, erklärte Dag.
Da fuhr der Major auf. »Der Schwede ist unser Erbfeind«, donnerte er.
»Pah«, sagte der Alte, »mal hat der Schwede uns verdroschen, mal haben wir ihn verdroschen. Das ist ein ehrliches Geschäft; aber ich kann in meinen Geschichtsbüchern nichts anderes finden, als daß wir den Dänen jedesmal fest verdroschen haben, wenn wir die Waffen kreuzten – und doch ist er jahrhundertelang Herr über uns gewesen. Das kommt mir doch nicht ehrlich vor.«
Der Major setzte sich entgeistert. Der Alte hatte sich also auch hierüber ein Urteil gebildet, und zwar mit einem so weiten Blick in die Vergangenheit, daß der Major ihm nicht zu folgen vermochte. Und dazu hörte es sich auch noch ganz richtig an. »Aber«, trumpfte der Major zornig auf, »einen schwedischen König zu bekommen!« – In allen seinen Soldatentagen war der Schwede der Feind gewesen. Darüber kam er nicht weg, der Major. Dies hieß ja zum Feinde übergehen, und das war nicht nach seinem Sinn.
»Hm«, sagte Vater Dag schroff, »dieser Christian Friedrich, den ihr in Christiana umschwärmt und umfeiert, soll ja nur ein Schürzenjäger sein. Aber der neue in Schweden, der Carl Johan, der hat doch Pulver gerochen.«
Damit erhob sich der Alte in der Diele, wo sie saßen; breit und drohend erschien er im Schein des Kaminfeuers, und in seiner Stimme klang selbstbewußte Kraft: »Mir scheint, wir sollten unsere eigenen Herren sein, ohne Dänen und ohne Schweden, wie in alter Zeit. Haben wir dazu das Zeug nicht, dann ist es mir gleich, ob wir von Süden oder von Osten her regiert werden. Hier auf Björndal sind wir so ziemlich unsere eigenen Herren und, find' ich, rufen – Jungfer Kruse und lassen uns einen Schnaps bringen. Was meinst du dazu?« Eine gewisse Härte, ja Wildheit hatte bei den ersten Sätzen über Dag gelegen. Und es war wohl das Bewußtsein, uralte Triebe seines innersten Inneren verraten zu haben, was ihn plötzlich umschlagen ließ.
Sie plauderten bei ihrem Schnaps bis spät in die Nacht hinein, so richtig gemütlich. Dem Major aber fiel heute das Reden nicht so leicht wie sonst. Er war nachdenklich geworden. Zum erstenmal hatte er einen Funken von Dags innerem Wesen wahrgenommen, das hinter dem gleichmäßigen Äußeren schlummern mochte. Bisher hatte er nie darüber nachgedacht; aber es war ja eigent-

lich selbstverständlich, daß ein Mensch, der im Leben soviel geleistet hatte, eine unheimliche Kraft in sich barg.
Dem Major war freilich die Rede nicht neu, daß Norwegen sich vom Süden wie vom Osten befreien müsse, und seien die Feinde auch noch so mächtig. Er hatte es aber für bloße patriotische Phrasen gehalten. Jetzt, da es in ursprünglicher Wildheit aus Dags Innerstem hervorbrach, wurde es mehr als Phrase. Es gab in seinen Kreisen viele, die vom alten Dag wußten. Es würde sie interessieren, seine Meinung zu erfahren. Es würde ihnen wieder Mut geben in der allgemeinen Ratlosigkeit.
Der alte Dag kümmerte sich im übrigen immer weniger um die Außenwelt. Die Knaben waren jetzt schon drei und zwei Jahre alt. Der ältere tummelte sich überall, und auch der kleine watschelte auf seinen O-Beinen einher und redete treuherzig mit darein. Der Alte beschäftigte sich so viel mit den Kerlchen und ihrer kleinen Gedankenwelt, daß er sie völlig verstand und auf alles eingehen konnte. Er ließ die Kutscher Zuckerzeug und andere gute Sachen aus der Stadt mitbringen, und am Samstagabend hatte er vor dem Kamin in der Diele einen Kleinen auf jedem Knie sitzen, holte seine Näschereien aus den Taschen und versuchte so zu erzählen, daß es wenigstens der Ältere mit seiner Phantasie verarbeiten konnte. Daß Adelheid mit einer Handarbeit in dem großen Stuhl am Kamin saß, gehörte dazu. Aber wenn der junge Dag dabei war, dann wußte der Alte keine Märchen zu erzählen. Vater und Sohn empfanden immer noch eine gewisse Scheu voreinander, und jetzt ging es dem Alten sicherlich auf, daß er sich mit seinen eigenen Söhnen nie soviel abgegeben hatte. Es war gemütlicher geworden auf dem großen dunklen Hof.
Adelheid war sehr glücklich über ihre Kinder und über Vater Dags Freude an ihnen – und auch weil ihr Mann immer häufiger zu Hause blieb. Er war jetzt nur noch selten im Küchenhaus, er schaffte mehr und mehr von seinen Waffen und Werkzeugen auf seine Stube neben ihrer Kammer. Er begann sich auch für ihre Bücher zu interessieren und saß manchen lieben Abend vor seinem Kamin und las. Die kleinen Jungen stürmten auf ihn zu, wenn er heimkehrte. Der ältere bekam sein Bett in Dags Stube gestellt und trippelte jeden Morgen, wenn Dag daheim war, durch das Zimmer zum Bett des Vaters hinüber und schlief dort ein seliges Morgenschläfchen, an Vaters breiten Rücken gekuschelt.
Sosehr der junge Dag sich auch scheute, seine Gefühle zu zeigen, Adelheid merkte doch, daß er nicht zum wenigsten der Knaben wegen öfter zu Hause blieb. Zuerst und zuletzt sah er nach ihnen, und wenn er sich von ihr unbeobachtet glaubte, konnte er die Buben auf den Schoß nehmen und vorsichtig an ihren Händchen und Füßchen drehen, als staune er, wie unendlich wohlgeformt die menschlichen Gliederchen waren.

Zweiter Teil

1

Das Glück ist ein unbeständiger Gast im menschlichen Leben. Niemand weiß, wann es kommt, niemand, wann es geht.
Während der sorgenschweren Jahre ihres Lebens hatte sich Adelheid, wie jeder Mensch, nach ruhigem Glück gesehnt. Und es war zu ihr gekommen, größer, als sie je zu hoffen gewagt hatte. Aber sie war von seiner Dauer nicht fest überzeugt. In ihren lichtesten Stunden durchschauerte sie plötzlich ein Gefühl der Unruhe. Irgend etwas mußte kommen. So schön konnte das Leben nicht beständig bleiben.
Wenn sie es recht bedachte, dann wußte sie nicht, woher das Unglück drohen könnte. Man fühlte sich in Vater Dags Reich so geborgen.

Zu Anfang März wurde der Jüngste krank. Mit heißen Wangen und glänzenden Augen schrie er Tag und Nacht nach seiner Mutter – zwischendurch lag er in tiefer Betäubung, und er hustete so, daß der ganze kleine Körper sich in Krämpfen wand; und dann starb er, Adelheids kleiner Junge. Es ist nicht zu beschreiben, wie fassungslos die drei Menschen auf Björndal – in all ihrem Glück – vor diesem Ereignis standen.
Adelheid hatte Tag und Nacht bei ihrem kranken Kind gesessen, Dag und der Alte waren schließlich ratlos wie verschreckte Tiere um das Krankenbett geschlichen. Der Arzt aus der südlichen Gemeinde war geholt und alle Kunst versucht worden, aber jede menschliche Macht versagte.
Eines Abends, als der junge Dag von einem kurzen Weg in den Wald zurückkehrte, saß Adelheid in seinem Zimmer am Bett des älteren Jungen. Sie schüttelte sich vor Weinen.
Der Knabe war gestern weinerlich, heute morgen elend gewesen, und jetzt am Abend lag er abwechselnd vor sich hindämmernd oder schreiend in hohem Fieber.
Nur mühsam brachte sie es zwischen ihren Tränen hervor. Wortlos ging Dag hinaus, suchte Syver Hintenauf – augenblicklich zum Doktor!
In dieser Nacht und tage- und nächtelang saßen Adelheid und Dag am Bett, gingen einmal aus und ein und setzten sich wieder, fast ohne Bewußtsein. Auch Vater Dag saß treulich dort, und sonst hockte er meistens über den Andachtsbüchern am Westfenster der Alten Stube. Mit der Linken strich und rieb er sich die Stirn, und das Haar hing ihm merkwürdig strähnig um die Ohren. Ab und zu zog er ein Taschentuch und trocknete sich Augen und Nase – mitunter gebrauchte er auch nur die Hand dazu. In der kurzen Zeit war er greisenhaft gebeugt geworden.
Adelheid hatte im verborgenen verzweifelt um ihren Kleinsten geweint und

auch in Gegenwart anderer ein wehes Schluchzen nicht immer zurückhalten können: jetzt aber weinte und jammerte sie wild und ohne Rücksicht auf andere. Der Schmerz hatte sie zerbrochen, all ihr angeborener Stolz, alle anerzogene Beherrschung versagten in den Stunden der Angst und Verzweiflung an diesem Krankenbett.

Auch der junge Dag mußte sich mitunter abwenden und sich mit dem Handrücken über die Augen fahren, und sein Kopfkissen war in jener Zeit mehr als einmal naß. Eines Abends brach Adelheid ohnmächtig neben dem Bett zusammen und erwachte auch nicht, als Dag sie aufhob, in ihr Bett trug und zudeckte. Tag und Nacht hatte sie bei dem Kind gewacht.

Spät am Abend kam auch Vater Dag hinauf, und beide blieben am Bett des Knaben sitzen, der Alte und der Junge, während die Nachtstunden verstrichen. Eine Kerze stand in einem niedrigen eisernen Leuchter auf einem Tisch am Bett des Kleinen. Sie brannte etwas schief, und eine Dochtschnuppe trieb brennend im Strom des schmelzenden Talges an der einen Seite der Kerze hinunter. Der junge Dag saß vom Licht abgewendet, der Alte aber blickte stumpf in die Flamme, während er auf die kurzen, qualvollen Atemzüge des Knaben horchte. Er starrte ins Licht – und sah zu, wie das Dochtflöckchen mit dem Fluß des Talges am Rande des Leuchters zum Stehen kam und dort wie ein zweiter Docht neben der Kerze weiterbrannte. Was er sah, drang ihm nicht ins Bewußtsein, und er schneuzte das Licht nicht, obwohl sein Auge der kleinen Flamme folgte, die sich in die Kerze hineinfraß, so daß die sich zu neigen begann; plötzlich aber hob er den Kopf und starrte sie entsetzt an. Die Kerze war aus dem Leuchter gefallen, sie lag auf dem Tisch und brannte – an beiden Enden zugleich. Eisiges Grauen durchfuhr ihn, und er fand nicht die Kraft, sich zu erheben und die Kerze wieder aufzustecken – er fand zu nichts mehr Kraft.

Ein Wort aus Ane Hammarbös uralten Sprüchen stieg vor ihm auf. Es verkündete: Wo eine Kerze an beiden Enden brennt, ist der Tod zur Stelle. Vater Dag vermochte weder nach dem Bett noch zu seinem Sohn hinüberzuschauen. Er starrte nur auf das Licht, das da lag und schmolz, während die beiden Flammen flackerten und schwelten; doch gleichzeitig lauschte er gegen das Bett hin. Es war dort still geworden – kein Atemzug mehr.

Plötzlich fuhr der junge Dag auf und beugte sich über das Kind. Erloschen – auch das Leben dieses Sohnes. Er blickte auf das halb offene Mündchen, dessen kleine Lippen ein müdes, gequältes Lächeln trennte. Weiß und sonderbar leuchtete es zwischen den Kiefern. Auch die Augen standen halb offen und schienen weiß unter den langen, bläulichen Lidern hervor. Das blonde Haar klebte an Stirn und Schläfen, das ganze Gesichtchen war so hilflos, so erschöpft und müde.

Auch Vater Dag erhob sich endlich. Ein flüchtiger Blick auf den Kleinen genügte. Er wendete sich schnell ab und ging eilig zur Tür hinaus, beide Hände vor dem Gesicht. Lange, lange stand der junge Dag am Bett seines Sohnes, die Tränen rannen ihm übers Gesicht und tropften auf das Laken hinunter. Und das Licht brannte und floß über den Tisch hin; die Flamme ergriff schließlich die Platte, und es roch schon nach verbranntem Holz, ehe Dag es gewahr wurde.

Adelheid war vor Schmerz wie von Sinnen, weil sie geschlafen hatte, während der Junge seinen letzten Atemzug tat. Und als sie aus dem schweren Schlaf erwachte und langsam begriff, was geschehen war, da erstarb alles Menschliche in ihr, sie wurde zum Tier, zum wilden, verzweifelten Tier, das in schneidendem Jammer über seinem toten Jungen kauert. Unn Hammarbö kam wie bei der Geburt des Kleinen und beim Tode des jüngeren Knaben. Sie schaffte und sorgte, und mit Hilfe von Jungfer Kruse und Syver Hintenauf ordnete sie, was zu ordnen war, und legte den Knaben auf das Leichenbett.

So zog der Frühling des Jahres 1814 in Björndal ein. Als alles vorüber war, fühlte sich Adelheid ärmer als je im Leben. Jedes Stück in ihrer Kammer erinnerte sie an die Kinder, alles hatten sie angefaßt, und der Große hatte neugierig gefragt – warum dies und jenes so sei und weshalb es hier in der Kammer sei. Und in den Schubladen lagen die kleinen Kleidungsstücke.

Doch die Tage und die Nächte und die Wochen verstrichen, und ihre Gedanken waren menschliche Gedanken und konnten nicht nur bei den Verstorbenen verweilen.

Die Toten waren tot, sie aber lebte, und die Trauer wurde zur Sehnsucht nach ihnen und nach dem Leben und die Sehnsucht wieder zur Trauer über sich selbst. Sie empfand die glücklichen vier Jahre hier auf Björndal wie eine Schmach. Nur durch die Kinder hatte sie das Recht der Zugehörigkeit gehabt. Durch sie war sie mit dem Hof verwandt gewesen, mit seiner ganzen Vergangenheit. Jetzt, wo sie kinderlos war, stand sie wieder außerhalb – eine Fremde, Arme, Einsame, mit der niemand etwas zu tun hatte.

Und Vater Dag, der ihr vorher so manches freundliche Wort gegönnt hatte, ging so tiefgebeugt und stumm umher und wendete sich am liebsten ab, wenn sie kam.

Eines Tages erhielt er einen Brief. Sein Verwalter machte ihn darauf aufmerksam, daß der letzte Tag der fünfjährigen Rückkauffrist für Borgland längst verstrichen und Dag jetzt unantastbarer Erbsasse auf Borgland sei. Seine Hand zerknitterte den Brief und warf ihn ins Kaminfeuer. Das tat er am ersten Tag – aber an den nächstfolgenden war deutlich zu merken, daß ihn etwas lebhaft beschäftigte. Ein gefühlloser, stahlharter Zug kam in sein Gesicht.

Eines Tages setzte er sich an den Tisch in der Alten Stube und ließ den Blick durchs offene Fenster über die frühlingsgrünen Hänge schweifen.

Wieder und wieder kam ihm die Kerze am Totenbett in den Sinn – nicht so sehr das Licht selbst als vielmehr jener Spruch aus Ane Hammarbös Mund, an den das Licht ihn gemahnt hatte. Auf seine alten Tage begann ihm die Erkenntnis aufzugehen, daß man die alten Sprüche nicht immer nur nach dem Wortlaut auffassen durfte. Sie bargen oft einen tieferen Sinn – und der Spruch von dem Licht hatte so sonderbar gelautet; wenn er doch nur darauf kommen könnte!

Niemals wäre er darauf verfallen, daß eine Kerze von selbst anfangen könne, an beiden Enden zu brennen; jetzt hatte er es mit eigenen Augen gesehen. Und wie begreiflich war dies gerade an einem Totenbett! Da hatten die Menschen an anderes zu denken, als das Licht zu schneuzen. Die alten Worte aber bedeuteten nicht nur, daß Licht, das so brannte, ein Wahrzeichen des Todes sei – sie sprachen auch von einem Menschen, der sein Lebenslicht so verbrennen ließ, vom Verfall des Leibes und sagten: »Hast neues Leben du gesät, früh wird's vom Tod dahingemäht ...«

So ungefähr lautete der Schluß, und Dag sann nach. Der Vater seiner eigenen Frau, Kaufmann Holder, war ein Genießer gewesen. Er mochte sein Lebenslicht an beiden Enden angezündet haben, er starb verhältnismäßig früh, ebenso wie seine Tochter; und Jungfer Dorthea war niemals recht gesund gewesen. Von seinen Kindern mit Therese hatte sich der eine Sohn in Wollust und Unglück jung zugrunde gerichtet, und die Tochter, mit der Therese einst ging, war zu früh und tot zur Welt gekommen.

Das war die eine Seite; auf der anderen stand Adelheids Vater, der Major. Er war in Geld- und Frauenzimmergeschichten verwickelt gewesen, war von einer Frau geschieden und vorzeitig verabschiedet worden, und Dag konnte sich nicht verhehlen, daß sein Gesichtskreis über gutes Essen und starke Getränke kaum hinausging – hier draußen auf Björndal sowenig wie drinnen in der Stadt. Auch er mochte sein Lebenslicht an beiden Enden zugleich angezündet haben, der Major.

Dag war nicht mehr so schnell wie in seiner Jugend damit bei der Hand, dem Herrgott schuld an allem Mißgeschick zu geben. Man mußte forschen, ob nicht auch der Mensch selber ein wenig Schuld trüge. Adelheid war die Tochter von Major Barre, und Dag wußte, daß sie lange kümmerliche Zeiten hinter sich hatte. Wenn sie auch schön und stattlich genug anzusehen war, es konnte doch ungesundes Blut in ihr sein. Dag, ihr Mann, war seiner Lebtage in Wind und Wetter unterwegs gewesen, das gab starkes Blut; und ungeheuer kräftig, gesund und widerstandsfähig war er sicherlich; daß er aber der Enkel von Kaufmann Holder war, daran ließ sich nicht rütteln.

Und Vater Dags Gedanken gingen weiter zu den beiden unschuldigen Bübchen, die so früh hatten ihr Leben lassen müssen. War es wegen der Missetaten ihrer Väter gegen sich selber geschehen? Er hob die Rechte und fuhr sich mit dem Handrücken über die Augen. Er saß noch lange und ließ den Blick auf den Hängen im Westen ruhen, wo sich um die Laubbäume der erste, kaum sichtbare grüne Schleier spann. Das Bild des älteren Knaben auf dem Totenbett glitt still an ihm vorüber. Er sah so schön aus, als sie ihn zurechtgemacht hatten – aber den schmerzlichen Zug um den Mund hatten sie nicht fortbringen können. Der Junge hatte im Leben so blühend ausgesehen, aber nicht das starke Blut gehabt, um mit der ersten Krankheit fertig zu werden.

2

In den darauffolgenden Tagen begann Vater Dag wieder festeren Schrittes zu gehen. Mancher Kummer hatte ihn im Laufe des Jahres niedergedrückt; aber noch jedesmal hatte er sich wieder aufgerichtet. Ob er auch jetzt wieder im Aufstieg war, der unverwüstliche Alte?

Der Major kam zu Besuch und erzählte von der Reichsversammlung, die gerade jetzt auf Eidsvoll stattfand, und von all den gewaltigen Geschehnissen im Land und draußen in der großen Welt. Die Trauer, die auf diesem Haus lastete, schien seinem Denken gänzlich fernzuliegen. Er redete von einem künftigen Krieg mit Schweden und riet dem Alten, alle Waffen auf dem Hof zu putzen, Kugeln zu gießen und sich im Schießen zu üben.

Waren es nun die Worte des Majors, oder kam Dag noch etwas anderes an – es geschah, was seit Jahren nicht mehr vorgekommen war. Früh am nächsten Morgen sah man Dag über den Hof stelzen und mit der Büchse gegen die Weideplätze und den Wald zu verschwinden. Als er gegen Abend zurückkehrte, brachte er ein dickes Bündel Hühner mit. Zum Major sagte er nur, er sei im Wald gewesen. Daß er seine alten Schießkünste erprobt hatte, verriet er nicht. Der Major reiste diesmal schnell wieder ab – auf Björndal war es nicht so gemütlich wie sonst. Die Tochter brach bei dem geringsten Wort in Tränen aus, und Vater Dag setzte ihm zwar reichlich Schnaps vor, ließ ihn aber allein trinken.

Am Tag nach der Abreise des Majors war der Alte zeitig auf. Er rasierte sich, obgleich die Woche eben erst begonnen hatte, ging hinaus und machte einen Morgenspaziergang wie vor drei, vier Jahren. Später hielt er sich in seiner Schlafkammer auf, öffnete die große Truhe und kramte in einem der kleinen Fächer; er nahm hie und da eines der hell blitzenden Sächelchen heraus, doch dann fiel er in Gedanken, legte alles wieder an seinen Platz und schloß ab.

Bald danach ging er zum Stall hinüber und gab Syver Hintenauf einen Auftrag. Pferd und Wagen fuhren vor, der Alte stieg auf, und fort ging es. Groß war die Verwunderung auf Hammarbö, als der alte Dag höchstselbst vom Weg abbog, vorfuhr und abstieg. Er begrüßte freundlich alle, die zu seinem Empfang herauskamen, und schüttelte dem alten Örn die Hand; der zählte über achtzig Jahre und war ein Enkel von Ane und – Unns Vater.

Auf Hammarbö wohnten viele Menschen, alte und junge; sie schlichen einer nach dem anderen in die Stube und ließen sich in ehrfurchtsvoller Entfernung

vom alten Dag längs den Wänden nieder; aber hineinkommen und ihn sich genau betrachten mußten sie, wo sie ihn endlich ganz in der Nähe hatten.
Alle wunderten sich, was dieser Besuch bedeuten solle. Der alte Örn saß am Tisch, und Unn brachte Schnaps und zwei Becher für Dag und Örn, aber nichts für die anderen.
Dag ging wenig darauf ein, was der alte Örn über Wetter und Frühjahr und Feldarbeit sagte. Das scharfgeschnittene Gesicht hielt er halb gesenkt und die Augen tief versteckt; doch unter den buschigen Brauen glitt sein Blick suchend an den Wänden entlang und über die Gesichter. Mit der Zeit verschwanden alle, die dort saßen; auch Örn stand schließlich auf, und nur Unn blieb mit Dag allein am Tisch sitzen. Wenn der Alte nichts auf dem Herzen hatte, was Örn anging, nichts von Hof und Wirtschaft und Auskunft, dann drückte ihn wohl sein Kummer, und er wollte mit Unn sprechen – vielleicht davon, daß sie nach Björndal kommen und Adelheid ein wenig Trost zusprechen solle. Wer den Umgang mit wortkargen Menschen gewohnt ist, lernt es, durch Erraten mit manchem fertig zu werden.
Auch zwischen Unn und Dag kam es nicht zu vielen Worten, doch während sie hier saßen, trat Unns Tochter ins Zimmer. Sie war achtzehn Jahre alt und glich ihrer Mutter sehr – zeugte wie sie vom Björndalblut in der Hammarbösippe. Sie brachte einen kleinen Imbiß zum Schnaps, knickste vor dem Alten, stellte die Sachen hin und ging wieder.
Ein flüchtiger kleiner Zwischenfall nur, ohne ein einziges Wort; und doch straffte sich Unns Stirn jäh, und ihr Blick erfuhr eine fast unmerkliche Wandlung. Gleich darauf senkte sie die Augen wieder und begann zu reden, leise und mit langen Pausen zwischen den Worten – über Adelheid, über Wetter und Wirtschaft. Der Alte antwortete hie und da einsilbig und blieb sonst schweigsam und abwesend.
Plötzlich stand er auf. »Ich muß heim«, sagte er. Als er aufstieg, blickte er über alle hin, die sich einfanden, nickte einen Abschiedsgruß an alle und keinen, und als er fort war – wußte da irgend jemand, weshalb Dag nach Hammarbö gekommen war?
Unn hatte ihn in die Laube hinausbegleitet. Dort stand sie und sah ihm lange nach. Ihre Augen schimmerten verdächtig blank. In der Stube hatte sie beobachtet, wie Dags Augen, so gut sie auch unter den Brauen verborgen lagen, aufleuchteten, als ihre Tochter eintrat. Ja, er hatte einen raschen Blick auf das Antlitz der Tochter geworfen, als sie aufdeckte; und als sie ging, hatte er ihr einen schnellen Blick nachgesandt. Unn Hammarbö verstand sich auf die Menschen und hatte in ihrem Leben manchen Blick gesehen.
»Armer alter Dag«, flüsterte sie vor sich hin, als der Wagen zwischen den Hügeln verschwand. Als sie sich umwandte, um hineinzugehen, hielt sie noch einmal an und blieb wie in Gedanken stehen. »Ja, ja«, murmelte sie, »er ist ja noch nicht einmal siebzig.«

Der junge Dag mied nach dem Tode der Kinder seine Stube, ja, er schien auch Adelheid zu meiden. Meist war er draußen im Wald; und kam er auf kurze Zeit heim, so übernachtete er im Küchenhaus. Wegen all der gefährlichen Waffen war dies Haus den Knaben verboten gewesen, so gab es dort nichts, was ihn an sie erinnerte. Es war etwas so Düsteres und drohend Wildes über Dag gekommen, daß die Leute erschraken, wenn sie seinem Blick begegneten. So suchte sich jeder seinen Weg aus der Unbegreiflichkeit des Todes.
Adelheid dachte an ihren Kummer, an ihren Verlust und – an sich selbst. Der Alte an die Zukunft seines unermeßlichen Besitzes und an seine Sippe – an neues, erbgesundes Leben. Und der junge Dag – dachte er überhaupt?

3

Fernste Grenze – Totenberg!
Nordwärts nichts als Tod und Grauen,
Südwärts blühn des Lebens Auen.
Vor dem Blick im gleichen Kreis
Tod und Leben – Grün und Eis.

Wahrlich magst vom Tod du künden,
Kannst redenden Mundes du heimwärts finden.
Doch wer sich auf den Totenberg wagt,
Begegnet dem Tode, eh' neu es tagt.

Diesen alten Spruch hatte der alte Dag seinem Sohn einmal aufgesagt, eines Abends vor vier, fünf Jahren, als ihn eine Stimmung dazu trieb. »Du bist ja überall gewesen – auch im Hochgebirge«, sagte er. »Hast du den Totenberg gesehen?«
»Nein«, antwortete der Junge, »ich weiß von keinem Berg, der so heißt.«
»Man soll dem Berg ansehen können, wie er heißt«, sagte der Alte und wiederholte die erste Zeile. »Er soll der Grenzstein unseres Besitzes im Norden sein.« Ihm lag wohl daran, die Nordgrenze von Björndal vor dem Sohn zu erwähnen. »Ich bin weit hinaufgekommen – aber so weit nicht. Es war einer von Anes Sprüchen, und sie sagte auch, man könne dem Berg ansehen, wie er heiße.« Dann hatte der alte Dag die beiden letzten Zeilen wiederholt.
Sie waren wohl ebenso als Warnung der Vorfahren gemeint, von denen Ane sie hatte, wie als Warnung des Vaters an den jungen Dag.
Das Ganze war Dags Gedächtnis längst entschwunden – er sammelte keine Sprüche und Redensarten.
Es singt in den Wäldern von Björndal. Wind und Wasser und Vögel. Es klingt in allen Bächen, tönt in allen Bäumen und flötet und zwitschert und trillert aus allen Vogelkehlen.

Der junge Dag schlenderte sacht über das Moor. Die Büchse am Riemen, den Rucksack mit Proviant und Schießbedarf auf dem Rücken, einen Hund auf leisen Pfoten vor sich, hinter sich, rund um sich. Kein Blaff und kein Laut von den beiden Wesen, die durch den milden, lenzfeuchten Wind dahinzogen, der so lind über die Erde hauchte und so leicht und himmelhoch über den Wäldern sauste.

Weit, weit abseits vom Hof lagen hier die Moore im Waldesfrieden. Nördlich von den Mooren begann das Land zu steigen, mit dichten Waldlehnen an den Südhängen. Aber dünner und dünner wurden sie, je höher sie stiegen – lichte Kiefernheiden zogen sich über die Hänge zur Höhe, und nördlich von der Kiefernheide lichtete es sich rasch gegen die Birkenhänge hinauf. Hinter ihnen lagen Sumpfstrecken und steiniges Heideland. Und dahinter stieg die Felsenwelt des Hochgebirges auf – Zinnen über Zinnen bis in den Himmel.

Die Kiefernstämme standen leuchtend im Sonnenschein wie goldene Tempelsäulen gegen das Blau des Himmels an dem Platz, wo Dag sich mit seinem Hund droben in der Kiefernheide auf einem Steinhügel niederließ und Rast hielt. Hoch und singend klang der Wind in den Kiefernkronen, und dunklere Töne antworteten aus den Stämmen, wenn der Wind zunahm. Hier oben war er trocken und nicht mehr so mild wie in den Wäldern unten. Es war wie ein Ruch von Winterwind darin. Er kam wohl von Norden, vom Hochgebirge, wo der Winter noch herrschte.

Der Hund witterte in den ungewohnten Wintergeruch hinauf und sah Dag an. Auch der war in letzter Zeit so anders gewesen. Nie ein freundliches Streicheln, nie mehr ein Krauen hinterm Ohr, nie mehr ein freundliches Wort und – selten ein Schuß und ein kräftiger Bissen. Unbeweglich saß er und starrte dumpf vor sich hin, ohne etwas zu sehen. Nicht einmal, wenn man ihm die Hand leckte, merkte er es. Es war kein Vergnügen mehr, sein Hund zu sein.

Dag stand auf, schnupperte ebenfalls in die Luft, warf Büchse und Rucksack über und ging weiter – blindwütig geradewegs dem Wind entgegen.

Nie im Leben war ihm bisher etwas mißglückt. Ja – sein Bruder war verschwunden; aber das hatte ihn nicht ins Mark getroffen. Tante Dorthea und Mutter waren gestorben; alte Leute sterben sehen ist schließlich der Lauf des Lebens – oder vielmehr des Todes. Er hatte einmal schwere Tage mit seiner Liebe zu Adelheid durchzumachen gehabt, aber doch immer gefühlt, es würde sich noch nach seinem Wunsch fügen – und so kam es auch. Nichts war ihm bisher mißglückt.

Er hatte zwei Söhne bekommen. Es brauchte Zeit, ehe er sie richtig anerkannte. Anfangs waren sie so jämmerliche Würmer gewesen, daß es unfaßlich war, wie einmal richtige Menschen daraus werden sollten. Wohl hatte er eine wunderliche Wärme in der Brust gespürt, als er den ältesten in seinem Zimmer bei eifrigen Versuchen entdeckte, von einem Stuhl zum anderen zu laufen – eines Tages, als er aus dem Wald heimkam. Aber so richtig warm ums Herz,

daß es bis in die Nase und die Augen hinaufquoll, war ihm doch erst an dem Tag geworden, als der Kleine mit ausgestreckten Ärmchen auf ihn zukam und sagte »Ta ta«. Er hatte den kleinen Burschen hochgehoben und fest an sich gedrückt. Und seitdem war keine Ruhe mehr in ihm gewesen – nicht im Wald und nicht anderswo; eine heiße Sehnsucht hatte ihn getrieben, die zwei kleinen Menschenkinder zu sehen und zu fassen und dicht an sich zu fühlen – die zwei, die sein waren in Leben und Blut. Und der Älteste hatte zum Schluß schon fast alles reden können, was er wollte, und war schon ein richtiger Mensch gewesen bei aller Kleinheit. Und die stürmische Freude der Kleinen, wenn er heimkam, und das knurrende Behagen des Ältesten, wenn er hinter seinem Rücken liegen oder sich an ihn kuscheln und an ihm schnüffeln durfte – genau wie seine Hunde. Sie waren sein gewesen. Hinter seinem kalten Äußeren hatte immer die gleiche Sehnsucht nach Innigkeit und Zärtlichkeit gebrannt wie in anderen Menschen. Er hatte diesen ursprünglichen Drang nicht in Mädchenarmen verbraucht. Er war so ungebrochen stark in ihm, daß man meinte, sein Herz könne davon stillstehen.
Seine Freude an Adelheid war auch groß gewesen, aber nicht so überwältigend stürmisch. Sie war ein erwachsener Mensch mit Gedanken und Urteil und einem Blick, der ihn betrachtete aus der Welt anderer Menschen heraus. Ihr gegenüber fühlte er sich nie ganz sicher.
Aber die Knaben, die waren sein eigenes Blut. Es war unfaßlich, daß sie fort waren – nie wiederkommen würden. Niemals würde er das begreifen.
Nichts im Leben war ihm bisher mißglückt; jetzt aber war der Tod seinen Gang gegangen – mitten über ihn hin. Er hatte gebettelt mit inständigen Gedanken, hatte gebetet zu allen Mächten über das Leben, zu Gott, dem Vater, dem Sohn und dem Heiligen Geist. Aber der Tod war gekommen und hatte das Leben und das Herz aus seiner Brust gerissen.

Jetzt stieg er die Birkenhänge hinan. Weit, unendlich weit fort von zu Hause wollte er. Fort vom Leben, von den Menschen – fort über die Grenzen des Daseins.
Der Hund heulte wütend. Warme Witterung vom Hasen, vom Schneehuhn und Auerhahn stieg ihm von allen Seiten in die Nase. Aber wie eifrig er seinen Herrn auch darauf aufmerksam machte, die Flinte kam Dag nicht von der Schulter.
Zwischen den Birken ging es steil bergan. Schon lange waren sie hie und da durch Schneewehen gewatet, jetzt lag der Schnee in dichter Decke. Dag hatte im letzten Herbst hier oben ein Paar Skier liegen lassen, als er nach seinen Vogelschlingen sah. Er fand die Stelle und fand die Skier wieder und schnallte sie an. Sie waren von Wind und Wetter verzogen, aber sie trugen doch auf dem Schnee.
Es wurde ihm bewußt, daß er noch nie im Frühjahr hier oben gewesen war.

Vieles kam ihm deshalb fremd vor. Schneidend scharfer Wind sauste kalt und stiebend über die Schneewächten. Bergwetter.
Als er den Kamm erreicht hatte, von dem aus sich Hochmoor- und Heideflächen absenken, ließ er sich auf einen Stein nieder, um nach dem scharfen Anstieg zu verschnaufen. An der Stelle, wo er saß, durchschnitt eine Kluft in leichtem Bogen den Höhenkamm. Der Blick auf die Hochfläche war also noch nicht frei, aber die Gipfel zeigten sich ihm in ihrer ganzen Größe. Er hatte sie schon oft gesehen und beachtete sie daher nicht weiter – wenigstens zunächst nicht. Heute aber brauste es so dunkel von den Bergen her, das Wechselspiel von Licht und Schatten war so lebendig, wenn Schneeschauer und jagende Wolken über die Sonne zogen, daß ihm die Welt der Gipfel ein eigenes Leben zu gewinnen schien. Der gewaltige Anblick nahm ihn gefangen. Nie hatte er die Berge so gesehen. Plötzlich hob er den Kopf und starrte mit aufgerissenen Augen hinüber. Die Berge liefen gegen die Hochheide in einen gewaltigen Klotz aus; es war der südlichste der Gipfel. Ochsenkopf genannt, wohl weil er an einen liegenden Ochsen erinnerte, mit scharf gekrümmtem Rücken und drohend zwischen die Vorderbeine gesenktem Kopf. Im Sommer und Herbst sah man an ihm fast nur Felsgestein; nur ganz oben hielten sich ein paar kleine Schneeflecke. Jetzt lag er fast völlig unter Eis und Schnee, bis auf ein paar Schmelzstellen am Südhang, dem Platz, wo Dag saß, gerade gegenüber. Ein flüchtiger Sonnenstreif fiel zwischen den Wolken durch auf den Klotz und hüllte ihn in blendendes Licht und tiefe Schatten.
Da, das Antlitz des Todes grinste Dag von dem Bergklotz entgegen, leuchtend die Stirn, die Wangenknochen und der Nasenrücken, und tiefe Augenhöhlen und Nasenlöcher und riesige Kinnbacken schwarzschattig dazwischen. Dann zogen neue Wolken vor die Sonne, und der Klotz stand wieder bläulich weiß und ohne Gesicht.
Dag war aufgesprungen. Er glitt auf seinen Schneeschuhen durch den Einschnitt und starrte hinüber. Die Hochheide dehnte sich wie ein gefrorenes Meer mit scharfen Harschkanten und rauchendem Schnee. Gedankenlos schob er die Skier vorwärts. Sie prasselten über den Harsch, während seine Blicke gespannt an dem Felsklotz hingen.
Plötzlich blieb er wie erstarrt stehen. Die Sonne war wieder durchgebrochen, und wieder leuchtete das furchtbare Bild mächtig von der Wand herüber, hinter der die übrige Kette im Schatten lag. Jetzt wußte er, wo Björndals Nordgrenze verlief. In der Frühjahrssonne war der Totenberg nicht schwer zu finden.
Wie von einer unwiderstehlichen Macht gezwungen, glitt er über die Fläche weiter, und immerfort schien die Sonne, und immerfort grinste der Totenberg ihn an. Je näher er kam, desto höher und gewaltiger stieg das Gesicht des Todes über die Fläche empor, hoch über die Welt, hinauf zu den Wolken. Es war, wie der Vater, wie Ane gesagt hatte – man konnte diesem Berg wirklich

ansehen, wie er hieß. Den Namen »Ochsenkopf« mußten ihm Leute gegeben haben, die den Berg nie zu dieser Jahreszeit gesehen hatten. Vielleicht sah er nur im Frühjahr aus wie heute.
Während die Skier krachend über den harten Schnee glitten und Dag auf das furchtbare Bild starrte, suchte er sich eines alten Verses zu erinnern, den er einmal von seinem Vater gehört hatte. Der genaue Wortlaut fiel ihm nicht mehr ein, er wußte aber den Inhalt noch ziemlich genau: daß das Land des Todes hinter dem Berg läge – und die Auen des Lebens südlich von ihm, und daß man von dort oben das Leben und den Tod zugleich sehe – und daß vom Tod zu erzählen wüßte, wer von dort zurückkäme und dann noch reden könnte. Ob es einen wohl die Sprache kosten mochte, wenn er ein Stück in den Berg einstieg? Auf die letzten Verse konnte er nicht kommen, er wußte nur noch, daß sie eine Art Warnung enthielten.
Der Hund war der einzige Zeuge von Dags Wahnsinn, von seiner mühseligen Kletterei an der senkrechten Bergwand. Die Schneeschuhe hatte er an deren Fuß abgeschnallt. Es ging viel zu steil hinauf für die Skier, und Firn und Eis waren hart genug, ihn auch ohne Bretter zu tragen. Oben am Steilhang machte er einen kurzen Halt und blickte über eine Welt von Bergen und Schnee; drüben hinter der verschneiten Hochheide ahnte er die Wälder. Man müßte sie sehen, wenn man höher hinaufkam. Von dort, wo er stand, fiel es senkrecht ab. Und das Gefühl, alles unter sich zu haben, schwindelnd tief unter sich, und nirgends einen Halt, hätte wohl selbst ihm die Knie schlottern lassen. Aber jetzt war ihm alles gleich. Ob auf dem Weg zum Leben oder zum Tod, oder zu beiden; er dachte nicht nach und arbeitete sich höher und höher. Er hörte nicht den drohenden Gesang des Windes drüben in den Bergen; und auch die scharfen Windstöße, die um den Klotz fuhren und ihn mit eisharten Schneekörnern peitschten, spürte er nicht. Ein Mensch auf seinem eigenwilligen Weg – näher und näher dem Tod ...
Der Hund zitterte, er heulte gegen den Wind und folgte mit den Blicken seinem Herren, der gleich einer Fliege über das Kinn des Todes hinaufkroch und jetzt wieder anhielt, aus dem Rachen des Todes die Welt zu überblicken. Er stand gerade in einer Runse mit riesigen Steinblöcken; der Schnee war dort schon der Frühlingssonne gewichen, und die Steine zwischen dem Weiß halfen den Kiefer bilden.
Dag mußte etwas seitlich ausweichen, um weiterzukommen. Und dann ging es über die Schneefläche hinauf, die den Wangenknochen bildete, zu dem einen der beiden Steinstürze, aus dem die Blöcke in der Runse stammten. Sie waren nach innen gewölbt und schneefrei und bildeten die tiefen Augenhöhlen des Todes. Von hier aus mußte er über das Nasenbein, eine Felspartie, die nach dem Bergrutsch mitten zwischen den dunklen Augenhöhlen stehengeblieben war und auf der noch Schnee lag. Dort über der Nase mußte er wieder einen Augenblick schnaufen. Die Stirn war so vorgewölbt und steil, daß es

unmöglich schien, hinaufzukommen. Doch endlich fand er einen Weg über die eine Augenbraue und weiter die Kluft hinauf, welche die Schläfe bildete. Und dann war Dag verschwunden.

Der Hund heulte wild auf und winselte fast wie ein Menschenkind, als er so verlassen im Wind stand und seinen Herrn nicht mehr sah.

Das oberste Stück der Kluft war für Dag die schwerste Anstrengung seines Lebens gewesen. Manchen Kampf mit wilden Tieren und wilder Natur hatte er bestanden. Manch steilen Hang und viele wilde Klüfte und Schluchten hatte er im Waldgebirge durchklettert, um Adlerneste zu erreichen oder Bären aufzustöbern. Doch noch niemals hatte er jeden Muskel, jede Sehne, jeden Nerv aufs äußerste anspannen müssen, um das letzte, hartvereiste Stück zu bezwingen.

Oben auf der Höhe, wo die Wand im Sommer den Schädel des Ochsen und jetzt den Scheitel des Todes bildete, stand Dag nun erhitzt und schlotternd und starrte in die Ferne. Manch weiten Blick über die Wälder und die Siedlung hatte er von Bergen und Graten aus gehabt; aber das alles war nichts gegen die endlose Welt, die sein Blick jetzt umfaßte.

Unendliche Waldhöhen in langen Wellen, und die Siedlung nur wie eine winzige Einsenkung an ihrem äußeren Rand, und noch weiter südlich das lichte Grün des offenen Landes bis ins Unendliche. Ja, die Auen des Lebens sah man von hier oben – das bewahrheitete sich. Aber sollte man von hier nicht auch das Land des Todes erblicken? Er wendete sich um. Der Nacken des Ochsen stieg wie ein neuer Hügel über den Scheitel des Todes empor. Wie der Rauch eines Opferfeuers wehte der Schnee von dem Gipfel droben gen Himmel.

Es war noch ein tüchtiges Stück bis dort hinauf, und erst jetzt spürte er, wie todmüde er war – hinauf aber mußte er.

Am Ochsennacken wurde der Wind immer schärfer. Dag mußte sich tief ducken, um vorwärtszukommen. Ja, zum obersten Gipfel mußte er auf allen vieren kriechen, sonst hätte ihn der Sturm zurückgeworfen. Mit blutenden Händen tastete er sich über die spiegelglatten Steine vorwärts, und während der Schneesturm ihm ins Gesicht peitschte, schob er sich das letzte Stück hinauf. Und jetzt sah er – das Land des Todes. Lange war nichts zu erkennen als ein Meer von stiebendem Schnee. Doch wenn der Sturm einen Augenblick Atem holte, dann sank das Schneemeer hinab, und rauchend stiegen die Gipfel daraus empor. Aber es war, als ob das Menschengesicht auf dem Schädel des Todes den Sturm reize. Wilder und wilder griff er an; er schrie und fauchte über die Berge, heulte in Klüften und Schründen, stürzte rasend die Wände hinunter. Dann fuhr er wieder empor und wirbelte den Schnee zu einem schäumenden Meer auf, das über den Gipfeln zusammenschlug. Und die Gipfel versanken – verschwanden im Gestöber und stiegen wieder auf, Schneerauch um die Flanken, stiegen hoch über allen Sturm mit sonnenfunkelnden Zinnen – in den Himmel hinauf.

Dag stieg von der obersten Spitze wieder in die Senke ab, auf den Scheitel des Todes, wo er zuerst gestanden hatte. Dort fand er etwas Windschutz. Wohl drangen einzelne Stöße auch bis hierher, aber die Sonne wärmte mittäglich, wenn sie nicht von Wolken und Schneerauch verhüllt war. Er fühlte sich matt und durchfroren. Der Wind ging hier oben durch Kleider und Haut, durchschauerte Mark und Bein. Atem des Todes!

Der wilde Drang hinauf machte sich nachdrücklich spürbar. Dag sank zitternd auf einen Stein – mitten von dem Scheitel des Todes – und blickte südwärts nach den Auen des Lebens. Und war es nun die Müdigkeit oder der Blick ins Tal oder der Eindruck der Firnwelt im Norden – es überkam ihn eine Lust, zu leben. Und in demselben Augenblick wurde ihm klar, was er gesucht hatte. Er war nach dem Tod ausgewesen, als er in blinder Hast hier heraufgestiegen war. Er hatte sich aus dem Leben fortgewünscht; jetzt aber, da er über das Land des Lebens blickte und an all die geliebten Stätten dort unten dachte – jetzt wollte er nicht mehr sterben.

Aber kam er auch lebendig wieder hinunter? Die letzten Zeilen in Ane Hammarbös Spruch, die ihm vorher nicht hatten einfallen wollen – jetzt erinnerte er sich ihrer plötzlich mit schauerlicher Klarheit:

Doch – wer sich auf den Totenberg wagt,
begegnet dem Tode, eh' neu es tagt.

Quälende Hitze durchfuhr ihn mitten in der eisigen Kälte. Da saß er und überblickte zum erstenmal alle die Auen des Lebens, in denen er sein herrliches Leben gelebt hatte, und gerade das sollte sein allerletzter Tag sein!

Ane Hammarbös Sprüche träfen niemals fehl, hatte er alte Leute sagen hören. Alles kam, wie sie vorausgesagt hatte. Wohl, weil es keine leeren Sprüche waren, sondern die in Worte gefaßte Erfahrung verständiger Menschen. Dabei brauchte es nicht einmal viel Verstand, um zu sehen, daß man hier beim Abstieg dem Tod begegnen konnte. Es durchschauerte ihn bei dem Gedanken an diesen Abstieg durch die Kluft, durch die er sich in blindem Trotz heraufgearbeitet hatte. Er wußte aus Erfahrung, daß es zehnmal so schwer sein würde, hinunterzukommen.

So war es denn endlich auch mit Dag so weit, daß ihn sein Übermut zu weit geführt hatte, so weit, daß er die Grenzen seiner Kraft erkennen mußte. Der unbeugsame Eigenwille des Geschlechtes hatte sich selbst übersteigert – in Dag.

Trotz all seiner wilden Kraft graute ihm so vor dem Abstieg, daß er zitterte. Er versuchte sich einzureden, es müsse sich ein anderer Weg finden lassen, irgendwo weiter drüben. Aber er war noch besonnen genug, um einzusehen, daß ihn dort der Schneesturm blenden würde. Auch konnte er überall, wo er es versuchte, an unzugängliche Steilwände geraten, oder der Schnee konnte unter seinem Fuß nachgeben. Er versuchte auch, sich den sichersten Weg klarzumachen. Aber ihm wurde schwarz vor Augen, sobald er sich ausmalte, wie es dort unten aussah. Gedanken kamen und gingen, nie zuvor gedachte Gedanken gebaren sich in ihm, während er über das Land hinblickte, wo sein Fuß jeden Weg gegangen war und jetzt keinen mehr gehen sollte.

Er dachte an Adelheid. Das hatte er auch früher getan – aber nur an den begehrenswerten Menschen Adelheid. Jetzt dachte er daran, daß auch sie unter dem Tod der Jungen gelitten hatte und daß er hätte daheim bleiben und sie trösten sollen. Und er dachte an seinen Vater. Auch ihn hatte die Trauer mitgenommen – er war rasch gealtert. Ja, zum erstenmal begann Dag recht einzusehen, daß ihm niemals im Leben etwas fehlgeschlagen war – daß er immer seine eigenen Wege gegangen war, daß er immer nur an sich selbst gedacht hatte.

Käme er jetzt lebendig hinunter, dann sollte es anders werden. Die Bilder Adelheids und seines Vaters traten ihm vor Augen – so unaussprechlich lieb, daß sich ihm der Blick verschleierte. Zu allem anderen würden sie jetzt auch noch über sein Verschwinden trauern müssen. Schmerzlich stark spürte er jetzt, wie innig die beiden ihn liebten. Und er sehnte sich wund, sie wiederzusehen und ihre Freude zu spüren, wenn sie ihn wiedersahen.

Er sprang auf und schlug die Arme übereinander, um wieder warm zu werden. Er hatte gar nicht gemerkt, daß der Sturm noch immer zunahm, daß er die Gipfel eingehüllt hatte und jetzt auch bis hierher schnaubte. Es blieb keine Zeit mehr zum Grübeln; er mußte es versuchen – in Gottes Namen. Er betete still ein Vaterunser, als er sich auf alle viere niederließ, um über die Kluft gehängt im eisharten Firnschnee einen Halt für den Fuß zu suchen. Der Wind heulte wüst um den Felsklotz – und wie dumpfes Lachen schütterte es drunten in den Tiefen des Totenberges...

4

Drei Mann zogen im Norden durch den Wald, um ein paar Stämme zuzuhauen, die in diesem strengen Winter eingeschneit und dann liegengeblieben waren. Sie hatten ein Pferd mit. Sie saßen soeben und machten eine kleine Pause, als Dags Hund dahergestöbert kam. Er beschnupperte sie und kläffte. Die Männer vermuteten, Dag käme gleich hinter ihm, also standen sie auf und machten sich eifrig zu schaffen. Dag kam aber nicht, und der Hund hörte nicht auf, zu kläffen und Unruhe zu zeigen.

Einer der Leute war der Holzfäller-Martin, der tüchtigste Axtschwinger in den Wäldern von Björndal, munter, flink und gescheit. Er sah den Hund ein-, zweimal an, dann richtete er sich auf und warf den beiden anderen über die Stämme, an denen sie arbeiteten, einen Blick zu. »Es wird doch Dag nichts zugestoßen sein – der Köter stellt sich so sonderbar an.«

Alle guckten auf den Hund, der eifrig mit dem Schwanz wedelte und nach Martins späterem Bericht »winselte wie ein krankes Junges«; und dann nahm Martin die Sache in die Hand. Hier war etwas nicht in Ordnung. Der eine Knecht mußte zum Hof laufen, so schnell er konnte, den anderen nahm Martin samt dem Gaul mit und schlug die Richtung nach Norden ein, die der Hund angab.

Der alte Dag saß im Zwielicht am kalten Kamin, die Tür zur Vorderstube stand wegen der Helligkeit offen, als der Mann ankam. Atemlos und hastig brachte er heraus, Dags Hund sei zu ihnen gelaufen gekommen, es müsse etwas los sein, danach, wie sich der Hund anstellte. Vater Dag konnte unter einem unheilbaren Kummer zusammenbrechen wie jeder andere; aber vor einer drohenden Gefahr brach er nicht zusammen. Er erhob sich ruhig – nur seine Hände und seine Stimme zitterten, als er den Mann anwies, sich in der Küche etwas zu essen zu holen, sich von dem weiten Weg auszuruhen und im übrigen über seine Botschaft den Mund zu halten. Er solle nur Jungfer Kruse möglichst schnell in die Wohnstube schicken.

Jungfer Kruse kam, Dag teilte ihr mit gedämpfter Stimme mit, um was es sich handelte, und verlangte seine Waldstiefel und den Proviantsack. Der Mann war von sehr weit hergekommen und der Hund noch weiter aus dem Norden. Man tat gut, sich auf einen tüchtigen Weg einzurichten.

Es ging schon gegen Abend, aber die Helle des Frühlings lag über den Wäldern, als Vater Dag zum erstenmal seit einem Menschenalter zu einem langen Marsch in seine Waldungen aufbrach. Solange er sich in Sehweite des Hofes befand, nahm er sich zusammen; oben aber, am Steilhang, wo die Wälder anfingen, fuhr er sich wieder und wieder mit dem Handrücken über die Augen und flüsterte bebend: »Du mußt gnädig gegen mich sein dieses Mal noch, du darfst den Jungen – nicht vor mir sterben lassen . . .«

Er faßte sich, sah sich um und redete mit seinem Hund; aber die altbekannten Frühlingslaute tiefer im Wald riefen so viele Erinnerungen wach, und sein Herz begann zu bluten. Eine nie gekannte Angst brannte schmerzlich tief in ihm auf. Und wieder stammelte er bebend dieselben Worte. Sie klangen wie ein Vaterunser oder sonst ein Gebet, während die schwere Gestalt auf sicherem, waldgewohntem Fuß fest und weitausgreifend rasch dahinwanderte.

Die Geräusche in alten Holzbauten sind vielfältig – je nach Wetter und Jahreszeit. Aber ungewohnte Laute unterscheiden sich genau von den gewohnten für einen, der ein scharfes Gehör hat.

Adelheid saß, die Wange in die Hand gestützt, im Sessel an der Fenstertür ihrer Kammer und blickte blind von schmerzlichen Gedanken durch die Scheiben auf den abendlichen Frühlingshimmel, als der Mann aus dem Wald die Diele betrat. Sein hastiges Klinken an der Außentür, die knappen atemlosen Worte waren bis hier in die Kammer hinauf freilich nicht zu hören;

aber sie spürte ungewohnte Laute im Haus, darum stand sie auf und wendete sich angstvoll erregt zur Tür.
Sie hörte Jungfer Kruse eilig in die Wohnstube treten, noch eiliger wieder gehen und noch einmal zurückkehren. Eine Weile später hörte sie Vater Dags bekannten Schritt, nur schneller als gewöhnlich, hörte die Tür öffnen und schließen und den alten Hund, der sonst am Kamin faulenzte, an der Tür kratzen und winseln, weil er mitwollte. Also mußte der Alte seine Waldsachen anhaben, da sich der Hund so anstellte, und er mußte es eilig gehabt haben. Eine heiße Blutwelle stieg Adelheid ins Gesicht und trieb ihr den kalten Schweiß auf die Stirn, den Nacken und den Rücken hinunter. Ihr schwindelte. Wenn Vater Dag jetzt gegen Abend selber so eilig in den Wald aufbrach, dann mußte – einem etwas zugestoßen sein – einem ... Adelheid riß die Tür auf und lief die Treppe hinunter. Der alte Hund kam ihr wedelnd und heftig winselnd entgegen. Sie blieb unbeweglich stehen und lauschte, als schwebten die gedämpften Worte, die hier unten gesprochen worden waren, noch in der Luft.
Da ertönten Schritte, Jungfer Kruse ging durch die Schreibstube. Ohne zu ahnen, daß Adelheid dort stand, kam sie weinend in die Diele hinaus. Sie schrak zusammen und blickte entsetzt auf Adelheids schneeweißes, starres Antlitz.
»Was – was – ist geschehen?« brachte Adelheid mühsam flüsternd hervor.
Jungfer Kruse schluchzte, Vater Dag habe ihr verboten, es zu sagen. Und Jungfer Kruse hielt solange wie möglich reinen Mund; vor Adelheids wachsendem Jammer aber kam sie schließlich zum Trost damit heraus, sie wüßte nur, daß der Hund heimgelaufen sei – allein.
Adelheid wußte wohl nicht genau, wie Ernstes es bedeuten kann, wenn der Hund eines Jägers kommt und Hilfe sucht, und Jungfer Kruse erzählte ihr auch nicht, daß er sich so schlimm angestellt hatte. Adelheid aber wußte, daß Dags Hunde eins mit ihm waren, wie er mit ihnen. Sie hatte mehr als einmal Eifersucht gefühlt, wenn die Hunde an ihm aufstrebten, außer sich vor Freude, daß sie mit in den Wald durften. Und ihr Gefühl sagte ihr jetzt, was der allein heimgekommene Hund bedeutete.
Lange stand sie so und fühlte alles Blut aus ihren Adern strömen, dann holte sie tief Atem und sagte leise, mit bebender Stimme: »Ich will in den Wald – ich auch.«
Noch nie war es vorgekommen, daß sich eine Frau auf Björndal in den Wald getraut hatte; und daß ein feines Stadtkind wie Adelheid so etwas aussprach, klang Jungfer Kruse wie der reinste Wahnwitz. Sie redete ihr tröstend zu, bat, ja flehte sie auf den Knien an, daheim zu bleiben, sie werde alle Schuld bekommen; Adelheid aber verharrte starr auf ihrem Entschluß. Sie wuchs vor Jungfer Kruses Blicken zur stolzen, starken Herrin des Hauses auf, die gebieterisch und unerbittlich befahl.

Jungfer Kruse konnte sie nur dazu bewegen, in einem Ranzen etwas Proviant mitzunehmen, dicke Stiefel und derbe Kleider anzuziehen und den alten Hund mit einer Leine an ihrem Handgelenk festzubinden, damit er ihr nicht fortliefe. Das war alles, was Jungfer Kruse durchzusetzen vermochte.

Adelheid schloß beim Fortgehen so energisch die Tür, daß Jungfer Kruse sie nicht wieder zu öffnen wagte, um ihr nachzusehen; sie mußte sich in die Vorderstube schleichen und dort durchs Fenster blicken. Da blieb Jungfer Kruse weinend stehen, noch lange, nachdem Adelheid ihren Blicken entschwunden war. Alle drei – im Wald. Gott allein mochte wissen, ob sie je im Leben einen von ihnen wiedersah ...

An diesem Abend und in der Nacht betete Jungfer Kruse alle Gebete, die sie kannte – wieder und immer wieder.

Ende April pflegen die Abende im Norden hell zu sein, aber in den Wäldern war es gleichwohl gegen Abend schummrig. Der alte Hund lief und strebte witternd Vater Dags Spur nach, und Adelheid folgte ihm.

Vater Dag kannte alle Richtpfade in den Wäldern seit seinen Jugendtagen, aber sie waren nichts für einen Frauenfuß, Vater Dags Wege. Und heute hatte er die Steilhänge nicht umgangen.

So kam es, daß sich Adelheid, einst die Königin der Bälle und die Feinste und Schönste von allen, in einer Frühlingsnacht auf den alten Weidmannspfaden durch den Hochwald arbeiten mußte. Vom Hörensagen wußte sie wohl von Bären und wilden Echen – von gefährlichen Felsabstürzen an den Bergwänden und von grundlosen Sumpfmooren. Aber jetzt dachte sie mit keinem Gedanken daran. Leben und Tod bedeuteten ihr nichts. Sie verließ sich darauf, daß der Hund den Weg finden werde, und im übrigen malte und malte sie sich die Bilder von Dag aus – blutige Bilder. Dreierlei war möglich: entweder war es mit einem Bären unglücklich abgelaufen – sie wußte, wie Dags Großvater und andere vor ihm ums Leben gekommen waren –, oder er war in einen Abgrund gestürzt, oder, Gott verzeihe ihr diesen Gedanken, er hatte die Büchse gegen sich selbst gerichtet.

Seit dem Tod der Kinder war er wie von Sinnen gewesen – das fiel ihr jetzt ein, und sie machte sich nun Vorwürfe, daß sie nur an ihren eigenen Schmerz gedacht hatte. Was auch geschehen war – sie trug die Schuld daran. Der alte Spruch in ihrer Familie hatte recht – sie wurden alle zum Unglück für ihren Mann.

Dies hielt ihre Gedanken so in Bann, daß sie für alles andere um sich her blind war. Für die Wälder aber darf man nicht blind sein – am wenigsten, wenn man sie zum erstenmal betritt.

Ihr Weg führte sie über einen Fichtenkamm, den alten Hund Bister und Adelheid; und gerade ehe sie wieder absteigen mußten, hielt Bister an, schnupperte einmal, zweimal und stob dann vom Weg ab, so daß Adelheid ihre liebe Not hatte, ihn zurückzuhalten. Er knurrte wütend über den Widerstand, in der

gleichen Sekunde aber krachte es im Dickicht, und ein mächtiges Etwas fuhr irgendwo den Berg hinab, so daß die Äste knackten und splitterten, Steine sich lösten und ihm in die Tiefe nachdonnerten.
Da überfiel Adelheid die Waldangst. Sie blieb stehen, atemlos zitternd und hellhörig, und jetzt erst merkte sie, daß der Wald lebte, mit tausend verschiedenen Lauten unter dem gleichförmigen Sausen des Windes. Rings um sie flüsterte und raunte es, und das Dunkel fiel über sie her, enger und enger. Jetzt dachte sie dankbar an Jungfer Kruse, weil sie ihr Bister mitgegeben und ihn so gut festgemacht hatte. Hätte sie sich ohne Hund hier hineingewagt, dann wäre sie niemals vorwärts- noch zurückgekommen. Die Angst ließ sie eine Weile an sich selber denken, und der Abstieg beanspruchte ihre ganze Aufmerksamkeit. So vergaß sie auf Augenblicke das Grauenvolle, um dessentwillen sie unterwegs war.
In der Senke floß ein Bach. Bister lief daran entlang bis zu einer Stelle, an der man auf großen Steinen hinüberkommen konnte. Auf der anderen Seite ging es wieder steil bergan, und oben auf der Höhe lag – ein Haus. Da fühlte Adelheid, daß sie zum Umsinken müde war, und auch der alte Bister hatte wohl genug; denn er schnupperte leise winselnd gegen das Haus hin und machte Miene, anzuhalten. Es war nur eine alte Hütte, aber Adelheid und Bister sanken auf die trockenen Zweige der Pritsche und schliefen augenblicklich ein. Und die Wälder klangen und sangen leise um die Hütte, in einem Wind, der im Hochgebirge droben Sturm war.
Adelheid und Bister waren am nächsten Tag beide steif und lahm. Vom Gehen wurde es zwar später besser, die Wälder aber dehnten sich vor Adelheid mit jeder Stunde unendlicher, und seit dem Durchbruch der Elche auf dem Fichtenkamm gestern nacht spürte sie eine innere Spannung, ja, Angst, selbst jetzt im Tageslicht. Bister verlor offenbar ab und zu die Spur, denn der Weg schlängelte sich manchmal ganz merkwürdig; vielleicht mußten sie aber auch alle die Teiche und Wässer und Sümpfe und allzu steile Berge so weit umgehen.
Sie wußte vom Hochgebirge, wo Dag Schneehühner jagte, und als Bister sie jetzt die Hänge des Skarfjell hinaufführte, hielt sie diesen für das Hochgebirge; aber es ist noch weit, unendlich weit vom Skarfjell dorthin. Seine Südhänge sind bewaldet, und selbst oben auf dem Gipfel stehen kümmerliche Krüppelkiefern; so hoch hinauf aber lief Bister nicht. Er fand den alten Pfad, der sich westlich an der Bergwand hinaufschlängelt, und dort, wo er nach Norden umbiegt, machte Bister ohne weiteres halt und warf sich an der Wegbiegung platt auf den Boden. Adelheid hatte lange in blindem Trotz vorwärtsgestrebt, mit Sausen in den Ohren und einem salzigen Geschmack im Mund. Jetzt müßten sie doch endlich da sein – denn das Hochgebirge lag nach ihrer Auffassung ganz hinten in den Wäldern. Sie sah Bister an und erschrak. War er krank? Wie sollte sie dann weiterkommen? Und dann hob

sie den Blick; nach Norden setzte sich das Waldgebirge fort, Kamm auf Kamm, aber weit, weit hinten am Horizont hoch oben leuchtete es wie Flammen gegen den Himmel. Die kalte Kette der schneeigen Gipfel lohte wie Feuer in der Sonne und trug im Westen blauschwarze Schatten.
Adelheid stockte der Atem. War es so weit bis zu Dags Hochgebirge – und war es dort – dort geschehen? Niemand weiß, wie solche Empfindungen entstehen, aber ihr war, als gelte das eisige Funkeln der Felsspitzen gerade ihr und bezeuge ihr, daß es dort geschehen war.
Sie blickte hinunter auf den Skarfjellteich. Tief unter ihr lag er blaugrün, drohend in den Schatten unterm Hochgebirge. Ein mächtiges Gewässer mit Wellen im Wind und Brandung am Ufer; fast ein richtiger See. Oberhalb des Strandes über einer Bucht nach Norden zu bemerkte sie einen grünen Rasenfleck. Sie heftete ihren Blick darauf und entdeckte ein Boot in der Bucht und Netze, die zum Trocknen dahingen, und tiefer drinnen lagen die Häuser, und aus einem Schornstein stieg leichter Rauch auf. Dort wohnte also jemand. Es durchströmte sie heiß. Vielleicht wußten sie dort, was geschehen war.
Sie zog die Leine leicht an, und Bister war mit einem Satz auf den Beinen. Er war es wohl nur gewohnt, daß an dieser Wegbiegung Rast gemacht und die Aussicht betrachtet wurde. Dann ging es wieder hinunter, häufig jäh abfallend, aber der Fuß fand doch immer einen Halt.
Unten am Strand lag eine Bootslände, und hier begann Bister stürmisch nach dem anderen Ufer hinüberzubellen. Es dauerte eine Weile, endlich aber kam ein Mann aus dem Haus zum Boot hinunter gestolpert. Er beschattete die Augen mit der Hand und blickte in einem fort zu ihnen herüber.
Das Boot kam schließlich los und näherte sich langsam, aber das Wasser war hier mächtig breit. Der Mann drehte sich mehrmals nach ihnen um, und Adelheid erblickte das struppigste Haupt, das sie in ihrem Leben gesehen hatte. Als der Mann anlegte und ihr sein Gesicht zuwendete, erschrak sie geradezu. Etwas so Borstiges war ihr unter Menschen niemals vorgekommen. Nur Augen und Nase blieben zur Not vom Haar frei, sonst hing es vom Kopf bis auf die buschigen Augenbrauen und über die Ohren hinunter, und der Rest verlor sich in einem wilden Bart. Der Mann äußerte kein Wort und schaute nur abwartend. Er hatte die feine Frau auf Björndal nie gesehen, aber von ihr gehört und glaubte, sie müsse es wohl sein; daß sie aber bis hierher nach Skarfjell kam, ging nicht mit rechten Dingen zu. So etwas war noch nicht dagewesen. Bister sprang ins Boot, Adelheid folgte ihm und setzte sich, dann stieß das Boot vom Land ab. Endlich stammelte Adelheid mühsam, ob er wisse, was Dag zugestoßen sei. Der Mann räusperte sich und krächzte wie eine alte Uhr, die schlagen will; schließlich brachte er heraus, er wisse von nichts. Und einmal im Gang, gehörte er zu denen, die niemals aufhören. Mit leiser, tonloser, rostiger Stimme erklärte er Adelheid immer wieder, was sie bereits wußte – ein Mann sei gestern eiligst von Norden her gekommen und der Alte sei

selbst gegen Abend hiergewesen und unverzüglich, ohne irgend etwas zu essen oder zu trinken, weitergezogen.
Der Mann forderte Adelheid auf, sich am Tisch draußen vor seiner Hütte ein wenig niederzusetzen, und sie tat es. Er könne ihr nur Fisch und ein paar Kartoffeln anbieten; wenn sie aber vorliebnehmen wolle ... Erst lehnte sie dankend ab, doch der Mann machte sie darauf aufmerksam, daß eine solche Wanderung durch die Wälder an den Kräften zehre. Und das fühlte sie jetzt auch selbst. Wenn man nicht äße, käme man auch nicht schnell vom Fleck, sagte er und schwieg keinen Augenblick. Er wiederholte immer wieder dasselbe, wie einfache Leute, die selten zum Reden kommen, es gern tun.
Er kochte Forellen und briet Kartoffeln in der Glut und richtete das Mahl, so gut er konnte, auf einem frisch gescheuerten Brett an. Und Adelheid aß, um etwas in den Leib zu kriegen. Der Mann redete ihr zu, sie solle nicht weitergehen, sondern warten, bis die anderen zurückkämen; denn oben würden die Berge immer wilder und die Pfade spärlich; wenn sie aber durchaus weiterwolle, könne er sie begleiten, es sei noch gar nicht so sicher, daß Dag etwas zugestoßen wäre; auch ein Hund könne sich verlaufen; und wenn wirklich etwas geschehen sei, so müsse sie nicht gleich das Schlimmste glauben. Er redete und tröstete sie, so gut er konnte, als sie schon längst wieder auf dem Weg nach Norden waren. Adelheid erklärte endlich bestimmt, sie wolle allein gehen; da blieb der Mann zurück und blickte ihr nach, solange er sie sehen konnte, und hinterher fuhr er sich mit dem Handrücken dort in den Haarwald, wo seine Augen saßen.
Er hätte sie so gern begleitet, der Fischer Börre – so hieß er nämlich. Übrigens stamme er aus einer ganz anderen Gegend und sei wegen eines unglücklichen Jugendstreiches hierher in die Wälder gekommen, hieß es im Volk; er hatte beim alten Dag Schutz gefunden und die Erlaubnis erhalten, sich hier am Wasser ein Haus zu bauen. Als eine Art Entgelt brachte er Fische auf den Hof und bekam Korn und andere Nahrungsmittel dafür.
Bei Einladungen und Festlichkeiten versorgte er den Hof mit fetten Forellen, und es wäre ihm am liebsten gewesen, man hätte diese Forellen recht oft gebraucht; denn wenn er Fisch auf besondere Bestellung brachte, gab's einen Schnaps, und er bekam Tabak und Kaffee, Weißbrot und Butter mit.
Niemand in der Welt hielt einen herrlicheren Schmaus als Fischer Börre nach solchen Ausflügen daheim in seiner Hütte. Auch er hatte seine eigene Welt, und das Märchen seiner Welt waren jene drei Menschen, die jetzt dort oben im Norden weilten, und alle drei waren sie unglücklich.
Er kannte eine Beschwörung, deren er sich bediente, wenn er schleunigst einen besonders reichen Fang für ein Festmahl brauchte; man durfte sie aber nicht anwenden, ohne in Bedrängnis zu sein – sonst war es Sünde, und sie verlor ihre Kraft. Doch war man in Not, so erlaubte der Herrgott sie einem.
Er ging in seine Hütte und dann zum Strand hinunter. Dort legte er einen

Elchknochen und einen Hundeknochen über Kreuz; er schob sie lange hin und her; bis sie richtig in alle vier Himmelsrichtungen wiesen, und murmelte in einem fort Worte von gekreuztem Gebein, von Heiligen und der Jungfrau Maria, auch allerlei, was wohl einmal lateinisch gewesen, jetzt aber sinnlos geworden war. Schließlich erhob er sich, faltete seine Hände und betete, das Gesicht zum Wasser gekehrt, mit lauter Stimme das Vaterunser und fügte schließlich hinzu, er bete für den jungen Dag, damit ja niemand darüber im unklaren wäre.

Adelheid folgte Bister, wohin er sie zog; aufwärts, immer aufwärts stieg das Land vor ihnen, während hinter ihnen die Sonne sank. Sie überschritten zuletzt in der Abendsonne die golden bestrahlten Kiefernheiden und erblickten von ihren Kuppen aus die Birkenhänge im Norden; kalt kam die Luft gezogen mit einem merkwürdig winterlichen Hauch, der einem kühl in die Nase drang, wenn der Wind aus Norden blies. Ja, denn er kam jetzt nicht nur aus Norden, es wehte auch ein wärmeres Lüftchen aus Westen. Und hier auf der Kuppe begegneten sich heute abend die beiden Winde.

Bister hatte die ganze Zeit tüchtig vorangestrebt; plötzlich aber drehte er den Kopf mehrmals ganz merkwürdig und witterte auch zur Seite hinüber; jetzt blieb er stehen, wendete sich ganz nach Westen und schnupperte eifrig – nun nicht mehr am Boden, sondern in den Wind hinein. Und dann zerrte er Adelheid westlich die Kuppe bergab, erst suchend, vor sich hin schnuppernd, dann mit eifrigem Knurren.

Westwärts ging es und südwärts, und sie kamen wieder in die Fichtenwälder hinunter, und mit einemmal spürte Adelheid in der klaren Luft einen Duft wie vom Kaminrauch daheim.

Eine lähmende Spannung überkam sie, so daß sie sich am liebsten niedergesetzt hätte. Sie war so unendlich weit gelaufen, war jetzt wie aufgezogen, zu gehen, zu gehen, hatte sich, ohne darüber nachzudenken, schon auf dem Weg ans Ende der Welt gefühlt. Niemals würde sie an ein Ziel kommen. Und plötzlich überfiel sie die Furcht, die Wanderung könne vielleicht jetzt – könne ein jähes Ende finden, vielleicht ... Und dann packte sie, mitten in ihrer Müdigkeit, das Entsetzen. Wirre Bilder gingen durcheinander, grauenvolle Bilder von Verstümmelung und Blut und – Tod ...

Bister strebte und tappte seines Weges, sie ließ sich mitzerren, ja, oft hielt sie ihn zurück, wollte nicht hinein in das, was ihr bevorstand. Eine wehe Wärme stieg ihr in die Nase, die Tränen quollen und strömten über ihr Gesicht; sie wollte sich von Bisters Leine befreien, ihn allein laufen lassen, wollte warten – warten; aber die Leine hatte sich um ihr Handgelenk gestrammt, ja, in es eingeschnitten, war im Gehen nicht loszubekommen, und Bister schoß weiter und zerrte sie mit.

Ein Aufblitzen zwischen den Bäumen, ein Blinken von Wasser in der Dämme-

rung, und eine Hütte lag zehn Schritte vor ihnen; der Rauch trieb über das Rasendach hin, ein Lichtstreif drang durch den Türspalt.
Bister knurrte, und aus der Hütte antwortete knurrend und blaffend ein anderer Hund. Adelheid aber sah nichts, hörte nichts, wußte nichts, bis sie in der Tür stand und im flackernden Schein des Feuers Dags Leiche unter einer ärmlichen Jacke auf einer Pritsche ausgestreckt liegen sah. Sein Gesicht, das schöne Gesicht, wachsbleich mit geschlossenen Augen und einer blutigen Binde um die Stirn.
Vater Dag und die beiden anderen verschwebten ihr undeutlich wie Geistererscheinungen irgendwo in der Ewigkeit; dann brach sie über der Pritsche und Dag zusammen.

5

Sie hörte wieder Stimmen – nein, sie schlief jetzt nicht mehr. »Laß los!« sagte die Stimme, und sie klang ihr bekannt – kein Laut aus ihrem Traum von Wald und Gebirge, sondern eine wirkliche Stimme. »Laß los!« Sie fühlte einen eisernen Griff um ihre Handgelenke, wurde aufgehoben und beiseite gelegt. Es flammte und leuchtete ihr entgegen wie die Gipfelvision, die sie gehabt hatte, jetzt aber waren Balkenwände dahinter. Adelheid griff sich an den Kopf und setzte sich auf.
Da stand Vater Dag im Flammenschein, und zwei andere Männer saßen am Feuer. Sie strich sich über die Stirn und blickte seitwärts hinunter. Nein, es war kein Traum: dort lag Dag – tot.
Sie hob den Blick flehend zu Vater Dag, als solle er ihr sagen, daß es nicht wahr sei, daß nichts auf der Welt wahr sei und alles nur ein böser Traum – das ganze Leben, und das wahre, wirkliche komme später einmal ...
Sie senkte wieder den Kopf und blickte auf Dag hinunter, auf die geliebten ausdrucksvollen Züge und – auf den rechten Arm, der ihr zunächst lag und ebenfalls vom Ellbogen bis über die ganze Hind hin in blutdurchtränkte Lappen gewickelt war.
Plötzlich schrak sie zusammen, ein zitternder Schauder durchfuhr sie – Dag bewegte den Arm.
Sie blickte verwirrt zu Vater Dag hinüber; aber er stand wie zuvor und hatte nichts gemerkt. »Hast du es nicht gesehen?« flüsterte sie.
»Was denn?« fragte er.
»Dag hat den Arm bewegt!«
»Ja«, antwortete Vater Dag und sah sie ganz sonderbar an.
Sie fuhr auf. »Dann ist er ja gar nicht tot.«
»Noch – nicht ...«, erwiderte der Vater traurig, »aber du mußt dich hinlegen und ausruhen«, sagte er mit müder, hoffnungsloser Stimme.

Adelheid sah vom Vater zum Sohn und wieder zurück, dann holte sie tief Atem und – richtete sich ganz auf.
Vom ersten Tag an, da sie sich begegnet waren, bis zu diesem Augenblick hatte Vater Dag Adelheid so beurteilt, wie sie sich gegeben hatte. Schön und stattlich, fein und gebildet, mit musikalischen und anderen Gaben, gut und schön als Tochter im Haus und – als Mutter; und dann waren die Kinder nicht einmal lebenstüchtig gewesen. Sie erlagen der ersten Krankheit, die sie befiel. Sie war wohl doch nur eine nette junge Frau aus der neuen, weichlichen Zeit gewesen, mehr nicht. Jetzt war sie in den Wald herausgelaufen und wie von Sinnen hier hereingestürzt – in dieser ernsten Stunde. Gott weiß, wie sie überhaupt so weit gekommen war! Das etwa hatte er gedacht.
Adelheid war es endlich klargeworden: noch war Dag nicht tot. Um dies eine sammelten sich alle ihre Gedanken – nichts anderes sah und hörte sie. Daß er irgendwo in den Bergen abgestürzt war, dort vielleicht im Frost gelegen hatte, bevor sie ihn hierherbringen konnten – darnach brauchte sie nicht erst zu fragen.
Über Krankenpflege hatte sie einiges gelesen und vieles gehört, sich auch früher etwas damit abgegeben; und daher hatte sie in ihren Proviantsack das Nötigste von dem zusammengerafft, was man bei Unfällen und Verletzungen braucht.
Jetzt legte sie Mantel und Kapuze ab. Die Müdigkeit war verflogen. Sie blickte weder auf Vater Dag noch auf die anderen, fragte nur ins Leere, ob Wasser da sei und ein Kochgeschirr.
Einer der Männer ging hinaus, kam zurück und hängte einen großen Metallkessel an einem Haken übers Feuer. Adelheid öffnete den Sack und packte ein Stück von dem Leinen aus, in das sie die Sachen gewickelt hatte. Es war eine Menge Leinen. Vater Dag betrachtete sie zuerst, als erwarte er, sie werde wieder umfallen oder sonst irgend etwas Törichtes tun. Er erkannte sie nicht wieder. Ihre Züge waren eiskalt und hart, die Augen leuchteten klar, und von ihrem Mund blieb nur noch ein schmaler, verbissener Strich übrig.
Die beiden Männer, die Dag am Ochsenkopf fanden, hatten dem Alten erzählt, der Berg habe, als sie auf die Hochheide gekommen seien, eine Art Gesicht gehabt – wie ein Totenkopf, hatte der Holzfäller-Martin gesagt.
Eine stumpfe Gleichgültigkeit war von diesem Augenblick an über Vater Dag gekommen. Daß sich abermals ein Wort aus Ane Hammarbös Mund bewahrheitete, daß es hier wirklich einen Totenberg gab, zerstreute seine allerletzten Zweifel an ihren Sprüchen. Wenn es aber mit dem Berg seine Richtigkeit hatte, dann mußte auch wahr und gewiß sein, was ihr Vers dem androhte, der sich hinaufwagte. Er hatte es noch in frischer Erinnerung, wie ihre Prophezeiung vom Licht am Totenbett in Erfüllung gegangen war, und er zweifelte nicht daran, daß seinem Sohn jetzt das Ende bevorstünde. Er ahnte auch, daß der Sohn hinaufgestiegen war, um dem Herrgott und dem Tod zu trotzen –

um nach dem Tod der Kinder alles loszuwerden. Und solcher Trotz – mit dem fand sich der Herr nicht länger ab.
Vater Dag selber und alle seine Vorfahren waren eigenwillig gewesen; dies aber war vermessen. Der Herr ließ die Sippe sich selber ausrotten. Ihr letzter Sproß hatte sich und die ganze Sippe geradewegs in den Tod hineingetrotzt – Aug in Auge.
Wohl können Menschen immer wieder unter die Zuchtrute gebeugt werden und sich doch immer wieder aufrichten. Vater Dag hatte im Leben manche Züchtigung erlitten und sich wieder aufgerichtet; jetzt war das vorbei. Drei junge Leben von seinem Fleisch und Blut waren binnen kurzer Zeit erloschen, da konnte er nicht mehr.
Auch er hatte in seinem Proviantsack etwas Leinenzeug mit. Jungfer Kruse hatte wohl dafür gesorgt, und der Holzfäller-Martin hatte Dags schlimmste Verletzungen damit umwickelt. Vater Dag selber war zu nichts mehr fähig gewesen, nachdem er das von dem Berg vernommen hatte. Er hatte seit der vorigen Nacht kein Auge zugetan, und der ungewohnt weite Marsch hier herauf mochte auch das Seine dazu beigetragen haben.
Der Holzfäller-Martin und sein Kamerad hatte sich verzogen, als Adelheid einzugreifen begann; der Alte saß auf der Bank an der Wand. Stumpf und todmüde folgte er ihrem Tun, als sie Dag die Binden abnahm, ihn wusch und trocknete und ihm mit flinken, knappen Bewegungen säuberlich neue, feste Verbände anlegte.
Adelheid hatte in der letzten Nacht wie ein Tier geschlafen, und sie war jung. Keinerlei Müdigkeit machte sie jetzt stumpf. Als sie Dag damals zum allerersten Male sah, hatte er nach dem Kampf mit einem Adler den Arm in der Binde getragen. Damals hatte sie den Trieb gefühlt, die böse Wunde liebreich zu pflegen und zu verbinden, und dieser Trieb war der allererste Keim ihrer Liebe zu ihm gewesen. Er war in den vier glücklichen Jahren ihrer Ehe manchesmal mit Rissen und Wunden heimgekommen; niemals aber hatte er sie an die Wunden gelassen. Aus knabenhafter Scheu. Jetzt endlich konnte er es ihr nicht verwehren.
Alles Glück, alle guten Stunden seit ihrer ersten Begegnung sammelten sich heute in ihr zur Tat und ließen sie klar, flink und genau hantieren.
Vater Dag fielen die Lider immer öfter zu, und bald saß er, den Kopf an die Wand gelehnt, und schlief und schnarchte. Adelheid blickte flüchtig zu ihm hin, und Mitleid durchströmte sie. Sie dachte an die vielen erhebenden Stunden, da sie ihn in seiner vollen Kraft gesehen hatte; an den Ruf, den er rings im offenen Land, ja, bis in die Stadt hinein, besaß; und jetzt saß er, bei all seinem Reichtum, hier, in einer von seinen alten Hütten und schlief, den Kopf an der Wand, von Kummer zermürbt, uralt.
So verfährt das Leben mit einem.
Es war kein Wunder, doch Adelheid erschien es so – spät in der Nacht kam

Dag zu Bewußtsein; er schlug die Augen auf und – staunte sie an. Lange blieb er so liegen, starrte stumm gegen das Dachgebälk und suchte sich zu besinnen. Endlich mochte ihm alles klarwerden, er versuchte sich auf den Ellbogen aufzurichten, mußte es aber aufgeben. Sie flüsterte ihm streng und eindringlich zu, er solle still liegen, damit die Wunden nicht aufbrächen. Er habe genug Blut verloren. Sie gab ihm Wasser zu trinken, strich ihm wie eine Mutter über die Wange, flüsterte liebkosende, freundliche Worte, die ihm die Tränen in die Augen trieben.

Sie bemerkte, daß er nur vorsichtig atmete, und fragte, ob es weh täte.

»O ja«, sagte er mit blassem Lächeln und fuhr sich mit den verbundenen Händen über die Brust.

»Sticht es?« fragte sie.

»Ja, irgendwo müssen Messerspitzen sitzen.« Er versuchte zu lächeln, aber es wurde nur ein mattes Grinsen.

Adelheid bewegte vorsichtig seine Arme und Beine und fand, daß nirgends etwas gebrochen sein konnte und auch Hals und Rücken heil waren. Aber mehrere Rippen schienen gequetscht, der Kopf war schwer mitgenommen und der ganze Körper schlimm zerschlagen und steif.

Es kam also darauf an, wie schwer es den Kopf getroffen und ob er innerlich Schaden genommen hatte. Dann war nichts zu machen. Dag fiel von neuem in Ohnmacht und lag lange besinnungslos. Adelheid öffnete inzwischen seine Kleider und zog ihm ein Stück Leinen um die nackte Brust, um die Rippe zu stützen. Sie nähte es zusammen, zog es über dem Brustkorb stramm und deckte die Kleider wieder darüber, dann entblößte sie das eine Knie, das ihr nicht in Ordnung schien, und wusch und verband es.

Ja, Adelheid arbeitete und mühte sich um Dag, zugleich aber auch um ihr eigenes Leben.

Vater Dag war erwacht, wollte jedoch nicht stören und lugte nur vorsichtig unter den gesenkten Lidern hervor. Drüben auf der Pritsche flüsterten Adelheid und Dag. Er hatte sie den Verband um Dags Brust nähen und ihre flinken, sicheren Hände arbeiteten sehen, er sah sie die Glut schüren und sah ihr Gesicht sich hart und willensstark gegen den Flammenschein abzeichnen.

Vater Dag schloß die Augen. Sein Urteil über Adelheid begann ein anderes Gesicht zu bekommen. Da hatte sie sich allein mit dem alten Hund aufgemacht, bis in die tiefste, nördlichste Waldwildnis hinein. Und nach dem langen Weg fühlte sie noch Kraft genug in sich, zuzugreifen – noch Mut genug, sich mit diesem Elend hier zu beschäftigen. Ihr Gesicht vor dem Feuer hatte diese Gedanken in ihm geweckt. Ein ganz neues Gesicht. In dieser Hütte wurde offenbar ein stiller Kampf gekämpft. Dort standen die alten harten Weisheiten Ane Hammarbös, ja, der Sippe, und der Tod, hier Adelheid und die Liebe. Denn wie Adelheid jetzt, so konnte keine Frau aussehen, außer im letzten Kampf um ihr ein und alles im Leben. In diesem Gesicht gab es keine

Gnade – für die alten Sprüche noch irgend etwas anderes. Und wo Liebe echt war, da stand ihr der Herrgott bei – daran glaubte er.
Da Adelheid so völlig in der Pflege Dags aufging, streckte sich der Alte auf der Bank aus und schlief jetzt richtig ein. Jemand anders hatte sich für diesmal vorgenommen, im Leben stark zu sein. Da konnte er sich endlich einmal ausruhen.

Der Sturm um den Totenberg hatte den Schnee unter der Südwand, wo Dag abgestürzt war, zu dicken Lagen zusammengeweht. Als er hinaufstieg, hatte hier noch vereister Harschschnee am Fuß der untersten Hänge gelegen, doch der Sturm hatte von Norden her um die Berghänge gefegt, und der Treibschnee hatte sich im Schutz des Gebirges an der Südseite zu Wächten aufgehäuft.
So rettete der Sturm Dag das Leben. Aber der alte, wohl jahrhundertealte Spruch hatte sich bis ins letzte gefährlich bewahrheitet; er würde sie noch begleiten, wenn sie Dag zu Tale trügen, und umlauerte jetzt die Hütte, in der er viele Tage und Nächte liegen mußte. Sehr fern war ihm der Tod da nicht.
Der Holzfäller-Martin und sein Kamerad stiegen zum Hof hinab, um Kleider, Nahrungsmittel und allerlei Dinge zu holen, die Adelheid hier brauchte. Weibliche Hilfe lehnte sie ab. So kam es, daß diese drei Menschen manchen Tag lang in der Hütte hausten, so wie ihre Sippe vor vielen Jahrhunderten gehaust haben mochte. Adelheid war die Hausfrau, die kochte und wusch, Vater Dag schleppte Wasser und besorgte das Feuer.
Und während die Tage verstrichen, brauste der Frühling mit Macht über die Wälder, breitete einen grünen Schimmer über die Lehnen und Blütenschleier über den Waldboden, weckte wimmelndes Vogelleben und schwellende Bäche und einen berauschenden Duft von Wachstum und Frühling in der sonnigen Luft. Und so sah es in den Wäldern während der beiden Tage aus, als diese drei auf den sanftesten Pfaden von der Schwarzseehütte zur Nachttalalm wanderten und von dort heim nach Björndal.
Adelheid war auf ihrer einsamen Wanderung mit Bister wie blind hier einhergelaufen. Jetzt erlebte sie den Frühling der Wälder in ruhiger wunderbarer Freude.
Nächtelang hatte sie in der Hütte gelegen und auf die Töne der Wälder gelauscht: hoch und flötend, wenn der Nordwind über die Gipfel sauste, tief und einschläfernd, wenn der Südwest daherstrich. Auf dieser Wanderung hörte sie das volle Orchester des Waldes mit allen seinen Tönen. Ja, sie erlebte gewaltige Dinge. Sie bekam das grollende Brüllen der Elche zu hören und war bebend Zeuge, wie die mächtigen Tiere bei Sonnenaufgang über das Moor der Trollfjellalm zogen; sie sah auf dem See den Trollvogel, der mehr Fisch als Vogel ist. Er tauchte und blieb unbegreiflich lange unsichtbar, dann flog er über die Fläche, daß das Wasser vor ihm aufsprühte, und schrie, daß es einem durch Mark und Bein ging.

Vater Dag zeigte ihr die Spuren aller erdenklichen Tiere, und weiter südlich, unter der Grünseehöhe, entdeckte sie sogar eine frische Bärenfährte.
Und am nächsten Tag ging es die Hänge hinunter durch einige der Außensiedlungen. Sie bekam die Leute und Kinder und Häuser zu sehen, in ihrer Eigenart – auf Friland und Skya und Stjernebekk und Kast und auf den großen Stellen: Tjernmo und Blåtjern, Barvoll und Steinrud.
Und sie lernte die Sommerställe von Björndal kennen, hier draußen zwischen Gehölzen, mit blühenden Händen und grünen Flächen, mit den Scheitzäunen und ihren Pförtchen, durch die der Weg hindurchführte.
Eine ganze Welt von neuen Eindrücken nahm sie mit heim.

6

So merkwürdig es klingen mag – Adelheids Erlebnis mit seinem grauenvollen Anfang und gnädigen Schluß hatte ihren Schmerz über den Tod der Knaben weit in den Hintergrund gedrängt.
In einzelnen Stunden, wenn sie an die Todesgefahr dachte, in der Dag geschwebt hatte, oder an die Vielfalt des Waldlandes, dann konnte sie wegen der Kinder eine tiefe Verzweiflung überfallen; sie rechnete sich dann aus, wie alt sie jetzt wären, und konnte darüber in heiße Tränen ausbrechen. Aber bald nahmen die neuen starken Eindrücke wieder überhand und erfüllten ihr Denken.
Bei Vater Dag hatten diese Erlebnisse deutliche Altersspuren hinterlassen, und er wanderte, wie alte Leute oft, in die Tage seiner Jugend zurück. Er begann in den gewaltigen Ereignissen der letzten Zeit wieder nach den Absichten des Herrn zu forschen. Und er grübelte oft über die Gründe, die ihn bewogen hatten, nach Hammarbö zu fahren und dort sein Auge auf ein junges Mädchen zu werfen. Das war wohl eigenwilliger Trotz in den Augen des Herrn – und jüngst das Unglück war als Warnung gekommen, daß es in des Herrn Hand stünde, die Sippe auszulöschen oder am Leben zu lassen ...
Und er hatte Adelheid sehen dürfen, wie sie hinter ihrem schönen, feinen Äußeren sein konnte; weder vor Blut noch vor Dreck war sie zurückgeschreckt. Sie war schon ein tüchtiger Kerl, diese Adelheid. Vielleicht hatte ihm der Herrgott die Kraft ihrer Liebe zeigen wollen, die Leben retten – und also wohl auch neues Leben in die Welt setzen konnte.
Ja, so mußte er es auffassen und dem Herrgott vertrauen und durfte nicht mit greisenhaftem Eigensinn in die Zukunft eingreifen. Es gab genug anderes zu tun, wenn er etwas leisten wollte. Er konnte wieder fleißiger Gottes Haus besuchen, konnte zu dem neuen Pfarrer fahren und ihm guten Tag sagen. Das hatte er immer noch nicht getan, und dieser Pfarrer hatte sich nicht, wie die früheren, an ihn herangemacht.

Der neue Pfarrer war ja mit Adelheid verwandt und predigte ganz nach Dags Geschmack; er machte den Eindruck eines bescheidenen, aufrechten Mannes, der nicht nur auf Geschenke, Verpflegung und Opfergaben aus war. Vater Dag erinnerte sich eines Gotteswortes, das sein Denken einst stark beeinflußt hatte. Es verurteilte die Widersetzlichkeit gegen Gottes Diener auf Erden als schwere Sünde. Er hatte sie seitdem vermieden. Wenn er jetzt aber das Gegenteil täte und Fügsamkeit zeigte? Pfarrer zu sein, war nicht leicht – auch der Pfarrer konnte einmal etwas Freundlichkeit brauchen.

Vater Dag hatte noch sein scharfes Ohr. So hatte er erfahren, daß Beamte und andere Größen im offenen Land den neuen Pfarrer zum besten hielten und ihn in Gegenwart anderer verhöhnten. »Kirchenmaus« nannten sie ihn wegen seiner Armut. Er hatte viele Kinder und war mit einem Haufen alter Schulden belastet. Sie nannten ihn wohl auch den »Heiligen Geist«, weil er immer so ernst wirkte. Und die größten Bauern dort draußen äfften den großen Herren hierin nach, wie in anderen Dingen.

Dag wollte sich nichts vormachen. Man würde darüber reden, wenn er, der Alte, vor dem Pfarrhof hielt, und würde es auf alle mögliche Weise auslegen; aber – es konnte ihn reizen, gerade weil darüber geklatscht werden würde.

Mitten in all diese Aufrichtigkeit schlich sich seine Selbstzufriedenheit und sein Machtgefühl ein. Er dachte an alle die großen Gegner des Pfarrers, und die Vorstellung kitzelte ihn, was sie für Augen machen würden, wenn es hieße, der alte Dag sei brav und ehrerbietig zum Pfarrer gekommen. Dag kannte seine Macht über die Menschen. Die Macht seines Reichtums und – den Sagenglanz, der ihn umwob. Mancher von seinen Schuldnern hatte davon orakelt, wahrscheinlich, um sich bei ihm lieb Kind zu machen. Und der Major hatte ihm in seiner offenen Art geradeheraus gesagt, er scheine ja für alt und jung der reine Kinderschreck zu sein, und selbst die größten Herren hätten nur ungern mit ihm zu verhandeln.

Ja, Dag wollte dem Herrgott ein wenig zu Hilfe kommen. Der Pfarrer sollte draußen im Kirchspiel nicht länger allein stehen. Er, der alte Dag, wollte anspannen und eines Tages zum Pfarrhof fahren, mitten durch das höhnische Grinsen der Herren Großbauern. Ernster Wille, Übermut und Eigensinn wechselten wie von jeher in seinem Herzen, aber die Absicht, aus der das Ganze entsprang, war demütig und rein.

Der junge Dag war jetzt ganz in die Stube neben Adelheids Kammer gezogen. Er mußte vorläufig aus dem Wald fortbleiben, solange die Wunden noch juckten und heilten und bis seine Brust wieder ganz gut und sein Kopf wieder völlig klar wäre. Denn mancherlei seltsame Bilder beschäftigten seit dem Unfall seine Gedanken.

Die Wälder mit ihrem Leben lockten ihn jetzt nicht mehr mit der alten Macht.

Er fühlte Tag um Tag mehr das Bedürfnis, sich auszuruhen und Adelheid nahezusein. Sie war nun nicht mehr nur der feine, schöne, begehrenswerte Mensch; sie war die Wärme und Freude um ihn her. Niemals mehr erwähnte sie die Knaben, niemals weinte sie in seiner Gegenwart, niemals sprach sie ein trauriges Wort. Mutig und aufrecht kam und ging sie, fest, stark und wunderbar ruhig bei Regen und Sonnenschein. Sie erzwang es, daß sie mit seinen Verletzungen umgehen durfte, als seien sie ihr Eigentum. Sie küßte die ärgsten Wunden und schämte sich dessen nicht, sondern lächelte ihn nur strahlend an. Anfänglich hatte er in der Kammer nächtigen müssen, in dem großen, warmen Bett, und dann hatte sie ihn nicht wieder fortgelassen. In den ersten bösen Tagen hatte sie ihn dazu gebracht, in der kleinen Laube in der Sonne zu sitzen, und seitdem saß er den ganzen Tag dort. Sie hatte ihm an den ersten Abenden aus ihren Büchern vorgelesen und ihm dies und jenes erklärt, hatte ihm auf der Laute vorgespielt und leise dazu gesungen an den ersten Abenden. Dann war es so geblieben – jeden Abend.
Sie hatte durch vorsichtiges Fragen einzelne Einblicke gewonnen, wie das Unglück geschehen war; ja, sie hatte ihn hin und wieder fast zum Erzählen bekommen. Sie hatte alles in Zusammenhang gebracht und auch Vater Dag befragt, bis sie schließlich alles wußte – von dem alten Spruch und von Dags Erlebnissen. Vielleicht war sie es, die es niederschrieb auf den Blättern eines Buches – die Sage vom Totenberg ...

7

Die Frühlingsnacht zog dahin. Kein Windstoß, kein Luftzug, kein Sausen – nur ein treibendes Wehen von Frühling und Nacht durch die offene Fenstertür der Jungfernkammer. Die Gardine bauschte sich und wehte ...
Aus dem Bett erklangen Worte, erst tastend, unverständlich. Das Bett knarrte. Adelheid hob sich behutsam auf den Ellbogen, streckte die Arme, setzte sich auf, beugte sich über Dag und lauschte. Er war in den letzten Nächten so unruhig, stammelte und sprach unverständlich, quälte sich, die Worte zu formen. Sie hatte ihn in den letzten Nächten geweckt, um ihn aus den bösen Träumen zu reißen. Jetzt setzte sie sich auf und horchte. Es war nicht recht, zu lauschen; doch heute wollte sie versuchen, seine Worte zu verstehen. Vielleicht würde es besser, wenn sie wüßte, was es war, und mit ihm darüber sprechen konnte. »Gras ... im Bach ... im Wald ...« murmelte er, »treibt und treibt ... mit dem Strom ... kommt nicht vom Fleck. Seerosen im Teich ... die Blätter ... schwimmen auf den Wellen ... schwimmen – schwimmen, an der gleichen Stelle ... verwurzelt ...« Viele unklare Worte folgten, aber sie blieben ihr unverständlich, bis er plötzlich wie im Zorn schrie: »Nein

... keinen Schnee ... keine Gipfel ... Seelen ... unten im Schatten ... Seelen ... oben in der Sonne ...« Die Worte wurden undeutlich, und es war dann still.

Adelheid lauschte lange, wartete auf mehr, aber Dags Atemzüge gingen gesund und gleichmäßig durch die Brust, die sie zusammengeflickt hatte. Sie beugte sich nieder und horchte ihn ab. Der Atem ging rein und frei, ohne einen kranken Ton, und das Herz klopfte und schlug regelmäßig und ohne Schwankung.

Aber sein Kopf? Und all die merkwürdigen Gespinste? Auch darauf hatte sie zu horchen versucht mit dem praktischen Sinn der Frau, wie auf die Geräusche von Lunge und Herz; aber die Laute des Kopfes, die sich durch die Zunge vernehmbar machten, blieben undeutbar. Gras, Seerosen und Seelen? Wer konnte das verstehen?

Der Kopf schien noch nicht heil zu sein, und das war eine gefährliche Stelle. Aber – Adelheid legte sich zurück, dicht neben Dag. Er lebte, war warm und atmete. Sie bettete ihren Kopf an seine Schulter, schloß die Augen und schwebte in die Frühlingsnacht hinaus.

Sie saßen in der Laube vor der Kammer, Adelheid und Dag. Auf beiden Seiten stand eine kurze Bank, gerade so breit, daß man zu zweit dort sitzen konnte. Mehr Platz gab es nicht.

Adelheids Augen waren klar und tief wie ein Waldsee und sicher im Blick, als sie sich ihm zuwendete.

»Woran dachtest du damals, als du vom Gipfel in das Land des Todes hineinsahst?« fragte sie. Ihre Stimme klang ruhig und fest.

Er wendete ihr langsam das Gesicht zu und blickte sie offen an. Seine Augen hatten etwas von ihrer alten Macht wiedergewonnen – blau, funkelnd, klar und fragend. »Was weißt du davon, was ich gedacht habe?« sagte er, und ein Lächeln, das mancherlei bedeuten konnte, flog über seine Züge.

Adelheid schlug schnell die Augen nieder und konnte nicht verhindern, daß ihr eine leise Röte in die Wangen stieg. Machte es nur ihr schlechtes Gewissen, oder wußte er, daß sie ihn belauscht hatte? Er war nicht zu begreifen. Oft war er mißtrauisch wie ein Tier ...

Er bemerkte ihre Verlegenheit wohl, denn er richtete seinen Blick auf die Siedlung und sagte gleichsam an seine Frau vorbei: »Man denkt so manches in einer solchen Stunde und – hinterher.«

Adelheid hatte ihre Ruhe wiedergewonnen; sie schob ihre Hand, die auf der Brüstung ruhte, etwas weiter vor und beugte sich zu ihm hinüber. »Es kann auch für andere wertvoll sein, zu wissen, welchen Eindruck das Land des Todes hinterläßt«, sagte sie mit einem erfahrenen, etwas müden Lächeln.

»Davon kann man in der Morgensonne nicht sprechen«, entgegnete Dag und lächelte zurück – ein düsteres Lächeln.

»Dann können wir – im dunkeln Bett darüber sprechen«, sagte Adelheid – »heute abend.«

»Hm«, antwortete Dag und machte ein nachdenkliches Gesicht, »es müßte dann aber ganz, ganz dunkel sein.«

Noch am gleichen Tag kam Major Barre und wußte wieder große Dinge zu berichten. Nicht gerade ganz neue, denn es war schon während des ganzen Frühjahrs von Mund zu Mund gegangen, und der Major hatte es bereits bei seinem letzten Besuch angedeutet. Aber bei allem, was in diesem Jahr auf Björndal vorgefallen war, hatten sie sich nicht gerade viel um die Ereignisse der Außenwelt gekümmert. Er berichtete von dem Ergebnis der Versammlung auf Eidsvoll, vom Grundgesetz, von der Verfassung und der Königswahl und sprach mit schallender Stimme von der Zukunft des Landes.

Wie immer beim Besuch des Majors, wurde in der Wohnstube noch etwas Besonderes aufgetischt, und diesmal kam, sei es wegen seiner großen Neuigkeiten, sei es aus anderen Gründen, auch Wein auf den Tisch. Der Major trank sich in Hitze und redete große Töne davon, wie sie Schweden und Dänemark und den Großmächten draußen die Stirn bieten würden und wie die Kriegsmacht zu Wasser und zu Lande gefördert würde. Ja, schließlich brachen die großen Zeiten Harald Harfagrs und Haakon Haakonssons mit vollen Segeln wieder über Norwegen herein, und ein kleiner Wikingerzug über die Nordsee, so in ein paar Jahren, schien nach den Reden des Majors nicht ganz außer dem Bereich der Möglichkeit zu liegeen.

Adelheid wurde von der allgemeinen Stimmung angesteckt und lauschte mit großen Augen und heißen Wangen den mächtigen Reden des Vaters. Auch Vater Dag ließ sich eine Zeitlang mitreißen; als aber der Major den Großmächten gar so gewaltig Trotz bot und selbst England erobern wollte, ging seine Stimmung in die Brüche. Sein Gesicht fand die kalte Ruhe wieder – mit einem kleinen lustigen Blinken in den Augenwinkeln.

»Erst müssen wir einmal Geld in der Tasche und Essen im Leib und etwas geleistet haben, ehe wir uns so breit machen«, sagte er.

Es gehörte allerhand dazu, den Major zu verblüffen, und er war es gewohnt, daß Vater Dag deutlich seine Meinung sagte; der Übergang aber vom Festrausch in der Stadt zu Dags nüchternen Wahrheiten – das war zuviel für ihn. Er blieb lange stumm, und das kam bei ihm selten vor.

Der junge Dag saß dem Major gerade gegenüber, starrte aber an ihm, an ihnen allen vorbei zur dunklen Türöffnung in die Diele. Sein Blick war abwesend, und in seinem Gesicht stand ein verlorenes Lächeln über alles, was um ihn her vorging.

Sein Kopf, dachte Adelheid; er sollte keinen Wein und Schnaps trinken; er ist noch nicht gesund.

Der Major erholte sich endlich von der kalten Dusche und kam auf andere Dinge zu sprechen. Er schilderte die großen Ereignisse draußen, die Kriege und Napoleons Schicksal; Adelheid beobachtete ihren Mann, er behielt den gleichen abwesenden Blick, dasselbe verlorne Lächeln.

Am Abend saßen sie bei einem kleinen Kaminfeuer in der Diele, denn das Wetter war wieder rauh geworden. Sie hatten Punsch im Glas, der Major vergaß allen Kummer, der das Haus bedrückte, und war laut und vergnügt. So war er nun einmal, und niemand wunderte sich darüber; Adelheid aber sah mit großen Augen zu, wie ihr Mann ein Glas nach dem andern trank. Das war ganz ungewöhnlich.

Als sie sich zur Nacht in ihre Kammer hinauf begab, ging Dag in seine Stube, machte Feuer im Kamin, setzte sich davor und starrte hinein. Adelheid trat in die Tür und betrachtete ihn lange. Angst stand in ihren Augen, als sie still zum Kamin hinüberglitt und sich halb hinter ihm in den anderen Stuhl niederließ.

»Vielleicht solltest du lieber keinen Schnaps trinken, solange dein Kopf noch nicht in Ordnung ist«, sagte sie.

Er wendete ihr das Gesicht halb zu – wieder dieses seltsame Lächeln, dieser abwesende Blick. »Mein Kopf?« fragte er. »Glaubst du, mir fehlt etwas im Kopf?«

»Ja«, erwiderte sie leise, aber bestimmt. »Du sprichst oft so wunderlich im Schlaf und bist jetzt immer so schweigsam und geistesabwesend, daß ich dich kaum wiedererkenne; und dann lächelst du so traurig – so traurig.«

»Ja, ja«, sagte er, »so wird man eben, wenn man auf den Totenberg steigt.«

»Daran mußt du nicht immer denken«, mahnte Adelheid, »du mußt versuchen, den Tag zu vergessen!«

»Den Tag? Es war doch nicht nur der eine Tag. Ich bin viele, viele Male dort oben gewesen.«

Adelheid starrte ihn erschrocken an und begann vor Entsetzen zu zittern. Es war also schlimmer mit seinem Kopf, als sie selber annahm. Sie mußte sich vorsichtig mit Fragen vortasten und ausfindig machen, wie schlimm es um ihn stand. »Du bist also öfter dort gewesen?« fragte sie so ruhig wie möglich.

»Ja«, antwortete er und lächelte wieder sein trauriges Lächeln, »dort oben gibt es nicht nur Fels, Schnee und Sturm, es liegt etwas Merkwürdiges über dem Totenberg.« Es mußte wohl von dem ungewohnten Trinken kommen, daß dieser sonst so wortkarge Mann heute von sich sprach, das Gesicht dem Feuer zugekehrt. »Ich bin dort gewesen, viele Male, und habe da oben gelegen – ganz oben zwischen den Wolken, und habe hinter sie geblickt. Das ist kein Schnee – das sind keine Gipfel – Seelen sind es, die in den Schattentiefen festgekettet sind – manche tief unten, andere weiter oben, einige reichen wie hohe Felsspitzen bis an die Sonne.«

Adelheid brach der kalte Schweiß aus. Gerade davon hatte er ja auch im Schlaf gesprochen.

»Sie sitzen dort wie Pflanzen, die Seelen, dicht wie Halme, wie das Gras unten in den Waldbächen, wie die Seerosen auf dem Teich. Es ist kein Schnee, der stiebt, kein Sturm, der weht – es sind die Seelen, die dahintreiben, aber nicht vorm Wind. Es ist eine Sehnsucht nach irgend etwas, was sich in ihnen streckt, was sie bewegt. Sie recken sich zum Himmel auf und fluten und fluten wie das Gras in den Bächen, wie die Seerosen in den Wellen, aber – auch die Seelen kommen nicht von der Stelle, sie sind da festgewachsen, wo sie lebten, als sie vom Tode überrascht wurden. Auf dem Grund, unten in den finsteren Tiefen, sind sie alle dunkel gefärbt, weiter oben aber bekommen sie andere Farben. Alle Arten von Farben. Die einen sind fast ganz blutig, andere fast ganz weiß, und die höchsten schimmern wie flüssiges Gold in der Sonne. Wie ein endloses Meer wogt es dort drinnen. So ist es hinter dem Totenberg. Nach Süden, gegen die Täler des Lebens hin, ist der Gipfel wie ein Ausblick über die ganze Welt. Merkwürdig ist es, dort oben zu sitzen und hinzuschauen über – das ganze Leben. Die Menschen unten im Land sind wie winzige Flämmchen, manche blinken nur wie das Licht eines Johanniswürmchens in der Sommernacht, andere leuchten stärker. Allesamt treiben sie nach Norden zu – zum Gipfel des Todes. Manche schneller, manche langsamer, aber alle beginnen sich daraufzu zu bewegen, sobald sie angezündet sind. Sie fliegen aufeinander zu, stoßen sich, einige stoßen andere schnell wie der Blitz in den Tod, und zugleich treiben sie selber – immer näher. Tag und Nacht regnen Leben über den Gipfel. Manche von den Lebensflammen sind stark, aber häßlich gefärbt. Sie befördern Ströme von anderen Menschenlichtern zum Berg, während sie selber darauf zutreiben. Das geschieht zu Kriegszeiten, und dann schüttert es wie Gelächter im Rachen des Todes. So grausig der Anblick ist – man muß lachen, wenn man es sieht. So unbegreiflich ist das, daß man es mit menschlichem Verstand nicht zu fassen vermag, wenn man es oben vom Angesicht des Todes aus betrachtet. Von dort all diese Sinnlosigkeit zu beobachten, die auf der kurzen Reise vor sich geht – vom Anzünden des Menschenlichtes, bis sie über den Gipfel stieben, verlöschen und eine Seelenpflanze neben allen den anderen werden – das genügt schon, um verrückt im Kopf zu werden; wenn man erst einmal offene Augen dafür bekommen hat.«
Es schwindelte Adelheid vor Entsetzen. Dag hatte sich den Kopf zuschanden geschlagen und war wirklich verrückt geworden.
Plötzlich wendete er ihr heiter lächelnd das Gesicht zu und blickte sie fest und klar an. »Du denkst jetzt sicher, ich bin verrückt, aber du kannst unbesorgt sein. Ich bin nicht öfter als das eine Mal dort oben gewesen, habe mich nur in Gedanken dorthin versetzt und geträumt, ich sei wieder oben. Ich wollte dir nur etwas von den Gesichten, Träumen und Gedanken erzählen, die mich seit damals beschäftigen. Sie rühren wohl von dem Ausblick dort oben her, der allerdings unglaublich genug war, und sicherlich auch von meinem Absturz und den Fieberphantasien in der Hütte und von allen den bösen Träumen

hinterher. Manches mag auch aus den Büchern stammen, die du mir seit unserer Verheiratung zu lesen gegeben hast. Manches davon ist mir aber Wirklichkeit geworden«, fügte er hinzu, und sein Lächeln schwand. »Ich ging damals ins Gebirge in der klaren Absicht, es möchte mit dem ganzen Leben zu Ende sein. Doch als ich oben war und kaum eine Möglichkeit sah, lebendig wieder hinunterzukommen, und mir klarmachte, daß es nun wohl wirklich zu Ende sei, für ewig zu Ende, da fiel mir ein, daß ich nur so darauf losgestürmt war, das ganze Leben lang, über dreißig Jahre lang, ohne an das Ende zu denken, das unvermeidliche Ende. An so etwas hatte ich nie gedacht. Überhaupt nicht gedacht, nur wie die meisten Menschen dahingelebt, als müsse das Leben tausend Jahre währen.«

Er holte tief Atem, richtete sich auf und lehnte sich im Stuhl zurück. Sein Gesicht war wieder zum Feuer gekehrt, die Augen hatten den abwesenden Blick, aber um den Mund lag jetzt kein Lächeln.

Adelheid starrte ihn an. Trotz der häßlichen Narben oben an der Stirn, die von seinen Verletzungen zurückgeblieben waren, meinte sie ihn niemals so hübsch gesehen zu haben. Erst heute entdeckte sie, daß sie ihn niemals als völlig erwachsenen Menschen betrachtet hatte. Etwas Knabenhaftes war ihm geblieben, in seiner Schüchternheit, in dem Mangel an festem Ernst, an Erlebnissen, die Nachdenken und Vertiefung forderten. Das Märchen, das er jetzt erzählt hatte, und seine ruhige Stimmung dabei machten sie unsicher; fortan würde schwer zu sagen sein, was er über das Leben dachte. Früher hatte sie Achtung, ja, fast Furcht vor ihm empfunden – vor seiner mächtigen Stärke, seinem »Tempo«, seiner Wortkargheit. Jetzt war noch das Gewicht des erwachsenen Mannes hinzugekommen. »Weshalb lächeltest du die ganze Zeit, als Vater von der Welt draußen erzählte?« fragte sie plötzlich.

»Ach, mir fiel wohl ein, daß die Menschen hier auf Erden sich mit so vielem quälen und mühen, als gedächten sie bis in alle Ewigkeit zu leben; und dabei sind wir doch alle nur auf einer kurzen, schnellen Reise durch das Leben – zur Ewigkeit. Das Bild, von dem ich dir erzählte, ist mir stets so gegenwärtig, daß ich lächeln muß, wenn sich die Menschen mit allem möglichen quälen, statt an die einzige Wirklichkeit zu denken – daß wir nämlich auf der Reise zum Totenreich sind. Denn das ist ja gerade die große Wirklichkeit im Leben – das einzige, was wir wissen –, daß Leben Tod bedeutet. Wenn man sich auf den Gipfel stellt und auf die Menschen und ihr Treiben hinabblickt, dann gebärden sich die allermeisten wie blinde Narren, und auch ich bin einer davon gewesen.«

Der junge Dag wurde mit der Zeit ganz gesund, und eines Tages zog er wieder in den Wald. Er mußte Adelheid versprechen, vorsichtig zu sein und nicht wieder auf den Totenberg zu klettern. Er lachte bei ihren Worten und meinte, man verspüre keine Lust, so bald wieder dort hinaufzutreiben.

Als Adelheid merkte, daß sie wieder ein Kind bekommen würde, war sie glücklich und unsicher zugleich. Sie konnte das Bild nicht loswerden, daß dieser neue Mensch, dem sie das Leben schenken sollte, gleich nach seiner Ankunft die Reise in den Tod begänne. Sie grübelte viel darüber nach und dachte schon daran, zum Pfarrer zu fahren, dem sie einmal versprochen hatte, zu kommen, wenn sie etwas bedrängte. In all ihrem Glück hatte sie das Versprechen vergessen, und auch in ihrem Schmerz über die Kinder war ihr der Pfarrer nicht in den Sinn gekommen. Niemand konnte die Toten ins Leben zurückrufen. Jetzt dachte sie an den Pfarrer – vor allem aber an Vater Dag.

Sie wollte ihm sagen, wie es um sie stand. Das würde ihn freuen. Er war in seinem Kummer um die Kleinen sichtlich gealtert. Auch wollte sie ihm von ihrem Gespräch mit Dag erzählen und seine Ansicht darüber hören. Ja, sie hoffte, er werde das Düstere, das Dags Worte mit sich gebracht hatten, etwas dämpfen.

Es blieb bis tief in den Sommer kalt, und abends brannte gewöhnlich ein Kaminfeuer in der Diele. Eines Abends saß Vater Dag dort allein und sog an seiner langen Pfeife, als Adelheid dazukam und sich mit ihrem Strickzeug in den großen Sessel niederließ, in dem sie an ihrem allerersten Abend auf Björndal gesessen hatte. Sie wechselten erst ein paar Worte über Wetter und Wind.

Adelheid hatte ja Vater Dag ein wenig ausforschen müssen, um in den Unfall ihres Mannes einen Zusammenhang zu bekommen und auch den Spruch über den Totenberg von ihm zu erfahren. Daran knüpfte sie an und erzählte von Dags Worten und ihren eigenen Gedanken darüber – und davon, daß sie ein Kind erwartete. Er schwieg zu allem; doch als sie von dem Kind sprach, schien sich sein Haupt zu der gewohnten stolzen Haltung aufzurichten.

Sie redeten hin und her, bis Adelheid zu dem entscheidenden Punkt gelangte – ob es wahr sei, daß alles geboren werde, um zu sterben.

Vater Dag nickte zu der Äußerung seines Sohnes mit wehmütigem Lächeln. Er verglich sie mit seinen eigenen Ansichten über Leben und Tod. Aber er war manches Jahr älter als sein Sohn und hatte sein Leben nicht sorglos nach eigenem Gutdünken verbraucht, sondern so manche Wechselfälle des Lebens erfahren und gelernt, ein Ding von allen Seiten zu betrachten, selbst den Tod. Er teilte die Anschauungen seines Sohnes, nur ließen sich zartere Formen denken, es vor Adelheid in ihrem jetzigen Zustand zu äußern. Und vor allem: es gab in der Seele des Menschen eine Kraft, die über alles hinweg und selbst mitten durch den Tod führte.

Er suchte lange nach den richtigen Worten. Seine Ansicht stand fest – für ihn selber; aber um sie anderen weiterzugeben, bedurfte es der Worte. Er erhob sich und wanderte in der Stube hin und her, die Hände auf dem Rücken, und seine Pfeife schlenkerte in der einen Hand hinter ihm drein.

Adelheid blickte zu ihm her, und Tränen quollen in ihr auf. Heute abend hatte sie ihm vieles vergelten können. Er war wieder der alte, wie vor dem Tod ihrer Kinder. Was sie ihm von dem neuen Leben verraten hatte, das zündete in ihm wie ein Funke. Er hatte sich schnell durchs Haar gestrichen, so daß es seinen Kopf wieder in lebendigen Wellen umwogte, jetzt schob er die Schultern zurück und hob den Kopf, wie immer in seinen besten Stunden. Adelheid betrachtete ihn von der Seite, wie sie ihren Mann betrachtet hatte; ob sein Gesicht wohl jemals vom Leben so fest gemeißelt sein würde wie das seines Vaters? Alle Sorgen, aller Kummer seines Lebens schienen seine Züge umspielt und so lange immer von neuem an ihnen geschliffen zu haben, bis sie diesen unbeschreiblich klaren Gesichtsausdruck herausgearbeitet hatten. Man konnte den Blick kaum davon losreißen.

Ohne den Kopf zu drehen, wie von einer Erscheinung in der Feuersglut gebannt, saß er da und begann endlich zu sprechen, langsam, leise, aber unerschütterlich fest: »Mit dem Leben und dem Tode – ist es schon so, wie Dag sagt; das Leben so aus der Höhe zu betrachten, nur als eine kurze Wegstrecke zwischen der Ewigkeit, aus der wir kommen, und der Ewigkeit, der wir entgegenwandern – das ist die erste Einsicht, die wir brauchen, um den Zusammenhang zu begreifen. Und der Zusammenhang liegt darin, daß wir etwas von unserem Herrgott in uns tragen – von Ewigkeit zu Ewigkeit –, wenn wir nicht nur blind dahinleben in diesem kurzen Übergang, den wir Leben nennen. Wir tragen etwas von unserem Herrgott in uns. Man könnte es sicherlich mit den drei Worten erfassen, die in der Heiligen Schrift stehen: mit Glaube, Liebe, Hoffnung; ich selber komme der Sache näher, wenn ich statt dessen die Worte setze: Gottvertrauen, Zuversicht und guter Wille. So stehen sie mir näher beieinander – unzertrennlich. Sie sind das, was wir vom Herrgott in uns haben; und sie tragen uns hoch über den Totenberg, Adelheid.«

8

Vater Dag hatte den Lensmann gezüchtigt und seinem Hundespuk ein Ende gemacht. Seitdem befaßte sich der Lensmann nicht mehr mit Leuten, mit denen Dag zu tun hatte; aber er trank ebenso toll wie bisher, vielleicht noch toller, und spielte Karten, Tag und Nacht, jahraus, jahrein.

Eines Morgens nach einem solchen nächtlichen Gelage fand man den Lensmann tot auf seinem Stuhl. Seine Hand umkrampfte noch das Schnapsglas auf dem Tisch – er hatte sich buchstäblich zu Tode getrunken.

Er wurde begraben wie andere, aber bei seiner Beerdigung ereignete sich etwas Ungewöhnliches.

Der Pfarrer hielt die sonderbarste Rede, die man je bei einer solchen Gelegenheit gehört hatte. Er sagte klipp und klar, der Lensmann habe einen in jeder

Beziehung gottlosen, unchristlichen Lebenswandel geführt, sei der ganzen Gegend ein Ärgernis gewesen und jetzt ebenso vor seinen Herrgott getaumelt, wie er meist gelebt habe, nämlich betrunken. Ja, der Pfarrer sprach in heiligem Zorn, so daß es alle Zuhörer kalt überlief. Er berührte sogar die Frage, ob es zulässig sei, den Lensmann in geweihter Erde beizusetzen, und wollte damit wohl andeuten, daß er ihn für nichts Besseres hielt als einen Selbstmörder.
Der Lensmann besaß kaum einen einzigen Freund, dafür aber mindestens zwei Weiber und zahlreiche Nachkommen; und diese ganze Familie fand es unverschämt von dem Pfarrer, über einen Toten am Grab aufrichtig und geradeheraus zu sagen, was alle anderen rings im Land auch meinten.
Überall wurde davon gesprochen, und Obrigkeit und Beamte und andere einflußreiche Leute fanden das Auftreten des Pfarrers ungehörig. Man war sich allgemein einig, daß es die Aufgabe eines Pfarrers sei, ein Grabgefolge rücksichtsvoll und offenkundig zu belügen. Unter diesen großen Herren mochte mehr als einer, ja, mochten viele guten Grund haben, die Reden zu fürchten, auf die ein solcher Pfarrer bei ihrem eigenen Abschied vom Leben verfallen könnte. Und wie man auch gelebt hatte, man meinte, am Schluß auf ein schönes Leumundszeugnis vom Pfarrer Anspruch zu haben.
Einige hatten gute Verbindungen, und es kam so weit, daß der Bischof zu einer außerordentlichen Visitation erschien, um sich nach dem unmöglichen Pfarrer zu erkundigen. Der Bischof war ein echter Sohn seiner Zeit. Er fühlte sich auf dem Pfarrhof mit den vielen Kindern und dem knappen Wein bei Tisch nicht wohl, und auch die bibelfeste Sonntagspredigt des Pfarrers war nicht nach seinem Geschmack. Er ließ den Pfarrer seine Unzufriedenheit spüren und tadelte ihn bei der Abfahrt geradezu wegen der Grabrede für den Lensmann. Sie habe Ärgernis, ja Abscheu erregt und sein Verhältnis zur Gemeinde unhaltbar gemacht – er werde später noch darüber hören.
Pfarrer Ramer war stark und stolz im Kämmerlein, wenn er sich in der Zwiesprache mit seinem Gott auf seine Predigt und Amtstätigkeit vorbereitete. Und bei allem, was sein Amt betraf, nahm er diese Stärke aus dem Kämmerlein mit hinaus in die Welt; in anderen Dingen aber war er nicht stark. Er gehörte nicht zu den Pfarrern, die den Bauern lehren können, Bauer zu sein. Er selbst war kein großer Landwirt und die Bewirtschaftung des Pfarrhofes keineswegs glänzend. Die schlechten Jahre hatten ihn wie andere zurückgebracht, und er mußte schwer um sein Auskommen kämpfen. Daß er sich mit den Großbauern im Kirchspiel nicht gut stand, mochte auch dazu beitragen, seine Einkünfte zu schmälern. Er war kein praktischer Mann, nein – ganz im Gegenteil, und so verlor man allmählich die Achtung vor ihm und damit auch vor seinen Worten. Und mit niemand gingen er und seine Familie um. Die großen Höfe blieben ihm verschlossen, die kleinen verfielen gar nicht auf den Gedanken, den Pfarrer einzuladen. Seine strenge Verurteilung des Leichtsinns dieser Zeit und der Trunksucht brachte ihn noch mehr in den

Ruf der Unumgänglichkeit. So verlor der Pfarrer allen Zusammenhang mit seiner Umwelt und vergrub sich immer mehr in seiner Amtsstube. Denn auf einem unordenlichen Hof, bei einer bedrückten Frau und armseligen Kindern ist das Behagen gering. Zu alledem kam jetzt noch der Besuch des Bischofs mit seinen drohenden Abschiedsworten.

Es ging auf das Frühjahr 1815 zu. Der Pfarrer saß in der Amtsstube und blickte nachdenklich über die Felder, wo sich noch hier und da Schneeflocken gehalten hatten. Vor ihm auf dem Tisch lag die Bibel aufgeschlagen, aus der viele Papierfetzen als Lesezeichen heraussahen. Neben der Bibel hatte er ein großes Blatt mit Notizen für seine Sonntagspredigt liegen, aber seine Gedanken waren in den letzten Wochen so unstet, daß es ihm schwerfiel, sie um einen bestimmten Punkt zu sammeln.
Nach dem Besuch des Bischofs war er in schlaflosen Nächten von schweren Anfechtungen geplagt worden. Er spürte so viel dahinter – so viel Haß gegen sich, und drohend lag die Unsicherheit über seiner Zukunft. War er in seinem Amt allzu selbstsicher gewesen? Hätte er in seinem Beruf und besonders bei der Beerdigung des Lensmannes doch einen faulen Mittelweg einschlagen, ein paar allgemeine Worte über Gottes Barmherzigkeit reden sollen? Er hatte es damals gerade für seine Pflicht gehalten, alle gründlich aufzuwecken, die sich in das unselige Treiben des Lensmannes hatten hineinziehen lassen, und zu versuchen, sie zu ernstem Nachdenken und zur Umkehr zu bringen. Ja, er hatte alles Ärgernis, das nach dem gefährlichen Beispiel noch in den Gemütern saß, dadurch austilgen wollen, daß er unverblümt heraussagte, wie verdammungswürdig ein solches Leben sei.
Der Bischof hatte gesagt, nicht uns komme es zu, zu richten, und hatte sogar vom Pharisäer und Zöllner gesprochen.
War er ein Pharisäer? War es die Aufgabe des Pfarrers, die Menschen zu noch größerer Liederlichkeit anzuhalten und milde über alles hinwegzusehen? Bequem mochte das sein – war es aber Gottes Wille?
Des Pfarrers Gedanken arbeiteten und arbeiteten, sie streiften auch, was seine Augen sahen: die Frühlingserde, die aus den Schneeresten heraustaute. Nun kam bald die Frühjahrsbestellung, und die Sorgen um allerlei Ausgaben für Saatkorn, Sämereien und Geräte überfielen ihn drückend; und hinter allem stand die Unsicherheit nach den Abschiedsworten des Bischofs.

Mitten in seine Überlegungen hinein drangen Räderrasseln und schwerer Hufschlag. Er richtete sich lauschend auf, und eine heiße Unruhe, ja Angst, stieg in ihm auf. Kam da jemand mit dem Bescheid, den der Bischof angekündigt hatte?
Draußen ging die Tür, und auf der Diele ertönten feste, ruhige Schritte. Jemand klopfte – nicht furchtsam wie ein ehrerbietiges Gemeindekind, sondern

wie ein sicherer, zielbewußter Mann. Unwillkürlich stand er auf, wendete sich zur Tür und holte tief und zitternd Atem, ehe er so ruhig wie möglich »Herein!« rief.

Die Tür öffnete sich nicht behutsam, nicht nur einen Spalt weit wie sonst, sondern flog mit einem Ruck ganz auf, und des Pfarrers Augen wurden groß und starr.

Den er zuletzt auf seiner Schwelle erwartet hatte – der alte Dag Björndal schritt mächtig durch die Tür und reichte ihm die Hand. Der Pfarrer war zur Hochzeit auf Björndal eingeladen gewesen, hatte aber in letzter Stunde abgesagt. Weder er noch seine Frau verspürten Lust, unter all den Herrenleuten zu erscheinen. Bei solchen großen Gelagen fühlte sich der Pfarrer niemals wohl. Sein einstiger kühner Vorsatz, den Leuten hinterm Wald näherzukommen, war immer wieder aufgeschoben worden und mit den Jahren ganz eingeschlafen. Und auch Adelheid hatte seiner ja nicht bedurft.

Der Pfarrer stellte geschäftig einen Stuhl hin, legte das Blatt mit den Notizen in die Bibel, schloß sie und schob sie beiseite, räumte Feder und Tinte fort und wieder her. Schließlich aber kam auch er zum Sitzen und drehte dem überraschenden Besuch das Gesicht zu. Dag mochte auch von der Lensmannsrede erfahren haben und jetzt kommen, ihn zur Rechenschaft zu ziehen.

Jeden Herbst traf auf dem Pfarrhof ein Elchstier aus Björndal ein, das beste Extrageschenk, das die Pfarrersfrau erhielt. Ein ganzer Elch, das verschlug bei der hungrigen Kinderschar. Der Pfarrer ertappte sich bei der Befürchtung, diese Elchsendung könne aufhören, und er zerdrückte rasch eine Träne; war es schon so weit mit ihm gekommen, daß er an so etwas in dem Augenblick dachte, wo Dag seine Amtsstube zum erstenmal betrat?

Er hätte wohl etwas sagen sollen, wie froh er über diesen ehrenvollen Besuch sei, hätte freundlich lächeln sollen, wie sonst immer unter vier Augen. Doch in diesen schlaflosen Nächten und einsamen Tagen hatte sich die Unruhe in ihn eingebohrt und seine Gedanken immer enger um den wunden Punkt gejagt: ob er sich wirklich wie ein Pharisäer benommen hätte und was für Folgen das für ihn, und vor allem für seine Familie, haben würde. Daher überfiel ihn der Verdacht, auch dieser unerwartete Besuch müsse mit dem Haß zusammenhängen, der ihm überall begegnete. Er stand unter Zucht und Druck von allen Seiten. Man wollte einen braven, freundlichen Durchschnittspfarrer aus ihm machen.

Er war sich dessen so unbedingt sicher, daß er stumm und verbittert dasaß und den Gast abwartend musterte. Der Alte hatte seinen Stuhl so gerückt, daß er dem Fenster halb den Rücken kehrte und sein Blick am Pfarrer vorbei ins Zimmer ging.

Da der Pfarrer stumm war und blieb, wendete sich Dag ihm mit einem forschenden, halb schüchternen Lächeln zu: »Du weißt wohl nicht, warum ich hier bin?« fragte er.

»Doch«, sagte der Pfarrer, »ich weiß schon, weshalb – die Mächtigen der Welt kommen.«
Dag zog die Brauen hoch und sah ihn an. Der bittere Ton der Worte entging ihm nicht; aber ihr Sinn blieb ihm unverständlich.
Da plötzlich schlug der Pfarrer mit den Händen hart auf die Armlehnen und sprang auf. »Ja, ich weiß, weshalb Ihr kommt. Alle sind hiergewesen, der Schreiber, der Vogt, der Bischof und andere – und wollen mich verpflichten und zwingen, nach ihrem Text zu predigen.« In höchst unpriesterlicher Hast lief er im Zimmer auf und ab und fuchtelte mit den zitternden Armen; seine Stimme bebte vor Aufregung, als wäre er dem Weinen nahe. »Ihr droht mir mit Absetzung und Not für mich umd meine Familie; was ich über den Lensmann sagte, ist aber meine Überzeugung, und aus innerster Überzeugung halte ich mich in meiner Predigt an Gottes reines Wort. Verstehst du, Dag Björndal?« Er blieb vor Dag stehen und fuchtelte mit den bebenden Händen.
Vater Dags Ausdruck hatte sich von verwundertem Staunen in kalte Ruhe verwandelt. Jetzt erhob er sich plötzlich zu seiner vollen Größe und ließ seine Hand mit festem Schlag auf des Pfarrers Schulter fallen. »Willst du dich nicht setzen?« fragte er. »Dann hätte ich dir ein paar Worte zu sagen.«
Der Pfarrer blickte ihn verwirrt an. Dags Stimme klang nicht erbost, wie die anderer Leute, sondern leise und freundlich. Beide ließen sich in ihre Sessel nieder, Dag drehte sich wieder so, daß sein Blick den Pfarrer nicht in Verlegenheit brachte. »Mich führt etwas ganz anderes hierher als der Wunsch, von diesen Dingen zu reden; da du sie aber selber zur Sprache bringst und darunter gelitten hast, will ich dir auch meine Ansicht einmal sagen. Ich habe einiges über die Vorgänge gehört und wäre gern eher gekommen, wenn ich gewußt hätte, daß es dir so nahegeht. Was du über den Lensmann gesagt hast, darüber will ich mich nicht äußern; wir beide waren keine Freunde, er und ich. Was du aber predigst – in der Kirche oder am Grab –, das ist für mich von vornherein richtig. Ich habe mit mancherlei zu tun gehabt; aber einen Pfarrer lehren zu wollen, wie er predigen soll – dazu bin ich nicht eingebildet genug. Wenn du es aber gern willst, kann ich dir heute sagen, daß du allerdings der beste Pfarrer bist, den ich je gehört habe.«
Der Pfarrer beugte sich tief in seinem Sessel vor und starrte Dags halb abgewendetes Gesicht an. Nicht ein einziges dieser ruhigen, gewichtigen Worte wollte er verlieren. Als Dag schwieg, flüsterte er nur: »Danke!«
Wohl um zu zeigen, daß er noch mehr auf dem Herzen hatte, rückte Dag umständlich den Stuhl, so daß er jetzt dem Pfarrer gerade zugewendet saß. Der blickte ihn unsicher fragend an.
»Ich möchte dir gern gleich noch etwas anderes sagen, wenn du erlaubst«, und ohne seine Zustimmung abzuwarten, fuhr Dag in leisem, vertraulichem Ton fort: »Du hast es verkehrt gemacht, Pfarrer – nicht in dem, was du mir erzählt hast, sondern in anderer Weise. Du vernachlässigst deinen Hof und

deine Frau und deine Kinder und dich selber und verscherzest dir damit die Achtung der Leute – die Achtung vor dir selber und womöglich vor Gottes Wort. Du würdest dich daheim wie unter den Leuten und auf der Kanzel sicherer fühlen, wenn du deinen Hof besser hieltest. Und dann solltest du dich auch nicht so in deine Amtsstube verkriechen, wie ich höre, daß du es tust. Besorg deine Wirtschaft und geh unter die Leute, dann lernst du sie und ihr Treiben besser verstehen. Dann werden sie auch mehr Achtung vor dir bekommen, und du bist selbst nicht so unsicher, wenn dir etwas in die Quere kommt.«

Der Pfarrer strich mit unruhigen Händen fassungslos an der Stuhllehne auf und nieder. Wieder verging eine lange Zeit in Schweigen. Dag schien nichts mehr sagen zu wollen, also mußte der Pfarrer sich zu einer Antwort entschließen.

»Es ist leider wahr, was du sagst«, erwiderte er, »aber alles, was man im Leben unternimmt, kostet Geld; und ich habe keins . . .«

Der Alte unterbrach ihn mit kurzem Räuspern. »Ich weiß, du bist in der Klemme und hast außerdem noch Schulden. Auch das wissen die Leute, und auch das ist verkehrt. Ich habe schon manchem etwas geliehen, der mir weniger nahestand als der Pfarrer. Wenn es dir recht ist, werde ich dir helfen, die Schulden loszuwerden und die hohen Zinsen, mit denen du zu kämpfen haben sollst. Und dann könntest du beschaffen, was du zur Instandsetzung des Hofes brauchst, und könntest ein freier Mann werden.«

Ein Zucken und Zittern durchfuhr den Pfarrer bei diesen Worten; er mußte sich mit der Hand schnell über die Augen wischen, und seine Stimme versagte merklich, als er nach längerer Pause reden und danken wollte. Endlich brachte er mühsam heraus, nach seinem Gefühl bliebe er möglicherweise hier gar nicht mehr lange Pfarrer.

Dag wollte genau wissen, was vorgefallen war. Und er erfuhr jetzt, wie sich die einflußreichen Männer der Gemeinde sämtlich gegen den Pfarrer zusammengetan hatten, und hörte auch von den Abschiedsworten des Bischofs.

Und er sann lange vor sich hin, der alte Dag. Er war es nicht gewohnt, daß jemand mächtiger war als er. Aber ein Bischof, das war etwas Besonderes. Er hatte noch nicht einmal einen gesehen. Seine nächste Beziehung zu dieser Seite des Lebens bestand darin, daß Adelheid die Enkelin eines Bischofs war. Er überlegte eine Weile, konnte sich aber nicht mit dem Gedanken abfinden, daß er, der alte Dag, nicht auch diese Geschichte mit dem Bischof irgendwie sollte bewältigen können. Schließlich festigte er seine Stimme. »Ich will ohnehin dieser Tage in die Stadt – und du sollst sehen, dann kommt die Sache mit dem Bischof schon in Ordnung.«

Der Pfarrer wußte von den großen Veränderungen in dieser Zeit seit der Versammlung auf Eidsvoll, wußte, daß sogar die Beamten, die höchsten nicht ausgenommen, Respekt, ja geradezu Furcht vor der neuen Macht im Land hatten – oder vielmehr vor der alten, die jetzt wieder im Thing so großmächtig wurde. »Die Bauern haben alle Macht bekommen«, hatte er sagen hören. Und er tröstete sich in seiner Pein mit der Hoffnung, der alte Dag Björndal werde in die Stadt fahren und mit den Leuten für ihn reden. Seinem Ruf nach mußte Dag ein gewaltiger Mensch sein, und gerade jetzt hatte er noch diese Thingmächt hinter sich. Wozu konnte er sich nicht alles wählen lassen, wenn er es einmal darauf anlegte? Niemand konnte wissen, worauf ein solcher Mann verfiel, wenn sie sich ihm widersetzten.

Lange saß der Pfarrer und fühlte die Freude über die Nähe dieses Starken. Er hatte im Dunkel der Nacht gebetet, gefleht und gebetet um Hilfe und Erkenntnis des rechten Weges; und nun kam kein Geringerer als der alte Dag zu ihm wie ein Werkzeug des Allmächtigen. Aber – es konnte auch eine Versuchung sein. Vielleicht bedeutete es nur ein Glied in der Kette seiner Prüfungen. Der Pfarrer sann und sann, und sein Gesicht wurde ruhig und fest wie in den einsamen Stunden hier in seiner Amtsstube, wenn er sich stählte, um als Diener des Herrn aufzutreten, ja, er bekam den strengen Ausdruck, den er beim Betreten der Kanzel zeigte. Mancherlei Gedanken strömten auf ihn ein; und jetzt hob er den Blick und sah Dag fest in die Augen. »Hast du von einem Mann namens Tetzel gehört?« fragte er.

Dag zog die Brauen zusammen und überlegte. Gehört hatte er den Namen wohl; aber wer war das nur? Ja, einst hatte er darüber nachgesonnen, obwohl die sogenannten Thesen Luthers nach dem Namen des Ablaßkrämers so hießen, und daher fiel ihm jetzt ein, wer der Mann war. Nur konnte er nicht begreifen, was die Frage des Pfarrers bezweckte. Schließlich antwortete er ihm auf die Frage, wer Tetzel sei.

»Ja«, sagte der Pfarrer fest, »ich bin aber kein Tetzel. Wenn du in dem Glauben hierhergekommen bist, Geld und Macht, die du mir bietest, kämen dir im Jenseits zugute, dann ist es meine Pflicht, dir zu sagen, daß es Betrug wäre, es anzunehmen. Du hast mir heute viel gegeben. Auch ich will dir geben – von dem wenigen, was ich habe. Ich will dich jetzt, da wir unter vier Augen sind, daran erinnern, daß beim Herrgott keine Gabe zählt, deren Hintergedanke ist, sich seine Gnade damit zu erkaufen. Dein Geld und deine Macht in diesem Leben sind nur das Pfund, das dir verliehen ist. Was zählt, ist die Gesinnung, mit der du es verwaltest. Nun mußt du selber entscheiden, ob ich deine Hilfe annehmen kann oder nicht.«

Dag hatte den Kopf erhoben, stolz wie ein Adler, und den Pfarrer zunächst mit einem vernichtenden Blick gemessen; dann aber bezwang er sich und sank allmählich in sich zusammen, hob seine harten Hände und vergrub das Gesicht darin. »So denkt man also von mir?« fragte er mit einer sonderbar geborstenen Stimme. »Ich soll darauf aus sein, mir Ablaß zu kaufen?«

Jetzt war die Reihe des Trösters am Pfarrer. Er sprang auf, trat zu Dag und legte ihm die Hand auf die Schulter. »Nein, Dag Björndal, niemand hat mir solches über dich gesagt. Viele haben dich einen guten Menschen genannt. So darfst du meine Worte nicht auffassen. Ich wollte dich nur daran mahnen, dich zur Einsicht bringen, falls du dich getäuscht hättest. Es gibt unendlich viele, die sich darin täuschen.«

Dag blickte den Pfarrer fest an. Wehmut und sichere Ruhe paarten sich in diesem Blick. Er dachte an so manche Stunde, da er mit ähnlichen Gedanken gespielt hatte, und bezwang jetzt seinen verletzten Stolz. Gewiß, auch er hatte sich darin getäuscht – lange Zeit. Er hatte keinen Grund, sich durch des Pfarrers Worte gekränkt zu fühlen. Im Gegenteil, er mußte Achtung vor der kühnen Ehrlichkeit eines Mannes in solcher Notlage haben. Wäre er ein paar Jahre jünger gewesen, dann hätte sich der Pfarrer damit seine Unterstützung gewiß verscherzt. Damals wäre er aufgestanden und unverzüglich fortgegangen. Aber Alter und Jahre machen zahmer und lehren einen die schwierige Kunst der Selbsterkenntnis. Dag lächelte dem Pfarrer zu und sagte, er könne das Geld und die Hilfe in der Stadt getrost annehmen, auch die Ratschläge wegen der Bewirtschaftung des Hofes, die er ihm zu geben gedächte. »Denn«, sagte Dag zum Schluß, »nicht wegen dieser Angelegenheiten bin ich hier. Es fiel mir nur bei den Worten ein, die du selber am Anfang gesagt hast.«

Der Pfarrer musterte ihn forschend. »Weswegen bist du denn dann gekommen?« Seine Stimme verriet, daß er einen wichtigen Grund erwartete, um sich überzeugen zu lassen, daß Dag wirklich nicht wegen dieser Sache gekommen sei, die ihn selber Tag und Nacht beschäftigte.

»Ich bin gekommen, um eine Taufe anzumelden«, sagte Dag, und seine Augen strahlten vor Stolz und ehrlicher Freude.

»Eine Taufe?« fragte der Pfarrer. »Dann ist also wieder ein Kind da bei euch?«

»Ja«, erwiderte Dag, und sein ganzes sonst so ernstes Gesicht war strahlende Freude. »Der Herrgott ist nicht so streng wie der Pfarrer – er gibt einem alten Mann schon ein bißchen Ablaß.«

Da hob der Pfarrer drohend den Finger gegen ihn und mußte mitlachen. Er wußte, wie schwer der Kummer über den Tod der beiden Kinder die Björndaler getroffen hatte, und nicht zuletzt den Alten; und er wußte, was er für ihn in mehr als einer Beziehung bedeutete, daß wieder ein Kind da war. Er verspürte Lust, zu fragen, ob es ein Knabe sei, beherrschte sich aber, holte das Taufregister aus dem Schrank und machte sich zum Schreiben bereit. Er schlug bei den ersten beiden Knaben nach und füllte erst die vollen Namen und Daten der Eltern aus, bevor er fragte, wie das Kind heißen solle.

»Torgeir, nach meinem Vater«, antwortete Dag.

Also ein Junge. »Aber willst du ihn denn nicht Dag nennen?« fragte der Pfarrer.

»Nein – den nicht«, erwiderte Dag.

»Du meinst, es kommen noch mehr?«

»Ja«, antwortete Dag ruhig, und der Pfarrer schrieb. Als er Sand aufstreuen wollte, räusperte sich der Alte und sagte: »Du kannst gleich noch einen dazuschreiben, der Dag heißen soll.«
Der Pfarrer blickte erstaunt zu ihm auf.
»Es sind Zwillinge diesmal«, sagte Vater Dag trocken.

Es konnte nichts gründlich genug getan werden, um die beiden Neugeborenen am Leben zu erhalten. Daher nahm Vater Dag sich vor, selber zum Pfarrer zu fahren und sie anzumelden. Damit erledigte er zugleich den Besuch bei ihm, den er schon so lange beabsichtigt hatte. Er hegte den ganz kleinen Hintergedanken, der Herrgott könnte ihm diesen Weg zugute halten und deshalb die Knaben groß werden lassen. Der Gedanke daran war es gewesen, der ihn bei des Pfarrers Mahnworten vom Ablaß den Kopf senken ließ. Es ist nicht so einfach für die Menschen, sich bei guten Werken von allen Gedanken an Ablaß reinzuhalten. Was er aber dem Pfarrer sonst angeboten hatte, war aus dem Trieb des Augenblicks gekommen.
»Nun, nun«, sagte er auf der Heimfahrt nachdenklich zu sich selbst, »sitzt du schon wieder und lobst dich selbst für deinen guten Willen und – schielst nach dem Sonderablaß, den du dafür kriegen möchtest?«

Der alte Dag fuhr zur Stadt. Mit wem er sprach und was er unternahm, erfuhr niemand; doch es kam ein Schreiben vom Bischof an den Pfarrer, darin stand, er habe sich die Lage im Kirchspiel von durchaus zuverlässiger Seite erklären lassen und hiernach zu der Handlungsweise des Pfarrers nichts mehr zu bemerken.
Jedes Ding kommt an den Tag. Die sich hinter den Bischof gesteckt hatten, fragten wohl nach und hörten, daß ihr Anschlag mißglückt war, und es blieb kein Geheimnis, daß Dag im Pfarrhof und nachher in der Stadt gewesen war. Und die Leute schüttelten die Köpfe und sagten, der Alte sei ...
Zur Taufe auf Björndal kam der Pfarrer mit seiner Frau und den drei ältesten Kindern, und es war nicht ihr letzter Besuch.
Im übrigen wurde der Pfarrer immer stärker in der Verkündigung, er ging nach Dags gutem Rat unter die Leute und wurde ein hochangesehener Geistlicher. Mit seinem Hof und den Geldgeschichten hatte Dag dauernd zu tun; denn in diesen Dingen war und blieb er ein Stümper, der Pfarrer. Erst als Dag darauf verfiel, alle Wirtschafts- und Geldgeschäfte der Pfarrersfrau anzuvertrauen und des Mannes Zustimmung hierzu erhielt, wurden auch in dieser Beziehung die Zeiten im Pfarrhaus lichter.

Da war es wieder! Die Großmarte hob den Kopf vom Kissen, setzte sich lautlos im Bett auf – und horchte ins Dunkel hinaus.
Sie klammerte sich an die Bettkante und zitterte, daß die Bettstelle wackelte, ihre Zähne begannen zu klappern, und ihr war, als kröche ihr eine kalte Schlange über den Rücken.
Jetzt hatte sie es genau gehört, es ging irgend jemand in der Küche. Dieses Knarren der Dielen kannte sie. Das kam nicht von selber; wenn aber jemand an den großen Schrank ging, dann knarrte die Diele davor. Und dabei fiel kein Licht durch den Türspalt, es war dunkel draußen – ein Mensch konnte es also nicht sein. Sie lauschte, lauschte: jetzt war es wieder still.
Aus dem Dienst weglaufen, das war so eine Sache; ehe man aber nahezu jede einzelne Nacht vor Angst fast von Sinnen kam, mußte man sehen, wieder unter Christenmenschen zu kommen. Hier auf Borgland war es nicht mehr auszuhalten. In diese Kammer hinter der Küche bekam man sie jedenfalls nicht mehr lebendig hinein. Das stand bombenfest.
Sie versuchten zwar, sie aufzuziehen, wenn sie von dem nächtlichen Spuk in der Küche erzählte, aber sie waren alle selbst ganz hübsch bleich vor Angst. Sie war nicht die einzige, die ein Heulen wie von kranken Hunden auf Gängen und Treppen gehört hatte, und das gräßliche Gelächter, das sie von irgendwoher vernommen hatten, als sie vergangene Woche eines Abends in der Küche saßen, das stammte von keinem lebenden Menschen.
Aber was seit undenklichen Zeiten hier auf Borgland an großen und kleinen Sünden geschehen war, das konnte man keinem Christenmenschen erzählen, und da war es kaum ein Wunder, wenn es hier umging und spukte.
Pst – da war es wieder – zweimal hintereinander und ... Die Großmarte stützte sich schlotternd auf die ausgestreckten Arme – bereit, aus dem Bett zu springen. Sie hörte einen Laut, als öffne jemand die Schranktür, und dabei war sie fest verschlossen; und es klang, als würde mit Glas und Geschirr geklappert, und es stöhnte dumpf. Dann blieb es lange ganz still, aber die Großmarte schlotterte so sehr, daß sie sich auf die Zunge beißen mußte, damit die Zähne nicht hörbar klapperten. – Hu, es war, als kratzten Hände an der Wand neben ihrer Kammertür ... Man hörte die Außentür der Küche deutlich knarren, ein schauerlich kreischendes Lachen durchschnitt das Dunkel der Küche, ein unheimliches Stöhnen, und dann krachte alles mit Getöse zusammen, und danach klirrte und rasselte es dort draußen wie von Ketten, die nach allen Seiten über den Boden geschleift würden, und es hämmerte und bummerte gegen die Kammerwand und in allen Ecken der Küche, alles zu gleicher Zeit.
Die Großmarte war aus dem Bett gesprungen und hatte sich dahinter ver-

krochen, dort hockte sie und japste und klapperte mit den Zähnen und blieb den Rest der Nacht wie von Sinnen und Verstand.
Schlimm genug, wenn ein einzelnes Gespenst umging und herumschlich; wenn aber ganze Horden auf einmal losbrachen, dann ...

Am Morgen lagen die Zinnteller in der Küche über den Boden und in die Ecken verstreut. Sie hatten sonst ihren Platz auf dem Wandsims neben der Kammer. Die Schranktür stand offen, das Schloß wies aber keinerlei Spuren von Gewalt auf. Daß es auf Borgland spukte, hatten alle gewußt: dieses aber war zuviel.
An dem Tag, als Fräulein Elisabeth erfuhr, daß die letzte Frist für den Rückkauf abgelaufen, Dag Björndals Eigentumsrecht unanfechtbar und Borgland auf ewig verloren war, hatte sie ihren Vater beschimpft, daß es durch das halbe Haus scholl, und jemand meinte, gehört zu haben, sie wolle das Haus anzünden, wenn sich der Alte oder Adelheid zum ersten Male hier zeigten. Dann hatte es wie eine Ohrfeige geklatscht, und danach war plötzlich alles still geworden; seit dem Tag sollte Fräulein Elisabeth ihre Kammer nicht mehr verlassen haben. Wie sie ohne Nahrung leben konnte, war ein Rätsel; aber sie mochte nicht herunterkommen, wenn der Oberst aß, und auch kein Essen in ihr Zimmer haben. Sie wollte wohl nicht von Dags Gnade leben.
Bruder Lorenz war, seit Elisabeth sich eingeschlossen hielt, wieder sein freier Herr. Wie früher begann er sich nun zu jeder Tages- und Nachtzeit im Stall oder anderwärts herumzutreiben; er erzählte jedem, der ihm zuhören wollte, sein wirres Zeug, jedermann zu Vergnügen und Zeitvertreib. Er faselte etwas davon, daß er eines Nachts Elisabeth oben im Flur getroffen habe, aber das war natürlich alles Narretei. Er hatte nur geglaubt, sie zu sehen, weil er sich immer vor ihr fürchtete. »Der Teufel holt sie noch einmal bei lebendigem Leibe«, pflegte er zu sagen, und dies wären seine einzigen vernünftigen Worte, fanden die Leute.

Die Stimmung des Obersten war sehr wechselnd – manchmal trug er den Kopf hoch, versuchte seine stramme Haltung herauszukehren und pfiff vor sich hin, meist aber vergaß er sich und ging gebeugt und zusammengesunken seine einsamen Wege. Wohl tat es ihm, daß Syver Hintenauf ihn so ehrerbietig grüßte, und als er gar einen Brief von Dag bekam, er möge so freundlich sein und prüfen, ob es im Haus etwas auszubessern gäbe, da kam es wie ein Erwachen über ihn. Er ordnete an und bestimmte; und solange das dauerte, war er wie neu belebt. Und danach bat Dag ihn, so freundlich zu sein und die Wirtschaft zu beaufsichtigen, bis Syver Hintenauf zur heißesten Erntezeit hinkäme.
Ja, es ging dem Obersten erträglich. Dag wollte ihm kein Geld für seine Bemühungen anbieten, um ihn nicht zu kränken, aber er ließ Tabak, Schnaps und

Wein aus der Stadt mitbringen, und das wurde dem Obersten selbst übergeben. Das erstemal hatte er die Sachen lange unberührt liegen lassen, mit der Zeit ergab es sich, daß er sogar mit Spannung auf die nächste Fuhre wartete. Am schlimmsten stand es mit seiner Kleidung. Er besaß zwar noch Sachen aus seiner guten alten Zeit, doch war es kein Vergnügen, wie Bruder Lorenz in gänzlich unmodern gewordenen Kleidern herumzulaufen.

Syver Hintenauf stapfte zwischen der Seescheune und dem Garten von Borgland nach den Westschlägen hinüber. Es war mitten in der Ernte, und Arbeit gab es in Hülle und Fülle. Aber der Alte hatte ihm gesagt, er solle seine Hemdsärmel sauber halten, solle hauptsächlich die Arbeit beaufsichtigen und nicht zuviel selber machen. Er müsse bedenken, daß er der Großknecht auf Björndal sei, und darum solle er auch nicht gleich auf den Obersten losfahren. Syver packte sonst am liebsten die schwerste Arbeit mit seinen Bärenpranken selber an und fühlte sich nicht richtig wohl dabei, wenn er nur den Aufseher über die anderen spielen sollte; hier auf Borgland aber mußte es anscheinend so sein, wenn der Alte es sagte. Er wälzte seinen Priem im Mund und spuckte weit aus. Plötzlich stand er still und lugte durchs Gebüsch in den Garten. Jetzt hatte auch er es gesehen!
Klobig und breit über Rücken und Hinterteil, ja, bis zu den weiten Schaftstiefeln hinunter, stellte er sich auf und äugte. Sein Gesicht trug tiefe Furchen, Runzeln und Falten von Sommersonne, Winterstürmen, Schweiß und schwerer Arbeit. Und alle die Falten in seinem Gesicht bewegten sich lachend und lebendig um seine Augen. Er schlich sich gebückt weiter, und diese Augen, die so verschieden aussehen konnten, bald scharf, bald lauernd, bald etwas verschmitzt, blickten jetzt überaus lustig. Das Kinn, das er zu allen Feiertagen rasierte, das aber heute gegen das Ende der Woche von langen Bartstoppeln starrte, ging beim Tabakkauen eifrig auf und nieder. Er stützte die schweren Pranken mit den abgesetzten, hornig dicken Nägeln gegen den Hüftknochen, hockte sich etwas in die Knie und grunzte vergnügt vor sich hin. Vor dem Gebüsch lag ein Gartenhaus auf einem Kiesplatz, der von Hecken umsäumt und von großen alten Parkbäumen überschattet war.
Auf dem Kiesplatz trippelte Bruder Lorenz in einem Staatskleid aus seiner strahlenden Jugendzeit umher. Der Rock war aus feuerrotem Tuch, das verblichene hellblaue Seidenfutter guckte an den Schößen hervor. Die Weste zeigte noch etwas von ihrem alten Atlasglanz, war aber mehr grau als gelb, und die Samthosen spielten in allen Schattierungen von Dunkelblau bis zu verschossenem Grün. Die Spitzen der Halskrause und der Manschetten waren in diesem Jahrhundert nicht mehr weiß gewesen, und die seidenen, einst ebenfalls weißen Strümpfe sahen recht lebensmüde aus. Trotzdem schien Bruder Lorenz in dem alten Staat Leben und Glanz zu bekommen, wie er so auf hohen Hacken in der Herbstsonne herumtrippelte, den Stock mit beiden Hän-

den vor sich herwippen ließ und mit dem Dreispitz auf der grünlichgelben Puderperücke stolzierte. Er summte Takte aus einem Menuett, machte ein paar merkwürdig zierliche Schritte und verbeugte sich mit einem Kratzfuß. Er hielt den Stock wie eine Flöte an den Mund und pfiff nach Syvers Urteil hübsch und anmutig. Plötzlich ließ Bruder Lorenz den Stock sinken, schüttelte den Kopf und bekam den listigen Zug, den Verrückte manchmal annehmen. Mit dem vorgestreckten Stock machte er eine Bewegung, als klopfe er an eine Tür. »Bist du drin, Elisabeth?« fragte er mit deutlichem Spott in der Stimme. »Soll ich dir heute nacht aus der Küche etwas zu essen holen, damit du nicht selber gehen mußt?« Darauf folgte ein so teuflisch-unheimliches Lachen, daß Syver noch nie im Leben etwas so Gräßliches gehört zu haben glaubte.

Doch als der Narr jetzt den Hut zog, sich verneigte und einen Kuß auf seine eigene Hand drückte, daß ihm der Zopf der Perücke nach vorn über das eine Auge rutschte, da brach Syver in sein wieherndes, trockenes Lachen aus; und als Bruder Lorenz erschrocken davonstürzte, sich hinter dem Gartenhäuschen versteckte und Stock, Hut und Perücke liegen ließ – da platzte Syver Hintenauf los, daß man es weithin hören konnte. Solche Narrenspossen hatte er noch nie gesehen.

Eines Tages mußte der Oberst mit Husten, Schwindel und Schüttelfrost im Bett bleiben. Es schüttele ihn so, daß sein Bett wackle, sagte die Magd, die bei ihm aufräumte. Es war noch in der Ernte, und die Leute fuhren täglich zwischen Björndal und Borgland hin und her.

Dadurch wohl wurde es in Björndal bekannt, daß der Oberst erkrankt war; und am nächsten Tag überschritt der alte Dag die Schwelle von Borgland zum erstenmal. Er saß sehr bald im Schlafzimmer des Obersten und brachte ihm eine Flasche feinsten französischen Kognak mit, den er als glühendheißen Toddy trinken sollte.

Sowohl bei Dags Ankunft als auch bei seiner Abfahrt bewegte sich oben in Fräulein Elisabeths Kammer hinter der Scheibe leise die Gardine.

Der Oberst verlangte den ganzen Abend in einem fort Wasser zum Toddy, und es wurde späte Nacht, ehe die Magd zur Ruhe gehen konnte. Sie stammte aus Utbraata, hieß Netta, war nicht mehr jung und als wahrheitsliebende, gottesfürchtige Frauensperson bekannt. Als sie die Treppe hinaufstieg, bemerkte sie einen schwachen Lichtschein am anderen Ende des Ganges bei Fräulein Elisabeths Zimmer. Der Flur machte dort einen scharfen Knick, und die Tür zur Kammer des Fräuleins lag hinter der Ecke, so daß man sie von dem langen Gang aus nicht sehen konnte. Wenn aber diese Tür offenstand, konnte man einen Widerschein an der gegenüberliegenden Wand vom Gang aus sehen.

Netta blieb an der Treppe stehen und trat von einem Fuß auf den anderen, unschlüssig, ob sie in ihre Kammer gehen oder sich wieder über die Treppe hinunter retten sollte. Der Lichtschein hinter der Flurecke wuchs so dunkelrot und drohend, und es roch so merkwürdig versengt und brenzlig nach Rauch, ja nach Unheil ... Netta begann das Herz zu schlagen, schneller und schneller, und es begann ihr in den Ohren zu sausen, stärker und stärker, und sie konnte die Füße nicht rühren und die Augen nicht von dem Schein abwenden ...

Da: jetzt mußte die Tür zur Kammer des Fräuleins weit aufgegangen sein; denn der Schein auf der Wand drüben breitete sich aus und wurde hell und feurig. Netta griff sich ans Herz und schwankte. Eine dunkle Schattengestalt wuchs im Lichtschein an der Wand empor, wurde größer und größer und beugte sich vor auf dem Weg zur Kammer; dann plötzlich schlugen Flammen um die Gestalt, daß es sprühte. Der gellende Schrei eines Menschen in wahnwitziger Angst schrillte durch das Haus, ein dumpfer Fall – und alles war dunkel und still.

Man fand Netta am Fuß der Treppe, blutig und zerschlagen, halb von Sinnen. Der Oberst erschien, schlotternd vor Fieber und schwankend von dem vielen Toddy, mit einem Licht in der Hand, und Mägde und ein Knecht drängten sich hinzu.

Der Oberst fragte, was das für ein Geschrei und Gepolter auf der Treppe gewesen sei; Netta aber brachte nur unzusammenhängende Worte heraus: »Die Kammer vom Fräulein – der Leibhaftige – es sprühte und rauchte – das Fräulein schrie entsetzlich ...«

»Hm ...« Der Oberst wurde mit einemmal ganz nüchtern und fiel zusammen. Er ließ den Kopf sinken und rang nach Atem. Die Runzeln gruben sich qualvoll tief in sein Gesicht und verzogen es in Schmerz und Entsetzen. Er hob das Licht und schob alle mit der zitternden Linken beiseite – stolperte zur Treppe und wie gejagt hinauf.

Die anderen blickten ihm nach, die Mägde schauderte es. Auch der Knecht stand unschlüssig da, bis der Oberst tief in den Flur hineingekommen war, dann schlich er ihm vorgebeugt leisen Schrittes nach, die Treppe hinauf. Eine Weile später kam er ebenso leise wieder zurück, atemlos und geheimnisvoll. »Fräulein ist dot«, sagte er; erwähnte aber zunächst noch nichts davon, wie eifrig und unbegreiflich schnell der alte Oberst die Lumpen und Späne, die auf dem Kammerfußboden lagen, zusammengerafft hatte, als der Knecht hinter ihm zur Tür hereinguckte.

So war es eingetroffen, daß der Teufel das Fräulein bei lebendigem Leibe holte.

»Unvorsichtig mit dem Licht umgegangen«, sagte der Oberst. »Die Kleider vorn ganz verbrannt.«

Es fand sich niemand, der das Fräulein hiernach noch anrühren wollte, so mußte der Oberst sie allein in den Sarg legen. Und darum – weil er sie hatte anfassen müssen – bekam er die bösen Wunden an den Händen, die spät oder nie heilen würden.

Die Sage berichtet, die Vestlihütte sei das erste Haus gewesen, das sich der Urahn der Björndalschen Sippe erbaute, als er auf der Flucht vor übermächtigen Feinden aus dem Westen in diese Wälder kam. Die Hütte steht noch dort oben westlich vor dem Felskamm im Birkengestrüpp, dem letzten Vorposten der Wälder vor dem Hochgebirge. Von hier aus kann man endlos weit über die waldigen Bergrücken blicken, die sich gegen Westen abdachen nach anderen Landschaften hinüber. Sie hängt windschief und uralt da, die Hütte im Wetterschutz. Sonnenglut, Regenschauer und strenge Winterkälte haben durch Jahrhunderte auf ihr Gebälk gewirkt. Es ist grauweiß und splitterig, ja borstig, mit breiten, gewundenen Sprüngen bis tief ins Mark hinein. Es quietscht und klagt in den ausgeschliffenen Angeln, wenn der Wind hineinfährt. Und wenn der Sturm nachläßt, dann gibt das Gefüge immer mehr nach, und die Hütte legt sich immer mehr auf die Seite und sackt tiefer zusammen. Wütet der Sturm aber ganz arg, dann schüttelt sich die Hütte wie im Trotz und bleibt stehen.

An einem rauhen, windigen Tag im zeitigen Frühjahr kam ein fremder Mann aus dem Tiefland durch den Westwald herauf. Er ließ sich ein Weilchen auf einer von den Föhrenkuppen nieder und spähte in die Richtung zurück, aus der er gekommen war, über die Waldhöhen nach den offenen Tälern hinüber, die sich dahinter verbargen. Ab und zu drehte er lauschend den Kopf und spähte umher, auch in anderen Richtungen. Ein derber, wilder, junger Bursche mit einer Axt im Gurt, mit großen Fäusten, schwarz vom Lederfärben oder ähnlicher Hantierung. Sauerbier mit dem Rosteisen darin, womit man damals Leder färbte – das saß noch lange an den Händen fest. Der Mann drehte und wendete seine Hände und betrachtete sie, als wundere er sich darüber, wie schwarz sie waren. Er stand auf und sah sich um und entdeckte die Vestlihütte hoch oben am Birkenhang.

Dort oben lag der Schnee noch weiß wie zur tiefen Winterszeit. Der Mann spähte voller Todesangst umher und vor allem – zurück. Dann eilte er durch die Kiefernheide weiter auf die Hütte zu.

Es begann zu schneien, und es stürmte immer stärker, je höher er kam; er aber wanderte unverdrossen weiter gegen den Sturm an und sah sich scheu nach allen Seiten um, vor allem aber – zurück. Es war unendlich weit, hinein und hinüber, Kamm auf Kamm, und steil und mühsam der letzte Anstieg; der Schnee wurde hier immer tiefer, und der Wind schnitt winterlich kalt. Der Mann stapfte rastlos durch den Schnee, seine Schritte wurden immer kürzer, er wendete den Blick und betrachtete mißtrauisch seine Spuren; doch Wind und Schneetreiben wischten sie aus.

Zum Umsinken müde machte er die Hüttentür auf und trat ein.

Der junge Dag hatte ein Erlebnis hinter sich, an das nur wenige lebende Menschen zurückdenken können. Er war einmal gestorben. Damals, als er auf dem Totenberg den Halt verlor und abstürzte – da erlebte er mit klarem Kopf und wachem Denken einen Augenblick lang das deutliche Bewußtsein: jetzt, jetzt geht es in den Tod. Ja er behielt hinterher sogar eine Art Erinnerung; nicht nur an die Schrammen und Wunden, die er sich beim Sturz zuzog, sondern auch an den vernichtenden Schlag auf den Kopf zu allerletzt, der – der Tod war. Seitdem plagten ihn mancherlei Gedanken; nicht nur die Traumgesichte, von denen er Adelheid erzählt hatte.

»Das Leben ist der Tod«, hatte er damals gesagt, und diese Worte aus seinem eigenen Munde hatten sich gegen ihn gekehrt, ihn innerlich durchtränkt, und er meinte seitdem, den Tod in vielen Dingen dieses Lebens zu spüren – dicht neben sich. Er überdachte sein bisheriges Leben und fand manche Stunde im Kampf mit Bären und verwundeten Elchen, manche waghalsige Kletterei durch Bergschründe auf der Jagd nach Habichtsnestern und Adlern, manche Skiabfahrten über Steilhänge und manchen leichtsinnigen Gang über schwaches Frühjahrseis, manch unvorsichtiges Handeln mit der Büchse, so daß ihm der Schuß das Haar an der Schläfe versengte. Tot war er nur ein einziges Mal gewesen, aber dicht am Tod schon viele Male. Ja, der Tod war im Leben ...

Er konnte ja auf dem Hof unten bleiben und sich in acht nehmen. Hörte man denn aber nicht von Leuten jeden Lebensalters, die trotzdem starben? Den einen erschlug der Blitz in seinem eigenen Haus, den anderen der Huf eines Pferdes; der fuhr sich zuschanden, und jenen, der daheim saß, verfolgten Krankheiten aller Art. Seine eigene Mutter war auf dem Glatteis gestürzt und daran gestorben.

Nein, alle Vorsicht nützte nichts. Man mußte eben nehmen, wie es kam. Ruhig und gleichgültig ging er seinen gewohnten Weg in die Wälder hinein – unvorsichtiger als je.

Den Tod meinte er jetzt zu kennen. Es war rein, als hielten sie sich an der Hand, der Tod und er. Aber das Leben beunruhigte ihn. Alles war so unbeständig im Leben. Er konnte seinen ältesten Jungen nicht vergessen; der war schon ein richtiger Mensch gewesen – mit allerhand Gedanken, Reden und Fragen. Und mit dem letzten Eindruck von ihm, dem kleinen, zerquälten Gesicht, wurde er niemals fertig. Dag war aus einem Guß, wie seine ganze Sippe, und er hatte seinen Jungen so von Herzen lieb gehabt. So etwas wie diesen Schmerz hielt man nicht noch einmal aus.

Vielleicht hatte er deshalb keine so große Freude an seinen neuen Kindern und hielt sich mehr von Hause fern, von den Knaben und Adelheid, vom Hof und vom Leben überhaupt. Er wagte es nicht, noch einmal irgend etwas so ganz unumschränkt zu lieben.

Wohl konnte ihn plötzlich wie früher die Sehnsucht überfallen, heimzukehren, wenn er lange genug fortgewesen war – zu den Kleinen, zu Adelheid und zu

seinem großen, freundlichen Zimmer, das mit der offenen Tür zur Kammer und seinen drei Lieben darin auf ihn wartete. Und häufig kehrte er unterwegs plötzlich um und lief, was er konnte, um noch am Abend zu Hause zu sein.
Und er ließ sich von dem abendlichen Behagen einspinnen, wenn Adelheid auf dem Spinett spielte und die betörend schönen Lieder sang, daß es ihm durch Mark und Herz ging, oder wenn sie auf ihrer Kammer vor dem Kamin zum Silberklang ihrer Laute leise summte. Selten aber blieb er zwei Abende hintereinander daheim. Das Glück des Lebens schreckte ihn. Es war so unbeständig, und er gab sich ihm so unbedingt hin. Er wußte das wohl selber nicht so genau; aber sein Gefühl warnte ihn, und er hielt sich fern.
Adelheid begriff dies nicht und war oft tief verzweifelt. Kam Dag jedoch, dann vergaß sie Kummer und Sorgen. Dann gab es in ihrem Glück nur einen einzigen Riß. Das war eine Vorstellung, die sie oft wie ein Schauder überfiel. Da Dag sich so leichtsinnig in den Wäldern bewegte, könnte er auch einmal nicht mehr wiederkommen.

An demselben Tag, als der Mann aus den Westlandniederungen zur Vestlihütte hinaufstieg, war auch Dag in den nördlichen Wäldern unterwegs. Er wollte nach Westen hinüber. Zu seinen Lebzeiten war dort niemals Holz geschlagen worden. Vielleicht überhaupt niemals. Dichter, verwilderter Wald stand da mit Windbruch und verrottetem Unterholz.
Ein Bach kam aus dem Hochgebirge und lief hier westwärts durch einen See; doch von dort aus brach er scharf nach Osten durch und mündete in den großen Fluß, der zwischen den Hängen nach Björndal hinabfließt. Er wollte diesen Bach jetzt einmal bei der Schneeschmelze daraufhin prüfen, ob er sich im nächsten Frühjahr zum Flößen eignen würde, falls sie dort im Westen Holz schlügen.
Bei der Föhrenkuppe ganz oben im Wald ergriff ihn etwas wie Unruhe. Der Nordwind brachte Schneeluft vom Hochgebirge mit und weckte ihm damit wohl irgendeine Erinnerung. Er hob witternd den Kopf, und sein Fuß wendete sich langsam nach Norden. Was wollte er noch weiter oben, jetzt so zeitig im Frühjahr?
Schon bei den letzten Kiefernbergen traf er auf Schnee und Wintersturm, und an den Birkenhängen im Norden sah er es weiß leuchten – stiebender Winter. Auf einer verkrüppelten Föhre fand er seine Skier. Er schob seine Füße in die Bindungen und lief nordwärts – schnurstracks gegen den Wind, der, je höher er kam, desto mehr zunahm und zuletzt zum Sturm wurde ...
Ganz bis hinauf zu dem Einschnitt in dem Bergkamm über den Birkenhängen stieg er. Lange stand er dort, zitternd vor Müdigkeit nach dem anstrengenden Anstieg über die endlosen Steilhänge, und blickte wie im Frühling vor zwei Jahren über die Hochheide – zum Totenberg. Der Schneesturm peitschte ihm

ins Gesicht und drang ihm eisig bis auf die Haut, so daß er sich vorkam, als wäre er ihm nackend ausgesetzt. Der Frost ging ihm durch Mark und Bein.
Doch der Berg blieb unsichtbar. Nichts als Sturm und treibender Schnee.
Schließlich drehte er um und ließ sich durch die Birken vom Sturm ein Stück abwärts treiben, um wieder zu den Kiefernheiden und in die Waldzone hinunterzukommen. Mitten in der Abfahrt aber hielt er an und bog nach Westen ab. Er konnte in der Hütte bei Raus übernachten, dann war er morgen früh schon in der Nähe der dortigen Wälder und des Wasserlaufes. Der Sturm tobte wild, aber jetzt hatte er nun einmal beschlossen, zur Raushütte zu gehen. Wege, die man von früher kennt – genau kennt –, werden im Kampf mit dem Sturm länger, ja, unbegreiflich lang. Dag, der schon zuvor ermattet gewesen war, schien der Weg endlos. Womöglich hatte er sich in der Richtung geirrt oder wußte nicht, wo er war, da der Sturm ihm jede Sicht nahm. Alle Kraft, allen Willen mußte er aufwenden, und doch hatte er das Gefühl, er käme kaum vom Fleck.

War der Schnee noch weiß? Nein, jetzt nicht mehr. Grau war er und wurde immer dunkler. Wie schwarze Nacht stand ihm zuletzt alles gegenüber, ohne Form noch Umriß.
Helle Streifen fuhren durch die Schwärze – ein blutroter Schein umloderte ihn, dann wurde es wieder dunkel, wurde grau, wurde schwärzer – tief schwarz.
Er hatte einen Geschmack von Blut im Mund, einen bittersalzigen, einen widerlich süßen Blutgeschmack, und dann wieder Salz und Erde, und unter ihm begann alles zu wanken – die Beine, die Skier, der Schnee; selbst der Boden wich. Der Schnee und die Erde hoben sich ihm entgegen. Er griff mit den Händen in den tiefen Schnee und stützte sich gegen den Boden, der sich vor ihm aufrichtete.
Urtriebe hinter allem Bewußtsein – das Tier in ihm – sagten ihm schließlich, daß er auf allen vieren im Schnee lag. Ohne zu denken, steckte er die Füße wieder in die Bindungen, kam hoch, und die Blutwelle, die bei dieser Bewegung seinen Körper durchströmte, mochte etwas in ihm wieder zum Leben geweckt haben, so daß seine Beine sich jetzt vorwärts bewegten. Ja, als der Sturm so zupackte, daß er ihn halbwegs über die Schneefläche emporhob, selbst da schob er sich voran. Und als der Nachtsturm seinen ersten wilden Schrei über Hochflächen und Hänge tat, da brach Dag im Schutz der Blakenrückwand der Vestlihütte zusammen.
Der Sturm hatte ihn irregeführt. Er war zuerst geradewegs aus Norden gekommen, und darauf hatte sich Dag eingerichtet. Er mußte sehen, den Wind genau von rechts zu bekommen, das war ihm bis in seine Betäubung hinein klargewesen, dann würde er in gerader Fahrt nach Westen die Hütte von Raus erreichen, die am Fuß der Birkenhänge nördlich vom Bergsee lag, den er

morgen aufsuchen wollte. Aber der Wind hatte sich immer mehr nach Osten gedreht und Dag mit ihm, und da er ständig darauf achtete, den Wind genau von rechts zu bekommen, so war er immer höher am Hang hinaufgeraten, war immer mehr nach Norden abgebogen, hatte die Hütte von Raus nördlich umgangen und war weit gegen Westen bis an den Fuß des Hochgebirges gelangt.
In den letzten Augenblicken mußte er wohl gemerkt haben, wohin er verschlagen war, denn er war geradewegs auf die Hütte zugegangen; jetzt kam er halbwegs hoch, tastete sich mit den Fingern an der Tür hinauf und bekam sie ein Stück auf, und mit seinem letzten Funken von tierhaftem Lebenstrieb schleppte er die Beine durch den tiefen Schnee und stürzte in die Hütte. Der Sturm schlug die Tür wieder hart hinter ihm zu.
Es war, als hätte es der Sturm gerade auf ihn abgesehen. Er brüllte wie irrsinnig um die Hütte, fuhr durch die Felsenklüfte hinab, kam von allen Seiten. Der Treibschnee schwoll und brandete wie das wildeste Meer, häufte sich auf, ließ die Hütte versinken, wirbelte und tanzte nachtblau über der Stelle, wo die Hütte einmal zu sehen gewesen war.
Stunden vergingen, die Nacht verging, der Sturm heulte, knickte hundertjährige Föhren auf den Höhen wie dürre Hölzer, tobte des Winters letzte Wut aus.
Als der Sturm am allertollsten raste und die Vestlihütte nur noch Gischt und Gestöber war, da kräuselte sich ein Streifen blauen Rauches über der Stelle, wo das Dach im Schnee versunken war. Der Rauch war im Nu fort, kroch aber von neuem hervor – und wehte mit dem Sturm davon.
Dag saß gegen Morgen am Herd und briet sich Speck. Er hatte verklammt und erschöpft auf dem Boden gelegen, die Arme unter sich, und ein paar Stunden geschlafen; dann hatte er zuerst klamm und steif an allen Gliedern dagesessen, jetzt aber Feuer gemacht und es duftete nach dem gebratenen Speck. Er hob lauschend den Kopf. Der Sturm toste und raste, die Hütte schwankte hin und her, wie er es gewohnt war, es ächzte und krachte im Gebälk. Er glaubte, auch ein anderes Geräusch aus nächster Nähe gehört zu haben, es war aber wohl nur der Sturm. Er beugte sich wieder über die Glut. Ist es Gehör, Gefühl oder was sonst? Niemand weiß, was einen wachsamen Menschen so empfindlich macht.
Dag wendete den Kopf nach der Pritsche, und dort stand – der Tod. Ein mächtiger, wilder Kerl mit Augen, starr vor Mordgier – oder Entsetzen –, mit erhobener Axt in den derben, schwarzen, gespannten Fäusten.
Die Axt fuhr nieder, und der Mann stürzte über Dag hin, der sich von seinem Schemel blitzschnell gegen des Mannes Bein geworfen hatte. Die Schneide der Axt traf die Herdsteine, daß die Funken stoben. Ein paar wirbelnde Sekunden des Kampfes zwischen zwei wilden Tieren – dann gellte ein Schrei voll Schmerz und tödlichem Entsetzen, ein Schrei, der den Sturm und alles andere

übertönte, eines der Tiere erhob sich keuchend auf die Knie, richtete sich zitternd zu seiner vollen Größe auf. Das andere Tier strampelnd auf seinem Nacken, ging es zur Tür, stieß sie mit Fuß und Knie auf und – schleuderte die Bürde in das Sturmmeer hinaus.

Die Tür schlug wieder zu, der Riegel wurde vorgeworfen, und Dag stand im Herdschein.

Der Schaft der Axt verkohlte in der Glut, es roch nach verbranntem Speck, das Feuer schlug in die Bratpfanne, blaue Flämmchen zuckten auf und flackerten und brannten eine Weile.

Dag nahm nichts davon wahr. Er stand wie erstarrt, nur seine Brust hob und senkte sich, und aus dem einen Jackenärmel sickerte und tropfte Blut auf den Fußboden.

Gut, daß Adelheid ihn jetzt nicht sah. Er bot keinen schönen Anblick. Das Haar stand wild in die Luft, die Kleider waren in Unordnung. Aber nicht das war es, was ihn häßlich machte. Es war das Gesicht. Die Stirn war in tiefen Falten über der Nase zusammengezogen, die Brauen scharf wie Habichtsschwingen, und die Augen blickten unkenntlich finster darunter heraus. Der blaue Ring um die dunkle Pupille war fort, diese selbst unheimlich groß und tiefschwarz. Die Nase schien ungewöhnlich schmal, das Nasenbein trat scharf unter der Haut vor, und die Nasenflügel bebten drohend. Der Mund war nach links aufgerissen, und die zusammengebissenen Zähne leuchteten in häßlichem Grinsen weißgelb; darunter schob sich das Kinn trotzig und breit vor mit seinem kleinen, vornehmen Bogen, der einst bei Ane Hammarbö so deutlich gewesen war und den auch Vater Dag hatte.

Dags Kopf hing vorgeneigt, und es zitterte und zuckte in seinen Rückenmuskeln, daß sich die Schultern bewegten. Das Herz klopfte ihm wild und heiß in der Brust. Es brauchte Zeit, das Tier in sich wieder zu bändigen, wenn es einmal so vollkommen losgelassen war.

Wer holt einen Mörder wieder herein, wenn er sich mit ihm auf Tod und Leben hat schlagen müssen, um ihn außer Reichweite zu bekommen?

Dag tat es.

Der Mann konnte ja im Sturm draußen erfrieren; er schob also den Riegel zurück und trat zur Tür hinaus. Es schneite nicht mehr, wehte aber immer noch ebenso kalt und wirbelte und trieb den Schnee durch die Luft. Der Mann lag noch, wie Dag ihn hingeschleudert hatte, Schnee hatte sich über ihn gebreitet, so daß er nicht zu finden war, bis Dag über ihn stolperte.

Dag zog ihn in die Hütte hinein, drehte ihn um und horchte ihn ab. Ja, er lebte; aber der eine Arm saß so merkwürdig vor der Brust; und soweit er sich erinnerte, war der Mensch bei dem Ringen kein Krüppel gewesen.

Dag hatte im Wald manches erlebt. Es kommt so vieles vor, wenn die kleinen Menschen mit schweren Bäumen hantieren, und dabei renkt sich leicht ein Arm aus. Vermutlich hatte der Mann wegen einer Verrenkung so gellend

geschrien. Dag legte ihn zurecht und bereitete alles vor für den raschen Griff, der nötig war, den Arm wieder einzurenken.
Er mochte den verletzten Arm, der außerdem vor Kälte steif war, berührt haben, jedenfalls wachte der Mann aus seiner Betäubung auf und stierte ihn in wildem Entsetzen an. In demselben Augenblick machte Dag den Ruck mit dem Knie und beiden Händen, und der Arm sprang wieder ins Gelenk. Der Kerl war kaum soweit wach, um zu begreifen, was vorging, und glaubte sicherlich, dieser riesenstarke Mann habe vor, ihn zu verstümmeln. Er fühlte den furchtbaren Schmerz und schrie auf, daß es Dag noch lange in den Ohren klang. Es brauchte Zeit, ihm begreiflich zu machen, was geschehen war; endlich kam er hoch und setzte sich auf die Pritsche; dort blieb er sitzen, hielt sich die schmerzende Schulter und starrte Dag an. Ab und zu durchfuhr ihn ein kalter Schauer, daß seine Zähne klapperten. Das tat wohl der Schmerz und auch die Kälte, die ihm noch im Leib saß, vielleicht auch irgendeine Angst.
Dag sah ihn nicht an, ging zum Herd hin und schob die fast glühende Bratpfanne aus dem Feuer.
»Deinetwegen ist auch mein Speck verbrannt«, sagte er, als sei dies etwas Schlimmeres als der Axthieb.
Auch die Axt glühte im Feuer, der Schaft war verbrannt. Dag war es gewohnt, Werkzeuge sorgsam zu behandeln. Daher scharrte er das Beil aus der Glut heraus. Dann setzte er die Pfanne in den Türspalt, damit sie im Wind auskühlte. Als sie genügend durchgeweht war, nahm er sie wieder herein, holte aus seinem Proviantsack neuen Speck, schnitt ihn in Scheiben und briet ihn.
Der Mann auf der Pritsche stierte gierig und schnupperte nach dem Duft, und er traute seinen Augen nicht, als Dag mit Pfanne, Schemel und Rucksack zur Pritsche herüberkam, die Pfanne neben ihn stellte und aus dem Sack Brot aufschnitt.
»Du wirst hungrig sein«, meinte Dag, und der Mann leugnete es nicht. Dag hatte sein Messer, um sich die Speckstücke herauszufischen; der Mann mußte Brot brocken und die Hand des gesunden Armes benutzen, verbrannte sich manchmal und pustete dann auf den Speck und seine Finger.
Als sie ihren ärgsten Hunger gestillt hatten, blickte Dag plötzlich zu ihm auf und lachte sein ruhiges Jungenlachen.
»Du hast dir ein häßliches Handwerk ausgesucht«, sagte er.
Den Mann durchfuhr ein Zittern, und er warf einen Blick auf Dag. Dann betrachtete er seine schwarzen Hände und murmelte etwas von »Schuhmacher«.
»Leichenmacher«, sagte Dag kalt und hielt seinen fliehenden Blick fest. Der Mann wollte die Frage wagen, was Dag meine, bekam aber Antwort, noch ehe er sie herausbrachte. »Weswegen hast du ihn totgeschlagen?«
Der Mann versuchte nicht mehr zu leugnen. Mit gesenktem Kopf und schlotternden Händen saß er da und erzählte die uralte Geschichte von einem treu-

losen Weib, vom Schnaps und einem zu wuchtigen Schlag, der zum Totschlag wurde. Danach wollte er unbedingt wissen, ob man ihm den Mörder ansähe, weil Dag es ihm auf den Kopf zugesagt hatte.

»Ach«, erwiderte Dag, »wenn jemand ohne Not im Schneesturm so weit ins Hochgebirge flieht und mit dem Beil einen unschuldigen Menschen überfällt, dann geht es bei ihm gewiß um Tod und Leben.«

Der Mann fragte, ob Dag den Lensmann auf ihn hetzen werde, und seine Augen waren starr vor Angst.

»Ich bin hier selber der Lensmann«, sagte Dag, »und wenn sich der Sturm legt, werde ich dich mit zur Schwarzseehütte hinunternehmen und dort in Haft setzen. Die paßt zu deinen schwarzen Händen.«

Der Mann staunte Dag an, während er sprach; einem so unbegreiflichen Menschen war er noch nie begegnet. Hübsch und fein anzusehen, dabei baumstark wie ein Tier, kalt im Blick und unerbittlich in seiner Rede, und doch ... Er hatte ihn hereingeholt und dadurch vor dem sicheren Tod im Schnee bewahrt, seinen Arm eingerenkt und ihm zu essen gegeben. Was er jetzt von der Haft gesagt hatte – war das Ernst oder war es Scherz?

Später fragte Dag ihn, weshalb er ihn nicht erschlagen habe, während er schlafend am Boden lag.

»Du hast hier geschlafen?« fragte der andere erstaunt. »Auch ich schlief hier auf der Pritsche. Als ich wach wurde, saßest du da und brietest Speck.«

»Und dann machtest du dich gleich bereit, von hinten zuzuschlagen?« fragte Dag verächtlich.

Der Mann betrachtete erst lange ihn und dann seine Hände. Er sei vor Schrecken ganz von Sinnen gewesen und habe gemeint, Dag sei hinter ihm her.

»Da du einmal im Zug warst, dachtest du wohl, du könntest gleich alles totschlagen, was dir in den Weg lief?« Dag stand auf, ging zur Tür und sah ins Wetter. Der Sturm hatte sich etwas gelegt.

Dag brachte den Mann nach Osten zur Schwarzseehütte und zeigte ihm, daß dort eine Axt lag und ein Topf und anderer Hausrat oben unter dem Dachbalken stand; er überließ ihm den Rest seines Proviants und riet ihm, sich vorerst hier festzusetzen. Wenn ihn jemand verfolge, könne er geradewegs nach Norden fliehen und sich im Gebirge verstecken. Übrigens dürfe er sich im Wald eine Stelle roden, wenn er wolle. »Schlägst du mir aber hier einen tot«, fügte Dag hinzu, »dann gibt es für dich kein Versteck.«

Der Mann warf einen raschen Blick auf ihn. Diesmal scherzte er bestimmt nicht.

Dann zog Dag wieder westwärts, sah nach dem Bachlauf, den er zum Flößen benutzen wollte, und wanderte nachdenklich über die Berge heim.

Er sann über den Mann nach und – über Fischer Börre; Börre hatte vom Vater Unterschlupf bekommen, und soviel er wußte, war auch Börres Hand einmal wegen seiner Liebsten zu schwer gewesen. So sinnlos konnte das Leben

sein, daß der Trieb, der Leben geben sollte, einen Menschen dazu brachte, Leben zu nehmen.
Und er dachte auch daran, daß er oben gewesen war, um den Totenberg zu betrachten, und daß gleichsam der ihm den Sturm nachgesandt hatte, der ihn fast umgebracht hätte; und als der ihm nichts anhaben konnte, da ließ der Berg den Wind sich drehen und trieb ihn dem Mörder in der Hütte zu. Aber er grollte dem Gipfel nicht. Der war in seinem Recht. Man sollte eben nicht dort hinaufsteigen auf den Schädel des Todes und dann auch noch kommen und zeigen, daß man trotzdem lebte, und sollte nicht gerade zu einer Zeit mit ihm anbinden, da der Berg sein Gesicht im Frühjahrssturm als ernste Mahnung über das Leben erhob.
Daß er auch diesmal mit dem Leben davongekommen war, dünkte ihn erstaunlich. Eine Äußerung von Adelheid fuhr ihm durch den Sinn. Sie bete für ihn, sagte sie – jeden Abend.
Und Dag wanderte südwärts durch die Wälder, vielleicht, um heimzukommen. Er mochte für diesmal genug erlebt haben.
Er sah nicht mit einem Herrscherblick über das endlose Land seiner Väter, er trug den Kopf nicht hoch und fühlte sich nicht groß.
Er hielt den Kopf tief gesenkt und mochte wohl sein Teil mit sich abzumachen haben.
Vertraut mit dem Tod – doch nicht mit dem Leben.

11

Die Zwillinge auf Björndal hatten im ersten Jahre derartig geschrien und gezappelt und ihrer Mutter zugesetzt, daß sie im nächsten Sommer kaum wiederzuerkennen war. Die Angst nach dem Verlust ihrer zwei ersten Kinder ließ Adelheid Tag und Nacht auf der Hut sein; und dann machte es auch etwas aus, daß es zwei auf einmal waren.
Der alte Dag lachte vergnügt über die beiden springlebendigen Wesen. Der Erstgeborene hieß bei den Mägden, die in der Kinderstube halfen, »der Hübsche«. Unn Hammarbö hatte ihnen zur Welt geholfen und aufgepaßt, welcher der Hoferbe war. Vater Dag hatte immer wieder gefragt, ob sie dessen auch ganz sicher sei, und hatte so komisch vom »Hübschen« zum »Anderen« geblickt; sonderlich auf den »Anderen«. Unn war nicht im Zweifel, welcher zuerst auf die Welt gekommen war. Der Jüngere, der auf den Namen Dag getauft wurde, war nicht hübsch. Er hatte etwas Eckiges und Unfertiges, nicht nur bei der Geburt, sondern noch monatelang später. Adelheid sagte es selber einmal, als sie ihn zurechtmachte.
»Oh«, tröstete Vater Dag, »das war mit mir und Dag auch so, daß wir nur

grob zugehauen aus dem Mutterleib kamen, aber das Leben hat uns ja dann ganz leidlich geglättet.«

Da begriff Adelheid, weshalb er Unn immer wieder gefragt hatte, ob sie genau wisse, wer der Erstgeborene sei. Er hätte es offenbar lieber gesehen, wenn der letzte der erste gewesen wäre.

Im Spätherbst nach Fräulein Elisabeths Tod kam der alte Dag wieder nach Borgland, diesmal nicht auf Krankenbesuch. Er hatte es so abgepaßt, daß dort vorher eine Sendung aus der Stadt eingetroffen war, damit der Oberst bei seinem Kommen nicht in Verlegenheit geriete, was er ihm vorsetzen solle.

Sie unterhielten sich an diesem Abend über mancherlei, der Oberst und er, und der Alte äußerte, er würde gern alles an Möbeln und Gegenständen, was im Hause sei, in Bausch und Bogen kaufen. Es solle sein Eigentum werden, aber der Oberst solle weiterhin hier wohnen und alles als das Seine betrachten, solange er lebe.

Der Oberst antwortete wahrheitsgemäß, alles Bewegliche von Wert, wie Silber und sonstige Kleinigkeiten, sei allmählich längst verkauft worden; und die Möbel und die übrige Ausstattung seien schlecht im Stand und daher ziemlich wertlos. Schließlich kam ein Dokument zustande, in dem der Oberst die ganze Einrichtung von Borgland Dag oder seinen Erben als Eigentum überließ, sobald er und sein Bruder ein angemessenes Begräbnis erhalten hätten.

Außerdem schickte ihm Dag eine Handvoll Geld und einen Tischler, der auf Borgland alles gut und gründlich instand setzten sollte. Dag erwarb sich dadurch das Recht aufzupassen, daß alles erhalten und an seinem Platz blieb, wo es seit Urzeiten gestanden hatte – bis »*Einer*« dort eines Tages als Besitzer einziehen könnte. Und bei diesem »Einen« dachte er sicherlich an Adelheids jüngsten Sohn.

Ja, Vater Dag hatte vieles im Kopf. Er freute sich über die kleinen Burschen und regelte alles so für sie, daß sie einmal selbständige, freie Männer werden konnten – er dachte weit, weit voraus. Und bei all dieser Fürsorge vergaß er keineswegs die Mutter der Knaben. Er wollte sie im Sommer nach der Geburt der Kinder in frische Luft und Bewegung bringen, sie konnte sich aber nicht entschließen, sich auch nur auf kurze Zeit von den Jungen zu trennen. Er sah wohl, wie erschöpft sie allmählich aussah, und Vater Dag hatte ein ausgezeichnetes Gedächtnis. Er erinnerte sich so gut an das schöne Mädchen von einst, an Adelheid Barre. Er mußte sich den ersten Sommer und Winter gedulden, aber zu Beginn des neuen Sommers kam aus der Stadt ein Pferd nach Björndal. Dag kaufte hin und wieder ein schwarzes Pferd, Hengst oder Stute, wenn er eins sah, das ihm zur Blutauffrischung seiner Rappen auf dem Hof geeignet schien. Dieses neue aber war braun, kurzhaarig und spiegelblank, kein grobknochiger Arbeitsgaul, sondern ein hochbeiniges edles Tier von nervöser Schönheit. Er rief Adelheid heraus, damit sie es betrachte; noch nie hatte sie ein so schönes Pferd gesehen. »Es soll aus England stammen«, sagte Vater Dag, »und ist für dich; nun kannst du reiten, wenn du Lust hast.«

Adelheid begriff den Grund zunächst nicht. Dann aber fiel ihr ein, daß sie ihm einmal von ihrer Kindheit erzählt hatte, wie sie als zehnjähriges Mädchen mit ihrem Vater um die Wette geritten sei und so unsägliche Freude am Reiten gehabt habe. Sie wehrte sich: es sei so lange her, und sie könne ja gar nicht mehr reiten, und so ein herrliches Pferd sei viel zuviel für sie.

Dag antwortete, sie hätte so vieles auf den Hof mitgebracht, daß ein Pferd gar nichts dagegen bedeute, und wenn sie schon einmal habe reiten können, so käme es nur darauf an, wieder anzufangen. Sie sei ja noch so jung, und dieses Pferd ginge so behutsam und sicher.

Auch ein Sattel war aus der Stadt mitgekommen, und Adelheid mußte sich Vater Dag schließlich fügen und aufsteigen und vorsichtig die Allee entlang und durch die Siedlung ein paar Gänge versuchen. Das Tier ging wie im Tanz, so daß sie bald jeden Tag ausritt und Wind und Sonne um ihr blasses Stubenhockergesicht bekam.

Eines Abends schloß sich Vater Dag ihr an; er ging nur neben ihr her, während sie ein Stück die Allee hinunterritt. Dort zweigte nach einer Weile ein schmaler Weg nach links ab und verschwand hinter einem Gehölz, das den Blick auf das Land dahinter sperrte. Dag winkte ihr, sie möge ihm folgen. Der Pfad lief eine Zeitlang zwischen Haselsträuchern dahin, plötzlich aber tat sich der Blick über eine Landschaft auf, die sie noch nie gesehen hatte. Dieses Jahr war in den Ostschlägen Wiesenland, und der Wind strich so darüber hin, daß es ihnen weich und sanft mit einem warmen Hauch von Sonne und Gras und Millionen von Blumen entgegenwogte. Laubbäume und Büsche schlossen die Aussicht ringsum ab.

In diesem Gräsermeer lag ein Birkenhain mit weißen Stämmen und wehendem Laub, hell und hoch in der Sonne, doch mit geheimnisvollen Schatten im dichten Innern. Vater Dag watete in die Wiese hinein und winkte Adelheid zu sich heran.

Sie landeten draußen an dem Birkenhain, nachdem sie den Blumengürtel und den Steinwall durchschritten hatten, der hier einst auf dem mageren Boden aufgeworfen worden war, als das Feld ringsum abgelesen wurde. Dag ging voran, das Pferd kam ihm nach. Adelheid mußte sich bücken und neigen und das Pferd um tiefhängende Zweige lenken, aber sie folgte getreulich. Je tiefer sie eindrangen, desto mehr lichteten sich die Stämme, plötzlich hielt sie das Pferd scharf an und – staunte. Hier drinnen war es wie in einer Kirche – wie in einem Heiligtum. Hoch und schlank standen die Birken in gleichmäßiger Runde um einen Rasenplatz, und um den innersten Baumkreis zog sich ein zweiter mächtiger Kreis. Alle Bäume waren hoch und gerade gewachsen, als hätten sie früher dichter gestanden und schnell in die Höhe streben müssen, um damit Licht und Sonne für ihre Kronen zu bekommen. Die einen waren jung und mädchenhaft zart, mit glänzenden silberweißen Stämmen, andere vom Alter gezeichnet, kantig und borkig, mit schwarzen Flecken zwischen dem Weiß; aber sie ragten wie Märchensäulen und hoben ihre Kronen hoch und stolz zum Himmel.

Die Abendsonne stand mittsommerhoch und traf golden die Bäume auf der Ostseite des Grasplatzes, sie erreichte hier noch die äußere Rasenkante und ließ die Farben aller Blumen aufleuchten.

Vater Dag hatte auf der ganzen Wanderung von der Allee bis hierher geschwiegen, und Adelheid kannte ihn gut genug, um stillzubleiben, bis sie seine Absicht merkte. Aber was er jetzt beabsichtigte, erriet sie nicht; vielleicht wollte er ihr nur zeigen, wie schön alles war – so schön, daß man weinen mußte, weil das menschliche Leben so kurz ist und allzuwenig Sommer zählt.

Endlich sagte sie leise, hauchte es gleichsam nur hin: »Was bedeutet das?«

»Ach«, antwortete Vater Dag, »du hast mir doch erzählt, daß du die lange Birkenallee gar nicht vergessen kannst, in der du als kleines Mädchen auf und ab geritten bist. Ich hatte keine Birkenallee für dich, und es braucht Zeit, eine anzupflanzen. Du würdest darüber alt werden; und ich wäre nicht mehr da, bis man darin reiten könnte. So habe ich denn letzten Sommer den Bestand hier drinnen untersucht und gegen den Herbst hin die nötigen Bäume weggeschlagen, die Stöcke roden und den Boden ebnen lassen; dann haben wir hier im Frühjahr etwas Gras gesät und das Wäldchen so weit ausgelichtet, daß man bequem zwischen den Stämmen durchkommt. Jetzt kannst du im inneren Baumkreis reiten und auch im äußeren, soviel du magst. Und wenn du Aussicht auf die Wiesen möchtest, ist es auch um das ganze Gehölz herum hinter der äußeren Birkenreihe wegsam.«

Adelheid streichelte behutsam den seidig glänzenden Hals des Pferdes und blickte zu Vater Dag hinunter. Er stand mit geschlossenen Füßen und sah von oben her so breitschultrig aus – ein Riese von Gestalt, aber er senkte den Kopf so sonderbar und starrte an ihr vorbei auf den Rasen, während Abendschatten über die Stämme glitten und der Sonnenglanz auf dem Laub allmählich verblich. Ein alter Mann bei Sonnenuntergang in Gedanken, die niemand erraten konnte, in einer Kirche, die vom Herrgott selbst erbaut war.

Sie konnte nichts dafür. Ihr Gefühl war mit den Jahren stärker geworden als ihr Wille. Sie faltete die Hände auf dem Hals des Pferdes, neigte ihr Gesicht darauf und weinte herzbrechend. Vater Dag sah zu ihr auf, wendete sich aber wieder ab und schwieg.

Als ihr Weinen endlich still wurde und sie sich wieder besser in der Gewalt hatte, sagte er: »Du sollst das Pferd einmal herumgehen lassen, ehe wir heimreiten.« Wortlos lenkte sie das Pferd dem Säulengang zu und ritt langsam im Schritt um den Rasen hinter den vordersten Stämmen.

Beim Abendessen sagte Adelheid: »Etwas so Schönes habe ich noch nie ge-

sehen. Man muß ja ein besserer Mensch werden, wenn man dort zwischen den Birken dahinreitet. Aber wie kommst du nur auf all das, auch auf diese Ewigkeitsallee?«
»Ablaß«, sagte Vater Dag kurz.
»Frag – den Pfarrer«, erwiderte Dag still.
Ja, so kam es, daß eine andere Dame auf den Wegen zu reiten begann weit ins Land hinaus, ein Jahr, nachdem Elisabeth von Gall zu Grabe getragen war. Adelheid unternahm Spazierritte bis zum Pfarrhof, und mitunter besuchte sie den Obersten auf Borgland und lud ihn zu einem Spielchen mit ihrem Vater nach Björndal ein. Und der Oberst kam und befand sich wohl dabei. Er schuldete jetzt niemand auf der Welt mehr etwas.
Ja, Adelheid ritt viele Wege, auch in der Siedlung und nach Hammarbö, am häufigsten bog sie nach den Ostschlägen und dem Birkenwäldchen ein, und niemand als Syver Hintenauf durfte ihr Pferd anrühren. Er putzte es, daß es wie Atlas glänzte, und die Leute hießen es Adelheids seidenes Pferd.
»Sie sitzt forsch zu Pferde«, meinte Vater Dag.
»Dragonerblut«, sagte Major Barre und warf sich in die Brust.

12

»Du mußt einen Augenblick mitkommen«, sagte Vater Dag eines Morgens zu Adelheid und öffnete die Tür zur Schreibstube. Sie blickte etwas erschrokken zu ihm auf.
Er war in der letzten Zeit so merklich alt geworden, so schweigsam und freudlos. Selbst die eifrigen Versuche der Kinder, um die Wette über den Fußboden und auf seine Knie zu kriechen, brachten ihn nicht mehr zum Lachen.
Er schloß die Tür hinter sich und stapfte mit schweren Schritten vor ihr her zur Anrichte. Er holte ein paar Bücher und legte sie auf den Tisch am Fenster. »Setz dich her«, bat er. Jetzt blickte sie ihn ganz verwirrt an. Sie sollte sich in den Stuhl des alten Klinge, an seinen Schreibtisch setzen? Vater Dag aber blickte nur auf die Bücher und zeigte auf den Stuhl; Adelheid trat zögernd heran und ließ sich nieder.
Die Sonne fiel schräg über den Tisch und voll auf Dag, als er sich neben sie setzte. Adelheid betrachtete ihn von der Seite. Noch nie hatte er so grau und alt ausgesehen, ja, selbst seine Augen, die so leuchtend blau sein konnten, auch sie waren gleichsam ergraut.
Er stützte den Ellbogen auf den Tisch und fuhr mit der Hand über seine Stirn, dann legte er sie schützend über die Augen. »Es wird wohl eines Tages auch mit mir zu Ende gehen, und Dag ist so geistesabwesend seit der Geschichte mit dem Totenberg. Du, Adelheid, bist jetzt die Stärkste hier im

Hause, da mußt du anfangen, dich ein wenig um das zu kümmern, was die Knaben einmal übernehmen sollen. Du mußt dir die Bücher gelegentlich ansehen, und wenn du etwas nicht begreifst, mußt du mich fragen. Du hast gesehen, woher ich sie genommen habe, du kannst sie wieder dort hinlegen.«

Adelheid blickte auf ihn, auf die Bücher und den Schrank. Ihr war die Schreibstube mit ihrem großen Fenster immer so behaglich erschienen. Aber trotz der Sonne, die golden hereinströmte, trotz der summenden Fliegen und des alten gemütlichen Tabakduftes, der noch aus Klinges Zeit stammen mochte, dünkte sie das Zimmer plötzlich düster und kalt – ja, es überlief sie wie eisiger Grabesschauer bei Vater Dags Worten. Sie stammelte, er habe gewiß noch viele Jahre vor sich, es fehle ihm ja nichts, und es eile sicherlich noch lange nicht, daß jemand die Bücher oder sonst etwas übernehme. Ja, schließlich weinte sie über Klinges alten Büchern und wußte sich keinen Rat.

Doch Dag erhob sich und bat sie wieder, ihm zu folgen. Er habe ihr noch mehr zu zeigen. Seine Stimme klang müde und tonlos.

Wie im Traum stand Adelheid auf und überschritt zum ersten Male die Schwelle der großen Schlafkammer. Hier stand ein Fenster offen, die Gardine wehte in dem warmen Wind, und auch der Vorhang des großen Familienbettes, das vor vielen Jahren aus dem Holderschen Stadthaushalt gekommen war, bewegte sich leise, schwer und würdevoll. An der Wand stand eine unmäßig breite Truhe, schwarz von lauter Schlössern und Eisenbeschlägen.

»In dieser Truhe liegt die Tischwäsche und das Holdersche Tischsilber und das alte vom Hof; und in einem Fach sind allerlei Schmucksachen«, erklärte Vater Dag. »Du bekommst die Schlüssel; später einmal.« Er holte neben dem Bett ein großes Stemmeisen und eine Laterne hervor, schneuzte das Licht darin und zündete es an. Dann öffnete er das Schloß einer Kellerluke hinter dem Bett, winkte ihr und stieg ihr voran die Leiter hinunter. Dumpfe Kellerluft schlug Adelheid entgegen, und einzig und allein Vater Dags unverbrüchlicher Wille konnte sie bewegen, sich dort hinunterzubegeben. Unten im Keller befand sich eine leere, unregelmäßige Höhlung. Sie war wohl direkt aus dem Felsen herausgehauen. Dort lag ein Haufen aus flachen Steinen auf dem Boden. Vater Dag räumte sie mit dem Stemmeisen beiseite, dann nahm er die Leiter und ließ sie in das Loch hinab, das sich darunter auftat. Er voran, Adelheid hinterher, ging's in die Tiefe. Hier standen zwei Kisten. Dag öffnete die eine und nahm den Deckel eines kleinen Faches ab. Er griff mit der Hand hinein und hob mehrere Bündel zusammengefaltete Papiere an das Licht der Laterne.

»Dies sind Kaufbriefe und andere Dokumente über Geld, das mir Leute schuldig sind«, erklärte er und legte sie wieder hinein und den Deckel darüber. Dann schlug er eine Lederdecke beiseite, die in dem Hauptfach der Kiste lag. »Da ist das faule Geld«, sagte er, und mit zorniger Hast wühlte er darin und warf Haufen von Papiergeld über den Rand der Truhe auf den Fußboden. »Aber hier unten auf dem Grund ist noch etwas Silber, zum Teil aus alter Zeit, zum Teil von dem Korn, das Vetter Holder für mich verkauft hat. Etwas Silber aus dem Korngeschäft habe ich in Hamburg, es ist oben in den Büchern aufgeschrieben, und die Bescheinigung darüber liegt hier bei den anderen Papieren. Anderes habe ich auch hereinbekommen, das liegt hier unten bei dem alten. Jetzt wollen wir welches abzählen.« Seine Stimme klang gleichmütig.

Aus einer seiner Taschen zog er ein Säckchen aus gegerbtem Leder. Mit derselben Hand, die den Sack offenhielt, stützte er sich auf den Kistenrand, beugte sich schwer über die Kiste, holte Hand auf Hand voll Silbertaler herauf und zählte sie laut und gleichgültig in den Sack hinein. Manches Hundert wurde voll. Noch einmal wühlte er mit der Hand in der Kiste, und noch immer klirrte es dort unten; aber er sagte nichts, band nur die Schnur zu und stellte den Sack auf den Boden. Dann scharrte er das Papiergeld mit den Füßen zusammen und warf es zuoberst in die Truhe, breitete die Lederdecke darüber und schloß ab. Ein paar zerfetzte Scheine blieben auf dem Boden liegen.

In der Schreibstube leerte er den Sack auf den Tisch aus und bat Adelheid, nachzuzählen. Wortlos und wie in einer anderen Welt zählte sie den unglaublichen Haufen Silber, und es fehlte nicht ein Stück an der Zahl, die Dag genannt hatte. Ja, er konnte Geld zählen, der Alte.

Als sie fertig war, schob er den Haufen an die Tischkante und in den Sack hinein, verschnürte und verknotete ihn fest. Dann holte er Siegellack und Petschaft, riß im Schrank ein Stück Papier ab, zündete Licht an und versah die Schnur mit einem Siegel.

»Schätze der Menschen«, sagte er in demselben gleichmütigen Ton wie vorher. »Ablaßgelder«, fügte er hinzu.

Adelheid blickte forschend zu ihm auf. Wieder dasselbe Wort wie an jenem Abend, als er ihr die »Ewigkeitsallee« im Birkenhain zeigte. »Ablaß«, hatte er gesagt und »Frag den Pfarrer!«

Mit diesem Silber mußte Syver Hintenauf zum Vogt fahren. Diese Summe hatte Dag für die neue Reichsbank einzuzahlen, die im Lande gegründet werden sollte. Die meisten besaßen überhaupt kein Silber und andere nur wenig; wieder andere wollten nichts herausrücken, und alle mußten dran glauben und für jeden fehlenden Speziestaler fünfundzwanzig Papiertaler bezahlen — der Vogt brauchte große Koffer und Sonderfuhren für alle die Papierfetzen.

»Es wurde still, als ich den Silbersack auf den Tisch knallte«, berichtete Syver Hintenauf später, »und was die für Stielaugen machten, wie alle die Krischans und Fredriks mit den großen Nasen und den Staatsperücken wieder in den Sack gezählt wurden!«

13

Es ging auf und ab mit Vater Dags Stimmung. Manchen Tag konnte er mit den Kindern spielen und geradezu lustig sein, ein andermal aber war er grau an Haar und Gesicht und Augen; und die grauen Tage kamen immer häufiger.

An einem Herbstabend ritt Adelheid zum Pfarrer. Sie wollte endlich wissen, was Vater Dag mit seinem »Ablaß« und seinem »Frag den Pfarrer« meinte. Sie erzählte dem Pfarrer von Dags Äußerungen; aber auch er begriff nicht, was damit gemeint sein konnte.
»Habt ihr nicht irgendwann einmal über Ablaß gesprochen?« fragte Adelheid. Da fiel es dem Pfarrer ein: Er berichtete ihr von seiner ersten gewichtigen Unterhaltung mit dem Alten und wiederholte so genau wie möglich die Worte, die damals gefallen waren – über Tetzel und manches andere.
Adelheid ritt den weiten Weg zurück, ohne noch den Zusammenhang zu durchschauen – falls es überhaupt einen zwischen Vater Dags jetzigem Trübsinn und jenem Wort gab, das vor so langer Zeit gefallen war. Er hatte den Pfarrer also gefragt, ob die Leute wohl glaubten, er kaufe sich Ablaß. Der Gedanke, daß man seine guten Werke so auslegte, konnte ihn schon erbittern; aber Vater Dag stand ja viel zu hoch, um sich auf die Dauer darum zu kümmern, was die Leute dachten oder redeten. Nein, irgend etwas an dem Wort mußte sein Inneres getroffen und sich mit den Todesgedanken verbunden haben, die ihm nach dem Unglück mit den ersten beiden Jungen und dann mit Dag gekommen sein mochten. Alle Dinge dieser Welt schienen ihm jetzt gleichgültig geworden zu sein.
Drückten ihn seelische Sorgen, dann war dies kein richtiges Christentum. Denn das sollte freimütig sein, das wußte sie aus den Aufzeichnungen ihres Großvaters, und doch hatte sie auch gelesen, daß nicht alle religiösen Gedanken christliche Gedanken wären, selbst wenn sie den wahren Gott betrafen.
Auch um ihren Mann war sie besorgt. Er war wieder meistens im Wald und immer seltener daheim, und sonderbar und voll Wehmut war er. Ja, mitten im Spiel mit den Kindern konnte er sich vergessen, konnte dasitzen und nachdenklich vor sich hinstarren.
Sie mußte sie dem Leben zurückgewinnen – alle beide, sonst schwand auch ihr eigener Lebensmut. Vater Dag behauptete ja, sie sei die Stärkste. Da mußte sie auch hierin stark sein; aber wie es beginnen?

Eines Morgens kam Vater Dag nicht zum Frühstück in die Wohnstube, und Adelheid fragte Jungfer Kruse nach ihm. Er sei frühzeitig in Waldkleidern mit Proviant für mehrere Tage fortgegangen.
Es war seit Dags Unfall nicht mehr dagewesen und vorher offenbar seit mehr als einem Menschenalter nicht vorgekommen, daß Vater Dag über Nacht im

Wald blieb. Sie sprang vom Tisch auf, konnte keinen Bissen mehr hinunterbringen und – schickte nach Kleidern, Stiefeln und Proviant.
Schon einmal war sie in den Wald gegangen. Damals war es Frühling gewesen mit langen Tagen, jetzt war es Herbst mit langen Nächten. Sie ging nicht mehr mit dem gleichen Mut daran, aber – sie mußte so stark sein, wie Vater Dag es verlangte.

Der alte Bister war letztes Jahr eingegangen. Adelheid ließ sich von Syver Hintenauf einen anderen Hund mit möglichst scharfer Witterung und eine lange Leine beschaffen.
Und dann zog sie in die großen Wälder, einsam, zum zweitenmal.
Ihre letzte Berührung mit den Wäldern war jener Heimweg von der Schwarzseehütte gewesen. Damals hatte heller brausender Frühling über dem Wald und auch in ihr gelegen. Jetzt war Herbst – über allem.
Adelheid fühlte sich nicht stark, als sich der Hund mit ihr am steinigen Ufer des Roislasees vorwärtsspürte. Die Mittagszeit war weit überschritten, und noch hatte sie sich weder zum Essen noch zum Ausruhen Zeit gegönnt, war nur gewandert – Stunde um Stunde.
Sie fühlte sich so unsäglich verlassen auf der Welt. Mit Vater Dag schwand so viel für sie dahin. Erst auf dieser einsamen Wanderung wurde ihr bewußt, wie unendlich viel er ihr war, wie geborgen sie sich bei ihm auf Björndal fühlte, Tag und Nacht. Ja, erst heute wurde ihr ganz klar, was ein starker zuverlässiger Mensch für seine Umgebung bedeutet.
Vater Dag hatte behauptet, sie sei jetzt die Stärkste. Aber sie fühlte sich nicht stark. Vielleicht konnte sie später einmal wie ihre Großmuter werden; jetzt aber noch nicht. Noch – wollte sie nicht stark sein, sie wollte ausruhen nach ihren bisherigen Erlebnissen, klein sein dürfen – eine Zeitlang – unter Vater Dags festem Blick.
Das Wasser des Roislasees war bewegt und brach sich mit schwachem Brausen am steinigen Ufer. Ein müder Ton, und auch das Sausen des Windes schien Adelheid müde, so müde.
Der Hund strebte schnuppernd vorwärts und riß an der Leine, plötzlich aber blieb er stehen. Ein Wittern in die Luft, ein leises, eifriges Kläffen, dann stob er in voller Fahrt davon. Adelheid mußte ihre Füße schneller setzen, und das weckte sie aus dem Grübeln. Sie schaute sich aufmerksam um, über das herbstgraue Wasser hin, das so friedlich seine kleinen Wellen schlug.
Im Wasser lag eine Insel, dicht mit mächtigen Fichten bewachsen. Als umschlösse sie dort draußen ein eigenes Geheimnis, mußte Adelheid denken; doch der Hund riß und zerrte so eifrig, daß sie auf den Weg achten mußte, und im übrigen blickte sie gespannt über den See.
Hinter der Insel kam eine Bucht zum Vorschein; Grasflächen zogen sich bis zum Strand hinunter. Und je länger Adelheid ging und je mehr die Insel zur

Seite wich, desto weiter öffneten sich die herbstgelben Matten, auf denen in alter Zeit die Roislaalm gelegen hatte, und sie entdeckte ganz oben am Wäldchen die kleine Hütte, die noch von damals übrig war, als hier Almwirtschaft betrieben wurde. Öde und tot sah sie aus. Dann nahmen ihr Gehölze, die sie durchqueren mußte, die Aussicht nach Süden und Westen. Es war ein tüchtiges Stück Weg durch dichten Wald, und sie war lange gegangen, als sie plötzlich durch eine Lücke zwischen den Bäumen die Sennhütte dicht vor sich erblickte. Es zuckte um ihren Mund, als sie einen uralten Mann mit langsamen, gleichgültigen Bewegungen an der Außenwand Netze aufhängen sah. Es war Vater Dag. Wohl war er ihr in letzter Zeit auch daheim auf dem Hof oft alt vorgekommen, aber so alt wie heute noch nie.

Mit tränennassen Augen und zitternden Lippen ging sie auf ihn zu, als er ihren Schritt hörte und sich hastig umdrehte.

Sie blieben stehen und blickten einander an – lange Zeit. Adelheid betrachtete das ausdrucksvolle liebe Gesicht, das jetzt so alt geworden war. Und was für eine Verzweiflung in dem grauen traurigen Blick lag!

Auch Vater Dag sah Adelheid an. Schön war sie immer gewesen, aber so schön wie heute hatte er sie noch nie gesehen. Es lag wie Meerestiefe in ihren großen lebhaften Augen, und die Linien auf der Stirn und um den Mund, die ihr die Jahre auf Björndal gezogen hatten, machten ihr Gesicht erst so recht lieb. Das Gesicht einer Mutter!

Endlich brachte Vater Dag heraus, sie hätte sich seinetwegen nicht bemühen sollen, er sei es nicht wert.

Adelheid kämpfte und kämpfte, um ihre Tränen zurückzuhalten. Sie wollte ja stark sein, ihre Stimme aber bebte, und sich schluchzte heraus, er möge doch mit ihr heimkommen und sie nicht so ganz allein lassen. »Dag geht fort, und du gehst fort – mit wem soll ich dann reden? Können wir uns nicht aussprechen, kannst du mir nicht sagen, was es ist, können wir einander nicht helfen, solange wir leben?«

Vater Dag stand wie beschämt, weil sie seinetwegen den weiten Weg gemacht hatte, und über ihre Worte. Er entgegnete, er habe viel zu denken gehabt und geglaubt, es werde ihm hier in der Einsamkeit leichterfallen, wo ihm aus seiner Jugend alles so vertraut war.

Adelheid mußte daran denken, was sie von Tieren gehört hatte: wenn sie vom Alter oder einer Krankheit schwach sind, dann suchen sie sich dahin zurückzufinden, woher sie gekommen sind, und verbergen sich vor aller Augen, um zu sterben.

Und jetzt war Vater Dag zurückgegangen – in seiner Wälder. Schließlich hängte er die Netze wieder unter das Dachgebälk in der Hütte, machte sich fertig, schloß die Tür und folgte Adelheid. Und wie die beiden dort in der Waldeinsamkeit dahinwanderten, mit tastenden sparsamen Worten und langen Zwischenpausen, da löste sich endlich etwas in ihm, und er begann zu reden, Wort auf Wort; Adelheid begriff, daß es wirklich das kleine Wort »Ablaß« aus dem Munde des Pfarrers war, mit dem er nicht fertig werden konnte. Es hatte sich in ihn hineingefressen und mit seinen Todesgedanken verbunden – bis zur Verzweiflung.

Adelheid kam ihm behutsam zu Hilfe und brachte ihn immer mehr in Fluß, und bald wanderten sie langsam, dicht nebeneinander hinschlendernd, durch die Waldberge hinunter, während Vater Dag sprach und Adelheid lauschte.

»Adelheid, ich habe meine Meinung über das Leben und den Tod, über das Denken der Menschen und den Herrgott geändert während meines langen Lebens. Leute, die mich in Geldsachen und Geschäften für einen schlauen Fuchs halten, glauben häufig, daß ich in anderen Fragen des Lebens ein einfältiger Kerl bin. Sie mögen recht haben in gewisser Beziehung, aber ganz recht doch nicht. In meiner Jugend habe ich eine Zeitlang in der Stadt gelebt, habe abends in Kneipen und Wirtschaften gesessen und die Leute über Gott und die Welt reden hören – und ich bin bei Holder mit mancherlei Menschen zusammengekommen und auch abends nach dem Geschäft beim Advokaten, ja bei allerhand Leuten. Ich habe nicht nur hier in Björndal vor mich hin gegrübelt. Ich habe in meinem Leben so viele Ansichten über die sogenannte Wirklichkeit gehört – unser Herrgott, das sei nur ein Hirngespinst und das eigentlich Wirkliche sei, daß man sein Leben fristet und andere solche Dinge, die – das Tier betreibt. Aber wir unterscheiden uns vom Tier, Adelheid. Wenn wir zu Alter und Verstand kommen, dann wissen wir jeden Tag unseres Lebens, daß wir sterben müssen. Und das weiß das Tier nicht. Was andere Leute Wirklichkeit nennen, davon wissen wir viel weniger. Es geht den Menschen im Leben so verschieden – mit Auskommen, Gesundheit und anderem. Niemand weiß, wie diese Wirklichkeiten für ihn ausfallen werden. Vom Tode aber weiß jeder; er ist die einzige Wirklichkeit, über die wir von vornherein sicher Bescheid wissen, auf die wir uns einrichten können. Unsere Gedanken über den Tod und alles andere sind Wirklichkeit. Es ist unmöglich, mich darüber eines Besseren belehren zu wollen. Kann man sie auch nicht mit Händen greifen, so sind sie doch ebenso wirklich, wie daß ich lebe und in dieser Abendstunde hier gehe. Wenn wir wollen, können wir uns natürlich zum Tier machen, können dahinleben, ohne an etwas anderes zu denken als an das tägliche Futter und dergleichen, wie es auch das Tier tut, und das dann Wirklichkeit nennen. Auch ich habe einst manches Jahr so dahingelebt, auch ich; aber jetzt sind mir noch ein paar Jahre zum Nachdenken geblieben – über die anderen Wirklichkeiten, die im Tode wurzeln. Haben wir den menschlichen Verstand bekommen, um jeden Tag, den wir leben, vom Tode zu wissen, dann haben wir ihn wohl auch dazu bekommen, uns nach unseren Kräften auf den Tod vorzubereiten. Und wir haben Kräfte in uns, Gedanken, einen Willen und Gefühle, die noch weiter als bis zum Tode reichen – bis zu Gott. Man kann nicht für alles Worte finden; aber wenn ich es auch nicht, wie ich möchte, in Worte kleiden kann, so leben doch so vielerlei Empfindungen in mir, die nur darin ihre Erfüllung zu finden vermögen, daß es einen über uns gibt und in uns. Und diese Gefühle sind ebenso wirklich wie Geld und Nahrung – für mich. Ja, sie sind ein so großer Teil von mir selbst, wie ich jetzt hier neben dir gehe, daß ich niedersinken und mich nicht mehr vom Fleck rühren würde, wenn sie in mir ausgelöscht würden. Dann wäre es, wie Dag damals sagte – dann wäre das Leben der Tod.«

Vater Dags sonst so ruhige Stimme war immer fremdartiger geworden, immer lebendiger, und in den letzten Worten lag ein zitternder Unterton, ein wehes blutendes Beben aus seinem tiefsten Innern heraus.

Adelheid war mit gesenktem Kopf gegangen, hatte nichts gesehen, weder den Weg noch die Steine, weder Gras noch Kräuter, die gleich einer Hecke den Wegrand säumten. Jetzt hob sie ihr Gesicht und blickte in die weiteste Ferne – auf die Sterne, die im Himmelsblau aufgingen, während es über der Erde Abend wurde.

Vater Dags Stimme kam wieder. »Das ist es, was mich in letzter Zeit bedrückt, daß – dies zerfallen ist – dies Dach, unter dem ich lebte, diese Überzeugung, von der ich sprach. Die sichere Freude, die ich früher empfand, gibt es nicht mehr. Daran ist des Pfarrers Wort vom Ablaß schuld. Schon damals auf dem Heimweg dachte ich gründlich darüber nach; aber es kam wieder, immer stärker. Einmal hatte ich versucht, mir eine Anschauung über das Leben zu bilden – über die Pflichten auf dem Weg zum Tode. Und ich habe so treulich wie nur möglich danach gelebt – danach die Menschen ringsum behandelt, die dem Tod entgegegengehen, und nach meinen Kräften versucht, sie von der täglichen Mühsal zu befreien, damit sie Zeit finden nachzudenken – auf diesem Weg. Nun muß ich sehen, daß alles, was ich tat – alles, was ich dachte, nur aus dem Wunsch geschah, mich selbst an Land zu retten – jenseits des Todes. Alles dies tat ich, um mich mit dem Herrgott zu befreunden. Und wenn ich darüber mit mir selbst zu Gericht gehe und auf den Fehler hinweise, dann tu ich auch das, um mich gerecht zu machen. Alles in mir geschieht aus Berechnung, weil ich etwas Wertvolleres als Entgelt dafür bekommen will. Ablaßgelder, Ablaßgedanken, Ablaßwerke, Ablaß überhaupt für das, was ich gesündigt haben mag; und siehst du, mit Ablaß und dergleichen kann man doch nicht vor den Herrgott treten. Nicht einen einzigen Gedanken kann ich denken, nicht eine einzige Tat tun ohne die stillschweigende Absicht, daß sie zu meinem eigenen Besten dienen soll. Eingewachsen bin ich in der Erde, nicht davon loszureißen ...«

Adelheid hatte als regelmäßige Kirchgängerin früher so viele Predigten gehört und so viel in des Bischofs Büchern gelesen; aber diese Worte, mit dieser todernsten Stimme gesprochen, so verzweifelt, so trostlos, aus dem Mund des stärksten Menschen, den sie kannte – das war ihr wie der Tod. – Worte, an die sie dachte, welkten dahin, Sprüche, die sie gelernt hatte, verdorrten, nichts konnte sie trösten. Vater Dag hatte selber alle Möglichkeiten durchdacht, ehe er zu diesem einfachen, nackten Schluß gekommen war. Sie kannte ihn gut aus vielen Gesprächen über manche Fragen.

Sie kamen an einem Sommerstall vorbei. Die Kühe lagen warm im Stalldunkel und genossen die sinkende Sommerzeit. Jetzt rauschte es nur und sirrte leise. Herbstabendlaute in den Fichten und schwaches Knarren drüben an der Stalltür. Adelheid und Vater Dag stiegen auf dem Tritt über den Zaun und gingen durch das Walddunkel den steilen Pfad hinunter. Ein Frosch hüpfte aus dem Straßengraben ins Dunkel, ein Igel eilte über die Steine und verschwand – sonst war alles still im Waldesrauschen.

Der Schnee hatte schon alle Gipfel weiß bestreut, die Sonne hatte ihn jedoch über Tag zum Teil wieder fortgetaut. Die Bergspitzen lagen leuchtend weiß in ewiger Ferne dahinter, aber davor stand hoch über Geröllflächen und Birkenhängen, Föhrenkuppen und Waldkämmen der Totenberg mit Schnee auf dem Schädel und Schneeflocken tiefer unten, so daß man sehen konnte, weshalb er seinen Namen trug.

Die abendliche Herbstsonne schien golden von Westen her, wurde rot und legte einen blutigen Schimmer über das Antlitz des Totenberges, während er ins Dunkel versank ...

Der Sturm kam auf, als die Sonne schwand, heulend vom Hochgebirge her. Er ebbte ab und verstummte, begann von neuem und pfiff über die Hochheiden, sammelte sich hinten im Gebirge und brach wieder vor, Stoß auf Stoß. Noch einmal wich er zurück, seufzte gleichsam drinnen im Reich der Gipfel, dann heulte er über die Hochfläche hin, wühlte in den Bergwäldern und verstummte abermals. Er murrte und rumorte hinter dem Totenberg, umflutete ihn in breitem Strom, und dann warf er sich hinaus, über die Wälder und die Welt – spätherbstkalt.

Adelheid und Vater Dag blieben bei der Wegbiegung an dem großen Abhang stehen, wo man Hof und Siedlung weit überblickt.

Ein schwacher Lichtschein aus Fenstern oder anderen Quellen zeichnete ahnungsvoll das Viereck des Hofes in die Nacht. An ein paar Stellen in der Siedlung und auf Hammarbö leuchtete es matt auf; oben aber im Himmelsdunkel kamen die Sterne zum Vorschein, dichter und dichter; und droben in den Wäldern tobte der Sturm, lauter und lauter.

Als sie hier im Finstern nah beieinanderstanden, zwei armselige Menschen in dem gewaltigen Gesang des Waldes unter dem Sternenhimmel, fiel es Adelheid ein, daß sie eine Antwort für Vater Dag wußte. Eine Antwort im Einklang mit den Worten, die er ihr einmal zum Trost gesagt hatte: Gottesglaube, Zuversicht und guter Wille. Es gab noch ein viertes, worauf Vater Dag in seinem düsteren Sinnen jetzt nicht gekommen sein mochte, ein Wort, das die drei anderen verband, ihnen Leben und Kraft verlieh, dem Tod ins

Auge zu sehen; aber woher sollte sie den Mut nehmen, es ihm zu sagen? Es paßte irgendwie nicht zu seinem Wesen – dies Wort.
Doch, nun fiel ihr auch ein, wie sie es ausdrücken konnte. Glücklich war sie damals mit Dag aus dem Wald heimgekehrt, und glücklich stolperte sie jetzt im Stockdunkeln das steile letzte Stück hinunter.

Sie hatten in der Wohnstube eine Kleinigkeit gegessen und saßen in der Diele vorm Kamin; Vater Dag hatte zum erstenmal seit langer Zeit seine Pfeife angezündet, rauchte vor sich hin und blickte verloren in die Glut. Es mochte ihn erleichtert haben, daß er sich Adelheid anvertrauen konnte, doch kamen seine Gedanken offenbar nicht von dem Alten los und bohrten und bohrten; denn er ließ den Kopf immter tiefer sinken und vergaß seine Pfeife ganz.
Da erhob sich Adelheid und stieg langsam die Treppe zu ihrer Kammer hinauf. Jetzt fühlte sie sich stark. Vater Dag sah verstohlen zu ihr auf, als sie wiederkam; sie trug ein dickes Buch in Händen, die Bibel mit Kreuz und Spangen. Eine schwache Röte stieg Vater Dag ins Gesicht. Glaubte Adelheid denn, er hätte es nicht versucht, seinen Seelenfrieden in den Büchern zu finden, in der Bibel und anderswo?
Aber sie schritt so langsam und feierlich, und ihre Bibel war ganz besonders kostbar. Er mußte sich etwas umwenden und gucken.
Sie trat dicht an ihn heran und legte ihm die Bibel in die Hände. »Es ist Großvaters Bibel«, sagte sie. »Er war ein starker Mensch – wie du –, und doch hatte auch er Anfechtungen. Du wirst manche Notizen darin finden, auch Blätter mit seiner Handschrift, so daß du lesen kannst, wie er zum Frieden kam. Und hier auf die erste Seite hat er etwas geschrieben – für dich.«
»Für mich?« Vater Dag wußte, daß der Bischof schon vor Adelheids Geburt gestorben war, und blickte sie fragend an.
»Für dich und – für alle.« Damit stieg Adelheid die Treppe hinauf und verschwand in ihrer Kammer, müde nach dem anstrengenden Tag, aber glücklicher als seit langer Zeit. Sie beugte sich über die Kleinen, die in ihren Wiegen gesund und ruhig schnauften und atmeten. Sie öffnete die Fenstertür, trat in die Laube hinaus und sah zum Himmel auf, an dem die Sterne jetzt so dicht glitzerten, daß das Blau nur noch wie ein Schleier war. Sie faltete die Hände, preßte sie fest zusammen und betete flüsternd für Vater Dag in der Diele unten, für Dag im Wald, für ihre Kinder in der Kammer, für die ganze Siedlung, und schließlich auch für sich selber.
Vater Dag saß lange und preßte die Bibel an sich; es war, als habe sich ein Hoffnungschimmer in ihm entzündet, daß in der Bibel eines Bischofs die Antwort auf seine Frage zu finden sein könne, ja müsse. Er erhob sich nach einer Weile und wanderte mit der Bibel unterm Arm in seine Schlafkammer. Hier steckte er Licht an, öffnete die Bibel auf der Kommode und las, was auf der ersten Seite stand und wovon Adelheid gesagt hatte, es sei für ihn.

Er richtete sich plötzlich wieder auf und blickte enttäuscht vor sich hin. Er ging ein paar Schritte auf und ab, die Hände auf dem Rücken, kam am Fenster vorbei und sah hinaus. Es war ein wunderbarer Sternenhimmel. Er blieb stehen, blickte hinauf und auch über die dunkle Siedlung. Dort unten schimmerte an einigen Stellen noch Licht, auch auf Hammarbö. Dann sah er wieder lange zu den Sternen auf und – begann allmählich, sich auszuziehen.
Als er fertig war, um ins Bett zu gehen, ja, schon neben dem Bett stand, trat er noch einmal zur Kommode und las, was auf der ersten Seite in des Bischofs Bibel geschrieben stand. Und die Worte lauteten:

Gebet

All unser Sein und Tun ist ganz in Staub beschränket,
Es findet keinen Weg zu GOTT, so sehr es fleht,
Doch gnadenvoll hat ER uns das Gebet geschenket,
Daß es nicht arm und bloß, nein reich gezieret steht.
ER wies uns selbst den Weg, der über alle Sterne,
Durch Leben und durch Tod hinauf zum Himmel geht.
ER führt uns grad hindurch aus unsrer Erdenferne.

Des Menschen Willensweg zu GOTT ist das Gebet.

Dritter Teil

1

Ein barhäuptiges dürftiges Kätnermädchen bog von der Landstraße in die Borgländer Allee ein. Ihre zerrissenen Schuhe waren vom Schlamm des Tauwetters völlig durchnäßt, und sie patschte müde und gleichgültig mitten durch die Pfützen.

Sie hieß Jonetta und kam von der Kätnerstelle Söstu droben an der Berghalde unter den Klippen des Jungfrautals. Seit Jahren machte sie diesen Weg immer am gleichen Tag um Mitte April. Ihre Großmutter wohnte in einer Kate im Osten der Gemeinde, und zu deren Geburtstag wurde Jonetta alljährlich mit einem Glückwunsch und Angebinde geschickt.

Immer, wenn sie hier durch die Allee ging, dachte sie daran, wie ihr Fräulein Elisabeth von Gall einmal die Reitpeitsche um die Ohren geschlagen hatte. Das böse Fräulein war jetzt längst tot, aber das Grauen vor ihr wurde jedesmal wieder lebendig.

Plötzlich blieb Jonetta wie erstarrt stehen und griff nach ihrer Brust, als müsse sie das Herz festhalten. In namenlosem Schreck sah sie die Allee hinunter, drückte sich scheu vom Weg hinter einen Baum und starrte voller Entsetzen, während ihr das Herz bis zum Hals schlug.

Ganz hinten bog ein Pferd vom Borglander Hof her in die Allee, und auf dem Pferd saß eine Dame, schlank und aufrecht – wie Fräulein Elisabeth. Jonetta hatte davon reden hören, daß man das Fräulein noch lange, nachdem sie in der Erde lag, hätte umherreiten sehen, aber das war immer in der Dämmerung gewesen, nicht am hellichten Tag wie jetzt.

In ruhigem Schritt kam das Pferd näher – ohne eine einzige Bewegung, schien es Jonetta, saß die Dame hoch und drohend auf dem Pferd. Zitternd kroch sie hinter dem Baum in sich zusammen, jeden Augenblick gewärtig, das Brennen des Peitschenhiebes um die Ohren zu fühlen. Sie schloß die Augen und drückte sich gegen den Stamm, während der Hufschlag näher und näher kam. Jetzt war das Pferd gerade neben ihr, aber nichts geschah, und der Hufschlag, das Knirschen des Sattels und das Knistern des Zaumzeuges zogen vorbei.

Jonetta blinzelte spähend, dann richtete sie sich auf und holte tief Atem. Sie hatte so lebhaft an das entsetzliche Erlebnis vor sechs Jahren gedacht, daß sie völlig aus dem Häuschen war. Das war kein Gespenst, was da vorüberritt – das war Adelheid Björndal in eigner Person.

Jonetta stahl sich rasch hinter dem Baum hervor und blickte der Reiterin nach. Sie hatte so viel von Adelheid und ihrem seidenen Pferd gehört, das seinerzeit ganz von da drüben, von England, gekommen sein sollte und das auf Björndal niemand anrühren durfte als der Großknecht Syver Hintenauf. Und von Adelheid wußten alle so viel zu erzählen; aber bei hellem Tag schien

es niemand zu wagen – bloß innerhalb der vier Wände am Kamin wurde verstohlen davon geflüstert. Zwar dünkte auch der alte Dag Björndal mit all seiner Macht die Leute im Wald und auf den Kätnerstellen weit draußen ein Märchen, aber doch eins, das man noch einigermaßen begreifen konnte.
Die Gerüchte von Adelheid aber gingen über menschliche Begriffe. Wie Geschichten von Gespenstern und Spuk und übernatürlichen Dingen. Nie hatte man hierzulande ein so wunderschönes Geschöpf gesehen – sie sei stets wie von Blumenduft umwölbt, erzählten die Leute vom Hof. Ihre Kleider seien aus so feinem Stoff, daß er bei jeder Bewegung knistere, und zu Gesellschaften trage sie Kleider, in denen man sie sehen könne, wie Gott sie geschaffen habe. Und wenn sie sich fein mache, trage sie Schmuck und Ringe aus purem Gold, daß es weithin blitze. Sie gehe nie schnell und spreche nie laut. Ob sie freundlich oder böse sei, wisse keiner, denn sie spreche immer mit gleichmäßig leiser Stimme. Jedes Haar auf ihrem Kopf liege tagaus, tagein an der gleichen Stelle. Sie schlafe nicht mit ihrem Mann zusammen, sondern in einer eigenen Kammer, in der sogenannten Jungfernkammer. Adelheid sei die Tochter eines Dragonermajors und sitze deshalb so gut zu Pferde und sie sei die Enkelin eines Bischofs und beinahe so gelehrt wie ein Pfarrer. Dies und anderes mehr erzählte man sich – und das wäre ja alles noch verständlich gewesen. Aber dann kam all das andere dazu, und wenn die Leute davon sprachen, dann flüsterten sie noch leiser. Sie sei so zäh, daß sie keinen Laut von sich gegeben habe, als sie ein Kind gebar, und mit der Zeit sei sie so arg gegen ihren Mann geworden, daß mit ihr nicht auszukommen wäre. Einmal sei sie allein fortgegangen, weit fort, bis an die Hochwälder droben, nur von einem alten Hund begleitet, und das hätten Frauen bisher nie getan. Darin liege etwas Unmenschliches.
Ja, so ging im Volksmund die Rede über Adelheid, und jetzt war es das achte Jahr, seit sie Herrin auf Björndal wurde, und man schrieb das Frühjahr 1817. Heute war sie rasch nach Borgland geritten, um ihrer Tante Eleonore Ramer »Guten Tag« zu sagen, die seit dem Tod des alten Obersten im vorigen Winter jetzt ganz dort wohnte. Als Letzter der alten Familie von Gall war jetzt nur noch der verrückte Bruder Lorenz übrig, und als der Oberst tot war, hatte keiner vom Gesinde auf dem Hof bleiben wollen. Es gab dort so viel Spuk und Unwesen, daß man keine Nacht Ruhe fand.
Fräulein Ramer war zu Weihnachten auf Björndal gewesen und hatte von diesen Zuständen auf Borgland reden hören. Sie hatte ganz richtig bemerkt, auf Borgland werde alles verfallen, wenn dort niemand wohne, und es sei unverantwortlich, den verrückten Kerl allein hausen zu lassen. Vater Dag mochte geahnt haben, daß Tante Eleonore in diesen Notzeiten ihr Geld verloren hatte und eine bleibende Statt brauchen könne, aber es war doch wohl nur ein Scherz gewesen, als er sie fragte, ob sie etwa auf Borgland haushalten wolle.
Fräulein Ramer hatte ohne Bedenken geantwortet, wenn Vater Dag die Kosten

des Haushaltes tragen wolle, werde sie den Spuk schon auslüften. So waren denn Tante Eleonores Familienmöbel aus der Stadt geholt worden, und sie richtete sich auf dem alten Herrenhof ein, so gründlich und selbstverständlich, als habe sie ihr ganzes Leben nur hierauf gewartet. Mit ihren siebenundfünfzig Jahren war sie noch immer eine recht stattliche Dame, und man sah es ihr von weitem an, daß sie die Tochter eines Bischofs und der Sproß einer alten Adelsfamilie war.

Sie war immer eine energische Person gewesen, doch hatten ihre beschränkten Verhältnisse und die strenge Eingeschlossenheit des Ledigenstandes ihrer Energie bisher kein rechtes Betätigungsfeld gegönnt. Deshalb wurde es der Höhepunkt ihres Lebens, daß sie als Herrin auf Borgland einzog.

Die Landwirtschaft sollte weiter wie bisher von Björndal aus besorgt werden, aber auf einem großen Hof gibt es täglich etwas zu erledigen, und Fräulein Ramer war in der Pfarrerszeit ihres Vaters auf dem Lande aufgewachsen und kannte den Gutsbetrieb von Kindesbeinen an. So war wieder Schwung und Leben auf Borgland eingekehrt.

Das alte Gesinde war zurückgekommen, und alles lief wie in guten alten Tagen. Fräulein Ramer hatte Fräulein Elisabeths Kammer für sich ausgesucht. Eine der alten Mägde, die sie in Ordnung bringen sollte, wendete ein, daß es gerade in dieser Stube am allerschlimmsten spuke, und als diese Warnung nichts fruchtete, erklärte sie, in dieser Kammer habe der Teufel Fräulein Elisabeth bei lebendigem Leibe geholt.

»Dann ist es höchste Zeit, dort gründlich auszulüften«, antwortete Fräulein Eleonore nur und zog zum allgemeinen Entsetzen in die Kammer.

Beim nächsten Gottesdienst hatte sich dann das Unglaubliche zugetragen, daß jemand im Borglander Kirchenstuhl saß: wenn sich nicht einmal der alte Dag als Besitzer von Borgland in diesen Kirchenstuhl gesetzt hatte, schien es denn doch vermessen von Fräulein Ramer, sich diesen Platz anzueignen.

Adelheid ritt von der Borgländer Allee wieder nach Björndal hinauf. Ihr Vater war gestern gekommen, und Vater Dag wollte morgen ein kleines Essen geben und Tante Eleonore dazu einladen. Und so hatte Adelheid ihren Spazierritt für heute nach Borgland gelenkt. Dann brauchte sich niemand anders hinzubemühen.

Sie hielt das Pferd am Ausgang der Allee in die Landstraße an und blickte verloren über die weiten Wiesen und Feldbreiten des Tales. Drüben vom Lysnesee klang das Schnattern und Gackern der Wildgänse und Enten herüber, die sich auf ihrem Frühjahrsflug nach den Seen in den Björndaler Bergen ausruhten; und der heisere Schrei der Lummen gellte hin und wieder dazwischen. Im grünbewachsenen Teich neben der Straße rumorten und quakten im eiskalten Wasser Frösche vor mutwilliger Frühlingsseligkeit, und die Wasserfläche war schleimig von Froschlaich.

Frühlingserwachen überall; doch Adelheid schien nichts davon wahrzunehmen.

Ihr Blick schien sich über alles Irdische hinweg in die Unendlichkeit des blauen Himmels zu verlieren. Sie bog in die Straße ein, und den Blick auf den Pferdenacken gesenkt, ritt sie langsam nordwärts. Keine Regung von Leben oder Freudigkeit in Mienen oder Haltung, nichts als kühle vornehme Schönheit.

Den grasigen Südhängen unter den Waldstücken dort droben entströmte ein sonnenwarmer Dunst wie von herbstlichen Heuwiesen. Adelheid besaß einen ungemein ausgeprägten Sinn für alle Gerüche; sie schien bei dieser Sommererinnerung plötzlich zu erwachen und erst jetzt zu bemerken, daß es Frühling war. Sie hielt oben am Birkenhang vor dem Hochwald das Pferd an und blickte zurückgewendet lange aufmerksam über das Tal hin.

Ja, es war Frühling – im Vogelsang und im Windhauch und im Duft des Grases unter der Mittagssonne.

Auch den kleinen gelben Schmetterling, der ihr den ganzen Weg von der Allee her gefolgt war, bemerkte sie jetzt, sie spürte den herbfrischen Duft der Birken, der sie umwob, und sah den dunkelvioletten Farbton in ihrem schwarzen Gezweig – ein erstes Zeichen neuen Frühlingslebens. Ihre gedankenschweren Züge überflog ein Schimmer von erwachendem Leben. Sie sah satte frische Tönung im Grün der Fichten, des Mooses und Beerengestrüpps, als sie durch den Hochwald ritt. Eine Kreuzotter schoß blitzschnell vom Weg in den Graben, und sie hörte das Schlagen der Drosseln um sich her.

Ja, es war Frühling in der Welt draußen – überall, nur nicht in ihr. Auf der Lichtung vor Björndal hielt sie ihr Pferd zum drittenmal an und blickte lange nach den Häusern hinüber. Einst hatte sie sich so bitterlich nach jenem dunklen Hof gesehnt, und jetzt war er mehr als sieben Jahre ihre Heimat gewesen – in schwellender Freude und düsterem Schmerz und in allen Stimmungen zwischen diesen beiden Polen, zwischen denen das Leben den Menschen abschleift.

Reiche Jahre mit so jähem Wechselspiel – nie hätte sie geahnt, daß das Leben so herrisch mit den Menschen umging.

Sie war dort von Freunden umgeben, von Vater Dag bis zum ältesten Austrägler, der über den Hof humpelte. Sie grüßten sie und bestaunten aufrichtig ihre Schönheit und meinten es alle so gut. Und sie hatte zwei kleine Buben von zwei Jahren, die so froh und eifrig um sie wimmelten, wenn sie sich zeigte, daß es ihr warm ums Herz wurde. Wohlstand und Behagen überall – und doch war ihr, als fühle sie keinen Drang, heimzukommen, ja, als habe sie unendlich viel Zeit, hier im Schutz der Bäume hoch zu Roß zu sitzen und freudlos und geistesabwesend dorthin zu starren, wo doch alles Glück ihres Lebens liegen sollte. Der kleine gelbe Schmetterling umflatterte sie, hin und her, hinauf und herab, aber sie hatte kein Auge mehr für ihn.

Es war in diesen Frühlingstagen etwas geschehen, was Adelheid den Boden unter den Füßen weggezogen, ihr alles unbegreiflich gemacht hatte.

Der alte Dag ging über den Hofplatz von Björndal; er kam von den Viehweiden und Wäldern droben im Gebirge. Er schritt nicht mehr so weit aus wie in jüngeren Jahren, aber er hatte noch etwas von seinem alten Jägerschritt bewahrt. Er mußte wohl so weit fortgewesen sein, daß er richtig in Übung gekommen war; denn es lag etwas von der alten Leichtigkeit und Beschwingtheit in seinem Gang. Seine Stiefel waren bis oben hinauf naß und schmutzig – er mußte ohne Weg und Steg gewandert sein.

Er trug die Mütze in der Hand und ließ den Kopf nicht hängen, wie in der letzten Zeit meistens. Sein Gesicht schien sich in der Frühjahrsluft zu heben; das silberweiße Haar wellte sich über Stirn und Schläfen, wie es widerspenstiges Haar leicht tut, wenn man sich warm gelaufen hat.

Ganz vorn im Hof, wo man durch das Hoftor weit in die Allee sehen kann, wendete Dag plötzlich den Kopf. Sein Ohr war noch scharf; er hatte Hufschlag gehört und sah Adelheid die Allee heraufreiten, den Kopf wie in tiefen Gedanken gesenkt. Doch er blieb nicht stehen, noch ging er ihr entgegen, wie früher so oft. Im Gegenteil. Er ging schnell weiter, und drinnen hängte er weder in der Diele seine Überkleider an den Haken, noch setzte er sich hin, um die Stiefel auszuziehen, wie es seine Gewohnheit war. Nein, er hatte solche Eile, daß er sogar vergaß, seine Mütze dort aufzuhängen. Er stapfte mit den schmutzigen Stiefeln über den weißgescheuerten Fußboden der Vorderstube in sein Schlafzimmer, schob den Riegel vor und blieb stehen, als lausche er auf etwas. Er atmete schwer nach dem schnellen Marsch.

Die Schlafkammer war nicht mehr genauso wie zu Thereses Zeiten. Zwar stand das große Bett mit den vielen Schnitzereien und dem dicken Vorhang noch da, auch die Kommode und die schwere eisenbeschlagene Truhe mit dem Silberzeug. Aber vor das Fenster war jetzt ein Tisch mit einer dicken Bibel und anderen Büchern gekommen, und einer der großen festen Sessel, die Jörn Vielfalt einst geschnitzt hatte, stand vor dem Tisch.

Vater Dag hatte diesen Winter in der Schlafkammer viel Licht verbrannt, hatte hier am Tisch gesessen, gelesen und so tief in die Nacht hinein gegrübelt, daß er es sich allmählich angewöhnte, morgens spät aufzustehen.

Jetzt hatte sich der alte Dag auf den Stuhl gesetzt. Er las nicht in den Andachtsbüchern. Er zog nur seine Stiefel aus, dann stand er wieder auf, hängte die Jacke an einen Haken und blieb so in Hosenträgern und Hemdsärmeln mitten im Zimmer stehen. Sein Blick suchte die Bücher auf dem Tisch. Er hatte schon lange nicht darin gelesen, aber er scheute sich, es Adelheid zu gestehen und sie ihr zurückzugeben. So waren sie denn liegengeblieben, und er hatte weiter auf die abendlichen Gespräche mit ihrem ewig gleichen Gedankenkreis eingehen müssen. –

Adelheid war in die Jungfernkammer hinaufgestiegen.

Wie im Traum öffnete sie die Glastür zur Laube und sank in den großen Sessel, erschöpft von der starken Frühlingsluft. Es war, als hätte sie ihre letzte Kraft gebraucht, um mit Haltung zu Pferde zu sitzen und ins Haus zu kommen. Die Buben waren unten in der Küche. Sie war ganz allein – zu nichts nütze.

Sie hatte Vater Dag in Waldkleidern über den Hof gehen sehen und wohl bemerkt, daß er zusammenzuckte und seine Schritte beschleunigte, daß er Mütze und Jacke nicht in der Diele aufgehängt und die Stiefel nicht dort ausgezogen hatte. Er mied sie – er flüchtete, wenn sie kam.

Es brauchte sie also niemand mehr in der Welt.

Ihre Buben waren freilich erst zwei Jahre alt und verlangten noch ständige Fürsorge, und wenn sie sich gestoßen hatten oder mit etwas nicht fertig wurden, dann kamen sie mit allem zur Mutter. Sie bestürmten und umwimmelten sie auch sonst, solange der Vater nicht in der Nähe war. Aber sie spürte schon jetzt, daß es mit ihnen gehen würde wie mit den beiden verstorbenen: wenn der Vater aus dem Wald heimkam, zog es die Buben mit unwiderstehlicher Macht in die große Kammer nebenan, zu den Hunden und Waffen, zum Kaminfeuer und zu dem geheimnisvollen Halbdunkel.

Wer selten kommt, ist gern gesehen.

Ja, Adelheid fühlte einen geheimen Neid gegen ihren Mann in sich aufkommen. Letzten Winter hatte er sich mehr und mehr ferngehalten und seine Streifzüge im Wald immer weiter ausgedehnt; und er hatte wieder begonnen, die seltenen Male, wo er daheim war, wie in alten Tagen im Küchenhaus zu nächtigen. Er ließ sie seine Gleichgültigkeit deutlich fühlen, und wenn er sie bei seiner Heimkehr einmal in vertraulichem Gespräch mit seinem Vater in der Diele traf, dann blitzte es in seinen Augen sogar wie Haß auf. Er sprach mit ihr niemals mehr als nur das Allernotwendigste und verlangte immer seltener nach ihr.

In diesem stetig wachsenden Gefühl ihrer Überflüssigkeit hatte sie sich immer leidenschaftlicher in die Gespräche mit Vater Dag über das Jenseits vertieft. Daß sie für ihn in der Zeit seines verzweifelten Ringens Stütze und Stärke sein durfte, tröstete sie über alles andere hinweg, und dieses Gefühl verflocht sich mit ihren gemeinsamen Wanderungen durch die Weiten des Gotteswortes, ja, es wurde eins damit – ein Betäubungsmittel gegen jegliche sonstige Enttäuschung.

Darum war es ein schwerer Schlag für sie, als sie jüngst klar erkannte, daß Vater Dag das alte Interesse für diese Unterhaltung längst verloren hatte. Sie mußte blind gewesen sein, daß sie es nicht schon eher merkte.

Sie hatte sich, solange es ging, an die Hoffnung geklammert, es werde vorübergehen, aber je mehr sich das Frühjahr näherte, desto weniger Zeit fand Vater Dag, in Ruhe mit ihr zusammenzusitzen. An einem der ersten Apriltage – sie hatte gleichsam einen Frühlingsrausch in der Luft verspürt – war Vater Dag zum erstenmal seit jenem Herbsttag wieder in den Wald gezogen.

Er war fort, fort, ehe sie morgens aufgestanden war, ohne daß er am Abend vorher ein Wort davon gesagt hätte, und er kam spät und müde heim und ging gleich nach dem Abendbrot zu Bett. Seitdem hatte sich dies mehrmals wiederholt, ohne daß er ein Wort der Erklärung über diese Wandlung verlor. Ja, zuweilen nahm er den Hund und die Büchse mit und kehrte mit Jagdbeute heim, und es kam ein immer stärkerer Hauch der alten Kraft über ihn.

Gestern war Adelheids Vater angekommen, und er saß mit ihm über die gewohnte Schlafenszeit in der Diele, trank ein Glas mit ihm und hörte seinem vergnügten Plaudern zu. Dann hatte er Adelheid gebeten, Tante Eleonore für den nächsten Tag zu einem kleinen Essen einzuladen. Heute war er wieder früh in den Wald gegangen, ohne sich um den Major zu kümmern, und als ihn Adelheid jetzt auf dem Hof entdeckte, da eilte er, vor ihr ins Haus zu kommen, um sich umzuziehen, und würde abends wohl wieder mit ihrem Vater zusammensitzen. War Vater Dags Bedrücktheit nur eine Herbststimmung vor dem winterlichen Dunkel gewesen? Und sein Wandel jetzt ein Frühlingsahnen von neuem Leben, neuem Sommer?

War denn im menschlichen Leben nichts ernst und beständig – alles immer nur flüchtige Stimmung? War selbst Vater Dag, der beständigste Mensch, den sie kannte, ohne wirkliche innere Ganzheit?

Sie hatte davon reden hören, wie stark die Jahreszeiten auf alte Leute wirkten: finstere Mutlosigkeit im Herbst und Winter und neue Hoffnung, wenn Frühling und Sommer kommen. Sollte auch er hiervon erfaßt worden sein? War es denkbar, daß jemand, der so nahe der Natur, ja mitten in ihr aufgewachsen war, diesem Wechsel stärker unterworfen war als die Menschen in der Stadt?

Es war fast ein kleiner Trost, zu denken, daß zum Herbst alles wieder werden könnte wie im vergangenen Winter – aber dieser Trost war dünn wie Spinnweb. Denn erstens hielt sie Vater Dag nicht für eine so leichtbewegliche Natur, und außerdem würde sie nie wieder jenes Gefühl sicheren Vertrauens haben können wie damals. Das war auf immer in ihr zerstört.

Hätte er ihr noch ein Wort darüber gesagt, was in ihm vorging! Oder war es ihm selber nicht klar? Er schien vor ihr kein gutes Gewissen zu haben. Er mied sie. Heute hatte sie es deutlich gesehen.

Es war wie etwas Heiliges für sie gewesen, sich einem Menschen bis in den Kern seiner Seele nahe zu wissen, und nun gar dem größten, dem sie je begegnet war. Sie hatte Kummer und Sehnsucht vergessen und – alle gesunde Vernunft. Jetzt war sie – nutzlos ...

In Hütten und Häusern im Gebirge, in der Siedlung und drunten im Tal raunte man sich zu, wie gut es doch Adelheid Björndal in jeder Weise habe und wie stolz und hart und böse sie trotzdem gegen ihren Mann sei. Aber droben in der gemütlichen Jungfernkammer saß Adelheid und blickte mit starren Augen vor sich hin.

Niemals hatte sie ihren Mann verstanden. Er war wie aus einer ganz anderen Welt als sie und alle, die sie sonst kannte. Wohl war sie stolz und zurückhaltend gegen jedermann gewesen; doch nach ihrer Verheiratung und all den weiteren Erlebnissen hatte eine heiße Freude sie überströmt, daß sie jetzt einen Menschen besaß, bei dem sie sich ohne allen Stolz und jede hemmende Rücksicht frei und herzlich geben konnte.

Anfangs hatte sie eine herrliche Zeit verlebt – dann aber zog es Dag in den Wald, und sie hatte die ganzen Jahre gegrübelt, ob sie ihn mit einem Wort oder Blick oder sonst irgendwie verletzt hätte; denn seit seinem ersten Gang in den Wald war alles so anders geworden. Seitdem machte er den Eindruck, als sei er beständig auf der Hut vor ihr oder vor etwas in sich selbst, als halte ihn ein leicht verletzlicher Stolz zurück, der auch nicht wich, wenn er sich einmal von seinen Gefühlen für sie hatte hinreißen lassen. Es gab Zeiten, wo sie eine aufreizende Spannung deswegen empfand, und zutiefst in ihr lebte diese Spannung ständig weiter und ließ sie den Schmerz über seine Unnahbarkeit doppelt fühlen. Sollte sie niemals an jenes Große herankommen, das sie hinter all seiner Zurückhaltung doch zu erkennen glaubte; oder war es etwas, was nur sie zu erkennen meinte? Lag keine Größe hinter dieser knabenhaften Scheu? Und was hatte dieses verbitterte Aufblitzen seiner Augen in letzter Zeit zu bedeuten?

Ja, über ihrem glücklichen Leben, von dem die Leute sprachen, lagen so tiefe Schatten, daß sie ihr ganzes Glück verdunkelten. Das aber wußte die Welt nicht; denn Adelheid schwieg.

Ein Unglück kommt selten allein. Adelheid war durch den Zwiespalt mit ihrem Mann zermürbt, nun kam Vater Dags verändertes Wesen dazu, und neben alledem quälte sie noch etwas anderes.

Ihr Vater war im letzten halben Jahr selten auf Björndal gewesen. Vater Dag sei ihm zu heilig geworden. Der lebenslustige Major fühlte sich nicht wohl, wenn nicht bei vollen Bechern die Wogen der Lustigkeit hochgingen – und Adelheid hatte die seltenen Male, da er zu Besuch kam, und vor allem gestern, deutliche Spuren raschen Verfalls an ihm bemerkt.

Ja, als sie gestern abend durch die Schreibstube zur Diele ging, sah sie durch die offene Tür, wie der Vater, der ihr den Rücken zuwendete, Dags Abwesenheit benutzte, um sich sein großes Grogglas voll Kognak zu gießen und den hinunterzustürzen. Sie hatte sich rasch hinter der Wand der Schreibstube verborgen und dort zitternd gestanden vor Schreck und Scham über den widerlichen Anblick.

Adelheid trat auf den Balkon hinaus und stützte die Hände auf das Geländer. Sie wirkte noch immer schlank und geschmeidig, und ihre Züge bewahrten trotz allem ihre strenge Schönheit, doch das Leben hatte seine Spuren schärfer gezeichnet. Ihre Stirn hatte sich während der letzten Monate so selten geglättet, daß die Runzeln tiefer geworden waren. Die in ihrer Ruhe einst so schönen Brauen hatten sich über der Nase straffer zusammengezogen, und deutliche Schmerzenslinien liefen von der Nasenwurzel zu den Furchen der Stirn hinauf.

Ihre Augen starrten in den Frühlingshimmel über den Waldhöhen im Süden – ohne Tränen.

3

Adelheid hatte den Borglander Wagen unten auf dem Weg durch die Siedlung kommen sehen und empfing Tante Eleonore selbst in der Haustür. Sie wußte, daß die Tante das von ihr erwartete.

Es war nicht schwer, zu erkennen, daß Fräulein Eleonore Ramer und Adelheid nahe verwandt waren. Zwar war Adelheid größer und wirkte kräftiger, als ihre Tante in dem Alter wohl gewesen war, sonst aber war die Ähnlichkeit verblüffend.

Fräulein Ramer hatte sehr ausgesprochene Grundsätze. Einer davon war, bei einer förmlichen Einladung wie der heutigen es ihre Wirte fühlen zu lassen, wie entzückt sie über die Einladung war. Sie versicherte also, sie habe sich seit Adelheids gestrigem Besuch bis zu diesem Augenblick, da sie das gastliche Haus betrete, gefreut wie ein Kind. Ihre sonst so strengen Züge waren eitel Lächeln, und doch hatte Adelheid die Empfindung, als ruhten die klugen Augen der Tante durch das Lächeln hindurch ein-, zweimal forschend auf ihr. Adelheid hatte in der letzten Nacht kaum eine Stunde Schlaf gefunden und war durch die quälenden Gedanken so zermürbt, daß sie fast von dem Bedürfnis überwältigt wurde, sich dieser starken Frau an die Brust zu werfen, sich all ihren Kummer vom Herzen zu weinen und ihr alles zu erzählen – Großes und Kleines; doch war sie wohl bei ihrer Großmutter und auch in ihrem späteren Leben durch eine so harte Schule gegangen, daß sie sich aufrecht hielt und die passenden Begrüßungsworte fand.

Adelheid war seit dem ersten Weihnachtsfest auf Björndal bis zu diesem Tag schon in sehr verschiedenen Stimmungen an den großen Wohnstubentisch mit den schweren Stühlen herangetreten, aber noch niemals war sie sich so nutzlos, so losgelöst von den Menschen und allem Leben vorgekommen wie heute. Sie setzte sich auf ihren gewohnten Platz am Ende des Tisches. Vater Dag saß in seinem breiten Sessel am anderen Ende, neben ihm der junge Dag und zwischen Adelheid und ihm Tante Eleonore. Der Major hatte Tante Eleonore nur von weitem kühl gegrüßt und sich auffällig bemüht, auf die andere Tischseite zu kommen.

Ja, diese fünf Menschen waren eine merkwürdige Versammlung an der ersten festlichen Tafel dieses Jahres. Vater Dag blickte nicht alle fest an – jedenfalls Adelheid nicht. Auffallend angelegentlich wendete er sich zu seinem Nachbarn oder sah auf seinen Teller hinunter – doch über den Tisch zu Adelheid hin blickte er nicht.

Adelheid hatte nur einen, den sie ansehen konnte – Tante Eleonore. Sie vermochte ihren Blick nicht auf Vater Dag zu richten, und das schöne, aber kalte, gleichgültige Gesicht ihres Mannes hatte sie nur ein einziges Mal gestreift. Das war genug – die Tränen stiegen ihr auf, und sie hatte tief Atem holen müssen, um sich über das quälende Gefühl von unklarem Schuldbewußtsein und bitteren Vorwürfen hinwegzuhelfen, das in ihrem Herzen zu einem einzigen tiefen Schmerz zerschmolz, als sie seinen freudlosen Ausdruck bemerkte. Das gerötete Gesicht des Majors, das sonst eine so tröstliche Selbstzufriedenheit spiegelte, zeigte jetzt die Spuren gequälter Unruhe und deutlichen Verfalls. Sie brachte es nicht fertig, ihn anzusehen.

Tante Eleonore hatte den Major unverhohlen verachtet in den fünfundzwanzig Jahren, seit er von ihrer Schwester geschieden war – wegen Ehebruchs, wie sie jedermann geradeheraus erklärte, wenn die Rede auf ihn kam.

Dem Major war es nicht gegeben, einen Menschen zu hassen. Er besaß bei all seinen Fehlern doch so viel Selbsterkenntnis, daß er sich seiner eigenen Schwäche bewußt war; und sein Urteil über andere war deshalb sehr mild. Bei all seinem unbeschwerten Geplauder über alles und alle war es Vater Dag doch immer aufgefallen, daß er nie ein böses Wort über einen andern sagte. Nur wenn das Gespräch auf Fräulein Ramer kam, wurde er einsilbig.

Mancher Tropfen floß heute durch die Kehle des Majors, ehe er es verwinden konnte, daß Fräulein Ramer mit ihm an einem Tisch saß; aber er trank schnell und hitzig und wurde schließlich blind für ihre kühlen Blicke: denn als sie von Tisch aufgestanden, war er schon bei seiner zwölften Schnurre. Sein Witz wirkte heute gezwungen und nicht so sprudelnd wie sonst, fand Vater Dag; aber das konnte ja Einbildung sein.

Ob der Vorschlag nun von Vater Dag oder dem Major ausging, jedenfalls beschloß man, Kaffee und Schnaps im Garten vor dem Neubau zu nehmen; es war einer jener schönen Frühlingstage, an denen die Sonne warm wie im Sommer scheint.

Adelheid und Tante Eleonore nahmen ihre Mäntel um, die Männer waren ohnehin warm genug angezogen.

An der sonnigen Südwand wurden schon ein paar Büsche grün; und an einem der Gartenwege schimmerte es blau von Leberblümchen, die Adelheid im vorigen Jahr aus dem Wald geholt und hier eingepflanzt hatte. Tisch und Schemel standen vor der Gartentür des Saales, es gab Kaffee und Kuchen, und dann erschien das dampfende Grogwasser nebst Zucker und französischem Kognak für die Männer und Wein für die Damen.

Wenn der Major sein Teil getrunken hatte, fühlte er den unwiderstehlichen Drang, eine Rede zu halten. Er mußte wohl einmal mit einer Rede sein Glück gemacht haben. Seitdem ließ er es nicht wieder.
Dieses Mal stieg sie beim zweiten Grog. Er klopfte ans Glas, stand auf, warf sich in seine breite Brust und räusperte sich. Adelheid senkte den Kopf tief, Fräulein Ramer wendete das Gesicht ab. Der Major redete mit stark verschleierter Stimme und in großen Phrasen, bei denen er sich zuweilen verhedderte, so daß er keinen rechten Sinn hineinbekam, aber er plätscherte unverdrossen fort – von Frühling und Sonne, vom Leben und der Freiheit und vom Vaterland. Zum Schluß stimmte er an:
»For Norge, kjempers fødeland ...«
Eine Bremse, die sich auf seiner Stirn festsaugte, verjagte er mit einer flotten Bewegung und setzte mit lallender Stimme tiefernst seinen Gesang fort:
»... vi denne skål vil tømme*.«
Da kniff Fräulein Ramer die Lippen zusammen, erhob sich steif und stolz, ließ ihr volles Glas stehen und verschwand durch die Saaltür. Gleich darauf stand auch Adelheid still auf und folgte ihr, starr und totenblaß. Gerade jetzt, wo sie sich hier so überflüssig vorkam, mußte sich ihr Vater noch zum Narren machen – ein Trunkenbold ohne Würde.
Der junge Dag wendete sich halb nach Adelheid um, und in seinem sonst so harten Blick lag etwas Hilfloses, ja fast Mitleidiges. Als sie außer Sicht war, stand er plötzlich auf und schlenderte mit gesenktem Kopf an der Hecke entlang durch den Garten. An der Wand der Alten Stube, wo ihn das Gebüsch vor den Augen des Majors und seines Vaters verbarg, blieb er stehen und blickte über die Siedlung in den Frühlingsabend hinaus.
Ein Jäger versteht sich nicht auf alles. Und es hatte tiefere Gründe, daß Dag dem jetzt nicht weiter nachging, was ihm durch den Kopf schoß. Er hätte Adelheid wegen ihres Vaters trösten mögen, denn er fühlte, daß es sie bedrückte. Er hätte ihr auf die Schulter klopfen und ihr ein gutes Wort sagen mögen. Er hätte damit einen verzweifelten Menschen zu Freudentränen gerührt – aber er bog um die Ecke der Alten Stube und verschwand im Küchenhaus. Als sich die Dämmerung niedersenkte, schritt er langsam, wie in Gedanken, über den Hof, aber in seinen Waldkleidern; und als er erst draußen an den Weideplätzen und außer Sehweite war – da zog er davon, frei und weitausgreifend fort von allen bedrückenden Gedanken und der Erinnerung an betrunkene Gäste. Auf Utheim hatte er Hund und Büchse. Die Tochter Borghild, die er vor vielen Jahren einmal recht gern besucht hatte, war längst anderwärts verheiratet. Jetzt hauste hier nur noch der alte Gunder mit einer mürrischen betagten Magd, so konnte er nun auf seinen gewohnten Wegen von und zum Wald ruhig hier einkehren.
Vater Dag hatte den Damen ratlos nachgesehen, und als auch sein Sohn fort-

* Volkstümliches Vaterlandslied von Nordal Brun, 1771

ging, schlug er dem Major bald darauf einen kleinen Spaziergang durch den Garten vor.
Der Major warf einen Blick auf die Gläser – er wolle gleich nachkommen –, und als Vater Dag hinter dem ersten Gebüsch verschwunden war, goß der Major sein Glas voll Schnaps und stürzte es in zwei Zügen hinunter. Dann stand er behutsam auf, fand einigermaßen seine alte forsche Haltung wieder und ging mit anfangs etwas unsicheren Schritten dem alten Dag nach. Der war noch nicht weit gekommen. Er traf, als sei er umgekehrt, hinter den frühlingskahlen Büschen mit dem Major zusammen, und in seinen Augen lag ein eigentümlich nachdenklicher Zug, als er ihn mit freundlichen Worten am Arm nahm und ihn von Schnapsflasche und Garten sicher fortgeleitete.

Seit diesem Tag schienen Major Barre die Getränke merkwürdig knapp bemessen. Der Alte ließ ihn nicht einen Augenblick mit der Schnapsflasche allein. Aber es gab doch jeden Tag einen Schluck, wie es sich bei einem Gast gehörte, der bald wieder abreiste. Der alte Dag verlockte ihn bei dem schönen Frühlingswetter zu Wanderungen durch die Wälder, und der Major gab sich zufrieden. Ja, er gewann etwas von seiner früheren guten Laune wieder, plauderte leicht und drollig über alles mögliche und erzählte alte und neue Geschichten mit seinem guten Humor, auch ohne übermäßigen Schnapsgenuß. Er spaßte mit den Mägden, ja, sogar für eine so steife Person wie Jungfer Kruse fand er ein launiges Wort und ein Lob für ihre Kochkunst und Fürsorglichkeit. Und wieder war Major Barre, wie einst, unwiderstehlich, man mußte ihn gern haben, ob man wollte oder nicht. Nur mit Tante Eleonore konnte er nicht auskommen. Sie setzte ihren Fuß nicht mehr auf Björndalschen Boden, solange sie den Major dort wußte.

Machte es nun die Lebhaftigkeit des Majors oder etwas anderes – der Alte taute mehr und mehr auf.
Als ihn Adelheid nach dem düsteren Ernst des Winters die ersten Male wieder lachen hörte, gab es ihr einen Stich. Ob sie es nun als Anzeichen dafür ansah, daß er sich immer weiter von all ihrem gemeinsamen Erleben entfernte und damit auch von ihr selber, oder ob sie den himmelweiten Abstand zwischen seiner düsteren Stimmung an jenen stillen Winterabenden und seiner jetzigen behaglichen Laune fühlte – Adelheid konnte es nicht ergründen, aber beides mochte zusammenwirken.

Sommer und Sonne über Tälern und Höfen und allen Wäldern von Björndal. Ein langbeiniger Alter wanderte langsam in der Sonnenhitze über die Wacholderheide bei Steinrud an den Westhängen des Björndaler Reviers.
Alles war gut gehalten um Steinrud, selbst die Wacholderheide gepflegt wie ein Garten. Man sah es ihr an, daß der alte Espen Steinrud hier mit Kübel und Schaufel arbeitete und allen Mist von Kühen und Schafen und sonstigen Unrat beseitigte. Ja, wie es auch zuging, immer war es dort sauber und grün, wie man es sich überall wünschen möchte.
Mutter Steinrud kochte aus jungen Wacholdertrieben einen Absud für allerhand Krankheiten, und die Beeren benutzte sie beim Brauen. So durften einzig die Wacholderbäume hier stehen und wurden recht stattlich. Durch das Entspitzen der Triebe waren sie ringsum gleichmäßig geschoren und standen beieinander, adrett wie junge Mädchen.
Hier und da waren Steinmale aufgebaut, ein Zeichen, wie man gearbeitet hatte, um die grünen Weideflecken zu gewinnen. Es war nicht ungefährlich, sich in der Sonne auf die Male zu setzen; denn es hausten viele Kreuzottern darin. Aber der Alte setzte sich ruhig und sorglos auf die Steine und sah sich um. Es war gemütlich, über die Grasflächen hinzuschauen, und zwischen den Stämmen konnte er über den Obsthang weg bis ganz hinunter zur Siedlung sehen.
Wenn die Leute auf Steinrud dort hinter der Höhe geahnt hätten, wer hier auf der Heide saß, dann hätten sie alles stehen und liegen lassen, alt und jung, hätten sich hierher geschlichen und geschaut. Ihre Eltern hatten ihn wohl früher gelegentlich flüchtig gesehen, wenn sie unten auf dem Hof zu tun hatten. Aber niemals hatte einer von ihnen gewagt, ihn genau zu mustern, und die jungen Leute im Haus hatten nie auch nur einen Schimmer von ihm erblickt. Aber alle hätten etwas darum gegeben, diesen Alten einmal genau vor Augen zu haben.
Hier im westlichen Revier war er seit seiner Jugend nur ein einziges Mal gewesen; damals, als der junge Dag verunglückt war und sie ihn heimbrachten. Aber auch da waren sie nur vorübergegangen.
Es gab dort zahlreiche Kätnerstellen, und es war schwer, den Bewohnern aus dem Weg zu gehen. Dag sah sich von seinem Platz aus gründlich um. Er wußte von jeder Kate, was die Leute darin taugten, auch wenn er in den letzten Jahrzehnten nur selten selber nach dem Rechten gesehen hatte. Er behielt es ganz genau, wer dauernd Hilfe in Anspruch nahm und wer sich nie bemerkbar machte. Und er fragte Syver Hintenauf und andere, die Bescheid wußten, und hörte hie und da etwas.
Steinrud war eine der großen Kätnerstellen; eines der Waldpferde stand dort im Stall, und sie durften es außerhalb der Holzabfuhr für die eigene Arbeit

verwenden – aber es gab andere Großkätner, die auch ein Pferd hatten und immer irgendwie in der Klemme saßen – von Steinrud konnte er sich dessen nicht erinnern.

Er hatte sich hinter Fichtengehölz versteckt an Steinrud vorbeigeschlichen, aber die Gebäude doch genau gemustert. Den geräumigen Stall und die Scheune hatte er vor ein paar Jahren in den Notzeiten des Krieges neu setzen lassen. Sie konnten für neu gelten.

Die übrigen Gebäude waren uralt, und es war ihm nicht entgangen, daß sie trotzdem gut erhalten waren; fleißig geteert, und wo es nötig war, hatte man sich's nicht verdrießen lassen, die Balken zu erneuern. Was ihn auf seiner Wanderung auch sonst beschäftigen mochte – dergleichen übersah er nicht. Um Steinrud glänzte alles wie für den Sonntag.

Er hatte es im Vorbeigehen den Feldern angesehen und sah es auch jetzt an dem Weideplatz, daß hier nicht der Boden den Wohlstand geschaffen hatte. Der Fels stand überall in den Feldern zutage; der Boden war mager und steinig. Wenn sie sich hier so gehalten hatten, dann mußten es tüchtige Leute sein.

Er erhob sich und wanderte langsam weiter – er hatte nichts zu versäumen. Er trug die Hände auf dem Rücken, und sein Jagdmesser baumelte darin. Eine Mütze hatte er nicht auf, sein Haar war dicht genug, die Sonnenstrahlen abzuhalten. Meist ging er gesenkten Hauptes, aber es geschah auch, daß er den Kopf zu den Bäumen emporhob und auf die Töne des Waldes horchte. Es war, als wandle er gemächlich und ruhe sich nach der langen Arbeit seines Lebens aus, als sehe er sich noch einmal in seinem Land um.

Eine Einhegung umschloß den Weideplatz. Aber er ging nicht daran entlang, um einen Durchlaß zu suchen. Er stellte den Fuß in den Zaun, packte eine emporstehende Stange und schwang sich hoch, setzte den Fuß auf die Kante des Zaunes und kam mit einem Satz in das Blaubeerkraut auf der anderen Seite. Es war kein jugendlicher Schwung mehr, doch auch keine greisenhafte Steifheit in dieser Bewegung.

Der Wald wurde hier dichter, und weiter drinnen hingen lange Flechtenbärte von den Ästen. Der Boden war feucht, und nach einer Weile witterte Dag Moorgeruch. Hier herum mußte Stjernebekk liegen, wo die Kätner immer Mühe hatten, sich durchzuschlagen. Er konnte sich von früher nicht erinnern, daß hier Sumpfland war, und hatte seitdem nichts darüber gehört.

Dag war am Hang etwas zu hoch hinaufgeraten und sah die Häuser von Stjernebekk jetzt unter sich liegen, unterhalb des Moores, an dem er eben vorbeigekommen war. Der Bach, dem die Stelle den Namen verdankte, floß am jenseitigen Rand des Moores und war kein richtiger Bach mehr. Mitten im Moor war noch zu erkennen, daß hier einmal ein Teich gewesen war. Der war nun zugewachsen, und jetzt sickerte das moorige Wasser im Frühjahr und Herbst in die Felder und machte sie sauer. Späte Reife, früher Frost – das erkannte Dag als Grund dafür, daß die Leute hier auf keinen grünen Zweig kamen. Und damit wußte er auch schon, wodurch Abhilfe zu schaffen und die Stelle wieder so ergiebig zu machen sei, wie sie es wohl zur Zeit der ersten Besiedlung gewesen war. Das Wasser mußte wieder in den Bach geleitet werden. Dicht unterhalb des Moorstückes lag eine Felsschwelle im Bach. Das Wasser war nicht mehr über sie fortgekommen, als der Teich zuwuchs. Man mußte also Reisig und Holz zusammenschleppen, endlose Haufen, sie anzünden, das Feuer Tag und Nacht unterhalten und den Stein so lange erhitzen, bis er spröde wurde und sich wegschlagen ließ. Und dann mußten nach dem Bachlauf hin Gräben durch das Moor gezogen werden, damit sich das Wasser wieder in sein altes Bett zurückfand.

Simen Stjernebekk spaltete Holz vor dem Schuppen, als der alte Dag am Bach herunterkam. Simen legte die Hand über die Augen und guckte und blinzelte, was für ein Fremder wohl da den Hang herunterkäme. Er ließ die Hand sinken, blickte so hinüber, hob sie noch einmal an die Stirn und warf noch einen spähenden Blick hin. Dann riß er die Hand herunter, und seine Rechte, in der das Beil auf dem Hackklotz ruhte, ließ den Griff fahren, so daß das Beil zur Erde fiel. Simen blieb stehen und wischte sich schon die Hände an der Hose ab; dann aber ging es ihm wohl auf, daß man gewaltigen Ereignissen lieber nicht allein entgegentritt, er drückte sich von seinem Hackklotz beiseite und fuhr wie der Blitz ins Haus.

Als Dag eintraf, kamen Simen und seine Alte dicht aneinandergedrängt um die Hausecke. Sie wußten, daß der Alte in seinem Leben mit allerhand Menschen zu tun gehabt hatte und jeweils der Größte gewesen war, reicher und mächtiger mit jedem Mal. Er war der Größte und Simen der Geringste – und das Weib war nach guter alter Sitte nur das Weib des Geringsten. Sie wichen zurück, als der Alte kam – hinter die Hausecke und unter die Tür.

Dag ging langsam hinterdrein und ins Haus. Er setzte sich auf einen dreibeinigen Schemel, der so altersschwach war, daß er jeden Augenblick zusammenbrechen konnte. Das wußte Simen und brachte vor Angst kein Wort hervor, und seine Alte verkroch sich hinter ihm.

Was Dag von ihrer Verlegenheit bemerkt hatte und was nicht, das wußte hinterher keiner von beiden. Er sagte nur: »Ich bin oben gewesen und habe mich etwas umgesehen. Wir werden kommen und den Bach in Ordnung bringen, damit dein Land wieder Luft kriegt. Und wenn du sonst was brauchst, dann komm hinunter nach Björndal.«

Simen und seine Alte standen an der Türklappe und glotzten ihm nach, als er längst im Gehölz verschwunden war. Es war nicht so sehr sein Versprechen, was sie an den Platz bannte, als vielmehr die Tatsache, daß er ihre Stube betreten, daß er auf dem wackligen Schemel gesessen hatte.

Der alte Dag wanderte an den Höhen entlang heimwärts. Seine Hände spielten wieder mit dem Messer, aber er ging nicht mehr mit gesenktem Kopf. Er hatte wieder ein Auge für Pflanzen und Bäume und schaute über die Siedlung und seinen Hof hin, die ab und zu tief unten zwischen den Stämmen auftauchten. Unter dem ersten Waldstück horchte er plötzlich; er hörte eifrige Kinderstimmen. Die Kinder von Stjernebekk spielten dort wohl. Alte Waldgänger, die auf Tiere jeder Art aus sind, treten unwillkürlich leiser auf, wenn sie einen Laut hören.

Er kam unbemerkt an die Schar heran, die nach Kinderart lärmte und schrie. Es waren vier Buben und ein Mädchen, sie hatten sich aus Tannenzapfen mit Stöckchenbeinen eine große Viehherde gemacht. Dag beobachtete sie aus seinem Versteck hinter einem Haselbusch. Der Kleinste schlug vor, einen Bären zu machen, der die ganze Herde in Aufruhr brächte; er fand wohl, daß bei dem Spiel nicht genug los war. Er hatte einen dicken Zapfen gegen den Strich über den Boden gezogen, so daß sich die Schuppen weit aufsperrten; das sollte der Bär sein, aber die anderen fanden ihn den Kuhzapfen zu ähnlich.

Während sie noch durcheinander redeten, hatte Dag eine Wacholderwurzel ausgerissen, die Erde davon abgeschüttelt und an ihr herumgeschnitzt. Dann kratzte er mit dem Fuß etwas Moos und Heidekraut beiseite und steckte das Wurzelstück ein paarmal in den Boden, um die hellen Schnitzstellen zu schwärzen. Dann hielt er sein Werk vor sich hin. Es hatte jetzt Form und im Vergleich mit den Tannenzapfkühen grade die richtige Größe. Der Bär hatte nur dreiundeinhalbes Bein, aber die Wurzelfasern hingen wie Zotteln an ihm herunter. Er warf ihn hoch über die Haselbüsche mitten in die Herde, um die alle Kinder im eifrigen Spiel auf den Knien lagen. Sie sahen zum Himmel auf, alle fünf, mit so verblüfften Gesichtern, daß sich der Alte nur mühsam das Lachen verbeißen konnte. Der Älteste wagte schließlich den Bären aufzuheben. Er hielt ihn den andern hin, und alle gafften den sonderbaren Kerl verwundert an. Aber er war schlau genug, zu sehen, daß er zurechtgeschnitzt war; stand auf, guckte sich um und kroch zuletzt durch die Haselbüsche – aber da war Dag längst im nächsten Wald verschwunden. Er hatte im Laufe seines Lebens so manches Tier beschlichen, für ihn war es keine Kunst, einem kleinen Burschen unbemerkt zu entkommen.

Als die Kinder zu Hause von dem merkwürdigen Erlebnis erzählten und den Bären zeigten, da warfen die Eltern sich einen langen Blick zu; Simen nahm den Bären und setzte ihn wie ein Heiligtum ganz oben auf ein Wandbrett.

Dag hatte überlegt, daß man über seinen Besuch auf Stjernebekk reden würde; die Steinruder würden es als Beleidigung empfinden, wenn er bei ihnen vorbeiginge, ohne einzukehren. Er hatte schnell laufen müssen, um sich vor den Kindern zu verstecken, und war auch hinterher rasch ausgeschritten. Er war daher etwas heiß und erschöpft, mußte aber diese Rücksicht nehmen, das half nun einmal nichts. Er kletterte den steilen Hang nach Steinrud wieder hinauf, setzte sich jedoch, ehe er zum Hof hinüberging, um sich noch einmal zu verpusten.

Sie mußten ihn schon vom Fenster aus beobachtet haben, ehe er hereinkam; denn sie saßen so feierlich da, bevor sie aufstanden. Aber sie waren nicht so aus dem Häuschen wie die Stjernebekker. Dieselbe Zuverlässigkeit, die sie immer allein durchkommen und auf den Glockenschlag zur Holz- oder Erntearbeit antreten ließ, verlieh ihnen auch bei einem so unerwarteten Ereignis wie Dags Besuch Rückhalt. Schön – es war wirklich der Alte, der da kam, aber sie hatten stets ihre Pflicht getan – sie hatten nichts zu fürchten.
Der alte Espen wischte sich ein paarmal über den Hosenboden, wie es nun einmal zu einem richtigen Handschlag gehört, aber er wartete, bis der Hofherr die Hand ausstreckte. Dag gab ihm und dann auch der Frau und der Tochter die Hand; die Söhne waren zum Forellenfang unterwegs. Hier verkroch sich die Frau nicht ängstlich hinter dem Mann. Sie brachte eine Pfanne mit kaltem gebratenem Speck, legte zwei Holzscheite auf den weißgescheuerten Tisch und stellte die Pfanne darauf, wie es hier üblich war. Während sie ein paar Scheiben Brot abschnitt, holte der Mann etwas zu trinken aus dem Wandschrank.
Erstens war Dag hungrig nach dem heutigen Marsch – er war schon seit dem frühen Morgen unterwegs –, und außerdem hatte all sein Wohlstand ihm nie das Behagen daran genommen, mit Leuten aus dem Volk zusammen zu sein. Er schmierte sich Speckstücke und Fett dick aufs Brot und trank mit Espen hinterher zwei, drei Gläser.
Sie hatten es hier sogar zu Glasfenstern gebracht, wie er sah, und alles war so in Schick, daß er vergeblich überlegte, wie er sich hilfreich erweisen könnte. Als er gehen wollte, flüsterte die Frau ihrem Mann etwas ins Ohr.
In der schlimmen Papiergeldzeit hatte Dag alles einkommende Geld sofort in Vieh und Geräten angelegt und die Tiere auf den Kätnerstellen untergebracht. Nach Steinrud waren drei Kühe, acht Schafe und ein Korb Hühner gekommen. Jetzt brachte Espen die Rede auf die Tiere und fragte, wann Dag sie zurückhaben wolle.
»Schönen Dank fürs Frühstück«, sagte Dag nur, reichte ihnen die Hand zum Abschied und ging seines Weges.
So tauchte er jetzt bei all seinen Kätnern und Schuldnern auf und sah nach dem Rechten.

Gäule und Arbeiter kamen nach Stjernebekk und schafften Reisig und Holz zusammen, und dann mußten Simen und seine Frau und die ältesten Kinder abwechselnd wachen und das Feuer über der Felsschwelle im Bachlauf bis weit über den Sommer hinaus in Gang halten. Starke Burschen mit schweren Schlaghämmern versuchten ihr Glück, mußten es aber aufgeben. Der vom Wasser glattgescheuerte Stein war fest und hart, und ihn von oben her durch Hitze spröde zu machen, war eine unendlich langwierige Sache. Man versuchte ihn abzugraben, um ihm mit dem Feuer von unten her beizukommen; aber es war ein flach abgerundeter Steinrücken ohne jeden Spalt, und es war auch unmöglich, den Bach nach außen umzuleiten. Sie wußten alle, daß man Dag mit diesem »unmöglich« nicht kommen konnte. Es blieb nichts übrig, als im nächsten Sommer wieder frisch anzufangen.

Es wurde viel auf das Moor und den Bach und auf Simen Stjernebekk geflucht – der Name des Alten aber blieb unangetastet.

Jahr und Tag verstrich, hier wie überall ging es nach Dags Willen. Ein forscher, junger Bursche aus Steinrud machte sich im nächsten Sommer dran und holte sich Simen und seinen Ältesten beim Bewachen des Feuers zu Hilfe. Es müsse Tag und Nacht in voller Glut bleiben, damit der Berg einen heißen Schädel kriege. Und er hatte sich von Björndal Stemmeisen, Meißel und Schlegel besorgt. Er ließ nicht ab, bis er den ersten Spalt in dem glühenden Block hatte, und von da an gönnte er sich kaum in den Essenspausen Rast, viele Tage und Nächte lang nicht, bis eine ordentliche Scharte in die störrische Steinschwelle gebrochen war. Viele Leute hatten mit Flüchen und Verwünschungen daran herumgewirkt, aber mit weniger Zähigkeit. Der Steinrudbursche fand für Worte keine Zeit, er hatte zuviel mit dem Willen zum Durchbruch zu tun.

Dann hatte er mit Hilfe von Simen und dessen Familie aus Stämmen, Zweigen und Fichtenreisig einen Weg bis zu dem Wasserloch mitten im Moor gelegt, wo ein paar überfeiste Forellen träge plätscherten, noch von der Zeit her, da der Teich größer und frischer gewesen war.

Den ganzen Spätsommer bis tief in den Herbst arbeitete der Bursche an einem Ablauf nach dem alten Bachbett zu. Das Moor sackte anfangs immer wieder über seiner Grabarbeit zusammen. Dann fuhr er nach Björndal hinunter und redete mit Syver, und es kamen ganze Fuhren von Pfählen und Reisig ins Moor, mit denen er die Grabenwände abstützte.

Als das Moor im Herbstregen anschwoll und krankes Moorwasser über die Felder von Stjernebekk ergießen wollte, standen Simen und der Steinrudbursche eines Abends im Regen am Bachlauf, wo das Moor den Torf hart gegen die Steinschwelle gepreßt hatte. Sie waren mit dem Graben bis dorthin fertig und machten sich daran, durch dieses letzte Stück eine Rinne zu legen. Sie hackten und gruben, und das Wasser begann allmählich in das alte Bachbett zu sickern. Es war kein brausender Schwall, den sie als großartigen Abschluß einer wohlgeleisteten Arbeit entfesselten – es war zunächst nur ein winziges Rinnsal.

Es goß immer stärker: am besten sähe man, unter Dach zu kommen. Simen fühlte dieses Bedürfnis und äußerte es auch. Da watete der Steinrudbursche mitten in den Moorgraben hinein, so daß er quer im Wasser stand, und warf wie ein Wilder mit dem Spaten Torf nach beiden Seiten auf. Simen war nicht einer, der sich von einem solchen Beispiel mitreißen ließ. Er blieb mit seiner Hacke am Rand, und als die Nacht hereinbrach, legte er sie beiseite und

wollte nach Hause, das Abendessen holen. Der Bursche im Graben antwortete nicht, grub nur und grub und warf den Torf zu beiden Seiten auf.
Simen blieb lange fort, und als er endlich mit dem Essen kam, war der Bursche ganz unglaublich vorwärtsgekommen. Er schlang etwas von dem Essen herunter und – grub weiter.
Bei Tagesgrauen ließ Simen wieder ein Wort vom »Heimgehen« und »unter Dach kommen« fallen; denn es regnete, als wären alle Schleusen des Himmels offen.
»Jetzt ist nur noch eine Kruste übrig«, antwortete der Bursche und arbeitete weiter. Simen werkte und hackte – ohne viel Erfolg, während der Bursche sich vorwärtsgrub, daß es fleckte.
Der Regen hatte aufgehört, und der Tag war so weit vorgeschritten, daß die Sonne im Süden halbwegs durch die Wolken brach, als der Steinruder und der Wasserdruck endlich die letzte Torfwand in die Scharte der Steinschwelle hinauswarfen.

5

Zwei kleine Menschenkinder trippelten im Morgendunkel aus der Stube des jungen Dag. Sie ließen die Tür hinter sich offen und kamen barfuß in ihren langen Nachthemden zur Treppe getappelt. Der eine stellte sich auf die Zehen, um das hohe Geländer zu erreichen, der andere faßte ihn bei der Hand, und so gelangten sie die Treppe hinunter und in die Diele. Lauschend blieben sie ein Weilchen stehen; denn es war überall ungewöhnlich still. Dann kamen sie zur Wohnzimmertür und drückten mühsam die schwere Klinke nieder. Abermals lauschten sie, denn jetzt hörten sie einen gleichmäßig donnernden Laut, dessengleichen sie noch nie vernommen hatten. Aber sie faßten sich wieder bei der Hand und durchquerten die Wohnstube bis zur Tür der Schlafkammer. Das Donnern kam aus Großvaters Zimmer. Sie hielten an und grinsten sich vergnügt blinzelnd an. Da hatte er sich wieder etwas Feines ausgedacht, um sie zu erschrecken.
Lange horchten sie an der Tür, endlich reckte sich der eine und erreichte wirklich die äußerste Kante der Klinke. Es gelang ihm auch, sie herunterzuziehen, aber da entglitt sie seiner Hand, und im gleichen Augenblick sprang die Tür auf, und die Klinke schnellte wieder hoch. Das Donnern drinnen hörte plötzlich auf, die Jungen sahen sich ängstlich an, das Knallen der Klinke und die plötzliche Stille drinnen hatten sie erschreckt. Jetzt lachten sie nicht mehr, und als sie drinnen ein Knarren und Kleiderrauschen hörten, wurden ihre Blicke höchst bedenklich. Als sie aber gar nackte Füße auf sich zutappen hörten, wären sie am liebsten davongelaufen.
Die Tür ging ganz auf. Großvater stand dicht vor ihnen – in dem langen

Hemd kam er ihnen noch größer vor als sonst. Seine Füße waren dick und blaurot, dicke Adern traten darauf hervor, und seine Waden waren bis zum Knöchel behaart. So etwas hatten sie noch nie gesehen; das Haar hing ihm in die Stirn und stand an den Ohren und auf dem Kopf zu Berge. Seine Augen waren erst ganz groß und böse, aber dann wurden sie plötzlich freundlich. Er strich sich wie zufällig über das Haar, so daß es sich in dem gewohnten Fall über den Kopf legte; er beugte sich zu ihnen hinunter – lächelte sein wehmütiges Lächeln und hob sie hoch, auf jeden Arm einen. Da vergaßen sie, was sie Abstoßendes gesehen hatten, und fühlten sich auf seinen starken Armen geborgen. Es war neu und spannend, als er sie mit in sein großes Bett nahm und dort zwischen ihnen lag. Sie merkten wohl, daß es hier anders und schärfer roch als bei Mutter oder in Vaters Bett in der großen Kammer; sie vergaßen es aber wieder und saßen gespannt neben dem Großvater, wenn er seinen Kopf in den Kissen ruhig von einem zum andern wendete und mit ihnen schwatzte.

Immer, wenn der Vater fort war und sie nach ihm fragten, hieß es, er sei im Wald. Wenn der Großvater fort war und sie fragten, wo er wäre, hieß es manchmal, er sei in der Stadt oder draußen in der Siedlung, aber meist bekamen sie auch hier die Antwort: im Wald. Im Wald, in den sie nicht hineindurften. Jedesmal, wenn sie sich dorthin aufmachten, kam jemand und holte sie zurück. Sie könnten sich verlaufen oder ins Moor geraten oder abstürzen – und dann gäbe es dort auch Bären. Sie hatten beim Vater gequengelt, ob sie nicht mit in den Wald dürften. »Wenn ihr groß seid«, antwortete er immer. Dann hatten sie Großvater gequält. »Später einmal«, lautete seine ständige Antwort. Aber gestern war er wohl etwas zerstreut gewesen; denn da hatte er erwidert: »Morgen – wenn ihr jetzt augenblicklich zu Bett geht, so daß ihr zeitig aufstehen könnt!«

Die Jungen wurden gewöhnlich in früher Morgenstunde wach; dann pflegte Adelheid sie in Dags Zimmer zu schicken. Dort hatten sie ihre Steckenpferde, ihre hölzernen Beile und Flinten und allerhand anderes Spielzeug, das der Vater oder der Großvater und sonst jemand ihnen gemacht hatte. Dann rumorten sie dort, während die Mutter sich noch ein paar Stunden Ruhe gönnte, einen kleinen Schlummer, und zugleich auf die Kinder und ihre Spiele horchte.

Beide waren vor Erwartung noch früher aufgewacht als gewöhnlich, waren im bloßen Hemd in Vaters Stube geschlichen und die Treppe hinuntergetappt, um aufzupassen, daß Großvater ihnen nicht fortliefe.

Vater Dag begriff zunächst gar nicht, was sie mit ihren Reden vom Wald und Waldspaziergang meinten, bis ihm sein unbedachtes Versprechen einfiel, mit dem er sie hatte zum Schlafengehen verlocken wollen. Er hatte natürlich erwartet, sie würden darüber hinschlafen, aber es mißfiel ihm nicht, daß sie so darauf erpicht waren, mit ihm in den Wald zu kommen.

Er hätte gern noch ein bißchen geschlafen und versuchte, sie neben sich zur Ruhe zu bringen; aber sie wälzten sich unruhig und setzten sich immer gleich wieder auf. Er überlegte, wie er seine gestrigen Worte am besten drehen könnte, gab es aber plötzlich auf. Sie sollten ihren Großvater nicht als einen in Erinnerung behalten, der sein Wort nicht hielt. Sie waren zwar erst dreieinhalb Jahre alt, aber brav zu Fuß; ein Stückchen konnte er sie schon mitnehmen. Es würde wohl bei Adelheid einige Aufregung geben; das mußte er eben überstehen.

Adelheid begriff nichts, als die Jungen hereinstoben und erklärten, sie sollten mit Großvater in den Wald und er ginge fort, wenn sie sich nicht schnell anzögen. Sie suchte sie zum Schweigen zu bringen, schalt und drohte ihnen die Rute an, wenn sie sich nicht in die Kammer trollten und weiterspielten, aber sie bestanden so bestimmt auf ihrer Behauptung, daß ihr an dem Versprechen des Großvaters doch etwas zu sein schien.
Sie wollte nicht zu ihm gehen und fragen. Also zog sie die Kinder an. Stimmte es dann nicht, so waren sie jedenfalls für heute angezogen.
Vater Dag wurde ihr immer rätselhafter. Jetzt wollte er auch noch der erste sein, der die Jungen mit in den Wald nahm. Sie hatte sie ja selbst von klein auf mit auf die Weideplätze genommen, aber in den Wald zu gehen, fand sie keinen Mut mehr. Sie begriff es nicht, wie sie sich zweimal allein so weit hatte hineinwagen können. Aber es gab ja noch soviel anderes, worin Adelheid sich nicht begriff. – Letzten Herbst hatte sie ständig darauf gewartet, ob sich Vater Dag nicht an den dunklen Herbstabenden zu seinem Ernst und zu den Büchern und damit zu ihren Gesprächen zurückfände. Denn diese Gespräche mit ihm waren erhebend wie ein Kirchgang gewesen. Aus allem, was er von seinem langen, reichen Leben, von seinen Kämpfen und Mühen erzählt hatte, aus all seinen Gedanken über Leben und Tod hatte sich allabendlich in der Diele gleichsam ein Kirchendach über ihnen gewölbt.
Ja, sie hatte letzten Herbst gehofft, daß das wiederkehren würde, und jetzt wieder in den letzten Tagen, als die Bäume gelb wurden und welkes Laub über die Felder hinzujagen begann, hatte sie gespannt darauf gewartet, daß Vater Dag zurückfinde zu dem Größten, was sie erlebt zu haben glaubte – und was sie selbst sich jetzt zur Richtschnur ihres Lebens genommen hatte. Sturm war heute nacht über die Wälder und um die Häuser gebraust. Sie hatte lange wach gelegen und auf die gewaltigen Töne gehorcht. Sie waren so im Einklang mit ihrem Innern und – trugen sie fort über das Leben und die Zeit, in die Ewigkeit.
Leben und Zeit fragten nicht nach ihr – niemand brauchte sie. Die Kleinen hatten sie wohl noch ein Weilchen nötig, aber – wie lange noch?
So wanderten ihre Gedanken, während sie die Buben anzog, und zuletzt, als sie sich mit ihren Stiefeln abmühte, weinte sie, daß die Tränen strömten.

Sie begriff Vater Dag nicht mehr. Auch er mußte den nächtlichen Sturm gehört haben, und sie wußte, wie offene Ohren er für solche Geräusche hatte; und doch wollte er mit den Jüngsten des Geschlechtes dem Wind und den Herbstgeräuschen gerade entgegengehen.

Vater Dag empfing die Knaben in der Wohnzimmertür. Sie pflegten in der Küche zu essen; aber heute war hier für sie gedeckt.

In dieser kurzen Morgenstunde, seit die Buben zu ihm hereingekommen waren, bis jetzt, wo sie angezogen wieder erschienen, war Vater Dag mancherlei durch den Kopf gegangen. Torgeir hatte sich auf dem Kissen so nahe wie möglich an ihn herangeschoben und sein warmes Bäckchen an Großvaters Wange geschmiegt. Vater Dag hatte auf seinem harten Lebensweg nicht viel Zärtlichkeit erfahren, und es war, als habe die kleine warme Backe in ihm etwas aus fernsten Zeiten wiedererweckt.

Da hatte er sich ausgedacht, daß die Jungen künftig in der Wohnstube essen sollten, mit ihm, jeden Tag. Man hatte sie wohl bisher in der Küche essen lassen, um ihn nicht zu stören. Jetzt wollte er gestört werden, wollte ihr Leben und Treiben um sich haben. Es sollte einmal anfangen – gleich heute!

Vater Dag saß in seinem großen Sessel am oberen Ende des Tisches, die Buben knieten auf den Stühlen rechts und links neben ihm. Dies war der schönste Tag ihres Lebens. Alltags hatten sie sonst niemals Eier bekommen, Großvater aber schlug ein Ei mitten durch und schmierte jedem eine Hälfte davon auf ein Stück Brot. Sie müßten tüchtig essen, denn in den Wald zu gehen, sei anstrengend. Daß für ihn selber kein Ei übrigblieb, merkten sie nicht.

Als sie fertig zum Aufbruch in der Diele standen, bedachte sich Vater Dag einen Augenblick – dann nahm er seine Büchse vom Haken und hängte sie sich über die Schulter. Im Nu waren die Jungen die Treppe hinauf. Der Großvater fragte, was sie wollten. »Unsere Flinten!« antworteten sie wie aus einem Munde.

Als sie mit ihren hölzernen Flinten herunterkamen, waren sie ganz unglücklich, daß sie sie nicht über die Schulter hängen konnten wie Großvater. Da mußte er auf dem Weg über den Hof mit ihnen in den Stallgang und jedem ein Stück Riemen für seine Flinte stiften. Als sie wieder herauskamen und über den Hof nach Norden zogen, stand Adelheid am Wohnstubenfenster. Da gingen sie, voran Vater Dag, hoch und gerade wie in seinen besten Tagen, mit Büchse und Rucksack. Dicht hinter ihm marschierte Torgeir, die Holzflinte ragte ihm über den Kopf, und einige Schritte hinter ihnen Klein Dag.

Adelheid merkte, daß die Buben mit dem Großvater am Wohnstubentisch gegessen haben mußten. Das Leben ging hier seinen Gang – lebendig und selbstverständlich, bei groß und klein. Nur an ihr ging es vorbei – es brauchte sie nicht.

Oben am Hang westlich von Utheim lag eine Lichtung – am Südhang zumeist steiniger und felsiger Boden, doch mit Rasenland als Schafweide dazwischen. Dort hatte Vater Dag mit den Jungen gesessen, und die Kerlchen waren wild begeistert über all die leckeren Dinge aus Großvaters Rucksack. Das letzte Stück Weg hatten sie vor Hunger und Durst ein bißchen gejammert, aber er war immer weiter gegangen, um sie an Ausdauer zu gewöhnen, wie man sie im Wald braucht. Er wollte versuchen, ohne Rasten bis zur Lichtung durchzuhalten, und sie waren brav mitgetrippelt.

Vater Dag hatte sich warm angezogen, denn es war Herbst und windig; und er hatte damit gerechnet, mit den Kerlchen langsam marschieren und oft ausruhen zu müssen. Jetzt lag er warm und geschützt auf einer sonnenheißen Felsplatte und lauschte dem Wind, der durch die Lichtung, durch alle offenen Talsenken hinabstrich – der drinnen in den Hochwäldern brauste und verstummte und wieder zu brausen begann. Die Wolken jagten am Himmel dahin, wurden in luftige Streifen zerrissen und verschwanden, immer wieder aber tauchten neue auf. Er sah den Kindern zu, die satt und zahm um ihn herumspielten. Dies solle nicht ihr letzter Waldspaziergang sein, nahm er sich vor. Plötzlich richtete er sich auf, sprang leichtfüßig hoch, holte sein Messer heraus und schnitt einen Zweig von dem Fichtengestrüpp, das oberhalb ihrer Felsplatte stand. Flink wie in seiner Jugend, sprang er vier, fünf Schritte vor, legte den Fichtenzweig ins Gras und drückte ihn nieder. Dann blieb er stehen, blickte von den Buben zu dem Zweig und fuhr sich mit der Hand durchs Haar.

»Was macht ihr da?« rief er. Die Knaben drehten sich um. Sie sollten einmal herkommen, dann könnten sie etwas Lustiges zu sehen kriegen, und schon stürmten sie herbei. Großvater hatte den ganzen Weg mit ihnen von Steinen und Pflanzen, von Bäumen und Vögeln gesprochen, ihnen Fährten von Füchsen und Hasen, von Luchsen, Hamstern und Vielfraßen gezeigt und vieles andere, was ihnen neu war. Sie hatten unbegrenztes Zutrauen zu seinen Fähigkeiten. Er wies auf den Fichtenzweig am Hügel und fragte, ob sie ihn zum Laufen bringen könnten. Sie wollten hin und ihn anfassen, aber er hielt sie zurück. »Nein, wir wollen hier stehenbleiben und ihn nicht anrühren; denn dann ist es keine Kunst.« Sie ahnten nicht, worauf das hinaussollte, und blieben dicht beim Großvater. Der stampfte mehrmals schnell hintereinander auf und ließ einen sonderbaren Ton hören. Der Zweig bewegte sich ein ganz klein wenig, und plötzlich schoß er über den Boden hin. Im Schatten eines Wacholders hielt er still. Etwas so Merkwürdiges hatten die Buben noch nie gesehen. Sie fragten, ob der Großvater den Zweig noch einmal laufen lassen könne. Ja, vielleicht noch ein einziges Mal. Sie packten ihn fest an der Hand, während

sie auf den Zweig zugingen. Die Sache war ihnen doch etwas unheimlich. Vater Dag stampfte wieder schnell mit dem Fuß und stieß denselben Ton aus; der Zweig bewegte sich und lief bis zur nächsten schattigen Stelle.
»Jetzt geht es nicht noch einmal«, sagte er. »Jetzt müssen wir sehen, daß wir heimkommen.« Er schickte die Jungen nach Rucksack und Büchse, und kaum hatten sie sich weggedreht, lief er zu dem Zweig und hob ihn von dem Rücken eines Igels herunter, den sie aufgestört hatten. Dann war er noch vor ihnen bei seiner Büchse, denn sie war geladen.
An jedem Hosenbein einen Jungen, ging der Großvater weitausschreitend die Waldpfade hinunter. Er trug die Büchse jetzt in der Hand und ging, als habe er eine neue Überraschung vor. Die Jungen paßten genau auf, guckten sich an und zum Großvater hinauf, versuchten, ihre hölzernen Flinten genauso zu halten wie er, und waren sehr gespannt. Vater Dag ermahnte sie, nicht zu sprechen noch auf Zweige zu treten, sondern recht leise zu gehen. Das machte die Spannung fast unerträglich. Sie schlugen einen anderen Weg durch das Dickicht ein als beim Aufstieg. Licht und Dunkel, Brausen und Stille wechselten ab, alles war schrecklich geheimnisvoll.
In der Wegbiegung vor einer Lichtung hörten sie einen knirschenden, schabenden Laut, wie von einem Wagenleder, und noch ehe sie zur Besinnung kamen, krachte ein Schuß über ihnen und dröhnte noch lange nach. Sie waren schreckerstarrt hinter ihrem Großvater stehengeblieben – aber derselbe Schreck ließ sie jetzt schnell seine Beine umklammern.
»Lauft hinter die Espe dort«, sagte er, »da werdet ihr einen großen Vogel am Boden liegen finden.« Sie hatten etwas Angst, aber dann ging es los – schneller und schneller. Sie mußten lange suchen, denn der Vogel lag nicht gleich hinter der Espe; schließlich fanden sie ihn, und das Bild der kleinen Lichtung mit dem Espenlaub und der sonstigen Herbstfärbung, und dazwischen die beiden Kerlchen, die den Auerhahn an den Flügeln zwischen sich schleppten, ließ Vater Dag plötzlich mit den Augen zwinkern und mit der Nase aufschnaufen.

Über Hänge wandernd kamen sie auf einen Kamm, wo es vor undenklichen Zeiten gebrannt hatte. Nur hier und da wuchs etwas Moos auf schwarzem Felsgestein, und hin und wieder stand ein Kienstubben da, ein paar ausgehöhlte Reste von Bäumen, die einst hier auf dem Kamm gebraust hatten. Vater Dag ließ sich hier nieder, öffnete den Rucksack, und mit einemmal waren die Jungen da, wie zwei Hunde. Ein unsäglich friedlicher Freudenschein lag auf Vater Dags Zügen, als die Buben dicht bei ihm saßen, jeder etwas zum Futtern in der kleinen Faust, und eifrig kauten. Seine breite Brust dehnte sich, und als er ausatmete, klang es aus innerstem Herzen wie »Herr Gott«. Die Buben hoben plötzlich den Blick zu ihm und fragten, was er gesagt habe, doch er schüttelte nur den Kopf und aß weiter.

Während der Großvater den Rucksack packte, schlitterten die Buben auf dem Moos den Hang hinunter. Es glitt sich dort so herrlich, und sie hatten keine Zeit, auf den Großvater zu achten.

Er hängte Büchse und Rucksack um und rief sie heran; er ging merkwürdig langsam den Bergrücken entlang, als fürchte er, auf dem glitschigen Moos auszurutschen.

Die Jungen spitzten die Ohren. Sie hielten den Großvater an der Hand – da war doch etwas hinter ihnen –, sie guckten sich um, und dann löste sich ihr Staunen in Worte. Vater Dag drehte sich bedächtig um, und auch er war geziemend verwundert über den Kienstumpf mitten auf dem Bergrücken, der knisternd mit sich selber redete. Aus seiner Spitze rauchte es, und im Rauch wirbelten Funken hoch. Es grollte und zischte und krachte in seinem Innern. Dann schlugen die Flammen aus dem verkohlten Stamm empor, und das Geräusch wurde zu tosendem Lärm mit Husten und Keuchen und fauchendem Stöhnen. Ja, zuletzt heulte es wie wahnwitzig auf und brüllte wie in ohnmächtiger Wut.

Die Buben standen lange wie benommen von der seltsamen Erscheinung, aber sie trauten dem Großvater nicht ganz. Sie schlichen um ihn herum und blickten zu ihm auf; denn er ließ die gleichen Geräusche hören wie der brennende Kienstumpf. Seine Augen schimmerten feucht und belustigt, und er schien sich mit Mühe ein lautes Lachen zu verbeißen.

Der Stubben war hart und zäh. Es dauerte eine ganze Weile, bis er in sich zusammensank, und Vater Dag ging erst vom Platz, als er ganz heruntergebrannt war und er die Glut sorglich zusammengescharrt hatte. »Nie ein Feuer allein lassen, solange man nicht Herr darüber ist!« mahnte er.

Diese Wanderung durch den Wald mit dem Großvater war ihre erste bleibende Erinnerung. Sie vergaßen sie niemals. Vater Dag war das Wunder für groß und klein droben in den Wäldern und drunten im offenen Land; und jetzt wurde er es im Ernst auch für die Bübchen, wenn auch in ganz anderer Weise als für die übrigen Menschen.

6

Adelheid stieg müde vom Tage die Treppe zu ihrer Kammer hinauf. Dort zündete sie Licht an und besah sich im Spiegel. Neues Leben war in ihre Augen gekommen, und ihre Müdigkeit war im Augenblick nicht nur Mutlosigkeit und Lebensüberdruß, sondern die gesunde Müdigkeit nach einem anstrengenden Tag. Das Leben hatte sie jäh an sich gerissen, ihre Kräfte in Anspruch genommen.

Jungfer Kruse, diese sonst so widerstandsfähige Person, war im Spätsommer

krank geworden, sie mußte jetzt, im Spätherbst, einige Tage das Bett hüten, und da hatte Adelheid zum erstenmal bei der täglichen Arbeit helfen müssen. Es war ebenso spannend wie befriedigend für sie. Sie konnte zeigen, daß sie doch nicht ganz nutzlos war, daß sie sich nicht scheute, zuzugreifen.
In der Küche gab es großes Aufsehen, als sie sich um die Wirtschaft bekümmerte und mit ihrer leisen, vornehmen Stimme anordnete, was getan werden solle. Und wie schnell unter ihren Augen alles ging, wie ruhig und ohne viel Worte! Sie fühlte die Achtung, mit der man ihr so sichtbar begegnete, wie einen Hauch neuen Lebens.

Sie stand vorm Spiegel in ihrer Kammer und versuchte in sich selber hineinzuschauen, wie schon so manches Mal, aber sie wendete sich ab und wanderte unentschlossen im Zimmer auf und nieder. Der Spiegel zeigte es nicht, und die Augen sahen es nicht – das Innerste des Menschen. Und es gab in ihr wohl kein Innerstes mehr, das war wohl erloschen. Ihre Freude bei der Küchenarbeit war nur die Freude über ein neues Spiel und am nächsten Tag vergessen. Tiefer ging es nicht.

Der Bach, der früher hinter den Wirtschaftsgebäuden ins Tal hinunterfloß, war im letzten Herbst am Haus entlang durch den Garten geleitet worden. Den sollte er plätschernd in kleinen Kaskaden durchströmen und dann den Hang unterhalb des Hofes hinabfließen, ehe er in der Siedlung wieder in sein altes Bett einmündete.
Er war wohl ein Gedanke Vater Dags gewesen, der ihr eine Freude machen wollte. Sie hatte früher einmal beiläufig erwähnt, daß sie irgendwo einen Garten mit einem Bach gesehen hatte. Jetzt war ihm dies wieder eingefallen, und er hatte die Arbeit ins Werk gesetzt. Droben in Vestli hatten sie auf einer Kätnerstelle einen Bach reguliert, das mochte ihn auf diesen Plan gebracht haben.
Sie wußte wohl, daß Vater Dag Taten höher schätzte als Worte, was sie aber grade jetzt brauchte, waren Worte, ein einziges Wort des Vertrauens. Aber niemand hatte Vertrauen zu ihr – niemand.
Sie hatte die Kinderbetten in Dags Zimmer stellen lassen, als Jungfer Kruse krank wurde. Wenn sie nun abends erst spät hinaufkam, hatte sie die Kinder lieber aus dem Weg, um sie nicht im Schlaf zu stören. Sie öffnete leise die Tür zu Dags Stube und ging hinein, um nachzusehen, ob sie sich auch nicht bloßgestrampelt hätten, Torgeir schlief friedlich unter seiner Decke, aber Klein Dag lag mit entblößtem Hinterteil auf seinem Kissen und wälzte sich auf die Seite, als sie sich über ihn beugte.
»Vater«, sagte er.
»Nein, Mutter ist das«, antwortete sie. »Ich will dich nur zudecken.«
»Vater!« rief er laut.

»Vater ist nicht da«, flüsterte sie und deckte ihn zu.
Klein Dag schlug die Augen auf und sagte tiefernst: »Vater war aber hier!«
Wie er vom Vater redete, das schnitt Adelheid ins Herz. Sie versuchte, Klein Dag zu beruhigen: er habe nur geträumt; aber der Junge blieb dabei. »Vater war aber doch hier.«
»Still«, sagte Adelheid, »leg dich hin und schlaf weiter. Vater ist nicht hier gewesen.«
Da setzte sich der Junge kerzengerade im Bett auf und sagte eindringlich: »Vater war hier.«
»Hast du denn mit ihm gesprochen?« fragte Adelheid.
»Nein, ich schlief ja.«
»Dann kannst du doch nicht wissen, ob er hier war.«
Der Junge überlegte. »Doch«, sagte er bestimmt, »Vater legte sein Gesicht auf meine Stirn, und da wurde ich wach, aber als ich ihm nachgucken wollte, war er schon in der Tür und machte sie hinter sich zu. Ich rief nach ihm, aber er antwortete nicht.«
Adelheid beruhigte ihn allmählich und ging in ihr Zimmer. Auch sie hatte ja schon früher das Gefühl gehabt, daß Dag bisweilen ohne ihr Wissen daheim gewesen war und im Küchenhaus übernachtet hatte. Und jetzt behauptete Klein Dag es so bestimmt. Dag war also oben in der Kammer gewesen, hatte dort die Betten der Jungen gesehen und war wieder gegangen – ins Küchenhaus hinunter. Aber er hatte Sehnsucht nach den Kindern; er küßte sie auf die Stirn – wenn er meinte, daß sie schliefen.
Adelheid trat auf den Balkon und horchte in die Herbstnacht hinaus. Sie hatten offenbar heute den Bach in sein neues Bett geleitet; denn sie konnte sein Plätschern als einen neuen Ton durch das nächtliche Sausen hören. Sie dachte an die vielen glücklichen Stunden, die sie hier zwischen all den schweren verlebt hatte, und wie gut ihr das leise Rieseln des Baches tun würde, wenn sie – ja, wenn sie nicht so einsam wäre. Und all ihr Suchen und Fragen, warum alle sie so abseits liegen ließen, blieb ohne Antwort.
Sie ging wieder hinein, schloß die Tür und fing langsam an, sich auszuziehen; doch plötzlich fiel ihr ein, daß ein anderer, ebenso einsamer Mensch nur wenige Schritte von ihr entfernt krank lag.
Denn auch Jungfer Kruse gehörte zu den Einsamen, ob ihre Tage auch vom frühen Morgen bis zum späten Abend mit schwerer Arbeit ausgefüllt waren. Ihre Eltern drunten im Tal waren tot, ihre vielen Geschwister weit verstreut. Manche verheiratet, andere in Stellung, und von einigen wußte sie gar nichts. Adelheid hatte oft genug die Veränderung in Jungfer Kruses Blick bemerkt, wenn sie dann und wann mit den Bübchen oder deren Sachen zu tun hatte. Der gespannte, fast harte Ausdruck, den sie bei ihrer täglichen Arbeit hatte, wich einem innigen Glanz, sobald sie sich mit den Buben abgab; Adelheid hatte aber in solchen Stunden auch schon Schmerz und Entbehrung in ihren

Augen gelesen. Wohl mochte die vielseitige Wirksamkeit Jungfer Kruse reiche Erfüllung geben, aber ihre Natur verlangte noch nach anderem.

Adelheid entschloß sich, vor dem Zubettgehen noch einmal bei ihr hineinzuschauen und ihr ein freundliches Wort zu sagen. Da beklagte sie sich nun, weil die Ihren sich nicht um sie kümmerten, und hatte selber nie daran gedacht, daß sich jemand, der Tag für Tag neben ihr lebte und dem keiner näher stand als sie, auch nach etwas Wärme sehnen könnte.

Adelheid hatte die Tür ihrer Kammer hinter sich geschlossen und wollte grade über den Flur gehen.

Da hörte sie einen Laut, ein wehes, unterdrücktes Jammern, das ihr mitten in ihrem selbstsüchtigen Kummer das Herz zerriß. Von lähmendem Bangen überfallen, lauschte sie wie erstarrt.

Da war der Laut wieder, und jetzt löste sich ihre Gelähmtheit zu zitterndem Leben. Ihre Füße schienen noch am Boden festgewurzelt, aber ihr Herz schlug hastig und zuckend, wie in tödlichem Entsetzen, und wilde Gedanken brachen wie ein Schwall über sie herein.

Ein einziges Mal hatte etwas in Jungfer Kruses Zustand sie flüchtig an die Möglichkeit denken lassen, Jungfer Kruse könne sich mit einem Mann vergessen haben; aber sie hatte den Gedanken sofort weit von sich gewiesen. Jungfer Kruse ließ sich nicht mit Leuten vom Hof ein, und seit dem Tod ihrer Mutter vor zwei Jahren hatte sie Björndal nicht mehr verlassen. Aber – jetzt fiel es Adelheid ein – hatte sie nicht in letzter Zeit die längst aus der Mode gekommenen, von Jungfer Dorthea geerbten Kleider getragen, Kleider mit weiten, bauschigen Falten?

Und – wieder überfiel sie der lähmende Schreck. Vater Dags verändertes Wesen? Und sein sichtliches Ausweichen! Er fuhr wieder wie früher in die südlichen Gemeinden, er lief wieder wie in seiner Jugend mit der Büchse in den Wald, und in seinen Augen hatte sie Spuren seiner alten Unbändigkeit bemerkt. – Und ihr Mann ...? Die wenigen Male, wo sie ihn sah – und zwar immer nur bei Tisch –, drohte in seiner gesenkten Kopfhaltung, seinem harten Gesicht etwas, was sich hemmungslos irgendwie entladen konnte?

Adelheid hatte beobachtet, wie Jungfer Kruses Blick sich trübte, wenn er einmal dem Vater Dags oder ihres Mannes begegnete. Sie schien dann alle Haltung verlieren zu wollen. Eins fügte sich zum anderen in unwiderleglicher Folgerichtigkeit und – brach wie ein Bergsturz über sie herein. Welcher konnte es gewesen sein?

Wie eine brennende Wunde schnitt ihr die Erkenntnis durch Leib und Seele, daß es einer von ihnen gewesen sein mußte ...

Erbitterter Haß gegen Jungfer Kruse wechselte mit schneidender Verzweiflung über die Roheit der Männer, die alles beiseite werfen konnten, alle Rücksicht auf sie und die arme Jungfer Kruse, die hier jahrzehntelang Tag und Nacht so treu gearbeitet hatte und die jetzt nicht nur vor körperlichen Schmerzen aufschrie, sondern vor allem, weil ihr Leben des emsigsten Fleißes in Schande versank.

Adelheids ganze Bitterkeit war wie fortgeblasen, und sie war nur lebendiges, warmherziges Mitgefühl, als sie an Jungfer Kruses Tür trat. Die Tür war verschlossen, und alles Klopfen und Bitten half nichts. Kein Laut antwortete drinnen.

Sie war nicht nur ein Sproß der stolzen, würdigen Frauen ihrer mütterlichen Familie, sie hatte auch etwas von den harten Soldaten der väterlichen Familie in sich. Sie packte die Klinke an Jungfer Kruses Tür und riß sie scharf herunter, ihre Schulter stemmte sich in derselben Sekunde mit aller Macht gegen die Tür ...

Noch nie war Adelheid eine Herbstnacht so totenstill vorgekommen wie heute, da sie sich mit einem Bündel in einem blutigen Laken aus Jungfer Kruses Kammer zur Treppe und in die Diele hinunterschlich und – dort zitternd stehenblieb.

Kein Laut kam ihr von draußen her zu Hilfe – kein Windesbrausen, auch der neue Bach mußte abgesperrt sein. Aber hier drinnen im Haus, wo sie sich alles recht still gewünscht hätte, hier knarrten Dielen und Wände ...

Sie stahl sich zur Schreibstube und versuchte den uralten Türriegel leise aufzubekommen – aber er quietschte hörbar.

Durch den Vorraum im Neubau, durch die Kabinette und den großen Saal, in den gespenstischer Schein durch die riesigen Fenster fiel, zur Saaltür und in den Garten hinaus stürzte Adelheid. Am neuen Bach hoffte sie irgendwo einen Spaten der Erdarbeiter zu finden.

Weit unten im Garten klirrte gleich darauf im Dunkel der Nacht ein eiserner Spaten gegen die Steinchen im Boden.

Die Tür zur Schreibstube schloß sich mit rostigem Knarren, und Adelheid stand in der Diele. Sie holte tief Atem und lauschte gespannt. Kein Laut, weder von draußen aus der Nacht noch von den Wänden hier drinnen. Das einzige, was sich regte, war die unheilvolle Gespanntheit um sie her und ihr eigener unruhiger Herzschlag.

Sie hatte Jungfer Kruse versprochen und bei allem, was ihr heilig war, geschworen, daß nie jemand etwas erfahren solle. Als sie sah, daß es ein totes Kind war, wußte sie sofort, was zu tun war. Niemand außer Jungfer Kruse und ihr sollte davon wissen, und sie, die als Adelheid Barre einst in allen solchen Dingen die Empfindlichste und Unnahbarste gewesen war, sie hatte sich mit leisen Worten tief ins innerste Herz eines Menschen hineingetröstet und -gefleht und gelobt, ihr ein Schirm gegen alle Verzweiflung zu sein, wenn Jungfer Kruse wieder aufgestanden wäre und ihre Tätigkeit wiederaufgenommen hätte, als sei nichts geschehen.

Als Adelheid wieder in der Diele stand, hatte sie das Gefühl, als habe nicht sie, sondern irgendein fremder Mensch dies alles getan. Und plötzlich durchzuckte sie der Gedanke, daß sie sich nicht dazu vermocht hatte, Jungfer Kruses Geständnis zu erzwingen, wer es gewesen, wer der Vater des Kindes war. Vielleicht aber hatte sie auch über all dem andern vergessen, zu fragen, oder einen gequälten Menschen nicht noch mit Fragen peinigen mögen, die ihn vor ihr doppelt demütigen müßten – denn sie hatte aus den wenigen Worten, die Jungfer Kruse zwischen dem Weinen hervorwürgte, entnommen, daß sie sich besonders schämen müsse, weil gerade Adelheid so gut zu ihr sei.

Adelheid richtete sich unter der Last ihres Kummers mit dem deutlichen Nachgefühl der Spatenstiche im nächtlich dunklen Garten auf und mit dem ebenso klaren Bewußtsein aller Gedanken, die sie schon überfallen hatten und sie heute nacht und künftig immer wieder überfallen würden. Sollte sie die Stunde ausnützen, jetzt, wo Jungfer Kruse so herunter war, sollte sie bestimmten Bescheid verlangen? Nein, trotz aller Empörung, die sie in sich aufsteigen fühlte, brachte sie es nicht fertig, gegen das unglückliche Wesen unbarmherzig zu sein. Sie allein würde für sie sorgen, bis sie wieder auf den Beinen war. Keine schwatzhaften Mägde aus der Küche oder anderswoher sollten sich hineinmischen.

In ihrer Kammer blieb sie im Schein der einsamen Kerze stehen. Ihre Augen starrten gleichsam in eine leere Ewigkeit hinaus. Ihr Gesicht war wie erstarrt mit den krampfhaft zusammengepreßten Lippen und den Tränenspuren auf den Wangen. Vater Dag oder ihr Mann – einerlei. Alles, was ihr Leben einmal schön gemacht hatte, war jetzt für ewig häßlich und blutbesudelt.

Adelheid haßte im innersten Herzen ihren Mann, seinen Vater und – trotz allem Mitleid auch Jungfer Kruse.

Als die Tür hinter ihr ins Schloß fiel, schlich eine Gestalt auf weichen Pantoffeln aus dem Dunkel der Wohnstube leise in die Diele hinaus. Der schwache Schein der Kaminglut ließ Vater Dags Züge eben noch aus dem Dunkel hervortreten. Er blickte die Treppe hinauf und neigte den Kopf, als horche er auf etwas. Tief gebeugt wendete er sich langsam dem Feuerschein zu. Seine Züge wurden deutlicher. Sie waren wie in Verzweiflung erfroren – war es Schmerz, war es Zorn oder Scham? Sein Blick starrte leer in das Kaminfeuer, als stürbe mit der erlöschenden Glut der ganze Sinn des Lebens vor ihm dahin.

7

Vater Dag kam in der Abenddämmerung durch die Schlucht am Storkollen herunter. Es war spät im November, tiefdunkel und jetzt beim Barfrost glatt; daher ging er nicht allzu schnell.

Der Büchsenlauf ragte über seine Schulter empor, und zwei Schneehasen und mehrere schwarze Auerhähne baumelten an seinen Seiten. Der Major war zu

Besuch, hatte aber nicht mit in den Wald gewollt. So ging der Alte allein, denn er mußte jetzt einfach öfter in die Waldluft hinaus. Auch um diese Jahreszeit war es im Wald schön mit den mancherlei reizvollen Tönungen über Heideflächen und Mooren und dem Laub am Boden. In den Geräuschen des Waldes lag es wie eine Lockung aus fernen Jugendtagen; und innerlich fühlte er sich immer stärker mit jener Zeit, ja mit seiner frühesten Knabenzeit verbunden. Hier kam ihm die Erinnerung an so viele friedlich schöne Stunden. Und es verlangte ihn nach innerer Ruhe bei allem, was das Leben ihm auflud.

Er horchte auf das Brausen des Wasserfalles. Der Fluß war durch den Frost oben im Moor etwas gebändigt, und der Fall toste nicht ganz so wild wie im frühen Herbst. Er spähte durch die Finsternis zur Mühle hinunter, als er über die Brücke schritt. Auf der letzten Bohle blieb er gesenkten Kopfes stehen, als überlege er etwas. Hatte er unten im Dunkel des Wassers etwas entdeckt? Die Hand am Geländer, trat er einen Schritt zurück, und noch einen, und wieder einen.

Sonderbar! Durch den Wasserstaub unten vor der Mühle glomm im tiefen Dunkel etwas wie ein winziger Lichtschimmer. Und man mußte scharfe Augen haben, um ihn überhaupt gewahr zu werden. Er stand lange auf der Brücke und starrte in die Finsternis hinunter. Meinte er, eben einen Lichtschimmer zu bemerken, so war er wieder verschwunden – aber es konnte ja auch der Gischt sein, der einmal bis ans letzte schwache Tageslicht emporspritzte, ein andermal nicht so hoch kam. Doch, jetzt sah er den Schimmer wieder. Es mußte aus einer Luke ein Lichtschein auf den Gischt fallen.

Er nahm die Büchse von der Achsel und stieg, die Linke am Lauf, die Rechte ums Schloß, langbeinig und breitschultrig den Pfad am Wasserfall zur Mühle hinunter.

Einmal blieb er unten im Dunkel stehen und lauschte. Dann ging er vom Weg ab, tastete sich durchs Heidekraut zum Flußufer und näherte sich der Mühle hinter dem Gebüsch, das an der Nordecke des Mühlenhauses über den Wasserfall hing.

Bald darauf knarrte eine Tür, heller Lichtschein fiel in das Dunkel, und eine piepsende Greisenstimme sagte: »Gute Nacht denn, Major, und wenn's dich nach einem Schluck gelüstet, dann kannst ihn hier in der Mühle finden, und hier kannst ihn in Ruhe kippen!«

Der Major brummte »Danke schön«, es sei ein ordentlicher Männerschluck gewesen; und dann torkelte er an Dag vorbei den Pfad hinauf.

Dag ging jetzt nicht in die Mühle hinein. Mit betrunkenen Leuten zu reden, hatte wenig Zweck; möglich aber, daß er ein andermal wiederkam. Hier wurde also Korn beiseite gebracht und Schnaps gebrannt, und der Major mußte das entdeckt haben und war sicher nicht das erstemal hier. Wenn er es richtig bedachte, so war der Major schon öfter nach ein paar Grogs unbegreif-

lich voll gewesen. Da war er also vorher hier gewesen, während er selber im Wald war.
Dag wartete, bis der Major einen Vorsprung hatte; dann trottete er ihm langsam nach. Bei seiner Heimkehr fand er ihn damit beschäftigt, im Kamin in der Diele Holz aufzulegen. Barre reckte sich, nahm eine vergnügte Miene an und fuhr sich mit der Zunge über seine Lippen in Erwartung eines richtigen steifen Kognakgrogs auf den widerlichen Rohbranntwein unten beim Müller. Da Vater Dag jedoch keine Anstalten machte, Grog zu bestellen, befiel den Major sichtliche Unruhe. Er war ununterbrochen in Bewegung, seine Augen flackerten, und seine sonstigen munteren Reden blieben aus. Nach und nach stieg ihm wohl all der starke Schnaps, den er in der Mühle getrunken hatte, zu Kopf; denn er fing an zu schlucksen und sank immer mehr in sich zusammen.
Plötzlich sprang er auf und blickte starr vor sich hin. »Ich muß noch heute abend abreisen.«
Vater Dag betrachtete ihn nachdenklich. »Du kannst wohl noch über Nacht bleiben«, sagte er, der Major aber erhob sich und torkelte eifrig zur Treppe. »Will meine Sachen holen!« sagte er. Dag sah ihm nach, als er die Treppe hinaufstrebte. Auf seiner Stube würde er wohl einschlafen in dieser Verfassung.
Doch er kam zurück und zerrte seinen Schnappsack und sein Zeug hinter sich her. Auf der Treppe verlor er das Gleichgewicht und wäre fast hinuntergestürzt. Aber er kam doch glücklich unten an. Dag dachte besorgt, daß Adelheid in ihrer Kammer gewiß alles hörte. Sie war in letzter Zeit immer so starr und bleich und geistesabwesend. Sie aß fast nichts und war ganz herunter. Er mußte sich einmal Zeit nehmen, einen Abend mit ihr zu plaudern, aber noch hatte er zuviel mit sich selber abzumachen.
Alle Versuche des Alten, Barre zurückzuhalten, waren umsonst; er müsse und wolle auf der Stelle fort.
Er habe in der Stadt etwas ganz Unaufschiebbares zu erledigen. Er habe es völlig vergessen gehabt und müsse nun Tag und Nacht reisen. Vater Dag dachte sich sein Teil. Auf Korsvoll, der ersten Wechselstation, gab es Schnaps! Er hatte den Major noch nie so aufgeregt gesehen, in seinem klaren Kopf ordneten sich die Gedanken rasch. Er ging hinaus und zur Gesindestube hinüber. Bei seiner Rückkehr saß der Major schnarchend im Sessel, fuhr aber hellwach auf, als er die Tür gehen hörte.
Kurz darauf stand der Großknecht Syver Hintenauf vor der Tür, mit Pferd und Wagen und Pelzdecken zum Draufsitzen und Zudecken. Der Major stand taumelnd auf, fiel in den Sessel zurück, kam wieder hoch, hinaus und bis in den Wagen. Syver nahm sich endlos Zeit, das Gepäck zu verstauen, und er ordnete und zog und hantierte an den Decken, setzte den Major zurecht und deckte ihn warm und gründlich zu. Und dann hatte Syver wieder den Hafer-

sack vergessen und mußte ihn aus dem Stall holen. Das brauchte mächtig viel Zeit, und als er zurückkam, schnarchte der Major, daß man es weithin hörte. Syver stieg auf und ließ das Pferd anziehen, aber statt zum Tor zu fahren, wendete er um und kutschierte bedächtig dreimal um den Hof und wieder vor die Haustür. Dag kam heraus, und sie trugen den Major in seinen Decken durch die Diele und die Wohnstube bis in Dags Schlafkammer. Dort legten sie ihn auf den Fußboden und deckten ihn zu.

Dag schärfte Syver ein, nie etwas über diese Geschichte verlauten zu lassen. So ging es zu, daß Syver, der von seinen Fahrten gern und gut erzählte, niemals von der kürzesten Fahrt seines Lebens sprach.

Als der Major auf dem Fußboden von Dags Schlafzimmer erwachte, konnte er sich auf den gestrigen Abend nicht mehr besinnen. Er glaubte, er sei vom Grog zu überwältigt gewesen, um die Treppe hinaufzugehen, und Dag habe ihn deshalb mit zu sich hereingenommen.

Darum war ihm bei Tageslicht nicht recht wohl in seiner Haut. Er war verlegen und gefügig, und dazu kam noch, daß er sich Adelheid nicht unter die Augen traute, falls sie diese böse Geschichte bemerkt hätte. So ließ er sich vom Alten zu einer Wanderung in den Wald verlocken. Beide hatten ihre Büchsen mit; denn der Major war kein schlechter Schütze, wenn er erst einmal hinauskam.

Der Major hatte auf einen Morgenschnaps zum Frühstück gehofft als eine Art Belohnung für sein Mitkommen, aber darin hatte er sich getäuscht. Gleichwohl war Vater Dag nicht so hartherzig; bei der ersten Rast oberhalb Utheims öffnete er den Rucksack, schenkte Barre ein tüchtiges Glas ein und nahm anstandshalber auch selber einen Schluck. Aber er korkte die Flasche sofort wieder fest zu und versenkte sie im Rucksack. Der Major war heute so fügsam, daß er sich über Dags Knauserigkeit nicht einmal ärgerte, und äußerlich war er nur lauter Bescheidenheit und Bedrücktheit. Er ließ die Augen unruhig hin und her wandern; denn er ahnte, daß Dag etwas Besonderes vorhabe. Dag hatte beim Weggehen hinterlassen, sie würden vielleicht über Nacht im Wald bleiben – und das hatte der Major gehört.

8

Die Sonne hatte ihren höchsten Stand längst überschritten, als Dag mit dem Major bei der Roislahütte anlangte. Der See dampfte in der Kälte, und in den Buchten lag eine dünne Eisdecke, oben aber war die Luft still und klar mit mattem Sonnenschein.

Wenn auch die Almhütte leer stand, so wirkte sie doch niemals ganz verlassen. An den Wänden hingen gebrauchsfertige Netze, auf der Pritsche lag noch frisches Fichtengrün, in einer Bütte stand ein Rest Wasser, und die Holzkohle auf dem Herd war noch nicht verstaubt. Mitunter kam der junge Dag oder sonst jemand hier herauf, und zur Winterszeit hausten hier Holzarbeiter. Der Major und Dag legten Büchsen und Rucksäcke ab, Dag hackte Holz und zündete Feuer an, der Major ging unterdessen Wasser holen; dann hängten sie den Kessel über, Dag trug die Fischnetze hinaus, damit sie an der Außenwand lüften konnten, und holte im Wald frisches Fichtengrün für die Pritsche. Als sie gegessen hatten, unternahm jeder für sich einen abendlichen Pirschgang. In langen Zwischenräumen dröhnten drei Schüsse durch die Abendstille. Vater Dag brachte einen Auerhahn, Barre hatte einen Hasen aufgescheucht und war flink genug gewesen, zu Schuß zu kommen. Außerdem hatte er noch einen Birkhahn erlegt und tat sich nicht ganz wenig auf seine Schießkunst zugute.

Am Ufer unten lag ein kleines Boot, das wohl erst kürzlich für den Winter an Land gezogen war. Sie schoben es ins Wasser und legten für die Nacht ein paar Netze aus. Es wehte ein leiser Abendwind, und das Wasser kräuselte sich abwechselnd in silberschimmernden und grauen Streifen, und flüchtig dunkelblau fuhren Schauer darüber hin – und in den Wäldern begann es lebendig zu werden von langhinstreichenden Windstößen.

Als sie ein helles Feuer in Brand hatten und mit dampfenden Pfeifen zu beiden Seiten des Herdes saßen, da war von dem bißchen Selbstgefühl nichts mehr übrig, das der Major durch seinen Jagderfolg gewonnen hatte.

Wer in den guten Jahren seiner besten Kraft im Wald gelebt hat, für den wird er das Leben lang voll eindrucksvoller Erinnerungen bleiben. Und eine Tageswanderung wie diese wird mancherlei Bilder neu erstehen lassen: friedliche, wehmütige stille Klänge, herbdunkle, wilde Züge und hohe, stolze Offenbarungen.

Der Major hatte als junger Mensch auf einem Landgut gewohnt, war damals und auch später Jäger gewesen und hatte so manches Revier durchstreift, ehe er in diesen letzten Björndaler Jahren den alten Dag hin und wieder in den Wald begleitet hatte. Nach dem traurigen Erwachen heute morgen und – nach langen Zeiten des Niedergangs mit ewiger Trunkenheit war ihm dieser ganze Tag im Wald ein Wandern von Begegnung zu Begegnung mit Gefühlen einer früheren Zeit gewesen, einer Zeit, da er seine Selbstachtung noch nicht verloren hatte – ja, bis zurück zu jener Zeit, da er noch Menschenwürde besaß. Hier auf dem wackligen Schemel am Herd bei der Tonpfeife wanderten seine Gedanken noch einmal die Wege von heute, verweilten bei dem, was er dahinter gesehen hatte: bei den Erinnerungen an alle guten Tage seines Lebens. Er vergaß an seiner Pfeife zu ziehen, vergaß alles um sich her vor dieser inneren Rückschau, und sein Kopf sank immer tiefer ... Wie unendlich weit zurück lag doch die Zeit der Selbstachtung, ein unerreichbar fernes Land! Bergab, immer nur bergab – seitdem.

Das Wasser kochte im Kessel, Dag tat Eier hinein und war damit beschäftigt, das Abendbrot zu rüsten. Die Bratpfanne stand auf dem Feuer, er briet Speck und war sehr beschäftigt, als der Major sich endlich aufrichtete. Ob Dag ihn beobachtet hatte, während er tief in sich versunken hinter dem rauchenden Feuer saß – wer weiß es?

Dann saßen sie, und Dag ließ ab und zu ein Wort fallen. Der Major aß wohl auch, aber er langte nicht zu wie sonst nach einer so tüchtigen Wanderung in der frischen Luft – und seine spärlichen Äußerungen paßten wenig zu denen des alten Dag.

Nach dem Essen zündeten sie die Pfeifen wieder an, und der Major hatte die unklare Hoffnung, Dag werde ihn von der Last seiner Gedanken erlösen und ihm jetzt das Mittel gönnen, mit dem er sich sonst befreiendes Vergessen zu schaffen pflegte. Er blickte verstohlen zu Dags Rucksack mit der Schnapsflasche hinüber.

Vater Dag streckte die Beine von sich. Seine Hand mit der Pfeife ruhte auf dem Knie. Er hatte reichlich Holz aufgelegt und eine Handvoll Rinde nach der anderen hineingescharrt, und je mehr das Feuer die Rinde erfaßte, um so dichter wurde der Qualm und stieg wie eine Säule vom Herd bis zum Rauchloch im Dach empor, eine lebendige, wallende Säule zwischen ihnen.

Dag räusperte sich, hob aber nicht den Kopf.

»Du weißt wohl, was mit Jungfer Kruse passiert ist?« fragte er ruhig.

Der Schemel des Majors knarrte laut, und es verstrich eine Weile.

»N-nein ... Ist etwas mit ihr?« Seine Stimme klang gepreßt und fremd.

»Du müßtest es eigentlich am besten wissen«, fuhr Dag ebenso ruhig fort.

»Nein – wieso?«

»Oh, das wirst du doch wohl wissen – als Vater. Aber das Kind war tot.«

Kein Knarren des Schemels diesmal, kein Wort der Entgegnung hinter dem Rauch.

Der Wind in den nahen Wäldern schwoll in singenden Tönen und verebbte in weichem Seufzen – und verbrauste fern ersterbend über dem See – schwoll und verebbte, viele Male, bevor der Schemel des Majors knarrte und er heiser und fremd herausbrachte: »Weiß Adelheid – etwas?«

Vater Dags Stimme klang genauso ruhig wie vorher:

»Sie hat die Leiche ihres – Geschwisterchens vergraben, in dunkler Nacht – unten im Garten – mit ihren eigenen Händen.«

Ein Ton, wie der Einsatz eines schneidenden Schluchzens, ein Knarren des Schemels – der Major stand auf, die Hände vorm Gesicht, und das Schluchzen brach aus, als er durch die Tür verschwand.

Dag rührte sich nicht, er starrte nur tief vorgebeugt ins Feuer. Da – ein kaum hörbarer Ton wie von scharrendem Metall an der Außenwand, und Dag hob den Kopf und sah sich rasch in der Hütte um. Seine Büchse hing an der Wand, aber der Major hatte vergessen, die seine mit hereinzunehmen.

Dag stürzte hinaus und um die Hausecke. Er brauchte einige Augenblicke, bis er bei dem trüben Mondlicht etwas erkennen konnte, dann aber sprang er in zwei, drei Sätzen vorwärts und stieß mit dem Fuß nach dem Büchsenkolben. Im gleichen Augenblick ging der Schuß los, und die Büchse fiel mit dumpfem Schlag zu Boden. Der Major taumelte nach vorn, seine Knie wankten, und er brach zusammen.

Der Knall rollte endlos über die Wälder hin und dröhnte sogar Vater Dag noch lange in den schußgewohnten Ohren. Er blieb wie erstarrt stehen und blickte auf den Major hinunter.

Waren seine Worte zu hart gewesen? Er hatte ein paar energische Worte für nötig gehalten, um Barre aus seiner Gleichgültigkeit aufzurütteln. Aber ein Mensch nimmt sich nicht wegen eines Wortes das Leben, und wenn es noch so hart ist. Die heitere Gleichgültigkeit des Majors mußte nur äußerlich gewesen sein. Drinnen herrschte gewiß schon lange finstere Qual, und bei diesem letzten Anstoß war alles in ihm zusammengebrochen.

Der Major hatte sich übel benommen, aber das hatten schließlich auch andere auf ihre Art getan, dachte Dag, als er niederkniete, das Ohr an seinen Rücken legte und zu horchen versuchte. Aber es sauste ihm noch zu sehr in den Ohren; er konnte den Herzschlag nicht vom Brausen des Waldes und vom Knistern des gefrorenen Grases unterscheiden.

Er hob den Kopf und horchte in die stille Nacht hinaus, auf alle feinen Laute, die der Wind vom Wald und von den Bäumen und vom Wasser unten herübertrug. Und diese letzten Laute brachten Gedanken mit sich – Gedanken darüber, wie selbstgerecht er sich vor der Erbärmlichkeit des Majors gefühlt und wie tief ihn dessen Rücksichtslosigkeit gegen einen armen Menschen wie Jungfer Kruse, und damit auch gegen Adelheid und sie alle, empört hatte.

Vor dem Ernst des Todes sah er jetzt seine eigene einstige Härte und Gleichgültigkeit gegen seine Familie wie gegen alle Welt deutlich vor sich, da er nur an Geld und Reichtum gedacht hatte, und er erkannte heute, daß er in seiner strengen Zeit auch nicht um ein Haar besser als Barre gewesen war, daß er also wenig Veranlassung hatte, mit ihm ins Gericht zu gehen.

Wie viele hatte er damals nicht durch sein hartes Vorgehen unnötig ins Unglück gestürzt! Über wie manches Haus hatte er Not und Kummer gebracht! Sein Betragen war erlaubt und von den Menschen geachtet – ja, als ein anerkanntes Recht, während das Verhalten des Majors von jedermann verurteilt wurde. Aber mit der Lebensbetrachtung, zu der Dag sich in den letzten Jahren durchgekämpft hatte, stand es klarer als je vor ihm, als er jetzt neben dem Major kniete, daß er ...

Solche Gedanken bewegten Vater Dag, als er seine Weste aufknöpfte, das Hemd herauszog und ein Stück davon abriß. Er machte eine Art Binde zurecht, legte sie dem Major auf die Stirn und band sie ihm um den Kopf, um das Blut etwas zurückzudämmen, während er ihn ins Haus trug. Ihm fiel ein, daß er ihn auch gestern abend mit hatte tragen helfen und wie erhaben er sich

da über ihn gefühlt hatte. Jetzt mußte er versuchen, ihn allein und ohne alle hochmütigen Empfindungen zu tragen.
Es war lange her, seit er mit seinen Riesenkräften zugegriffen hatte, aber er hob den schweren Mann hoch, ja halb auf die Schulter, und legte ihn drinnen auf der Pritsche auf den Rücken. Er warf Kienholz aufs Feuer, so daß es hell aufflammte, und trug die Wasserbütte zur Pritsche, löste die Binde und benutzte sie, um damit Blut und Pulverschleim von der Stirn zu waschen. Die Kugel hatte ihm die Stirn schräg von unten nach oben aufgerissen; ob sie aber eingedrungen war, konnte er hier im Halbdunkel schwer erkennen. Das Blut quoll ununterbrochen hervor. Seine Augen standen nicht offen, wie Dag es sonst bei Toten gesehen hatte, und er fühlte sich warm an, doch war wohl noch nicht Zeit genug verstrichen, daß er schon hätte erkaltet sein können.
Während Dag noch beschäftigt war, ihm die Kleider zu öffnen, um nach dem Herzen zu fühlen, bewegte der Major die Lider, schlug die Augen auf und blickte wirr um sich. Dag reichte ihm Wasser in einer Tasse, aber er rührte sich nicht, um zu trinken, sondern starrte nur verzweifelt zum Dachgebälk hinauf. Dag hatte ihm die nasse Binde auf die Stirn gelegt, damit das Blut nicht über das Gesicht lief. Es lag jetzt etwas ganz Fremdes über Barres Zügen, etwas Hartes, Entschlossenes; so mochte er ausgesehen haben, als er den Schuß abfeuerte.
»Du könntest mal etwas essen«, bat Dag.
Der Major bewegte seine jetzt so ungewohnt strengen Lippen, aber er schwieg. Wieder und wieder bewegten sie sich, hielten still und bewegten sich von neuem, und endlich kamen die Worte: »Du hättest ruhig etwas später dazwischenfahren können – dann wäre jetzt alles zu Ende.«
Es lag ein so herzzerreißender Kummer in seiner sonst so heiteren Stimme, daß Dag keine Antwort herauszubringen vermochte.
»Jetzt habe ich keine Stätte mehr auf der Welt – nach deinen Worten«, fuhr der Major mit schwankender, beinahe flüsternder Stimme fort. »In all dem Dunkel um mich her, das ich mir und anderen durch meine großen Reden immer verhehlt habe, gab es für mich einen Ort, wo es hell war.« Er schwieg eine Weile und fuhr dann ebenso leise fort: »Es war alles nur oberflächlich – dies und alles andere, jahrelang. Aber dies Licht hatte mich im Innersten ergriffen, tiefer, als ich selber wußte. Ich fühlte es, als du mir das sagtest. Mir war nur noch ein einziges Licht geblieben, die Tage hier bei dir und – bei Adelheid. Die Ärmste. Und als mir dann klar wurde, wie ich mir die letzten Male alles selbst zerstört hatte – auch hier auf Björndal –, und du zum Schluß auch noch das sagtest ... Kein Mensch kann leben ohne ein winziges Licht im Dunkel, und das allerletzte erlosch für mich – als du das von Adelheid unten im Garten sagtest.«
Sein Mund schloß sich, seine Augen fielen zu, während ihm die Tränen über die Schläfen rannen.

Auf dem Heimweg von der Roislaalm hatte Dag überlegt, ob sie nicht vereinbaren könnten, zu Hause zu erklären, der Major sei gestürzt und habe sich die häßliche Stirnwunde an einem Stein geschlagen. Aber es wäre eine Lüge in einer ernsten Angelegenheit gewesen, und so ließ er den Gedanken fallen. Daß er mit der Büchse unvorsichtig umgegangen wäre, stimmte zwar auch nicht ganz, aber so weit mußte er wohl um des Majors und vor allem Adelheids willen gehen.

Dag schlug dem Major vor, er solle sich nach der Heimkehr ins Bett legen und seine Stube im Neubau bekommen, damit er vor den Buben und sonstigem Lärm Ruhe habe, bis sie den Arzt geholt hätten. Der Arzt kam und säuberte die Wunde. Die Kugel hatte das Jochbein über der Stirnhöhle zersplittert und das Stirnbein durchschlagen und war so dicht am Gehirn vorbeigegangen, daß der Arzt Dag bei der Abfahrt zuflüsterte, der Ausgang sei ihm recht zweifelhaft. Der Major müsse ganz ruhig liegen, bis er in ein paar Tagen wiederkäme. Es bestände auch die Gefahr einer Vereiterung oder Blutvergiftung, zumal da bei einem Schuß aus solcher Nähe Pulverschleim eingedrungen sein könnte.

Adelheid hatte zwar als Kind mit den Waffen ihres Vaters hantiert und hier auf Björndal genug mit Büchsen zu tun gehabt. Sie besaß ja auch gesunden Menschenverstand genug, aber zuerst war sie von dem Unglück des Vaters so betroffen und von seinem ungewohnten Ernst so übermannt, daß ihr keine weiteren Bedenken kamen.

Jungfer Kruse tat längst wieder ihre Arbeit. Adelheid hatte ihr bestimmt erklärt, sie könne getrost schalten und walten wie bisher, alles sei vergessen, niemand werde je etwas erfahren.

Und Jungfer Kruse trabte vom Morgengrauen bis zum späten Abend umher, aber die Sicherheit in ihrer Stimme war dahin, ihre Augen hatten nicht mehr den alten klaren Blick. Sie war ja krank gewesen, da könne sie nicht gleich wieder die alte sein, dachten die Leute.

Adelheid hatte Jungfer Kruse zu sich in ihre Stube rufen lassen. Sie saß im großen Sessel an der Fenstertür, als Jungfer Kruse kam. Es war der vierte Tag nach dem Unfall des Majors.

Adelheid hatte das Gesicht in den Händen vergraben, aber als sie auf der Treppe Schritte hörte, hob sie den Kopf und fuhr sich schnell über die Augen. Jungfer Kruse war wie jedesmal seit jener Nacht, wenn sie mit Adelheid sprach, halbtot vor Angst, es könnte eine bestimmte Frage kommen.

Seit ihrem Unglück hatte Adelheid ihr ein anderes Gesicht gezeigt. Sie hatte ja während Jungfer Kruses Krankheit selbst mit zugreifen müssen und einen Einblick in die tägliche Arbeit gewonnen – und bei allem guten Willen, sich über Kleinigkeiten hinwegzusetzen, war sie schließlich auch nur ein Mensch. Unbewußt war bei Jungfer Kruses Erniedrigung in Adelheid der menschliche

Trieb erwacht, sich auf Kosten des anderen durchzusetzen, wenn sich eine passende Gelegenheit bietet. Die Erbitterung, die sie gegen Jungfer Kruse empfand, weil doch einer von den beiden der Vater des Kindes sein mußte, mochte das Ihre dazu beigetragen haben.

Eine andere Adelheid stand jetzt Jungfer Kruse gegenüber. In Haltung, Ausdruck, Ton – in allem hatte sie sich mit jedem Tage mehr von ihrem früheren Wesen entfernt.

Jungfer Kruse war in der Tür stehengeblieben. Die ganze Länge des Zimmers lag zwischen ihnen. Wenn Jungfer Kruse zu Adelheid gerufen wurde, hatte diese die letzten Male immer kalt und starr mitten im Zimmer gestanden und spürbar von oben herab, tonlos, aber bestimmt, ihre Anordnungen getroffen. Jungfer Kruse hatte dies immer stärker empfunden, je mehr die tägliche Hetze und die allnächtliche Angst vor der Frage, die ja einmal kommen mußte, sie zermürbte. Denn nach dieser Frage würde es mit ihren Tagen auf Björndal zu Ende sein.

Als sie in der Tür stand, verriet alles ihre Aufregung; der Blick, die Hände. Und daß Adelheid nicht wie sonst mitten im Zimmer stand, sondern dort hinten im Sessel sitzen blieb, vorgebeugt, ungewohnt – das fachte die Angst in ihr an, so daß es ihr in den Ohren sauste und schwarz vor den Augen wurde.

Adelheid richtete sich empor, als wolle sie aufstehen, sank aber wieder zurück und blieb, den Blick auf den Boden geheftet, sitzen. Sie sah nicht ein einziges Mal zu Jungfer Kruse hin und schien bei jedem der Worte, die sie endlich hervorstammelte, noch tiefer in sich zusammenzusinken: »War es – mein – Vater?«

Jungfer Kruse gab keinen Laut von sich. Sie brach zusammen und blieb besinnungslos an der Tür liegen.

Vater Dags Stimme hatte Adelheid so unsicher geklungen, als er ihr mitteilte, ihr Vater sei unvorsichtig mit der Büchse gewesen. Der scheue Blick des Vaters, die Wunde mitten in der Stirn hatten allmählich ihr Mißtrauen geweckt. Wenn es nun Absicht gewesen wäre! Und in derselben Sekunde, da dieser Gedanke in ihr aufblitzte, hatte sie es mit dem anderen Unheil in Verbindung gebracht. Sie hatte auch Jungfer Kruses Erregung bemerkt, wenn der Vater ihr lobende Worte sagte. Nach zwei qualvollen Tagen wollte sie heute Gewißheit haben.

Stunden waren vergangen, seit Jungfer Kruse die Kammer betreten hatte. Adelheid saß allein – im Sessel, wie vorher.

Mitten in all ihrem eigenen Kummer hatte sie Jungfer Kruse tröstend aufrichten, sie in ihre Kammer und zu Bett bringen müssen wie ein Kind. Aber ehe es soweit war, hatte Jungfer Kruse ihr ihr ganzes Herz ausgeschüttet.

Seit Stunden dachte Adelheid jetzt über Jungfer Kruse und sich selbst nach.

Da hatte sie ihren eigenen Kummer in sich großgezogen, weil Dag sich fernhielt und weil sie Vater Dags Vertrauen verloren hatte. Und dabei hatte sie doch allen Reichtum des Lebens genossen, hatte ihre kleinen Buben und hätte Geduld haben müssen ... Jetzt hatte sie von dem Geschick eines anderen Menschen erfahren, von der sehnenden Qual des Lebens, die für Jungfer Kruse wohl nie etwas anderes sein würde als – Qual. Und was für andere Glück bedeutete, hatte über Jungfer Kruse Grauen und Entsetzen und unerträgliche Gewissenspein gebracht.

Und Adelheid hatte ihren Mann und Vater Dag und Jungfer Kruse streng verurteilt und – mußte jetzt erfahren, daß sie selbst samt ihrem Vater in Schande gefallen war.

Jedem Unglück war sie bisher mit stolzer Haltung begegnet und hatte innere Stärke aus diesem stolzen Äußeren gezogen.

Jetzt war das vorbei. Sie begrub das Gesicht tief in den Händen. Das Leben würde niemals aufhören, sie zu Boden zu schlagen. Es würde immer so weitergehen. Die Schläge waren die Vorbereitung für den Tod.

Jemand kam die Treppe herauf, schwer und fest. Adelheid horchte auf, sprang schnell hoch und lief zum Spiegel. Sie fuhr sich mit dem Taschentuch über Gesicht und Augen, strich ihr Haar glatt und reckte sich – aus alter Gewohnheit.

Wilde Gedanken durchfuhren sie. Weshalb kam Vater Dag? Er hatte sie seit der Geburt der Zwillinge vor dreieinhalb Jahren nicht in ihrer Kammer besucht. Ahnte er etwas von Jungfer Kruse und ihrem Vater? Es wurde ihr schwarz vor den Augen – was würde er hierzu sagen? Würde er sie fragen? Und was sollte sie antworten?

Vater Dag war eingetreten. Er blieb stehen und sah sich um, als sei er noch nie hiergewesen. Seine Brauen waren zu tiefen Stirnfalten dicht zusammengezogen, und düsterer Ernst lag über ihm.

Adelheid war ein paar Schritte zurückgewichen, sie stand hinter dem großen Sessel und spielte aufgeregt daran herum. »Willst du dich nicht setzen?« brachte sie endlich heraus.

»Gern.« Er schritt zum Stuhl und setzte sich.

»Du bist die letzten zwei Tage gar nicht bei deinem Vater gewesen«, sagte er ruhig. »Er fragt nach dir.«

Adelheid wendete sich langsam zur Fenstertür und blickte hinaus.

Vater Dag saß da und beobachtete sie. »Wir sollen nicht richten«, mahnte er still. »Auch wir anderen haben auf unsere Mitmenschen vielleicht nicht immer genügend Rücksicht genommen.«

Adelheid zuckte zusammen. Was meinte er? Wußte er etwas, oder glaubte er, sie verurteile ihren Vater wegen seiner Trunksucht?

Vater Dag sah ihre Ratlosigkeit, die ihr jetzt alle Haltung genommen hatte.

»Alles, was du weißt, das weiß ich auch – die Sache mit Jungfer Kruse und – alles übrige«, sagte er fest.

Da brach Adelheid zusammen. Sie weinte herzzerreißend hinter dem Vorhang. Vater Dag hatte es also gewußt und kam jetzt, sie zu trösten – gerade als sich das ganze Leben schwarz um sie zusammenzog.

»Ja, das tut dem Stolz weh, so etwas«, sagte er schwer, »aber das Leben zerbricht unseren Stolz, Adelheid. Und wir verstehen das Leben am besten, wenn er zerbrochen ist.« Er erhob sich, tat ein paar Schritte zur Tür, wendete sich aber noch einmal nach ihr um.

»Wir haben uns viel zu sagen, du und ich – aber heute abend mußt du zu deinem Vater gehen – es ist nicht sicher, ob er es noch lange macht.«

Damit ging Vater Dag, und die Treppe knarrte laut unter seinem Schritt.

Vater Dag wußte also alles, er hatte dem Geschehenen sein Grauen genommen. Mit einem solchen Mitwisser ließ es sich leichter ertragen, und er war zu ihr gekommen, um es ihr zu sagen und sie zu trösten, und hatte ihr etwas von der alten Vertraulichkeit verheißen. Das hatte sie wie eine tröstliche Wärme durchströmt, und sie hatte nur an sich gedacht – wie immer.

Da fielen seine letzten Worte: vielleicht ginge es mit ihrem Vater zu Ende ... Der Haß gegen den Vater, die Scham, der Kummer und zuletzt der Trost – alles, was sie heute gedacht und gefühlt hatte – versank hinter diesen letzten Worten. Wie eine Vision stieg es dabei vor ihr auf. Deutlich sah sie ihren Vater vor sich, wie er ihr an ihrem Hochzeitsabend in der Schreibstube »Gute Nacht« gesagt und sie mit feuchten Augen um Vergebung gebeten hatte, daß er war, wie er war. Aber hatte sie ihm je wirklich vergeben?

Sie hatte ihn gehaßt, seit sie zehn, elf Jahre alt war, und hatte bis zu dieser Minute nicht aufgehört, ihn zu hassen und sich seiner zu schämen. Vater Dag mit seiner harten Natur hatte ihm verziehen, sie aber nicht. Nicht ein einziges Mal hatte sie etwas getan, um ihm eine Freude zu machen – niemals mit Wärme an ihn gedacht.

Jetzt, da Vater Dags Mahnung sie wie der Schlag der Totenglocke getroffen hatte, jetzt erst sah sie ihren Vater, wie er ihr wohl in all den Jahren im geheimen gegenübergestanden hatte – mit dieser Bitte um Verzeihung – und vielleicht auch um ein wenig, ein ganz klein wenig Freundlichkeit.

Wenn sie ihm damals an ihrem Hochzeitsabend einen leichten Kuß auf die Wange geschenkt hätte, oder nur einen freundlichen Blick – aber sie war nur mit sich selbst beschäftigt gewesen und war fortgelaufen ...

Vielleicht hätte ihm in den vielen bitteren Jahren ein freundliches Wort geholfen. Ja, hätte sie ihn nur ein einziges Mal, wenn er wieder in sein kümmerliches Dasein in der Stadt zurückkehrte, aufgefordert, recht bald wiederzukommen – er sei ihr willkommen! Statt dessen hatte sie ihn steif und stumm fühlen lassen, wie froh sie war, ihn los zu sein ...

Während sie nach dem Neubau hinüberging, umdrängten sie alle lieben Erinnerungen an den Vater. Wie glücklich war sie als kleines Mädchen immer gewesen, wenn er in strahlender Laune mit seinen lustigen Einfällen heimkam! Er hatte sie reiten und fahren gelehrt und war ihr ein und alles gewesen. Und leuchtend stieg ihr über allen dunklen Bildern der letzten Jahre zum erstenmal die Erkenntnis auf, daß sie nur durch ihren Vater und seine Freundschaft mit Hauptmann Klinge nach Björndal gekommen war, wo ihr Leben mit allen Freuden und allen Schmerzen erst seine Erfüllung gefunden hatte.
Jetzt lag er schon tagelang wenige Schritte von ihr entfernt todkrank und unglücklich, blickte zur Tür, lauschte und wartete vergebens auf die einzige, die von seinem eigenen Fleisch und Blut noch übrig war.
Adelheid klopfte behutsam an die Tür zur blauen Stube und öffnete. Man hatte die Vorhänge zugezogen, freundlich brannten ein Feuer im Ofen und Lichter zu beiden Seiten des Kopfendes. Der Vater drehte mühsam den Kopf zur Tür. Ein Anflug ihres gewohnten Widerwillens schwand vor dem Eindruck der großen Veränderung, die mit ihm vorgegangen war. Breit und ruhig lag er in dem großen Doppelbett. Mit der weißen Binde um die Stirn und den ernst gestrafften Zügen sah er wie ein richtiger Soldat aus.
Sein Blick leuchtete auf, als er sah, daß sie es war; aber er dämpfte ihn sofort. Sie setzte sich ans Bett, sie vermied es, ihn anzusehen, und ließ den Blick über das Deckbett schweifen. Erst wußte sie nichts zu sagen, bemühte sich aber, in ihrer Haltung Freundlichkeit und Teilnahme auszudrücken. Sie hatte sich unten in der Diele Ruhe erkämpft, aber dessen hätte es kaum bedurft. Solange sie allein war, hatte sie sich so oft vorgenommen, sich zu ändern; sobald sie aber anderen, selbst den Nächsten gegenübertrat, war sie gehemmt. Sie fragte, wie es ihm ginge, und er antwortete mit einem Anflug seines leichten Tones: »Mal so – mal so.«
Sie kämpfte mit sich selbst, suchte immer wieder zu der Herzlichkeit zurückzufinden, die sie auf dem Weg hierher verspürt hatte, aber sie brachte es einfach nicht über sich, irgend etwas davon zu äußern – ihm gegenüber. Fünfundzwanzig Jahre lang hatte sie einen Abscheu vor ihm empfunden, und jetzt war noch dies hinzugekommen, schlimmer als alles andere. Wie sollte sie es über sich bringen?
Plötzlich hob sie den Kopf, wie um zu lauschen. Vater Dags ruhige Stimme und seine Worte in ihrer Kammer klangen jäh wieder in ihr auf. Sie waren hinter der plötzlichen Sorge um das Leben des Vaters zurückgetreten, jetzt aber kehrten sie wieder: »Ja, das tut dem Stolz weh, so etwas, aber das Leben zerbricht unseren Stolz, und wir verstehen das Leben am besten, wenn er zerbrochen ist.« Sie sank wieder in sich zusammen. Das klang wie eine Erfahrung, die er selber gründlich hatte machen müssen. Und er hatte es ihr nicht in einer solchen Stunde gesagt ohne den Glauben, daß sie solch eine Mahnung brauche.

War es der Stolz, der ihr den Mund verschloß, sie nicht zeigen ließ, was – sie doch gern zeigen wollte?
Hatte sie in den Jahren des Unglücks ihr Äußeres so hart in Zucht genommen, daß es jetzt ihr Inneres beherrschte? Sie versuchte ihre Haltung so demütig wie möglich zu machen, um zu sehen, ob es etwas nütze; und im weiteren Verfolg dieser Regung streckte sie die Hand über das Bett aus. Irgend etwas in ihr schien sie zurückzuhalten, doch legte sie sie behutsam, aber fest auf die des Vaters. Sein Arm und seine Hand zuckten spürbar zusammen. Zum erstenmal in sechsundzwanzig Jahren berührte ihn seine Tochter, die er noch als das lebhafte, herzensgute Kind in seinem Herzen zu bewahren versucht hatte.
Major Barre schloß die Augen. Die Wärme ihrer Hand war für ihn eine heilige Freude, die er vor langer Zeit einmal besessen hatte und die jetzt wieder in ihn überströmte. Er lag da, voller Furcht, sie könne die Hand zurückziehen; und Gedanken, die er wohl gedacht hatte, die aber sonst niemals gesagt worden wären, formten sich jetzt zu Worten, zu bewegten, scheuen, leisen Worten: »Ich kann nicht erwarten, daß du mir verzeihst – all den Kummer – den ich – über dich gebracht habe, Adelheid – aber ich hab' dich mehr geliebt, als – du gemerkt hast.«
In brennender Scham erinnerte sich Adelheid jetzt, wie er in seiner Armut all seine bescheidenen Freuden eingeschränkt hatte, um ihr gute Kleider zu kaufen, und manche seiner kleinen Opfer kamen ihr zum Bewußtsein.
Und sie konnte ihm seine Worte nicht einmal entgelten, konnte nicht sagen: auch ich habe dich lieb gehabt; denn es wäre nicht wahr. Sie hatte nichts zu geben. Sie fühlte die Tränen kommen und wollte aufstehen, aber ehe sie sich wieder in der Gewalt hatte, hörte sie sich sagen: »Armer – armer Vater«, und dann brach sie in Tränen aus. Eine Hand um die seine geklammert, das Gesicht in der anderen, weinte sie herzbrechend über ihn und – über sich selber.

Adelheid war gegangen. Der Major lag allein in der blauen Stube. Er hatte Adelheid gesagt, er würde gern mit Vater Dag sprechen, wenn er nicht schon zu Bett läge und – es ihm nicht zuviel wäre. Die Stunden vergehen langsam, wenn man wartet, und der Major wartete sehr.
Er hörte Türen gehen und Stufen knarren, dann Schritte auf dem Flur, aber es war nicht Vater Dags Gang. Es war nur einer der Knechte, der in der Kammer nebenan Nachtwache halten sollte, um zur Hand zu sein, wenn der Major etwas brauchte.
Ein Gefühl von kalter Verlassenheit senkte sich über ihn. So also sollte es zu Ende gehen; denn daß dies das Ende war, darüber war er sich klar. Von der Wunde her pulste und bohrte es in seinem Kopf, und die Beklemmungen kamen und gingen.

Irgendwo im Neubau klappte eine Tür, und jemand kam die Treppe herauf und den Flur entlang. Der Major hatte den Atem gespannt angehalten, jetzt atmete er erleichtert aus. Das war Vater Dags Gang.

Vater Dag schickte den Knecht in der Kammer nebenan zu Bett. Er wollte selber beim Major wachen, hatte schon mehrere Stunden geruht und kam deshalb so spät.

Dag war vom frühen Morgen an bei dem Kranken gewesen, der mehrmals bewußtlos gelegen hatte. Der Major hatte Adelheids Buben sehen wollen, Dag hatte sie geholt, und der Major hatte freundlich mit ihnen gescherzt; als sie dann aber gingen, war er ganz hin gewesen, hatte geschluchzt und dann wieder die Besinnung verloren.

Als Vater Dag jetzt zur Nachtwache erschien, trug er heimlich etwas in der Hand und setzte es vorsichtig auf den Nachttisch. Barre drehte die Augen danach und sah, daß es ein gefülltes Gläschen war.

Der Arzt hatte zwar verboten, ihm etwas zu geben, was das Blut erhitzte, das könnte den Tod herbeiführen; aber Dag glaubte nicht, daß dieses Glas einem Menschen wie dem Major etwas anhaben könnte; und ein kleiner Tropfen von dem alten französischen Kognak aus Thereses Zeiten wäre ihm nach dem langen Bettliegen wohl zu gönnen. Er hatte immer so davon geschwärmt.

Der Major pflegte sonst mit so etwas kurzen Prozeß zu machen, heute aber nippte er nur vorsichtig daran und kostete es mit wehmütigem Blick langsam aus. Es mochte wohl sein allerletztes Glas sein.

Dag nickte auf seinem Stuhl ein wenig ein, blickte aber ab und zu nach dem Bett hinüber. Der Major hatte drei volle Stunden geschlafen, daß es dröhnte. Jetzt erwachte er und sah sich um. Dag ermahnte ihn, den Kopf ruhig zu halten, und er streckte sich gehorsam auf dem Rücken aus.

»Adelheid war ja hier«, sagte Dag nach einer Weile.

Ein deutliches Zucken flog über Barres Gesicht. Er schloß die Augen, und Dag sah, daß sein Atem schwer, ja stoßend ging und wie es ihm feucht über die Wangen zu rieseln begann.

Mit bewegter Stimme, aber leise, wie für sich, sagte der Major: »Adelheids Besuch hat mir vieles wieder so lebendig gemacht – aus der Zeit, wo sie noch ein kleines Ding war. Das war die lichte Zeit in meinem Leben, dann wehte der kalte Wind mich wieder an, und es ging bergab wie in meinen frühen Jugendjahren.« Barre schwieg lange, dann erklang seine Stimme wieder stärker, jetzt schwingender: »Nein, ich will nicht von lichten Zeiten reden. Alles im Leben habe ich kaputt gemacht – für alle, die mit mir in Berührung kamen – für meinen Vater, meine Mutter, für – meine Frau, für Adelheid und viele andere; und jetzt für euch hier und Jungfer Kruse, die Ärmste – die letzte, die glaubte, daß etwas an mir dran wäre.«

Beide hatten lange geschwiegen. Für den scharfen Nachtwind draußen und das heimelige Bullern des Ofens hatte keiner ein Ohr. Beider Gedanken schweiften weit hin über Ort und Zeit.

Es war Dag, der endlich das Wort ergriff. »Ja, ein Kämpfer bist du nicht gewesen.«

Da durchzuckte es den Major, und er hob trotz allen Verboten den Kopf, ja, er stützte sich auf den Ellbogen hoch und sah Dag an, als erblicke er ein Gespenst.

Einen einzigen Halt hatte Barre im Leben gehabt: mochte er weder als Mensch noch als Soldat ohne Tadel gewesen sein, ein unerschrockener Krieger war er gewesen; man sprach noch von seiner Entschlossenheit und Tollkühnheit in gefährlichen Augenblicken. »Kein Kämpfer?« stieß er schließlich hervor.

Vater Dag saß lange da, als sehe und höre er nichts, und als er antwortete, klang es ruhig und unberührt von dem hitzigen Ton in der Frage des Majors. »Ich hatte an den langen Kampf gedacht – an den Kampf in uns selbst; und darin bist du kein Kämpfer gewesen. Du hast stets deinen Gelüsten nachgegeben, hast ihnen nie widerstanden, und das bringt einem Unheil – einem selbst und seiner Umgebung. Du hast dein Leben geführt wie ein Wilder. Ich will nicht sagen, daß gerade ich ein Recht habe, über dich zu richten, ich denke nur an deine eigenen Worte: daß du nie dagegen angekämpft, dich nur immer hast treiben lassen, rückwärts, immer weiter rückwärts. Und daß du jetzt daliegst und auf deine Niederlage zurückblickst. Nur daran denke ich.«

Barre hatte seinen Kopf wieder in die Kissen gebettet, und Dag fuhr fort, erst leise, doch am Schluß mit gehobener Stimme: »Auch ich habe meine Niederlagen erlebt – und es können noch weitere kommen – aber kämpfen und dagegen angehen müssen wir – bis uns das Dunkel empfängt – im Tode.«

Barre starrte ins Leere, als hätte er genug von Predigten; da aber sagte Dag leise, fast flüsternd: »Zuletzt hast du dem Kampf den Rücken gekehrt und – wolltest fliehen.«

Da wendete der Major den Kopf, in seinem Blick eine dringende Frage. In seinen Soldatentagen war es nicht seine Art gewesen zu fliehen.

»Du wolltest den Kampf nicht ausfechten«, sagte Dag fest.

Da begriff der Major, daß Dag den Schuß meinte, und die Röte stieg ihm heiß ins Gesicht, sein Atem ging lange stockend und unregelmäßig. Schließlich erwiderte er: »Du magst recht damit haben, daß ich keinen Widerstand geleistet habe, nur immer ausgewichen bin; aber bei mir war es anders als bei anderen – es war zu stark für mich ... Du hast das nie so kennengelernt.«

Und er erzählte allerlei vom Soldatenleben mit den Kameraden, die sich im Trinken und in Weibergeschichten überboten – und wie er dadurch geworden war, was er war. Dasselbe, was er zu Adelheid gesagt hatte, nur unverblümter.

Dags Blick bekam seinen strengen Zug. »Du denkst wohl, wir anderen hätten keine Versuchungen gehabt? Auch ich hatte sie als junger Mensch, daheim wie in der Stadt, wenn ich ein hübsches junges Blut sah. Aber ich kämpfte so dagegen an, daß ich ein reiner Weiberfeind wurde. Und so wie ich später gestellt war, mit meinem Vermögen und allem, haben mir genug Weiber Augen gemacht und es auf mich abgesehen. Glaubst du, ich bin blind gewesen – oder gefühllos? Ich mußte auch kämpfen und mich durchschlagen. Und all die anderen Versuchungen, mein alter Starrsinn und das viele Geld und die Habgier und – alles. Einmal glaubte ich durchgekämpft und eitel Sieg vor mir zu haben, da ging es rückwärts mit mir, volle dreißig Jahre lang, verblendet vom Reichtum, bis ich mich besann und wieder dagegen anzukämpfen begann. Niederlagen muß man ertragen, aber sich nicht faul damit abfinden; man muß sich zu neuem Kampf aufraffen. Es gehört ebensoviel Mut dazu, wie als Soldat in der Hitze des Gefechts seinen Mann zu stehen. Die Stunden des Kampfes werden zu den lichtesten in unserem Leben, alles andere ist Finsternis – totes Leben ...«

Der Major schwieg, Dag aber konnte es seinen Augen ansehen, daß er ihm folgte.

Lange sagte keiner etwas, aber Dag war unruhig, als habe er etwas auf dem Herzen, und schließlich brachte er es heraus – hastig, als eile es mit seinen Worten: »Was meinst du dazu, wenn wir morgen den Pfarrer holten?«

Der Major bewegte die Hand, als wehre er etwas von sich ab, und seine Züge strafften sich zu einem bestimmten Nein. »Zu spät – bin ich mein ganzes Leben lang drum herumgekommen, so wollen wir es doch dabei lassen.« Aber seine Stimme klang zuletzt nicht mehr ganz fest.

»Wenn ich es über mich gebracht habe, dir dies zu sagen«, erwiderte Vater Dag, »so kannst du es auch über dich bringen, ihn zu empfangen. Oben in der Roislahütte und auch heute hast du die lichten Zeiten des Lebens berührt. So tapfer, wie du sein willst, hast du dasselbe Zeug in dir wie wir anderen.«

»Aber nicht gerade diesen Pfarrer«, sagte Barre schließlich.

Dag überlegte eine Weile. »Das ist verständlich. Aber in solchen Stunden kann man keinen Pfarrer brauchen, der einem nach dem Munde redet. Er wird kommen, nicht um gegen dich zu kämpfen, sondern mit dir. Er wird nicht mit dir ins Gericht gehen; denn er wird wissen, was es dich gekostet hat, ihn zu empfangen. Und er wird sehen, daß du auf gutem Wege bist.«

Barre versuchte noch einmal einzuwenden, daß es jetzt zu spät sei. Dag aber hatte sich schon erhoben. In der Tür sagte er noch: »Kämpfe dich dazu durch, Barre. Solange sich noch Leben in uns regt, haben wir das Recht zu kämpfen.« Seine Stimme schwankte, und er schloß heftig die Tür.

Vater Dag weckte den Knecht zur Nachtwache und tastete sich durch die dunklen Räume zu seiner Schlafkammer.

9

Der Pfarrer kam, aß erst in der Wohnstube zu Mittag, und Vater Dag erzählte ihm, wie er selbst dem Major nachts schon hart zugesetzt habe und daß er daher alles andere als Strenge brauchen werde.
Pfarrer Ramer konnte wohl ein strenger Pfarrer sein, er war aber auch ein kluger Mann. Dag war ihm in schwieriger Zeit ein zuverlässiger Freund gewesen, und der Pfarrer wußte, daß Dags Mahnungen in ernsten Fragen reiflich überlegt waren. Er sah keine Veranlassung, daran zu zweifeln, daß der Alte den Major ernstlich ins Gebet genommen hatte; doch wollte er wissen, was Barre fehle, da man nach ihm geschickt habe. »Ein unglücklicher Schuß«, antwortete Dag schnell und bestimmt. Er war auf diese Frage vorbereitet.
Pfarrer Ramer blickte nachdenklich vor sich hin und wollte genauer fragen, Dag aber beugte sich mit so kühler, entschlossener Miene über seinen Teller, daß er es unterließ. Wenn er sich nicht näher über den Schuß äußern wollte, war der Zusammenhang ohnehin unschwer zu erraten. Der Pfarrer zog die Brauen hoch und sah vor sich hin. Er stand zum erstenmal vor einem solchen Fall. Und er war sich nicht ganz mit sich einig, ob er Barre jetzt nicht doch seine Meinung sagen müsse. Es war jedenfalls eine äußerst ernste Sache.
Dag hatte immer noch seine blitzschnelle Art der Beobachtung und hatte den Pfarrer durchschaut, ehe er es bemerkte. »Wir haben seinen Weg von der Wiege bis zum Gr–Grenzstein besprochen«, sagte Dag ruhig, »und auch den Schuß«, setzte er lauter hinzu.
Der Pfarrer sah nicht aus, als sei er hierdurch ganz beruhigt, erwiderte aber nichts. Er war hergekommen, um den Major auf seinem Weg zur Ewigkeit zu leiten, es war also seine Sache, die richtige Form zu wählen.
Es war kein milder Pfarrer, der an Major Barres Lager trat. Aber das Gespräch begann so leise und ruhig, es stieg so unmerklich und mit so fortschreitender Macht, daß es Barre erst hinterher klar wurde, welchem peitschenden, aber befreienden Sturm er ausgesetzt gewesen war.
»Vieles in Major Barres Leben hätte anders sein können«, sagte der Pfarrer, als er zu Dag in die Diele zurückkehrte, »wenn er eine Stütze gehabt hätte.« Sein Mund war streng, sein Blick aber milde.
Noch lange nach seiner Abfahrt sann Dag hierüber nach. Der Major war mit einer Verwandten des Pfarrers verheiratet gewesen, hatte Adelheid zur Tochter – seine Worte klangen wie ein Urteil über zwei Frauen aus seiner eigenen Familie.
Der Pfarrer hatte Barres Frau wohl noch persönlich gekannt, mit Adelheid

hatte er vor ihrer Hochzeit, wie Dag wußte, eine ernste Aussprache gehabt, und später war sie auf ihren Spazierritten hin und wieder im Pfarrhof eingekehrt. Er konnte also auch über sie ein Urteil haben.

Wenn er jetzt nachdachte, so hatte Adelheid zu ihrem Vater nie ein Verhältnis gehabt, und aus ihrer Beziehung zu ihrem Mann konnte man auch nicht klug werden. In der Svarttjernhütte hatte sie bewunderungswürdig um sein Leben gekämpft, und für ihn selber war sie oft ein rechter Segen gewesen, stark und unerschrocken in Wort und Tat in jenem schweren Winter, als er selbst innerlich so zerrissen war. Aber – der Pfarrer mochte sich sein Teil gedacht haben ...

Er fragte weder den Pfarrer noch den Major, was sie miteinander gesprochen hatten. Als er später am Tage zu Barre kam, lag der ernst und still da, und nichts ließ erraten, welchen Eindruck der Besuch des Geistlichen auf ihn gemacht hatte. Auf dem Wege hatte Dag noch einmal über die Äußerung des Pfarrers nachgedacht; daß sich die Frau von ihrem Mann getrennt hatte, war wohl kaum nach des Pfarrers Sinn gewesen. Aber noch etwas anderes war ihm eingefallen; er kannte Barre jetzt zehn Jahre lang und hätte selber daran denken sollen, ihm eine Stütze zu sein. Er hatte viele Verpflichtungen im Leben, aber er hätte sich um jemand so Nahestehenden wie den Großvater der Jungen kümmern sollen. Er vergaß Barres Frau und Adelheid und alles andere über seiner eigenen Versäumnis. Ja, er war nicht einmal ganz sicher, ob der Pfarrer nicht auf ihn angespielt hätte.

Dag hatte sich bisher des Gefühls nicht erwehren können, es sei am besten, wenn der Major jetzt dahinginge; doch er hatte seine Meinung geändert. Es drängte ihn, das Versäumte nachzuholen. Und dieser dringende Wunsch, der Major möchte es überstehen, wurde zum festen Glauben, und noch ehe er sich selbst hierüber klar war, begann er zu reden. »Wenn du wieder auf den Beinen bist, Barre, dann läßt du deine Sachen aus der Stadt kommen und kannst hier im Neubau wohnen. Dann gehen wir in den Wald und schießen eine Portion Vögel und leben friedlich zusammen, du und ich, und ab und zu reden wir ein ernstes Wort miteinander.«

Bei den ersten Worten wendete der Major den Kopf und drehte die Augen erschrocken zu Dag hin, als sei er vom Tode auferweckt; doch er bettete den Kopf wieder zurück, ganz wie es der Arzt angeordnet hatte, nur seine Augen blickten Dag aufmerksam an.

Als Dag aufstand, ergriff er Barres Hand. Er atmete schwer, ohne ein Wort herauszubringen, aber seinen Blick vergaß Dag nie wieder.

Major Barre starb noch in der gleichen Nacht.

Unn Hammarbö wurde sofort geholt, und sie »hielt die Totenwache«, wie es nach alter Sitte hieß.

Adelheid erfuhr den Tod des Vaters nicht vor dem nächsten Morgen, und ehe sie mit Vater Dag die blaue Stube betrat, hatte Unn die Kinnbinde und die Gewichte von den Lidern des Majors entfernt. Kissenbezüge und Laken waren gewechselt worden – sie lagen spiegelglatt, und ein bläulicher Schimmer fiel von den Wänden des Zimmers auf ihr Weiß. Hoch auf dem Kissen ruhte das Haupt des Majors mit einer schneeweißen Binde straff um die Stirn.

Adelheid blieb regungslos stehen. War ihr Vater wirklich so forsch gewesen? Alles Ungesunde, Aufgeschwemmte war wie weggewischt. Das Gesicht mit den dichten, kräftig geschwungenen Brauen war bestimmt und energisch, die Nase abgemagert, sie trat kühn geschnitten hervor. Der Mund mit den vollen, aber wohlgeformten Lippen war fest geschlossen, und die kraftvolle Linie des Kinns vollendete das Bild – der Sproß langer Generationen von Offizieren.

Der Anblick mochte auch manches in Vater Dags Herzen wachrufen; denn er stand lange Zeit unbeweglich. Dann holte er tief Atem. »Friede deinem Andenken, Major.« Dann trat er ans Bett und ergriff Barres starre Hand zum letzten Lebewohl. »Dank – für alles Gute ...«, sagte er rauh.

Tränen überströmten Adelheids Gesicht, aber ans Bett ging sie nicht. Vielleicht, weil Dag hier stand, vielleicht, weil Unn stocksteif an der Wand saß, sicherlich aber, weil ihre Erziehung und spätere Entwicklung sie wie in allen großen Augenblicken verhinderte, ihren natürlichen Regungen nachzugeben.

Nach dem ersten Besuch des Doktors hatte man Eilboten in die Stadt geschickt, um die Verwandten und nächsten Freunde Barres vorzubereiten. Sie kamen zu spät, um ihn noch am Leben zu treffen, doch gerade rechtzeitig zur Beerdigung. Zwei Tage lang war das Haus voller Gäste.

Bei Tisch vor der Fahrt zur Kirche wurde mehr Gutes über Major Barre gesagt als in seinem ganzen langen Leben.

Die letzten Gäste waren morgens abgefahren, und es kam Adelheid vor, als sei alles Leben, jeder Laut mit ihnen gegangen.

Seit sie durch Jungfer Kruse Gewißheit hatte, hielt sie sich von aller Arbeit im Hause fern. Die ganze Arbeitslast der Begräbnistage lag auf Jungfer Kruse, die still, aber völlig wieder in ihre frühere Stellung hineingeglitten war.

Adelheid hatte ihre Gedanken im Zusammensein mit den Gästen betäubt, jetzt überfiel sie alles auf einmal. Bittere Vorwürfe, daß sie nicht mehr für ihren Vater getan hatte, daß sie in den letzten Tagen nicht häufiger bei ihm, nicht freundlicher zu ihm gewesen war und – daß sie nicht einmal auch nur seine Hand gestreichelt hatte, als er zum letztenmal in der blauen Stube lag – alles das konnte sie nicht verwinden.

Die Buben blieben den ganzen Tag über meistens sich selbst überlassen. Sie kamen zum Essen in die Küche und trieben sich sonst auf dem Hof herum, wo Mägde oder Knechte beschäftigt waren. Adelheid gab sich mit ihnen nur ab, wenn sie morgens angezogen und abends zu Bett gebracht werden mußten.

Zu den Mahlzeiten war sie unten in der Wohnstube und aß mit Vater Dag, und heute war auch er schweigsam und nachdenklich.
Dag war am Beerdigungstag zu Hause gewesen, aber so geistesabwesend, so finster, daß es ihr ins Herz schnitt; und – noch am gleichen Abend war er wieder fort.

Adelheid hatte die Buben zu Bett gebracht. Ihre Betten standen noch in Dags Stube, aber sie ließ nachts die Tür offen.
Sie stand vor dem Spiegel in der Jungfernkammer, sah sich aber nicht in die Augen, wollte die Verzweiflung auf ihrem Gesicht nicht sehen. Sie betrachtete nur ihr Haar, während sie es aus täglicher Gewohnheit bürstete und ordentlich aufsteckte, ehe sie zum Abendessen in die Wohnstube hinunter mußte.
Keines der beiden hatte recht gegessen und keines etwas zu reden gewußt. Sie sagte ihr leises »Gute Nacht« und wendete sich zur Diele, einem verzweifelten Abend und einer schlaflosen Nacht entgegen.
Da räusperte sich Vater Dag und bat leise: »Könntest du nicht heute abend noch etwas unten bleiben?«
Die Worte kamen Adelheid so unerwartet, daß sie mitten in der Tür stehenblieb, als müsse sie es noch einmal hören. Sie drehte sich langsam um und sah ihn verwundert an. Ihr gespannter Blick sprach so lebendig von tiefem Unglück, daß Vater Dag die Fassung verlor und stumm durch ihre Augen in die Verzweiflung ihres Herzens hineinblickte ...
Wortlos ging er auf sie zu, legte den Arm um ihre Schulter und führte sie zur Alten Stube.
»Wir können uns etwas hier hereinsetzen«, sagte Vater Dag, nachdem er das Feuer angezündet und zwei Stühle vor den Kamin gerückt hatte. Adelheid drehte ihren Stuhl so, daß sie das Zimmer übersehen konnte. Die alten grünlichen Fensterscheiben gewannen jetzt im Spiel der Flammen Leben, wie dunkle Augen standen die dicken Buckel im goldenen Widerschein des Feuers. Die Waffen unterm Gebälk und an den Wänden hatten der Alten Stube in Adelheids Augen immer einen besonders strengen Ernst gegeben. Sie hatten sie wie Zeugen einer Zeit gedünkt, da das menschliche Leben noch wild und hart und ohne Gnade war. Die Erinnerungen der letzten Jahre und namentlich die Erlebnisse in allerjüngster Zeit ließen ihr die Alte Stube heute nicht mehr so unendlich fern erscheinen. Das Leben war hart, auch jetzt noch, hart und wild und ohne Gnade.
Vater Dags Stimme weckte sie aus träumenden Erinnerungen. Er glaubte gewiß, sie dächte an ihren Vater. »Ja – es rührt manches auf, wenn einer unserer Nächsten dahingeht, um nie mehr wiederzukommen«, sagte er. »Oft scheint es mir, als seien wir Menschen nur unmittelbar nach einem solchen Verlust so, wie wir eigentlich sein sollten. Dann durchdringt unser Blick so leicht das, womit unser kleinlicher Sinn sonst beschäftigt ist und was uns das

Bild unserer Nächsten so entstellt. Hinterher denken wir meist nur noch an das Gute, das in ihnen lag und das wir vielleicht hätten zur Entfaltung bringen können – wenn wir uns in erster Linie daran gehalten und ihnen gezeigt hätten, daß wir es erkennen. Wir sind so wenig darauf bedacht, einander zu helfen.«

Bei diesen Worten hatte Dag nicht nur an sich selbst, sondern auch an Adelheid gedacht – er konnte ja nicht ahnen, wie schmerzlich es sie treffen würde –, und er blickte sie verwundert an, als er sie plötzlich schluchzen hörte. Er sah aber wieder ins Feuer, während sie laut herausweinte, wie er es nur beim Tode ihrer Kinder erlebt hatte.

Adelheid hatte sich beruhigt, das Zucken ihres Herzens war in einem Aufschluchzen verebbt. Das Kaminfeuer war zischend zusammengesunken; nur noch kleine Flämmchen spielten um die Reste der Stubben, und Vater Dag blickte, die Wange in die Hand gestützt, in die stille Glut.

»Ja, ja«, sagte er leise, »wenn man auf sein Leben zurückblickt, gibt es so viel Kummer, daß man zusammenbrechen könnte ... Aber ...« Er hob den Kopf, und aus seinen Zügen sprach die sichere Kraft, wie noch immer in entscheidenen Stunden. »Das Leben fordert uns, Adelheid, solange wir atmen. Wir müssen, was auch kommt, wieder hoch und vorwärts, müssen sehen, in unser tägliches Leben etwas von dem mitzunehmen, was der Schmerz uns gelehrt hat.« Ob Vater Dag in Gedanken versank oder ob er Adelheid Zeit lassen wollte, seine Worte recht tief in sich aufzunehmen – er schwieg lange. Er schien zu überlegen, was er ihr sagen wollte. »Ich habe schon öfter mit dir über unsere Unterhaltungen von damals reden wollen – weißt du, im Herbst und Winter vor zwei Jahren. Ich habe wieder und wieder die Bibel deines Großvaters vorgenommen – und habe sie zum Ausgangspunkt ernsten Nachdenkens gemacht. Ich bin zu einem Ergebnis gekommen und habe dem seither nachgelebt. Aber ich konnte bisher nicht die richtige Worte finden, es dir klarzumachen ... Heute abend könnte ich es versuchen: Alles, was dort vom Gebet und von der Gnade des Herrn steht, ist in seiner Weise recht, aber – es hilft einem nichts, wenn es gilt, sich darauf hinzulegen und zu entschlafen. Meine Nöte mit dem Ablaß damals waren berechtigt. Aber nicht nur unsere guten Werke und unsere Gedanken sind ein Versuch, uns auf billige Weise in die Ewigkeit hinüberzuretten – es ist dasselbe auch mit unserem Gebet. Unsere Gedanken sitzen viel zu tief in uns verwurzelt und können sich nicht davon befreien. – Ich habe daran gedacht, was du mir von Dags Geschichte nach seinem Unglück am Totenberg erzählt hast – wie die Seelen gleich flutenden Gewächsen in einem Bach trieben und trieben und doch nicht vom Fleck kamen, weil – sie festgewurzelt waren. So ist es wohl wirklich mit uns, solange wir auf Erden leben. So weit wir auch mit unseren Gedanken dringen, sie sind in uns verwurzelt und können uns von der Wurzel unserer

Menschlichkeit nicht lösen. Wir suchen immer nur unser eigenes Bestes, sei es für dieses Leben oder für das jenseitige. – Wenn wir dies erst klar eingesehen haben, dann begreifen wir auch, daß nur der Herrgott uns für die Ewigkeit bereiten kann. Gnade finden wir, wenn wir unser Bestes tun – und das können wir einzig hier auf Erden, einzig in diesem Leben. Es nützt nichts, sich mit Gedanken oder Gebeten in die Ewigkeit hineinzwingen zu wollen. Wir erreichen sie auf keine Weise. Wir sind einzig und allein auf uns selbst und auf Ablaß bedacht, ob wir nun beten oder versuchen, Gutes zu tun. Alles ist Eigennutz.«

Dag war mit sich selbst nicht zufrieden Er hatte es nicht so klar auszudrücken vermocht, wie es vor ihm stand. Und er hatte den Eindruck, daß Adelheid nicht zuhöre. Er hockte sich vor den Kamin und legte neues Holz auf, so daß das Feuer wieder aufflammte.

Seine Gedanken schienen mit dem Feuer neu aufzuleben; denn er lehnte sich wie im Bewußtsein gewonnener Klarheit im Sessel zurück und nahm den Faden wieder auf. »Wenn unsere Kräfte über dieses Leben nicht hinausreichen, müssen wir sie eben hier im Leben gebrauchen. Wir dürfen uns nicht in Büchern und Reden verlieren und nicht in schwächlichem Jammer versinken, weil wir über unsere Fähigkeiten nicht hinausreichen. Wir müssen uns damit begnügen, daß wir nur Menschen sind, und uns für die letzte weite Reise des Herrn getrösten; denn dort vermögen wir nichts. Ich halte nichts davon, halb im Schlaf morgens und abends allerlei Gebete zu sprechen. Man sollte sich an das Vaterunser halten – das tat auch mein Vater. Im Vaterunser stehen viele starke Worte, daher soll man es aufmerksam beten, so daß man es den Tag über im Gefühl hat, und dann soll man an sein Tagewerk gehen. Das verlangt das Leben von uns – denn wir stehen im Leben, solange wir auf Erden sind. Die letzte Zeile der Gedichtstrophe in der Bischofsbibel: Des Menschen Willensweg zu Gott ist das Gebet, kann auch einen anderen Sinn haben. Ich deute sie so, daß unser strebender Wille nicht nur in Gedanken und Formeln, sondern auch in unseren Werken das wahre Gebet ist – und die Werke sind es, die am meisten von uns verlangen und – auch anderen zugute kommen. Das tun Gedanken und Gebete nicht. Alles ist mir so einfach und deutlich geworden, was vorher unklar war. Wäre ich Pfarrer, so würde ich jeden Feiertag darüber predigen, daß man ein warmes Herz und guten Willen zeigen und hilfreich sein soll; denn das ist der rechte Willensweg, ist anderen wie uns selber gedeihlich.« Vater Dag wendete Adelheid das Gesicht zu. »Jetzt begreifst du auch, weshalb ich meine Fahrten über Land wieder aufgenommen habe, die Kätnerstellen wieder aufsuche. Es gibt genug zu tun. Und dann lebe ich dort oben im Wald auf und finde in Wald und Wetter und im Wechsel der Jahreszeiten ebensoviel von unserem Herrgott wie in Büchern und Sprüchen. Wenn ich mich mit den Bübchen in den Bergen herumtreibe, so tu ich es, weil ich alter Mann dadurch wieder frisch werde und die Kleinen eine Erinnerung daran behalten sollen. Denn vielleicht finden sie später einmal eine Stütze an den ernsten Worten ihres Großvaters. Wir sind einmal schwache Geschöpfe, Adelheid. Wenn wir uns auch noch so stark fühlen – wir brauchen jede Stütze, die sich uns bietet, bei der Kirche, bei unserer Familie, bei zuverlässigen Freunden. Hätte ich diese Stütze nicht gehabt, so hätte es für mich nur das Geld gegeben, zum Unheil für alle – hier in der Siedlung und draußen im offenen Land.«

Zuletzt war die alte unerschütterliche Kraft über Vater Dag gekommen, und vom frischen Feuer im Kamin umlohte es ihn wie ein leuchtender Schein; doch dann sanken die Flammen, und das Dunkel der Alten Stube begann die beiden einzuspinnen.

Adelheid schlug schnell die Augen nieder, als Dag endlich den Kopf hob. Noch hatte sie den überzeugten Klang seiner Worte im Ohr. Er schien ihr in all ihrer Verzweiflung wie die Ruhe und der Friede selbst.

Sie stieg die Treppe wie unter einer Last hinauf. Vater Dag hatte sich selber aus dem Dunkel, das ihn umdrohte, befreit – ohne ihre Hilfe. Jetzt stand er wieder mitten im Leben, ruhiger als je. Nie mehr würde er mit ihr über solche Fragen sprechen. Alles hörte sich so richtig an, was er sagte, aber – es galt nicht für sie. Wie sollte sie etwas leisten, wie im täglichen Leben ihren Willensweg zu Gott gehen?

Ärmer denn je betrat sie ihre Kammer.

10

Der alte Per Barvoll und ein junger Bursche aus Friland waren dabei, Stämme zum Flußufer unterhalb Svarttjern abzufahren. Es war tagsüber mild und nachts kalt gewesen, die Stämme waren festgefroren, und überdies glatt. Per war noch rüstig genug, um bei einiger Hilfe mit einem Stamm fertig zu werden, heute aber ging es langsam, und auch der Bursche, einer der jüngsten, mußte sich jedesmal verschnaufen, wenn Per sich auf dem Stamm ausruhte.

Per blickte zur bleichen Februarsonne am frostgrauen Westhimmel auf und dachte wohl, daß man seine Schritte bald nach der Hütte überm See lenken und dort den Herd und ein Pfeifchen anzünden könnte. Aber noch war es etwas zu früh; man mußte sich wieder an den dicken Stamm machen, der den Holzstapel zusammenhielt, mußte sehen, noch etwas für morgen vorzuarbeiten. Der Bursche und Per rüttelten und schoben an dem Stamm, streckten sich und gingen um ihn herum, betrachteten ihn bedenklich, scharrten den Schnee mit den Füßen beiseite, kratzten sich am Kopf und packten von neuem an. Aber er rührte sich nicht. Als sie sich am allerärgsten mühten, hörten sie das leichte Gleiten von Skiern, und der junge Dag stand vor ihnen. Er hatte eine Falte in den Wangen, die sich gutmütig lächelnd nach oben ziehen oder in harter Strenge straffen konnte, aber man konnte nie voraussagen, wann das eine oder das andere geschah; denn er war unberechenbar. Seine Augen waren meist schwermutdunkel, aber sie konnten auch lustig blau aufblitzen. Und wenn die Lustigkeit einmal so lange währte, daß sie die Falte in der Wange trotz seinem sichtlichen Widerstreben aufwärts zu ziehen begann, dann kam ein so überraschend warmer, hübscher Zug in sein sonst so strenges Gesicht, daß jeder davon hingenommen war, der es zum erstenmal sah.

Jetzt aber stand weder in seinen Augen noch in der Falte auf seiner Wange Freundlichkeit zu lesen, sondern nur rauhe Gleichgültigkeit.

Per richtete sich etwas beschämt auf, weil er die Sache gerade aufgeben mußte, da Dag zusah, aber der Stamm war nicht zu bewegen.

»Er ist das blanke Eis und nicht anzufassen«, entschuldigte er sich.

Dag glitt dicht heran, streifte die Skier ab, stellte sich rittlings über den Stamm und beugte sich vor. »Wer nichts kann, bringt nichts fertig«, sagte er, legte die Hände um den Stamm und riß ihn hoch, daß es nur so krachte. Dann schnallte er die Skier wieder an und fuhr wortlos davon.

Der alte Per Barvoll hockte müde am Herd in der Svarttjernhütte, er zog und paffte an seiner Pfeife, um noch etwas aus den letzten Tabakresten herauszuholen. Seine Backen gingen aus und ein, und der Bart bewegte sich mit. Da sie Dag in der Nähe wußten, hatten sie nicht eher Feierabend machen können, als bis sie ihr Tagewerk ganz fertig hatten – und die Geschichte mit ihm lag wie ein dunkler Schatten über diesem Tag. Nach dem Essen hatte der Junge sich hingelegt, Per saß noch verdrossen mit der Pfeife auf. Plötzlich fuhr er lauschend hoch, steckte schnell die Pfeife in die Tasche und spuckte hastig ins Feuer.

Skier wurden an die Wand gestellt, und Dag trat ein. Auch er setzte sich ans Feuer und schauderte nach der Fahrt durch die Kälte. Per überlegte, ob er ihm etwas zu essen anbieten solle; da aber Dag seinen Rucksack mitgebracht und aufgehängt hatte, würde er sich wohl selber versorgen.

Dag hatte erst in den letzten Jahren zu rauchen angefangen und tat es selten; jetzt holte er seine Tonpfeife und eine Tabakrolle aus seinem Proviantsack. Er ließ sich wieder am Herd nieder, zog sein Messser heraus, kratzte in der Pfeife herum und nahm etwas Glut aus dem Feuer.

Per hockte in sich zusammengekrochen und unterwürfig auf seinem Platz, doch verfolgte er gespannt Dags Tun und konnte sich nicht enthalten, hörbar zu schnuppern, als der Tabakrauch aufstieg.

Dag guckte ihn flüchtig an, fuhr mit der Hand in die Tasche und holte die Tabakrolle heraus. »Da!« sagte er und warf sie ihm zu.

Per hatte nicht schnell genug zugegriffen und mußte sie unter dem Schemel suchen. Er begann ein »Danke schön« und »kann ich ja gar nicht annehmen«,

ein umständliches Kratzen und Säubern an der Pfeife, und zuletzt kam er auf die Beine, um die Rolle zurückzugeben.
»Du kannst sie behalten«, sagte Dag.
»Die ganze?« fragte Per.
Dag antwortete nicht, und Per setzte sich wieder auf seinen Schemel, wendete und besah die ansehnliche Rolle nach allen Seiten.
Dag war seit dem Unglück am Totenberg nicht mehr in der Svarttjernhütte gewesen. Weshalb war er heute hereingekommen? Hatte er das Gefühl gehabt, er sei gegen den alten Mann zu schroff gewesen, und wollte er es wiedergutmachen?

Frühling und Sommer gingen hin, und es wurde Herbst.
Der junge Dag war an einem sonnigen Morgen von Osten her zum Skarfjell unterwegs. Der Himmel war herbstlich hell und durchsichtig – um viele Himmel höher als sonst. Hier wuchsen mehr Espen, Ebereschen und Birken als Nadelbäume, und jetzt in der Zeit des Laubfalls lag das Gras voll bunter Blätter. Im Schatten glänzten sie von Reif, aber an sonnigen Stellen waren sie dunkel von Feuchtigkeit.
Dag wanderte durch das Spiel von Schatten und Sonne, das die Blätter, die noch an den Bäumen saßen, in lebendigem Wechsel über seinen Weg warfen. Sein Blick ruhte auf den Blättern am Boden und hob sich dann wieder zu dem hohen Himmel. Er sog die kalte, trocken klare Luft ein, und sein Atem dampfte weiß um ihn. Weich und behutsam ging er – mit morgendlich wachen Sinnen.
Er hatte das Gefühl gehabt, als sei seit einiger Zeit im Abenddunkel etwas hinter ihm, um ihn, dicht neben ihm gewesen. Nicht nur, daß er ein einziges Mal einen dürren Zweig etwas stärker hatte knacken hören, als sonst die Äste am Boden von selbst knacken – nein, er hatte auch das Gefühl von einem behutsamen, ja gefährlich behutsamen Schleifen im Heidekraut gehabt, von Fußsohlen, die sich an den Boden schmiegten – so weich, so schleichend, daß es fast in der Nacht unterging, selbst für sein geübtes Ohr.
Konnte es ein alter Schlauberger von Bär sein, der so behutsam schlich? Oder ein Mensch? Wenn er hinterher bei Tageslicht nach Fährten suchte, waren keine zu entdecken. Daß ein Bär so schlau sein sollte, seine Tatzen nur auf Stein zu setzen, war nicht denkbar, und die ganz leichten Schleifspuren, die er im Moos und dem bereiften Heidekraut zu sehen gemeint hatte, endeten in einem Abdruck ohne Spur einer Bärenkralle. Das einzig Mögliche schien, daß es ein ebenso schlauer Waldläufer war wie er selbst, der Überstrümpfe aus Elchfell trug. Er selber benutzte solche Überstrümpfe, wenn er sich an besonders scheue Tiere heranpirschen wollte. Die ersten hatte er als kleiner Junge von seinem Vater bekommen; bei anderen hatte er diese Art Fußbekleidung nie gesehen.
Irgendwo hier im Wald trieb sich der fremde Mörder herum, der in der

Vestlihütte mit der Axt auf ihn losgegangen war. Sollte dieser Kerl im Abenddunkel auf Elchstrümpfen hinter ihm her sein? War er so wenig dankbar, daß er auf Rache für den Denkzettel von damals sann?
Dag ärgerte sich über diese Hinterlist. Er wollte einmal nachts ein Feuerchen machen und sich daran auf die Lauer legen, aber erst mußte er eine Stelle suchen, wo er den Rücken frei hatte – dann mochte der Hund kommen! Er sollte einen kräftigen Empfang finden!
Solche finsteren Gedanken hatten Dag zu dieser sonnigen Morgenwanderung getrieben. Er wollte zum Skarfjell hinauf. Es war weit, aber er kannte dort oben Stellen, wo er sich so lagern konnte, daß er den Rücken gedeckt und das Feuer vor sich hatte. Wenn es dann erlosch und sich nur noch in dessen letztem Schimmer die schlafende Gestalt abhob, dann würde der Schleicher wohl kommen.
Die belaubten Hänge, an denen Dag emporstieg, führten zu einem gewölbten Höhenkamm, und dahinter lagen riesige Moore mit schmalen, von Birkengestrüpp überwucherten Strichen festen Landes dazwischen.
Oben auf der Höhe blieb Dag plötzlich wie angewurzelt stehen. Blitzschnell hatte er die Büchse von der Schulter und ließ sie, die Linke am Lauf, die Rechte dichter unter dem Schloß, auf seinem Knie ruhen. Auf einem der Landstreifen im Moor stand ein Elchbulle, ein kräftiges Tier, in wachsamer Ruhe mitten im öden Moor. Ein duftiger Nebelschleier trieb dicht über das Moor hin, und Wollgrasflocken schwankten seidigweiß darin.
Dags Hände krampften sich um die Büchse – sie wollten ihrer alten Gewohnheit folgen –, sonst rührte sich nichts an ihm. Seine Augen blitzten zuerst kalt auf, wie immer vor einer schnellen Tat, erweichten sich aber zu einem stillen, fernen Blick. Der Elch streckte die langen hellen Hinterläufe aus und drückte die Lenden herab, der Vorderleib verharrte in wuchtiger Schwere. Jetzt hob der Elch das Maul in die Luft wie zu einem hallenden Brunstschrei – die gewaltigen Schaufeln lagen hintüber gegen den dichten Kamm der Mähne, der Sonnenschein glänzte auf den nassen bebenden Lefzen und den zitternden Nüstern, die in den Wind witterten. Der dampfende Hauch des warmen Atems strich ihm über den Körper.
Dag meinte noch nie ein solches Wunder von wuchtiger Kraft gesehen zu haben, er hatte sich ja früher auch nie Zeit zum Sehen genommen. Sonst krachte der Schuß im gleichen Augenblick, wo er eines solchen Kerls ansichtig geworden war. Und das würde wohl auch wiederkommen, heute aber war ihm so wunderlich zumute. Wenn der Elch dort draußen stehenbliebe, wäre er am liebsten an ihn herangetreten, hätte ihn bei der Schaufel gepackt, ihn tüchtig geschüttelt und im Mähnengewirr und Kinnbart gekraut.
Er fühlte sich offenbar ganz sicher in seiner gewaltigen Kraft, der Hüne da draußen, ganz wie auch Dag sich noch vor einigen Jahren gefühlt hatte. Jetzt war er daheim unsicher geworden, und auch hier in den Wäldern umlauerte

ihn irgend etwas. Und da sollte er dem ahnungslosen Tier dort eine heimtückische Kugel durchs Herz jagen? Nein, ein andermal wieder, wenn seine Stimmung danach war.
Schlug er aus der Art? – Nein, er schlug sich – in den Wald hinein. Niemals hatte er sich so mit den Wäldern eins gefühlt und mit allem, was darin in einem Frieden lebte, der auch ihn einmal umfangen hatte. Es war ihm jetzt wie eine schmerzliche Mahnung, daß ihn die Arglist des Lebens auch hier im Wald umlauerte.
Er nahm die Hand vom Hahn und schlug damit leicht gegen den Kolben. Der Elch senkte plötzlich Kopf und Schaufeln, als wolle er sich so klein und unsichtbar wie möglich machen, warf sich herum und fuhr in wilder Jagd in den Föhrenwald hinterm Moor.

Hoch oben am Westhang des Skarfjell blinkte ein winziges Feuer wie ein Stern – wurde heller und heller, je tiefer sich die Dunkelheit über die Wälder senkte.
Dag hatte den alten Pfad eingeschlagen, der sich westlich auf den Berg hinaufschlängelte, und war bis zu der Kehre gelangt, ehe die Abenddämmerung in die Helle des Herbsttages einbrach. Von dort hatte er auf die Waldtäler im Süden und Westen hinabgeblickt und – hinauf zum Hochgebirge im Norden, das sich bereits in hartem Winterweiß gegen das Blau des Himmels abzeichnete. Er stand in den Anblick versunken und dachte daran, wie er sich damals den Aufstieg auf den Totenberg ertrotzt hatte – während ihn noch Winterstürme umbrausten.
Mit dem Rücken gegen die Felswand saß er und aß sein Abendbrot am Feuer, das heftig im Wind zischte und flackerte, ihm heiß entgegenwehte und im Dunkeln hoch aufschlug, wenn der Wind hineinblies und von der Felswand zurückprallte. Lockerer Fichten- und Föhrenwald umgab ihn – schiefe windzerzauste Krüppelbäume mit verkrümmten Stämmen und an der Wetterseite abgestorbenen Ästen. Dazwischen Birken und Ebereschen.
Der Wind blies hier unerwartet kalt, und es zog ihm um den Felsen herum eisig in den Rücken. Er hatte für eine tüchtige Unterlage aus Fichtengrün gesorgt, behielt sogar noch etwas zum Zudecken übrig, aber aus dem Schlaf würde heute nacht nichts werden, das war ihm schon jetzt klar.
Während er sein Brot kaute, spitzte er die Ohren und lauschte auf alle Geräusche; sein Blick suchte schnell und scharf das Dunkel ab; doch als er gegessen und den Rucksack zugeschnürt hatte, wurde er ruhiger. Die Müdigkeit nach der langen Tageswanderung und die Wärme ließen ihn in seine gewohnte Gleichgültigkeit verfallen; er stützte die Ellbogen auf die Knie, die Wange in die Hand und nickte vor seinem Feuer ein. Unendliche Weite klang in dem Sausen des Windes hier oben auf dem Skarfjell. Von den Wäldern drunten tönte es fern und einschläfernd herauf, und der See unter dem

Nordabfall des Gebirgskammes brandete ab und zu gegen das steinige Ufer. Dag sank immer weiter vornüber, auf das Feuer zu, öffnete immer seltener die Augen, um sich umzusehen.
Da – mit einemmal hob er den Kopf kaum merklich von den Händen; er blieb unbeweglich sitzen, äugte aber scharf in das Dunkel hinter seinem Feuer. Unten, wo der Pfad sich herauszog, war es gewesen! Dort hatte sich im Feuerschein etwas aus dem Finstern abgehoben, schemenhaft, ein menschliches Gesicht; grade mannshoch über dem Boden. Aber nur wie ein Schimmer – dann war es wieder fort.
Was aber seinen Blick so völlig erstarren ließ, war noch etwas Besonderes – bei der Erscheinung hatte ihn etwas an die Züge seines Vaters erinnert. Drohte dem Vater der Tod, und war es der Vorspuk seines Todes, was ihn in den letzten Nächten beunruhigt hatte? Er hatte von solchen Sachen gehört. Die Leute im Wald wußten viel zu erzählen von Gesichten und Lauten um die letzten Tage eines Menschen. Aber war er auch richtig wach gewesen, als er es zu sehen vermeinte, oder noch im Halbtraum? Schwer zu sagen.
Er sank bei diesem Gedanken wieder vornüber, doch dann mußte er wohl einen Laut gehört haben; denn er hob den Kopf jetzt ganz, und – sein Vater trat aus dem Dunkel heraus.
Die Gedanken wirbelten in Dags Kopf: es war also der Vater, der hinter ihm her war – daher diese behutsamen Laute, aus denen man nicht klug werden konnte. Die unbestimmten Spuren stammten also von dessen Elchstrümpfen. Aber – weshalb war der Vater im Dunkeln hinter ihm her, weshalb war er nicht zum Vorschein gekommen?
»Ein tüchtiger Marsch bis hier herauf«, sagte der Vater schweratmend. Er schwitzte nach dem steilen Aufstieg.
Am Feuer lag ein großer bemooster Stein. Er setzte sich darauf, legte Büchse und Rucksack neben sich und blickte ins Feuer und in die nächtliche Finsternis hinaus und lange zum Himmel auf, als wolle er alle Sternbilder herausfinden. Dann sah er wieder in die Glut – nur nicht auf seinen Sohn. Vater Dag, der aller Welt so sicher entgegentrat – seinem Sohn gegenüber fühlte er sich unsicher, seit dieser erwachsen war. Gewiß hatte er an einem entscheidenden Abend jene Worte gesprochen, die Dag und Adelheid zusammenführten, das war aber auch das einzige, womit er in das Leben seines Sohnes eingegriffen hatte.
Es lag eine tiefe unüberwindliche Scheu zwischen Vater und Sohn. In den Jahren, als Dag heranwuchs, hatte die Mutter mit ihrem Haushalt und ihrer Fürsorge für die ganze Siedlung alle Hände voll zu tun gehabt, und der Vater war so völlig von seinen Geldangelegenheiten in Anspruch genommen gewesen, daß er für seine ganze Umgebung – auch für die Söhne – blind war.
So war Dag auf sich selbst angewiesen, und niemand in der Welt wußte, was sein innerstes Herz bewegte. Von Natur schweigsam wie seine Vorfahren,

hatten ihn der Wald und die Einsamkeit nicht gesprächiger gemacht. Wieviel er von der Härte des Vaters in Geschäften bemerkt hatte und was er darüber dachte, wußte der Alte nicht, und ebensowenig, ob sich sein Sohn Gedanken darüber machte, wie selten sich sein Vater um ihn gekümmert hatte.
So erging es Vater Dag bei all seiner inneren Sicherheit wie so manchem auf der Welt – wenn er sich irgendwo unsicher fühlte, dann grade vor einem seiner Nächsten. Und wenn er es in den letzten Jahren als seine Aufgabe betrachtet hatte, seiner Umgebung näherzukommen und ihnen möglichst viel zu helfen – war er auf seinen Sohn zu allerletzt verfallen.
Seit den Worten des Pfarrers über den Major hatte auch er eingesehen, daß alle Menschen eine Stütze brauchten, und seine Selbstvorwürfe hatten ihn dann endlich daran gemahnt, daß es einen ihm noch Näherstehenden gab, der Anspruch auf seine Hilfe hatte.
Der junge Dag konnte davon keine Ahnung haben, konnte auch nicht wissen, welche Seelenkämpfe sein Vater im Dunkel ganz in seiner Nähe durchgemacht hatte und wie oft er im letzten Augenblick vor einem Gespräch unter vier Augen zurückgeschreckt war. Vor elf Jahren hatte der Vater zum letztenmal dem Wunsche nachgegeben, dem Sohn nahezukommen. Das war im Frühjahr nach Thereses Tod gewesen – und er hatte Hauptmann Klinge mitgenommen, um nicht mit Dag allein sein zu müssen. Vater Dag konnte sich nicht besinnen, während zweier Jahrzehnte mit seinem Sohn unter vier Augen gesprochen zu haben, außer gelegentlich einmal über das Wetter oder ähnliche Äußerlichkeiten.

Dag hockte noch immer vor dem Feuer, das Kinn in die Hände gestützt. Er hatte ein-, zweimal zum Vater hinübergeblickt und dann zum Sternenhimmel, ob der Vater dort oben etwas Ungewöhnliches beobachtete. Der Abendwind hatte sich ein wenig gelegt, aber es fuhr ab und zu ein kalter Zug um den Felsen, und aus den Wäldern und vom Skarfjellsee herauf drangen verhallende Laute und verebbendes Brausen.
Vater Dag scharrte ein paar Späne ins Feuer und sah zu, wie die Flammen sie ergriffen und wie der Rauch sich ins Dunkel verlor. »Hast du dieses Jahr schon einen Bären gesehen?« fragte er endlich.
Der Sohn schien erst nachzudenken. »Nein, dieses Jahr noch nicht, nur Fährten nördlich von Svarttjern und der Vestlihütte und hier herum aufs Gebirge zu. Und Fischer Börre hat einmal einen unten am Wasser gesehen.«
»Der Elch wagt sich diesen Herbst weit heraus«, sagte Vater Dag.
Der Sohn warf ihm einen raschen Blick zu. War ihm der Vater so dicht auf den Fersen gewesen, daß er die Geschichte mit dem Elch im Moor beobachtet hatte?
»Wohin man kommt, trifft man auf Elchspuren und frische Losung.« So schwatzte Vater Dag über alles mögliche, doch dauerte es jedesmal lange, bis

ihm etwas einfiel; und er sah den Sohn nicht an – sah nur ins Feuer oder zu Boden oder nach den Bergen; meist aber zum Himmel auf, wo das Sternengewimmel immer dichter wurde.
Vater und Sohn hatten noch mehr Fichtengrün geholt und auch für jenen ein Lager hergerichtet, nun lagen sie zurückgelehnt, Dag gegen die Felswand, der Alte gegen den Steinblock, auf dem er vorher gesessen hatte. Die Rucksäcke unterm Kopf, die Büchsen griffbereit, starrten sie ins Feuer. Beide hatten völlig die gleiche Art.

Lange hatten sie stumm dagelegen, als Vater Dag endlich mit merklich unsicherer Stimme anhob: »Du wirst wohl gehört oder gemerkt haben, daß ich ein harter Mann gewesen bin, in Geschäften, in meinen Rechtsansprüchen und dergleichen – früher einmal. Man kommt dabei aus der Bahn. Die meisten Menschen können nicht genug kriegen, bis sie unter die Erde müssen, aber das ist nicht der Sinn des Lebens ... Die Habgier der Leute, die im Leben vorangekommen sind, die macht den Menschen das Leben meist so schwer. Man muß zeigen, daß man ein Herz hat – wenn man selber Frieden finden will; und das kommt auch anderen zugute. Du wirst einmal eine große Verantwortung übernehmen, wenn du ans Ruder kommst – nach mir; und man muß sich vor Heuchlern und Schleichern in acht nehmen, die nur auf anderer Leute Kosten faulenzen wollen; wenn sich aber einer nach besten Kräften müht, dann soll man sich seiner annehmen.«
Dies und manches andere sagte der Alte.
Dag hatte erst unbeweglich dagelegen, ohne ihn anzusehen. Als er merkte, worauf der Vater hinauswollte, verzog sich seine Wange leicht, und die Falte darin wurde deutlich sichtbar. Doch sie schien auf halbem Wege in einem harten unnatürlichen Lächeln erstarrt zu sein. Unter halb geschlossenen Lidern hing sein Blick, scharf funkelnd, am Spiel der Flammen. Seine Haltung schien davon zu sprechen, daß er sich hierüber längst seine eigene Meinung gebildet habe.

Die ganze Nacht zog es kalt um den Felsen, und an Schlaf war nicht zu denken. Gegen Morgen drehte sich der Wind mit eiskalten Stößen nach Norden, und es begann oben in den Felsschrunden und in den Krüppelbäumen, die über die Klüfte herabhingen, zu heulen.
Der Alte erhob sich fröstelnd. Er hatte sich feucht von Schweiß niedergelegt und sich wohl in der Nacht erkältet. Er räusperte sich und sagte heise, während er, den Rücken seinem Sohn halb zugewendet, Rucksack und Büchse überwarf: »Du mußt versuchen, dich ... mit Adelheid ... zurechtzufinden.«
Dag hatte sich aufgesetzt und starrte dem Vater lange nach, wie er langsam, aber sicher den Abhang hinunter auf den Pfad zuschritt und verschwand.

11

Es war lange her, seit sich in den Zimmern des alten Hauses etwas verändert hatte. Aber dies Jahr war es geschehen; es war eine Uhr in die Diele gekommen. Sie stand dort steif und hochmütig an der Wand neben der Schreibstubentür, tickte vernehmlich und schlug laut und klingend jede Stunde, Tag und Nacht.

Die Uhr war das einzige Erbstück aus Adelheids väterlicher Familie und wurde auf ihren Wunsch in der Diele aufgestellt. In ihrer Kammer war kein rechter Platz für sie, auch hätte sich ihr lautes Ticken und Schlagen für ein Schlafzimmer wenig geeignet. Ihr Großvater hatte sie aus England kommen lassen, und Jahreszahl, Herstellername und London standen drinnen; aber draußen auf dem Zifferblatt, auf dem die Zeiger bis in alle Ewigkeit die Zeit abmaßen, stand: »Memento mori!«

Sie erinnerte Adelheid an so manche dunkle Stunde aus den Zeiten trüber Armut und machte sie mild und geduldig in ihrer jetzigen Trübsal. Im Vorbeigehen mußte sie jedesmal einen Blick darauf werfen, sie putzte und pflegte sie, als sei sie weit mehr ihr Eigentum als alle die Pracht, die sie jetzt ihr eigen nannte.

Nach der Nacht auf dem Skarfjell kehrte der Alte erst spät am nächsten Abend heim. Er war in guter Stimmung, wie jemand, der seine Pflicht erfüllt hat, vor der ihm lange gegraut hat. Als er sich in seiner Schlafkammer umgezogen hatte, setzte er sich in der Diele ans Feuer und trank einen glühendheißen Kräuterpunsch. Er hatte das Gefühl, als säße ihm die Nachtkälte aus den Bergen noch in den Gliedern. Darum rückte er dicht an den Kamin und legte ordentlich Birkenholz auf. Noch nie war ihm Wärme so schön vorgekommen. Es war die reinste Wohltat, das Feuer von außen und das heiße Getränk von innen. Er versuchte zu rauchen, aber es schmeckte ihm nicht, es saß ihm wohl eine Erkältung im Hals.

Die Uhr neben der Schreibstubentür holte schnarrend zum Schlage aus. Vater Dag drehte sich im Sessel zu ihr hin, während sie ihre zehn silberhellen Schläge tat. Wie gemütlich war doch so eine Uhr! Man fühlte sich sozusagen nie ganz einsam, seit sie hier stand. Sie tickte und wirkte und schaffte mit der Zeit, und ihre Schläge klangen rein wie Glockentöne. Und das ernste Wort auf dem Zifferblatt, das Adelheid ihm erklärt hatte – es konnte keinem Menschen etwas schaden, es immer vor Augen zu haben.

Er kehrte sich wieder dem Feuer zu und legte neues Holz auf; er rückte den Stuhl noch näher, stellte die Füße ganz auf die steinerne Kante und fühlte die Hitze wie ein knurrendes Jucken an seinen Beinen heraufsteigen.

Am nächsten Morgen hustete und nieste der Großvater beim Frühstück so,

daß die Buben aus vollem Halse lachten. Er lachte mit, während er sich den Schweiß von der Stirn trocknete.
Danach nahm er sie mit auf den üblichen Morgenspaziergang zu den Weideplätzen. Das Gras war dick bereift, so daß man die Fußspuren deutlich sah. Der Ältere ging hinter ihm und versuchte in seine Fußstapfen zu treten, aber die kurzen Beinchen reichten nicht so weit.
»So ist's recht«, sagte Vater Dag, »fang nur beizeiten an, in die Fußstapfen deines Großvaters zu treten.« Dann legte er dem Jüngeren, der schweigend neben ihm hertrippelte, die Hand auf den Kopf. »Der Borglandbauer«, sagte der Großvater ruhig, wie für sich.
Die Buben wollten wissen, wo er in den letzten Tagen gewesen war, und er erzählte ihnen vom Skarfjell, wo es Huldren und Trollzeug gäbe, die schwere Steine in den Skarfjellsee wälzten, so daß Fischer Börre in seinem Bett hochspränge, bis rüber ans andere Ufer. Ja, dies und vieles andere wußte der Großvater aus den Wäldern zu erzählen, wenn er in Schwung kam. Aber heute wurde er schnell müde und ließ die Jungen allein spielen.
Sie waren auf dem obersten Teil der Weideplätze, und Vater Dag schlenderte bis zu der Umzäunung, die sie gegen den Wald abschloß. Er setzte sich mit dem Rücken gegen den Zaun auf einen Stein.
Er hatte heute nacht schrecklich husten müssen und fühlte sich jetzt merkwürdig matt. Manchmal durchschauerte es ihn kalt, und er wurde immer müder. Die Morgensonne fiel grade auf seinen Platz, aber sie wärmte jetzt im Spätherbst nicht mehr.
Von den Wäldern her strich ein leiser Wind über ihn hin und spielte leicht mit den Blättern, die noch an den Bäumen saßen oder im Gras lagen. Er drehte den Kopf und sah zu den nächsten Fichten auf. Sie standen, als ruhten sie ihre Äste auf dem Windhauch aus. Es war ihm bisher noch nie eingefallen, aber heute empfand er es wohl so, weil er selber ein so sonderbares Ruhebedürfnis empfand. Er lehnte sich fest gegen den Zaun und schloß die Augen, und seine sonst so unablässig wachen Gedanken, auch sie schienen sich im Wind auszuruhen – ja, im Flüstern des Windes zu verwehen. Das befreiende Sausen der Wälder, das ihm in den Ohren, ja im Gemüt lag seit dem ersten Tage, da sein Verstand sich regte, das war jetzt ganz allein noch in ihm. Er meinte, er müsse vom Stein hinuntersinken auf den Boden – in den Boden – klein werden – zu Erde – sich auflösen in diesem stillen, stillen Waldleben. Ein heftiger Husten zerriß ihm die Brust und rief ihn wieder in die sogenannte Wirklichkeit zurück. Nachdem er gehustet und ausgespuckt hatte, zog er sich am Zaun hoch. Da war es am besten, man ging heim – ehe es einem ganz schwarz vor Augen wurde.
Er rief die Kinder, und ein Händchen in jeder seiner Hände, taumelte der Großvater vom Waldhang über die Weideplätze heim. Die Buben blickten zu ihm auf, er drückte ihre Hände fester als sonst, wenn er sie führte, doch

hatten sie schon Mühe genug, Schritt mit ihm zu halten, und sagten deshalb nichts.

Der Alte war vorm Kamin in der Diele auf einen Stuhl gesunken. Es dünkte ihn nicht recht warm hier, er legte Holz auf, bis ein brausender Flammensturm sich entfachte.

Adelheid kam aus der Schreibstube und wollte zur Treppe. »Du heizt ja mächtig ein«, sagte sie.

»Ja, es ist kalt hier.«

Sie heftete einen langen Blick auf ihn und stieg langsam die Treppe hinauf.

Vater Dag war im Bett geblieben. Keiner, nicht einmal die ältesten Leute auf dem Hof, konnten sich erinnern, daß er sich je zu Bett gelegt hätte. Er hatte zwar gesagt, er sei nur müde und wolle einmal einen Tag lang ausruhen, aber – es kam im Laufe des Tages eine so sonderbare Stille über den Hof. Auch am nächsten Tag erschien er nicht bei Tisch, und das Essen, das man ihm ans Bett brachte, kam unberührt wieder in die Küche hinaus.

Adelheid hatte gemeint, es würde ihm unangenehm sein, wenn sie zu ihm in die Schlafkammer käme, als er aber auch den zweiten Tag liegenblieb, suchte sie ihn auf.

Vater Dag hob schnell den Kopf vom Kissen, als er sah, daß sie es war, setzte sich auf, stellte die Kissen hinter sich hoch und lehnte sich in der Bettecke dagegen; seine Arme lagen ausgestreckt vor ihm, die Linke auf der Bettkante, die Rechte auf der Decke, als wolle er einen recht behäbigen und gesunden Eindruck machen.

Adelheid setzte eine möglichst alltägliche Miene auf, ließ sich am Bett nieder und blickte halb an ihm vorbei.

»Da liege ich und faulenze«, sagte er, und seine Stimme klang wie gewöhnlich, wenn er eine kleine freundliche Bemerkung machte. Im gleichen Augenblick bekam er einen Hustenanfall, er hielt den Bettvorhang auf der von Adelheid abgewandten Seite vor und spuckte in einen Napf aus. Er wischte sich den Mund mit seinem Taschentuch ab, drehte es aber so ungeschickt, daß Adelheid die braunroten Flecken sah.

Vater Dag fing ihren erschrockenen Blick auf und lächelte blaß. »Ich bin nur etwas kaputtgegangen – von dem ewigen Räuspern.«

Sie hatte erst nicht recht gewußt, wie sie die Rede auf den Doktor bringen solle; jetzt ließ sie alle Rücksicht fallen und sagte, man müsse wohl den Doktor rufen lassen.

Vater Dag sah sie erstaunt an. »Meinst du wirklich?« fragte er und fuhr sich mit dem Taschentuch über die feuchte Stirn, und seine Stimme schien ein klein wenig zu schwanken. Doch dann hatte er sein Lächeln wiedergefunden und machte sich in seiner Bettecke wieder recht behaglich breit. »Da ist man fast dreiviertel Jahrhundert Tag für Tag herumgelaufen, und kaum will man einmal einen Tag faulenzen, so soll man schon durch die Drohung mit dem

Doktor wieder auf die Beine gebracht werden«, sagte er in ruhigem, freundlichem Ton.
Adelheid versuchte es noch einmal, er aber lehnte es bestimmt ab. »Ich möchte nur jemand haben, der auf den Ofen aufpaßt, und irgend etwas Starkes zu trinken; dann schlafe ich mich schon wieder gesund. Sag Syver Hintenauf, er soll Even Steinrud herschicken. Der hat das Loch in den Felsen bei Stjernebekk gebrannt, er wird auch den Ofen hier in Glut halten können.« Seine Stimme klang fest, für Adelheids Ohr aber doch ein ganz klein wenig fremd.
Sie stand mit einem gezwungenen Lächeln auf und sagte so ruhig wie möglich, es sei ja schön, daß es ihm so gut gehe.

Es dauerte lange, bis Even Steinrud kam; denn Adelheid hatte sich nur noch mühsam bis in ihre Kammer beherrschen können, dann waren die Tränen gekommen. Sie wußte nicht, wie lange sie auf ihrem Bett gelegen und unaufhaltsam geweint hatte; es mußten Stunden vergangen sein, bis sie sich endlich so weit beruhigt hatte, daß sie Vater Dags Auftrag durch das Guckloch in der Küchentür weitergeben konnte. Später schien es ihr unfaßlich, daß sie wirklich unten gewesen sein sollte; denn sie weinte den ganzen Tag und die ganze Nacht, außer den Augenblicken, wo sie die Buben zu Bett brachte. Erst als der Tag graute, schlief sie völlig erschöpft auf ihrem Bett in Kleidern ein.
Die Menschen weinen über sich selbst ... Adelheid hatte wieder und wieder hervorgejammert: Das einzige im Leben ... Syver wußte gar nicht, was los war, als er den Bescheid erhielt, und der Steinrudbursche war ganz entsetzt. Er hatte den Alten kaum je gesehen und seinen Fuß nie über die Schwelle der Diele gesetzt. Und jetzt erklärte ihm Syver Hintenauf, er solle sich zurechtmachen, erst in die Diele gehen, dort die Schuhe ausziehen, dann weiter in die Wohnstube gehen, sich links halten und an die Tür der Schlafkammer klopfen. Even tat, was ihm geheißen war, ohne mit der Wimper zu zucken. Aber er zog die Hand ein-, zweimal zurück, ehe er anzuklopfen wagte. Er kannte von Hause aus keine Scheu, aber dies war eine Sache für sich. Hier mußte irgendein Irrtum vorliegen; doch schließlich klopfte er vorsichtig an.
Der Alte hatte sich wieder in der Bettecke aufgesetzt, als Even an das Bett trat und gesenkten Blickes dort wartete. »Ein Bursch wie du kann getrost aufgucken«, sagte der Alte. »Ich habe gehört, wie du bei Stjernebekk gearbeitet hast. Deshalb habe ich dich zur Hilfe für Syver Hintenauf bestimmt. Er ist nicht mehr der Jüngste, und es muß ihn einmal jemand ersetzen. Halt die Ohren steif und mach die Augen auf. Bei einem Arbeitstier wie Syver kann man viel lernen, und wenn du dich gut anstellst, so sollst du nach ihm einmal Großknecht werden.«

Even schloß behutsam die Schlafkammertür und schlich lautlos auf Strümpfen durch das dunkle Wohnzimmer in die Alte Stube. Dort legte er sich nach

Anweisung des Alten dicht an der Wand auf die Bank und wickelte sich in das Bärenfell. Dort könnte er es hören, wenn Dag an die Wand klopfte, und dann die Windfangtür der Alten Stube benutzen, anstatt durch die Wohnstube zu gehen und mit dem Türklappen die Leute zu beunruhigen, hatte der Alte gesagt. Er hatte wohl vor allem an Adelheid gedacht; sie sollte nicht wissen, wie schlecht es um ihn stand und daß er Hilfe zur Hand haben mußte.
Vater Dag wachte nach der Fiebernacht so halb auf. Die Tür hatte geknallt, und irgend etwas stand am Fußende seines Bettes. Er schob sich in der Bettecke hoch, so daß er über das Bett wegsehen konnte. Es war Klein Dag, der dort unten stand und ihn anstarrte, als warte er auf irgend etwas.
»Ist es wahr, daß du sterben wirst, Großvater?« fragte er gespannt.
Vater Dags Gesicht verzog sich, aber er hob den Kopf und sah den Jungen fest an. »Wo hast du das denn aufgeschnappt?« fragte er.
»In der Küche ... Warum wirst du denn sterben?«
»Alles, was lebt, muß sterben.«
»Ich auch?«
»Ja, du auch.«
»Aber das dauert doch noch lange?«
»O ja – das denken alle.«
Eine Magd guckte erschrocken zur Tür herein und holte den Kleinen heraus.

12

Der Doktor war dagewesen. Man müsse auf alles gefaßt sein. Auch der Pfarrer war dagewesen, aber da hatte Dag in Phantasien gelegen, so daß er wieder abfahren mußte, ohne mit ihm sprechen zu können; er würde später wiederkommen. Adelheid hatte Even gebeten, sie sofort zu benachrichtigen, wenn der Alte wieder bei Besinnung sei, aber es wurde später Abend, ehe er bei ihr anklopfte. Sie war in Todesangst, es könne schon vorbei sein, und die Freude darüber, daß er wieder zu sich gekommen war, trieb ihr die Farbe ins Gesicht, als sie in die Schlafkammer hinunterging. Sie merkte, man hatte die Stube für ihren Besuch zurechtgemacht – deshalb mochte es so lange gedauert haben. Im Ofen brauste das Feuer, daß das Holz des Türrahmens krachte. Die Birkenscheite lagen ordentlich an der Wand aufgestapelt, und es war sauber gefegt. Der Bettvorhang hing an den Schmalseiten und an der Türseite tief herunter; an der Fensterseite war er sorgfältig gerafft. Hier stand auch der Sessel und am Kopfende der Nachttisch mit Licht, Wasserkrug und Glas. Die Medikamente waren weggeräumt. Das Bettzeug war glattgezogen, und Dag lehnte mit Kissen hinter Kopf und Rücken an der abgewandten Ecke der oberen Bettwand.
Adelheids Mutter war an einer Lungenentzündung gestorben; sie wußte daher,

wie es Dag jetzt in Kopf und Brust bohren und wie erschöpft er von Husten und Fieber sein mußte. Und doch war sein Wille so stark, daß alles in Ordnung sein sollte, wenn sie kam; und er wollte nicht daliegen und ruhen, was er gewiß nötig hatte, sondern so rüstig wie möglich dasitzen, als wenn keine ernste Gefahr bestünde. Even hatte ihn offenbar auch rasieren müssen; denn er war glatt und sauber. Das Haar war nicht gekämmt, sondern nur mit den Händen zurückgestrichen.

Sein Hemd war am Hals aufgeschlagen. Die Wangen glühten im Fieber, und das Gesicht trug die verwüstenden Spuren der Krankheit, doch lag eine sichere Ruhe darüber. Die eingesunkenen Augen wirkten dunkler als sonst, aber klar und voll Zuversicht.

»Du mußt sehen, daß du gesund wirst, aufstehen kannst und in die frische Luft kommst«, sagte Adelheid möglichst leichthin, als sie sich niedersetzte.

Vater Dag lehnte den Kopf gegen das oberste Kissen zurück und blickte fern an ihr vorbei. »Ich habe wohl bald alle frische Luft geatmet, die mir vom Leben bestimmt war«, entgegnete er.

Adelheid wußte nichts zu antworten, und es blieb lange still. Da knarrte das Bett. Vater Dag hob den Kopf und sagte mit seiner kräftigen Stimme, die noch im tiefen Ernst einen Unterton stillen Humors haben konnte: »Ein Mann sollte nicht in den Kissen sterben – er sollte mitten im Lebenswerk plötzlich umfallen ...« Und nach ein paar kurzen, raschen Atemzügen fuhr er fort: »Aber auch das mag seinen Sinn haben. Man hat Muße, über alles Gute nachzudenken, das einem der Herrgott gegönnt hat, und – an all das Gute, für das man sich nicht Zeit genommen hat ...«

Hier wagte Adelheid ein vorsichtiges Wort einzuwerfen: »Du bist doch so sehr lange nicht mehr hart gewesen.«

»Ausreden finden wir immer«, sagte er, legte den Kopf zurück und schloß die Augen.

Adelheid sah an den gepreßten Lippen und den zusammengezogenen Augenbrauen, daß wieder ein Anfall über ihn kam. Ein feuchter Glanz trat auf seine Stirn, und die Röte des Gesichts wurde dunkler. Der Atem ging kurz und keuchend, und dann kam der Husten. Adelheid kniff die Augen fest zu, aber die Tränen rannen ihr über das Gesicht. Es klang, als würde seine Brust vom tiefsten Grund bis oben in die Kehle hinauf Zoll um Zoll aufgerissen. Nach dem, was ihre Mutter gesagt hatte, mußte er jetzt unsägliche Qualen leiden. Alles nimmt ein Ende; im Bett wurde es still. Sein Kopf lehnte ausruhend in den Kissen. Der Mund stand halb offen, er rang kurz und keuchend nach Luft. Auf seinen Backenknochen lagen dunkelrote Flecke, und der Schweiß perlte von der Stirn und rann zu beiden Seiten herunter.

Adelheid spürte den innersten Drang, das Tuch vom Kissen zu nehmen und ihm die Stirn abzuwischen. Aber er hatte ja Even Steinrud zu seiner Bedienung kommen lassen – er wollte kein Weibergetue.

Vater Dags ruhige Stimme weckte sie wie aus tiefem Schlaf. »Die Krankheit muß schon hart zupacken, wenn sie einen Kerl wie mich unterkriegen will«, sagte er.
»Leg doch lieber den Kopf zurück und ruh dich aus«, bat sie mit weher Stimme.
Er zuckte schwerfällig die Achseln. »Die Zeit zum Ausruhen kommt – bald. Vielleicht ist dies der letzte Abend, an dem wir miteinander sprechen können.«
In Adelheid stieg das wehe Gefühl vor dem Weinen bis in die Nasenwurzel hinauf; aber es stockte wieder – wie im Frost erstarrt. Der Tod dünkte sie so nahe, daß selbst Weinen sinnlos würde – so ganz anders nahe als am Sterbebett ihrer Mutter, ihrer Großmutter oder ihres Vaters. Sie fühlte sich selber mitten im Leben vom Tod umfangen, weil sie Vater Dag so bis ins Innerste kannte, wie nie jemanden aus ihrer eigenen Familie, und weil er ihr alles das gewesen war, was sie bei ihren eigenen Angehörigen nicht hatte finden können.
Vater Dags Stimme schreckte sie auf. »Eins beunruhigt mich noch, und das ist – Dag. Ich weiß nicht, was mit ihm los ist. Das mußt du herausbekommen. Er hat einen guten Kern, wenn er auch sehr tief drinnen zu sitzen scheint. Und noch eins: Sprich mit deiner Tante, wenn irgend etwas nicht stimmt. Sie ist ein verständiger Mensch.«
Seine Worte kamen so ruhig und selbstverständlich heraus, daß Adelheid sich wunderte, wie sie an den nahen Tod des Alten hatte glauben können. Nach dieser ersten unwillkürlichen Rückwirkung aber sammelten sich alle Gedanken um ihren Mann. Vater Dags Worte waren wie ein Lichtblick mitten in ihrem Dunkel. Sie war doch nicht allein in der Welt, wenn er starb. Dag lebte wenigstens noch, wenn er ihr auch fern war. Sie war bescheiden geworden. Da durchfuhr sie ein Gedanke. »Hast du Dag benachrichtigt?« fragte sie.
»Ja«, antwortete Vater Dag, »aber es ist fraglich, ob er noch zurechtkommt, ehe ich – weg bin. Wir trafen uns kürzlich eines Abends im Wald. Du mußt ihn von mir grüßen und ihm sagen, ich – hätte viel an ihn gedacht.«
Das gab Adelheid zu denken. Sie hatte die beiden niemals miteinander sprechen sehen oder hören. Hatten sie sich nun zufällig getroffen, oder – hatte der Vater es herbeigeführt; und weshalb? Und hatten sie zusammen gesprochen – und was –, und waren sie in Feindschaft auseinandergegangen, da Vater Dag erst so spät nach ihm geschickt hatte, und – kam daher seine Unruhe wegen Dag? Schnell und lebhaft hatten sich Adelheids Gedanken vom Sterbebett fort ihrem eigenen Seelenkampf zugewendet – der Sorge um Dag.
Doch die Stimme des Alten riß sie wieder hart in die Gegenwart zurück: »Wenn ich begraben bin, sollt ihr keine eiserne Platte über mich decken. Namen und Buchstaben nützen nichts in der Ewigkeit. Laßt Gras und – Blumen dort wachsen, wo ich liege, und macht ein hölzernes Kreuz und setzt es oben drauf. Wenn das zerfällt, dann weiß niemand mehr etwas von mir. Das Holz

dazu könnt ihr aus dem Wald hinter der nördlichen Umfriedung der Weideplätze holen, bei dem weißgrauen Stein; denn das war die letzte Stelle, an der ich gesessen und den Wald mir nahe gefühlt habe.« Seine Stimme klang bei den letzten Worten ein ganz klein wenig unsicher, als Adelheid ihn aber ansah, blinkte nicht eine Spur von Feuchtigkeit in seinen Augen, sondern nur der starre Fieberglanz, und er saß mit der gleichen festen Haltung in den Kissen. Sie hatte erzählen hören, daß Bauernfrauen noch im Todeskampf Kleider und Schmuck unter ihre Töchter verteilen konnten – ruhig, wie eine alltägliche Beschäftigung. Daß aber Vater Dag, dessen Einstellung zum Tod sie kannte, in solcher Stunde an so etwas denken konnte, das schien ihr unfaßlich.

Während sie dasaß, fern von seiner Erscheinung und fern von dem Verständnis seines Wesens, kam ein Nachsatz zu dem, was er zuletzt gesagt hatte, wie ein Widerhall aus weiter, weiter Ferne: »Das Kreuz hat einen Sinn. Wir fassen es nur als Zeichen des Todes, und es ist doch das Zeichen des Lebens selber, vor, in und – nach dem Tode. Hast du je darüber nachgedacht?«

Adelheid mußte die Frage verneinen. Sie dachte in aller Weltlichkeit an das hölzerne Kreuz für sein Grab, und wie er selber für eine schwere Erzplatte auf Oberst von Galls Grab gesorgt hatte, mit Wappen und allerlei Zierat. Sie verstand nichts von seinen letzten Worten und überlegte, daß Sterbende oft sinnlos reden. Sie beugte sich über den Nachttisch und hantierte mit der Lichtschere, daß die Kerze groß und hell aufleuchtete.

Vater Dag bekam einen neuen Hustenanfall, schlimmer als alle bisherigen. Er fiel danach in die Kissen zurück und blieb mit kurzem, fliegendem Atem liegen, als könnten seine Lungen keine Luft mehr fassen.

Adelheid stand lautlos auf. Sie hatte bei jedem Hustenstoß mit ihm gelitten. Sie nahm das Tuch vom Kissen, trocknete ihm wieder und wieder Stirn und Gesicht ... Und in all ihrer Verzweiflung fand sie darin einen wärmenden Trost.

Ob er nun ohne Bewußtsein lag oder es bemerkt hatte, war jetzt gleichgültig. Nun hatte sie doch ein einziges Mal sein Gesicht berühren – ihm einen Liebesdienst erweisen dürfen.

Die Augen des Alten hatten ihren starken Glanz verloren. Grau sank herab, während sie mit ruhigem Blick das anmutige, schöne Menschenbild an seinem Bett umfaßten, es schien dunkler und dunkler zu werden, und sie konnten nur noch undeutlich eine menschliche Gestalt unterscheiden.

Er röchelte hohl und atmete, so tief die kranken Lungen es zuließen, und dann fand er Worte – so leise, daß Adelheid dahinter immerzu das Rieseln des Baches und das sanft verhauchende Sausen des Waldes vernehmen konnte: »Du hast mich vorhin trösten wollen, Adelheid – mit dem, was ich in den letzten Jahren Gutes getan oder – Böses unterlassen habe. Aber in einem langen Leben gibt es viel Gutes, das man versäumt, und viel Böses, das man getan hat. Das läßt sich weder bei mir noch bei anderen leugnen. Man kann sich mit dem besten Willen und Wissen bemühen, aber – man tut es immer aus seinen Lebensbedingungen heraus, wie sie geworden sind – in einem und um einen, aus dem menschlichen Trott heraus: alles Selbstsucht, Ablaß. Weiter kommt man nicht. Denn Verstand und Vorsicht stellen wir voran; und die reichen nicht weit – nicht über den Alltag hinaus. Irgendwo in unserem Innern ist etwas weit Stärkeres, aber der irdische Kram hat es tief in unsere Seele zurückgescheucht. Das ist die Gesinnung oder die Gefühlskraft, oder wie du es nun nennen willst. Das reicht viel weiter als Verstand und Gedanken – bis in die Ewigkeit hinein. Das sollte in uns voranstehen. Von dort entspringen Wärme und Mut, alles was uns über den kurzsichtigen Verstand und das kalte Mißtrauen hinaus handeln läßt. Wir sind innerlich verkehrt – das Große nach innen und die Erbärmlichkeit nach außen.«

Wieder bekam er einen Hustenanfall – und diesmal schien es ein Ringen von Leben und Tod in seiner Brust. Adelheid vergrub zuerst ihr Gesicht in den Händen, dann verschränkte sie die Arme vor Augen und Ohren, um nichts zu hören und zu sehen.

Danach wischte sie ihn mit dem Tuch ab und stand über das strenge Antlitz mit den todmüde geschlossenen Augen und dem eingekriffenen Mund gebeugt. Sein Atem ging so kurz, als müsse er beim nächsten Zug ganz aufhören.

Und jetzt fielen Verstand und Vorsicht von der sonst so steifen Adelheid Barre ab. Jetzt brach sie unter stärkeren Mächten zusammen. Ihre Hände tasteten nach Vater Dags Schläfen, sie sank über ihn, ihr Mund berührte seine Stirn. Danach saß sie mit fliegendem Atem da und wachte mit angstvollem Blick über seinen Zügen. War er wach gewesen, als sie sich vergaß? War er jetzt wach? Würde er wieder wach werden?

Der Abend wurde zur Nacht, und die Stunden gingen hin – Adelheids Blick wachte über dem Bett, zuweilen stand sie auf, um ihm die Kissen zu ordnen, und setzte sich wieder; und das Plätschern verschmolz mit dem schnellen Atem im Dunkel des Bettes.

Adelheid hatte geschlafen. Sie schrak auf, weil sich etwas regte, und als sie die Augen aufmachte, lag Dags Rechte dicht neben ihr auf der Bettkante. Er saß weit vorgebeugt im Bett, sein Kopf fiel schwer vornüber, und er starrte wie versunken vor sich hin. Es zuckte um seinen Mund, und dann brachte er, stoßweise nach Luft ringend, heraus: »Wonach wir Menschen streben und trachten – das ist ... Freude in unserem Leben – und Frieden – zur Ewigkeit ... Und dorthin führt nur ein einziger Weg: der Weg nach innen – ins Herz. Ich sehe es jetzt, wenn ich auf mein ganzes Leben zurückblicke – und Er sagte es – Er, der das Recht dazu hat, Er, der bei uns ist, wenn alles in uns erlischt. Der Weg zum Sinn des Lebens führt über Verstand und Denken hin zu – seinem einfachen Gebot ... Es ist kein anderer Weg als – Christus ...« Vater Dag wuchs hoch auf und sank zurück – vom Licht ins Dunkel des Bettes.

Adelheid lauschte erhobenen Hauptes, die Hände auf den Knien zusammengepreßt, denn das allerletzte Wort schien ihr nicht mit dem Ton verklungen zu sein – es lag noch in der Luft, stand noch da, wo Vater Dags Stimme es hingestellt hatte.

Sie hatte den Namen unendlich oft aussprechen hören, müde und tonlos – in der Kirche und in Großmutters Haus, ein Alltagswort ohne Feiertagsklang.

Jetzt besann sie sich darauf, daß bei all ihren abendlichen Gesprächen mit Vater Dag über Gottes Wort niemals dieser Name genannt worden war, und es hatte sie fast unmöglich gedünkt, daß er ihn jemals laut aussprechen könnte. Und jetzt, jetzt blieb er übrig, nachdem die männlich starke Stimme verklungen war – laut und heilig, über ihr, irgendwo ...

Adelheid wußte nicht, wie lange sie gesessen haben mochte. Das Plätschern des Baches, das Sausen des Windes über den Wäldern war so deutlich geworden. Sonst war alles still. Sie erhob sich, trat ans Bett, um die Decken aufzunehmen und ihn zuzudecken, aber ihre Hände griffen erstarrend in die Luft.

Der alte Dag Björndal hatte sein letztes Wort gesprochen ...

Vierter Teil

1

Tage und Nächte währte es, bis man Dag im Wald fand; und als er auf den Hof kam, war der Vater tot.
Dag blieb lange in der Schlafkammer allein, in der sein Vater aufgebahrt lag. Später erfuhr er von Jungfer Kruse, daß Fräulein Ramer dagewesen war, daß man Kaufmann Holder, Adelheids Verwandte und andere benachrichtigt habe und daß alle Vorbereitungen für die Beerdigung im Gang seien. Jungfer Kruse sah eine Träne in seinen starren Augen blinken, als er sich umdrehte und zum Küchenhaus ging. Dort hielt er sich die Tage vor dem Begräbnis auf und kam zu den Mahlzeiten nicht herüber. Man sah keine Träne mehr bei ihm, aber es lag etwas jungenhaft Ratloses in seinem Blick, als begriffe er es nicht; er blieb jeden Tag lange beim Vater, und jemand behauptete, er habe die ganze letzte Nacht dort gesessen – im Dunkeln.
Den auswärtigen Gästen trat er völlig geistesabwesend entgegen, er begrüßte sie mit einem Händedruck und ein paar Worten, aber sein Blick ging dabei ins Leere. Fräulein Ramer mußte die Wirtspflichten übernehmen; denn auch Adelheid war wie verstört. Sie weinte fast immer still vor sich hin, und ihr Gesicht war zur Maske erstarrt, wenn sie sich zeigen mußte. Gerade daß sie Dag im Vorbeigehen stammelnd den letzten Gruß seines Vaters ausrichten konnte.
Als alles vorüber und die Gäste fort waren, zog Dag in den Wald, kam aber gegen alle Gewohnheit noch am selben Tag wieder heim. Er siedelte dann ganz ins Küchenhaus über und hielt sich auch tagsüber meist dort auf. Nur bei Tagesgrauen und in der Abenddämmerung konnte man ihm draußen begegnen; und wenn man ihn unvermutet traf, machte er den Eindruck eines Irrsinnigen. Figur und Haltung waren die eines alten Mannes und erinnerten auffallend an Vater Dag. Mit Adelheid war es nicht besser, sie zeigte sich selten, und dann verweint und verzweifelt.
Syver Hintenauf und Jungfer Kruse erledigten das Notwendige, und äußerlich ging alles seinen geregelten Gang, aber – von Dag und Adelheid strahlte die ratlose Verzweiflung über den ganzen Hof und alles Volk in Siedlung und Wald aus, ja, bis zu den vielen im offenen Land, über die Vater Dag seine Hand gehalten hatte. Irgend etwas mußte kommen, nun, da er fort war – irgendein Unheil für alle ...
Mit diesem Gefühl verquickte sich Sorge um das, wovon die Leute alltäglich reden: von jämmerlichen Getreidepreisen, von schlechtem Absatz für Bauholz; und aus den Städten kamen erschreckende Nachrichten von Zusammenbrüchen auch der größten Kaufhäuser, des einen nach dem anderen.

Auch dieses Jahr wurde Weihnachten gefeiert. Jungfer Kruse hatte ihre Pflicht getan. Der Weihnachtstisch im Saal war gedeckt wie alle Jahre – sämtliche Hofleute bis zum ältesten Austrägler kamen hereingestapft, drückten sich im Halbdunkel an den Wänden entlang und betrachteten den langen Tisch, auf dem jedesmal, wenn jemand zur Tür hereinkam, die Lichter flackerten. Sie spiegelten sich schwankend in den Scheiben und warfen huschende Schatten über den reichbesetzten Tisch.

Es ging ein hörbares Aufatmen durch die Versammelten, als Adelheid eintrat, bleich und starr, wie stets in der letzten Zeit. Sie nickte ausdruckslos wie im Schlaf nach beiden Seiten und blickte geistesabwesend über die Tafel hin. – Alles war wie jede Weihnachten, auch die alte Bibel lag aufgeschlagen vor den Dreikönigslichtern mitten auf dem Tisch an Dags Platz.

Da sah sie entsetzt Vater Dags und Mutter Thereses große Sessel aus der Wohnstube hier stehen. Bisher hatte Thereses Sessel noch nie am Weihnachtstisch gestanden. Weshalb dann heute?

Hinter ihr ging die Tür, Tante Eleonore trat ein. Da begriff Adelheid, wie es sich mit dem Sessel verhielt. Ihre Tante war kurz vor dem Fest hiergewesen und hatte damals etwas mit Jungfer Kruse besprochen. Aber – es durchfröstelte sie – würde Dag kommen, würde er sich in seines Vaters Sessel setzen? Und konnte – konnte er es über sich gewinnen, den Bibeltext zu verlesen?

Ohne deutlich zum Ausdruck zu kommen, machte sich eine wachsende Unruhe durch den ganzen Saal geltend. Adelheid fühlte das scharfe Auge ihrer Tante auf sich ruhen, sie aber hielt den Blick fest auf den Tisch geheftet.

Aller Augen waren auf Adelheid gerichtet. Sie spürte es, vermochte sich aber nicht zu rühren. War es Einbildung oder Wirklichkeit? Die Unruhe im Saal schien allmählich einer lautlosen unerträglichen Spannung zu weichen. Sie – und wohl alle – hörten die Haustür gehen, hörten sie sich wieder schließen und Schritte näher kommen, hörten das befreiende, feste Aufklinken der Innentür zum Saal, und alles atmete auf, als Dag eintrat und die Tür hinter sich schloß.

Adelheid warf einen raschen Blick auf ihn, als er an ihr vorbeikam. In seinen Augen lag ein gehetzter Ausdruck, wie nach einem verzweifelten Kampf, aber seine Wangenfalte verriet harte Entschlossenheit. Ohne zu zögern, schritt er zu Vater Dags Sessel hin.

Aus allen Ecken traten sie jetzt erleichtert an den Tisch, vorsichtiger, schüchterner als sonst, aber sie kamen doch zum Sitzen. Adelheid ließ sich in Mutter Thereses Sessel nieder, doch kam sie sich vor, als sei es gar nicht sie. Wie oft hatte sie in der Wohnstube darin gesessen, aber hier am Weihnachtstisch dünkte er sie ein ganz anderer Stuhl ... Sie blickte nach dem Bild von Dags tüchtiger Mutter hinüber, aber es war nur ein heller Fleck im Dunkel. Sie streifte Dag mit einem langen Blick und bemerkte, daß seine Hände unterm Tisch zitterten.

Er fing an, den Weihnachtstext zu lesen – fing noch einmal an, tastend erst, dann sicherer und lauter, versprach sich – hielt inne – begann wieder ganz von vorn, verhedderte sich wieder und schlug sich doch allmählich bis zum Schluß durch.
Ein Seufzer der Erleichterung ging durch den Saal, als es glücklich vorüber war. Adelheid hielt lange den Kopf gebeugt und die Augen fest geschlossen. Sie hatte eine der peinlichsten Stunden ihres Lebens hinter sich.

Die Angst liegt stets im Menschen auf der Lauer, und sie wuchs und schwoll im Dunkel des Winters um die Häuser, überall im sicheren Bereich Vater Dags. Fiel etwas vor, so wußte niemand, an wen man sich wenden sollte; denn an Dag in seiner augenblicklichen Verfassung dachte keiner, und Adelheids Unnahbarkeit blieb ein unübersteigliches Hindernis.

Im späten Winter begann Dag zu den Mahlzeiten in der Wohnstube zu erscheinen. Wie Jungen nun einmal sind, waren die seinen zu ihm ins Küchenhaus gedrungen und hinter ihm her wie Hunde gewesen. Jugend zündet, und – Dag war wohl nicht ganz unempfänglich. So hatte er sich ihrem wilden Drängen gefügt und sich einmal in Vater Dags Sessel gesetzt, um mit ihnen zu frühstücken. Seitdem mußte er es jeden Tag tun. Die Buben holten ihn jeden Morgen ab und wollten nicht frühstücken, bevor er kam.
Keine Macht der Welt hätte die Kinder dazu vermocht, den Vater nach dieser Morgenstunde wieder loszulassen. Dag mochte wohl fühlen, wohin dies führen mußte; denn eines Morgens war die Tür zum Küchenhaus verriegelt, und als sie dagegenhämmerten, rief er barsch, er wolle seine Ruhe haben, sie sollten mit der Mutter frühstücken. Als sie immer nur weiterhämmerten, trat er dicht an die Tür und rief mit der Stimme, vor der sich selbst die abgebrühtesten Leute im Wald duckten, sie sollten augenblicklich gehorchen, sonst setze es ernstlich Hiebe. Es wurde plötzlich still an der Tür, Dag zog sich für den Wald an, nahm Büchse und Skier, um den Jungen und dem gefährlichen Drang seines Innern für ein paar Tage zu entgehen und sich erst zu bedenken. Als er aber die Tür aufmachte, saßen die Buben dicht aneinandergedrückt, vor Kälte zitternd, auf der Schwelle wie Hunde.
»Daß ihr auch keinen Verstand annehmt!« sagte er ratlos und – erschrocken. Er mußte Büchse und Skier wieder hineinbringen und mit den Jungen in die Wohnstube gehen, um sie unter Dach zu bekommen.
Auf die Art hatten sie den Vater wieder ans Haus gewöhnt, und schließlich brachten sie ihn auch dazu, abends vorm Schlafengehen mit ihnen in der Diele vorm Kamin zu sitzen. Einmal ging er sogar so weit, daß er ihnen etwas vom Spuk im Wald erzählte, und damit hatte er verspielt. Er versuchte noch ein paarmal, sie abzuschütteln, das eine Mal mit strengen Worten, das zweitemal mit einem tüchtigen Klaps aufs Hinterteil, und kriegte sie damit

auch die Treppe hinauf. Aber beide Male hörte er sie dann noch eine ganze Weile in ihrer Stube weinen, und das ertrug er nicht.
Das Ende war, daß sie jeden Abend ihren Willen bekamen, aber sie kannten auch die Grenzen seiner Geduld und tappelten gehorsam die Treppe hinauf, wenn die Geschichte aus war.
Was kein Mensch fertig bekommen hatte, das bekamen die kleinen Burschen fertig, sie brachten Dag dazu, wieder im Haus zu bleiben, und er hielt schließlich die Mahlzeiten ein und saß manchmal mit am Kamin in der Diele.
Auf diese Weise sah er auch zuweilen, wie Leute aus der Gegend mit Adelheid redeten, ihr Geld und Zins in die Schreibstube brachten. Beim erstenmal fuhr es wie ein scharfer Blitz durch seinen Blick; beim zweitenmal hatte er am Kamin gesessen, ins Feuer geblickt und sich immer wieder übers Haar gestrichen, als überlege er etwas.

2

An einem hellen Wintertag saß Adelheid in der Schreibstube über den Büchern. Die Sonne schien vor ihr auf den Tisch, hinter ihr sauste das Feuer im Kamin. Da ging die Haustür, und Dag kam herein. Sie erwartete, daß er wie gewöhnlich zurückfahren würde; er aber schloß die Tür leise und trat zum Tisch. Er sah nicht sie, nur die Bücher.
»Ich könnte das am Ende selber tun, was hier zu tun ist«, sagte er ungewöhnlich kalt. Adelheid war in letzter Zeit etwas aufgelebt in dem Gefühl, hier etwas leisten zu können, und hatte nie vermutet, daß Dag etwas von Geschäften verstünde. Sie legte die Feder hin, stand ruhig auf und ging hinaus – ohne ein Wort. Wieder sah sie den verbitterten Zug bei ihm, wie früher zuweilen, wenn er sie im Gespräch mit dem Vater fand.
Es war also ganz aus zwischen ihnen beiden.
Dag verlor seine trotzige Haltung, während er unentschlossen mit den Fingern am Tisch spielte, ließ sich dann im Sessel nieder und brütete lange vor sich hin. Doch dann reckte er sich plötzlich, als wolle er alle Bedenken abschütteln. Eine Weile blätterte er in den Büchern; die Zahlen mußten ihn wohl fesseln; denn sein Blick wurde lebhafter, die zusammengezogenen Brauen beschatteten die Augen, aber aus den Schatten funkelte es lebendig. Er glich jetzt stark jenem Mann, der in Hauptmann Klinges Tagen über den Büchern gesessen hatte – seinem Vater in der harten, gnadenlosen Zeit.
Aber die Härte wich bald wieder weicheren Zügen. Klinges Handschrift mochte Erinnerungen in ihm wecken. Er hatte als junger Mensch manches Mal hier bei ihm gesessen. Klinge hatte ihm erklärt, wo man die Zinsen eintragen und die Abzahlungen buchen müßte, und alles übrige, umständlich und geduldig –

einmal und öfter. Dag hatte zwar nicht viel Sinn dafür gehabt, aber Zahlen sind Zahlen, und wenn sie Geld bedeuten, ist es eine merkwürdige Sache mit ihnen; und jetzt gehörten ja Bücher wie Geld ihm.

Er richtete sich vor den Blättern auf, um bald wieder scharf, doch freundlicher auf sie hinunterzublicken, packte dann alles gleichgültig zusammen, warf es in den Schrank und verschloß ihn.

Etwa eine Woche später erschien ein Mann auf dem Hof, ein Schlaukopf mit treuherziger Miene. Er wollte Geld bringen, und Dag ging mit ihm in die Schreibstube. Es handelte sich um Zinsen, Dag nahm das Geld in Empfang und buchte es. Eine Abzahlung des Darlehens habe der Alte ihm erlassen. Erst als der Mann fort war, fiel es Dag ein, in den Keller zu steigen und den Pfandbrief nachzuprüfen. Er suchte ihn heraus – nichts von einem Erlaß; und alle anderen Bedingungen waren genauestens verzeichnet. Dag strich sich nachdenklich und leicht betreten über die Backe, als er das Papier wieder wegschloß.

Im Laufe des Frühjahrs und Sommers beobachtete Dag noch andere Anzeichen davon, daß man ihn nicht für voll nahm. Da begann er sich wieder in den Wald zurückzuziehen, wo man ihn kannte und achtete. Lange Zeit betrat er die Schreibstube nur noch, wenn es etwas zu buchen gab.

Dann schien er geradezu dieses Zimmer und überhaupt alles zu scheuen, was die Wirtschaft des Hofes anging. Zu anderen Zeiten vergrub er sich in der Schreibstube in Dokumenten und Schreibereien; er sprach auch auf dem Hof mit Syver Hintenauf und anderen, bald barsch und schroff, bald wieder unsicher.

Es gab eine schlechte Ernte und daher Elend in Stadt und Land, Unsicherheit und Angst.

In der Siedlung schrien die Eulen und anderes Unzeug, und selbst die Laute im Wald erklangen anders als sonst – wie Seufzen und Klagen im Abenddunkel. Die Menschen gingen stiller umher und horchten aufmerksamer vor sich hin und – hörten allerlei.

Und dann kam es heraus, daß zwei zugleich »ihn« gesehen hatten, da mußte es ja stimmen. Eines Abends, als finsteres Gewölk schwer über den Wäldern hing, hatte man ihn im Dunkeln von den Weideplätzen her über den Hof kommen und durch die Laube zur Diele gehen sehen – durch die geschlossene Tür! Niemand nannte einen Namen, jeder wußte, wer da im Grab keine Ruhe fand, weil nach seinem Tode alles außer Rand und Band geriet.

Draußen im offenen Land hörte man unversehens Hufschlag, spätabends und auch um Mitternacht, und jemand hatte ihn sogar gesehen. Das schwarze Pferd mit seinem schweren ausgreifenden Trab und ihn selber im Wagen, wuchtig und sicher wie in allen, allen den Jahren ...

Per Langmo stand in der Dämmerung vor seinem Stall und verfolgte die

Krümmungen des Weges. Leichter Nebel zog vorm Abendwind über den Weg und das Gebüsch am Graben. Er hätte schon vor einer Woche zur Abrechnung hinauf gemußt. Er wollte für diesmal um den Erlaß der halben Zinsen bitten, wegen der mageren Ernte und der schlechten Preise; aber dann war ein Tag darüber hingegangen und noch einer und eine ganze Woche, und er hatte das Geld, das er im ganzen Jahr zusammengekratzt hatte, für andere Dinge verbraucht. Aber der »Junge dort oben« war ja kein Kerl nach allem, was man hörte, da konnte man schon wagen, es anstehen zu lassen bis zum nächsten Termin. Nur was er von den Fahrten des Alten gehört hatte, war ihm unbehaglich. Es war so eine Sache, im Rückstand zu sein, wenn »er« wirklich umging.

Per wendete sich dem Hofplatz zu. Mit dem ruhigen Schlaf war es vorbei, wenn – die Gerüchte stimmten.

Da zuckte er zusammen – hörte man nicht schon fern im Norden Hufschlag, und klapperte er nicht ganz im gewohnten Takt? Er schwankte ratlos – war es besser, sich hineinzumachen oder stehenzubleiben, um Gnade zu bitten, ehrlich seine Säumnis einzugestehen? Nein, daß doch grade ihm etwas so Schauderhaftes passieren mußte! An dem Hufschlag war nicht mehr zu zweifeln, er dröhnte, daß der Boden wankte, und dort – Per fuhr zwei Schritte zurück –, dort durch die Lücke im Gebüsch sah er das Pferd angefegt kommen, daß der Nebel nur so wirbelte. Nein – ach nein, was sollte man anfangen bei einem solchen Graus aus der Ewigkeit, wenn es so um einen stand? Das Herz fiel ihm in die Hosen, und er zitterte, daß seine Zähne klapperten.

Er war gänzlich von Sinn und Verstand, als das Pferd seinen Gang mäßigte, in den Hof einbog und gerade auf ihn zukam. Er drückte sich mehr tot als lebendig soweit wie möglich beiseite, als Pferd und Wagen scharf vor ihm anhielten. Es dauerte eine Weile, bis Per begriff, daß er einen lebendigen Gaul und einen lebendigen Mann vor sich sah. Längst nachdem die Erscheinung wieder aus dem Hof hinaus und auf dem Weg nach Norden war, stand er noch immer wie angewurzelt auf demselben Fleck.

Es war also »der Junge« – und der glich seinem Vater in dessen schlimmer Zeit so sehr, daß es zum Erschrecken war; und alles, was er sagte, war: »Du bist deinen Verpflichtungen nicht nachgekommen. Ich gebe dir eine Woche Zeit, die Sache in Ordnung zu bringen.« Und fort war er.

Eine Woche Zeit; verdammt. Das hieß also, von morgen früh an überall anzuklopfen, wo er Verwandtschaft hatte, und zu bitten und zu betteln. Denn jetzt durfte er mit keinem Schilling zu wenig kommen, und auf den Tag mußte es auch sein, denn sonst hieß es: Hals über Kopf vom Hof, wie in der harten Zeit des Alten. Auch davon hatte er genug gehört.

Daß sich die Menschen aber auch so unglaublich täuschen konnten! Da hatte er nun bald da, bald dort gehört, »der Junge« sei verrückt seit seinem Unfall am Totenberg, und nun war er ganz wie der Alte – im Aussehen – und in Worten.

3

Adelheid schlüpfte in die Kammer; sie ließ die Tür einen Spalt offen, um zu lauschen. Man sollte zwar nicht lauschen, aber heute mußte sie.
Die Kinder waren bei Tante Eleonore und sollten dort über Nacht bleiben. Die Tante hatte gemeint, wenn Klein Dag später einmal Borgland übernehmen solle, müsse er sich von Kind auf dort hingewöhnen. Das sagte sie, Adelheid wußte aber nicht recht, ob die Tante nicht um ihrer selbst willen die Buben manchmal um sich haben wollte. In ihrem strengen Blick leuchtete so viel Güte, und sie hatte unendliche Geduld mit ihnen.
Adelheid horchte. Sie hatten allein zu Abend gegessen, und es war kein einziges Wort gefallen. Alles Unsichere, Scheue an Dag war wie fortgeblasen. In seiner Haltung, seinem Blick lag eine Macht, wie, ja, wie sie auch Vater Dag in seinen strengen Herrscherzeiten gehabt haben mußte. Er hatte eines Abends noch lange in der Schreibstube gesessen und war tags darauf nach Süden gefahren und bis spät am Abend weggeblieben. Seitdem hatte er nicht ein Wort zu ihr gesagt, und schroff und bestimmt klang es, wenn er in der Diele mit den Leuten redete; sogar mit Syver. Selbst gegen die Kinder war er so anders, daß sie sich scheu von ihm fernhielten.
Noch etwas war ihr gestern abend aufgefallen: sie hatte ihn nicht durch die Diele kommen, nicht die Tür schließen hören, um ins Küchenhaus hinüberzugehen. Aber sie hatte dem nicht weiter nachgedacht, sondern war zu Bett gegangen und darüber eingeschlafen.
Und jetzt wollte sie horchen. Er war am Tisch sitzen geblieben – die Hand unterm Kinn, als gedenke er noch lange dazubleiben. Die Tür zwischen Wohnstube und Diele stand wie gewöhnlich offen, so daß sie es hören konnte, wenn er aufstand.
Lange hatte sie lauschend am Türspalt gestanden, als sie das Schurren seines Stuhles hörte. Seine Schritte gingen geradeswegs auf Vater Dags Schlafkammer zu. Die Türklinke schnappte, die Tür wurde aufgemacht, geschlossen und – von innen verriegelt. Was wollte er dort, und weshalb riegelte er sich ein? Adelheid schob ihre Tür immer weiter auf, stand schließlich an der Treppe und horchte hinunter.
Der Zugang zum Unterkeller mit den Wertpapieren befand sich ja in der Schlafkammer. Wollte er dort hinunter? War er geworden, wie sein Vater nach eigenem Eingeständnis in seinen besten Jahren gewesen war? Habsüchtig? Nein, sie hörte weder einen Laut aus dem Keller noch Schritte auf der Stiege. Aber krachte jetzt nicht das Bett? Legte er sich in Vater Dags Bett?

Adelheid lief in ihre Kammer und schloß lautlos die Tür. Im Ofen brannte ein Feuer, sie zündete ein Licht daran an und stellte es auf die Kommode. Heute abend kam es ihr so merkwürdig öde und leer in ihrer Kammer vor, und die Türöffnung zu Dags Stube dünkte sie ein dunkler Durchgang zu – Nacht und Ewigkeit.
Je mehr sie nachdachte, desto weniger unbegreiflich kam es ihr vor, daß Dag in seines Vaters Schlafkammer gezogen war. Der Alte war jetzt über ein Jahr tot, und dort hatte gewiß schon dessen Vater geschlafen, und jetzt schlief eben Dag dort. Und Dags Mutter hatte da mit Vater Dag geschlafen ...
Da schien ihr der Glanz über ihrer geliebten Kammer ganz zu verbleichen ...

Wer unten im offenen Land geglaubt hatte, »der Junge« sei ein Narr, bei dem man es mit den Zinsterminen nicht so genau zu nehmen brauchte, der wurde ernstlich eines Besseren belehrt, als Dag hinauskam. Und sie machten sich nach Norden auf und rechneten ab wie früher, und am letzten Abend seiner Frist erschien auch Per Langmo.
Adelheid horchte jedesmal gespannt, wenn jemand kam, aber sie hatte bisher immer nur die Begrüßungsworte in der Diele gehört – dann ging's in die Schreibstube, und die Tür schloß sich.
Per hatte nicht den vollen Betrag zusammenbringen können und bat noch in der Diele um Aufschub.
»Oh, du bist ein Lausekerl!« hörte Adelheid Dag so hart und häßlich sagen, daß sie von der Tür zurückfuhr. Dann waren sie in der Schreibstube, und sie hörte nichts mehr, bis Per durch die Diele wieder fortging. Er versprach, den Rest in der kommenden Woche zu bringen, Dag aber unterbrach ihn: »Du kannst das halbe Jahr warten – bis zum nächsten Termin!« Seine Stimme klang nicht mehr schroff wie vorhin, aber fest und bestimmt.

An einem sonnenhellen Februarsonntag stand Adelheid an der Fenstertür und blickte über die Siedlung hin. Auf dem Geländer des Balkons hielten Spatzen und Goldammern ihren Schmaus an der Garbe, die sie gestern hatte aufsetzen lassen, und die Kohlmeisen pickten und zerrten an dem Talgklumpen, den sie dort für sie angebunden hatte. Etwas Gesellschaft brauchte auch sie. Heute war sie ein Stück spazierengegangen, der Wind war aber bitter kalt. Nicht das gewöhnliche, breithin brausende Wehen, sondern heulende, schneidende Böen. Gewiß gab es tiefen fauchenden Sturm oben im Gebirge, und dies waren nur ein paar durch die Wälder gesickerte Schauer; sie gingen einem aber durch Mark und Bein. Ihr Blick weilte auf den Vögelchen und weiter draußen auf der Siedlung. Bläulicher Treibschnee stob leicht um die Häuser, und hinten bei Hammarbö standen die Schneewirbel wie starre Säulen zwischen den Häusern und hielten jedesmal still, ehe sie zusammensanken. Hohe Schneewächten häuften sich an den Nordwänden aller Gebäude, und in dicken Wülsten lag der Treibschnee hie und da über den blankgefegten vereisten Wegen. Mit einemmal wurde Adelheid lebendig. Ein Pferdeschlitten kam über Hammarbö zum Vorschein. Tante Eleonore war erst gestern hier gewesen; sie konnte es also nicht sein. Der Schlitten fuhr durch die Siedlung und kam den Weg herauf. Das Pferd sank tief in die Schneewächten ein, aber wo der Weg glatt war, ging es flott. Jetzt entdeckte sie einen Kutscher hinten auf dem Schlitten. Also ein Gefährt von Korsvoll – vielleicht Besuch aus der Stadt; aber wer konnte etwas so Wichtiges vorhaben, daß er bei dieser Kälte kam?

Adelheid war höchst verwundert, als sie vom Wohnstubenfenster aus den alten Holder in eigener Person vorfahren sah. Sein Sohn, der drei Jahre älter war als Dag, war zu Vater Dags Beerdigung hier gewesen. Dieser Alte, Vater Dags Altersgenosse, hatte sich damals nicht wohl genug gefühlt. Und jetzt kam er bei diesem bitterkalten Wetter.

Plötzlich fiel Adelheid ein, daß Vater Dag ihr einmal erzählt hatte, mit Holders Verhältnissen sei es nicht mehr so weit her. Es sei schwierig, das Geld für das Holz und andere Lieferungen von ihm hereinzubekommen. Und dieses Jahr hatte Tante Eleonore durch ihren regen Briefwechsel mit der Stadt erfahren, daß ein Kaufmannshaus nach dem anderen Bankrott mache.

Mit diesem Besuch schien es nicht geheuer, aber sie begrüßte den Alten lächelnd in der Haustür, und er war immer noch der alte Kavalier. Nach kurzen Worten des Bedauerns, daß Vater Dag so jäh hatte fort müssen, versicherte er Adelheid, sie sei noch unverändert jung und schön.

Dag kam dazu, Jungfer Kruse bekam die Schlüssel zur großen Truhe in der Schlafkammer ausgehändigt, und für Onkel Holder wurde mit Silber und schönem weißem Tischzeug festlich gedeckt. Obwohl er nur ein Vetter von Dags Mutter war, hatte Dag ihn doch von klein auf Onkel genannt; er hatte stets Leben, gute Laune und Geschenke mitgebracht, und Dag konnte ihn gut leiden. Bei Tisch lag ein müder, abgespannter Zug über Holder, und sein Lächeln war gezwungen. Er war ja auch hoch bei Jahren.

Als man nach Tisch in der Diele saß und Holder wiederholt nach der Schreibstubentür geblickt hatte, sagte er endlich mit spröder Greisenstimme: »Ich würde gern ein paar Worte mit dir allein sprechen, lieber Dag.«

Dag fuhr verwundert auf und sah ihn fragend an, ging aber mit ihm in die Schreibstube. Adelheid blieb in unerträglicher Spannung zurück – Dag hätte erfahren müssen, was sie durch seinen Vater wußte. Es wäre ihre Pflicht gewesen, es ihm zu sagen. Ob sie anklopfte? Ihn herausbat? Nein, das würde doch so sonderbar aussehen. Sie wollte ihn lieber hinterher beiseite nehmen, wenn die beiden sich ausgesprochen hätten. Es würde wohl nicht gleich etwas passieren. Sie stand auf und ging in ihr Zimmer. Ein eisiges Gefühl von Angst hatte sie überfallen, das Gefühl einer drohenden Gefahr.

In der Schreibstube brannte ein tüchtiges Feuer im Kamin. Bei diesem kalten

Wetter hatte der Schornstein guten Zug, ja, mitunter heulte er geradezu auf. Der Tag ging allmählich zur Neige; Dag saß im Schaukelstuhl, den Ellbogen auf den Schreibtisch gestützt, das Gesicht dem Feuer zugekehrt, wie gewöhnlich, wenn er abends mit der Buchführung fertig war. Holder saß zu seiner Linken in einem der schwersten Sessel aus Jörn Vielfalts Werkstatt. Sein Gesicht war halb der Glut, halb Dag zugewendet. Er erzählte von der Zeit nach den napoleonischen Kriegen, von Unglück und Not in allen Ländern und von dem sinnlosen Zoll, der in England seit sieben, acht Jahren auf Brettern und Holzwaren lag, so daß bei dem Frachtgeschäft mehr zu verlieren als zu gewinnen war; und im letzten Jahr hätten seine Kunden in London nicht einmal zahlen können.

»Mußt du die Lieferung also zurücknehmen?« fragte Dag.

»Zurücknehmen?« Holder sah ihn verständnislos an. »Sie ist verkauft – sie haben sie verkauft und mir nicht bezahlt!«

Das ging über Dags Begriffe. Unfaßlich: Waren übernehmen und weiterverkaufen und – dann nicht bezahlen. Ob denn das Gesetz so etwas erlaube?

»Ja«, antwortete Holder kurz, »Not bricht eben das Gesetz – meine zahlungsunfähigen Abnehmer werden wohl von ihren Käufern auch kein Geld bekommen haben, und nun stehen sie da.«

Gleichwohl begriff Dag es nicht, daß sie sich nicht zuallererst das nötige Geld beschafft hatten, wenn sie etwas kaufen wollten. Es ging offenbar nicht überall so zu, wie er es sich vorstellte. Kredit war für ihn ein unbekannter Begriff. Von Bankrott hatte er natürlich schon gehört, aber geglaubt, dazu käme es, wenn man sein eigenes Geld völlig aufgebraucht habe. Und das Unfaßlichste in Holders Bericht dünkte ihn, daß dies in London geschehen sein sollte, der reichsten Stadt der Welt.

Holder blickte ihn immer verwunderter und unruhiger an, und schließlich brach ihm der Schweiß aus. Er mußte wohl etwas auf dem Herzen haben, was sich einem Menschen kaum erklären ließ, der von den wechselnden Bedingungen des kaufmännischen Lebens so wenig wußte. Er nahm sich Zeit und erzählte weit mehr von den jetzigen Zeiten und auch von ihrer Rückwirkung auf sein Geschäft, als er ursprünglich vorgehabt hatte. Und er erwähnte so ganz beiläufig, er sähe sich außerstande, seine alljährliche Abrechnung mit dem Hof zu begleichen.

Dag wußte aus seinen Büchern, daß bei Holder seit langer Zeit große Summen ausstanden, und nahm es nicht weiter wichtig, daß die Außenstände für dies Jahr nicht bezahlt, sondern den alten Zahlen hinzugefügt werden sollten.

Holder war etwas ruhiger geworden, als er sah, wie gelassen Dag bei seiner Mitteilung genickt hatte, und saß eine ganze Weile, als erhole er sich von der überstandenen Anspannung. Dann atmete er ein paarmal tief auf und – stellte

die seltsame Frage: »Weißt du, daß dein Vater in Hamburg Silber stehen hatte?«
Dag sah ihn gespannt an. »Ja, das haben wir gebucht. Ist auch in Hamburg – irgend etwas im Gang?«
»Nein, nein, es war nur ... Weißt du, wieviel?«
Dag war etwas betroffen – was ging das den anderen eigentlich an? Doch hatte er die Summe im Kopf und nannte sie.
Holder atmete sichtlich auf, aber sein Kinn versank rasch wieder in der Halskrause; ja, er suchte in Miene und Haltung tiefste Niedergeschlagenheit auszudrücken, saß eine Zeitlang wortlos da und befeuchtete seine Lippen mit der Zungenspitze, während seine Rechte unruhig mit dem goldenen Petschaft an der Weste spielte. Schließlich räusperte er sich: »Die Sache ist nämlich die, daß wir nicht nur eure Forderungen nicht begleichen können« – und seine Stimme klang mit einemmal trostlos alt –, »ich fürchte, daß es aus ist mit uns – ganz aus –, wenn du uns nicht über diese augenblicklichen Schwierigkeiten hinweghilfst. Wenn du uns das Hamburger Geld leihen wolltest, dann würdest du damit zugleich viele vor dem Untergang retten; denn viele sind von uns abhängig, und es gibt Möglichkeiten, wieder hochzukommen. Viele, die sich, ohne etwas davon zu verstehen, in den guten Jahren auf den Handel geworfen und damit das Geschäft verdorben haben, sind jetzt aus dem Spiel. Gerade jetzt gäbe es also gute Aussichten, sich wieder heraufzuarbeiten – mit Vorsicht und Geduld. Und« – hier schlug Holder die Augen nieder und blickte unsicher wieder auf – »du könntest damit das Vaterhaus und den Namen – deiner Mutter und Tante Dortheas – retten.«
Es hörte sich an, als fiele es dem Alten unsagbar schwer, dies auszusprechen; aber Not bricht Eisen ...
Dag saß unbeweglich, den Blick aufs Feuer geheftet. Die Falten in seinen Wangen waren straff heruntergezogen. Er hatte nicht erwartet, daß so bald nach seines Vaters Tod eine so ernste Frage an ihn herantreten würde. Er war klug genug, zu durchschauen, daß sein Vater diese Gelder absichtlich nicht bei Holder stehen hatte. Es war ja auch noch Geld in der Truhe im Keller; aber man konnte nie wissen.
Im Laufe des Jahres wurden ja viele Steuern und Abgaben fällig, und er verstand noch so wenig von alledem. Es wäre ihm lieb gewesen, mit dieser Sache noch verschont zu bleiben, bis er besser in alle Geschäfte hineingekommen wäre. Wenn man doch mehr von allem wüßte und jemand hätte, mit dem man es bereden könnte! Er dachte an Adelheid. Ihr hatte der Vater gewiß manches gesagt ...
Dag fuhr plötzlich auf, als habe ihn etwas gestochen; dann schloß er die Schublade des Schrankes auf. Gestern hatte er alle Papiere heraufgeholt, um dies und jenes durchzusehen. Er suchte das Bündel mit den Hamburger Papieren heraus und schloß das übrige wieder ein.

Erst als Holder am nächsten Vormittag abgefahren war und Dag nach dem Abschied auf der Treppe in die Diele zurückkam, raffte sich Adelheid endlich zu der Frage auf: »Was wollte er eigentlich?«
Dag zuckte zusammen und schien ohne Antwort an ihr vorbeigehen zu wollen, doch dann verhärteten sich seine Züge, und er erwiderte fest: »Geld leihen!«
»Hat er welches bekommen?« fragte sie tonlos.
»Ja, das in Hamburg.«
»Alles?« entfuhr es ihr wie ein unglückliches Stöhnen. Dag wurde verlegen. Sie hatte recht. Es war ihm gar nicht eingefallen, daß Holder auch mit weniger gedient sein könnte. Jetzt war es zu spät.
»Ja«, antwortete er fest wie vorher, »alles.«
»Dann muß es ja sehr schlimm mit ihnen stehen«, sagte Adelheid vorsichtig.
»Ja, er sprach davon«, sagte Dag.
Sie zuckte zusammen. Dann hatte ihm Dag also die ganze große Summe in silbernem Hamburger Banco geliehen, im vollen Bewußtsein, wie schlecht er stand.
»Man kommt nicht bei solcher Kälte so weit her, wenn es einem nicht wirklich schlecht geht«, sagte Dag; aber er hatte aus ihrem Tonfall entnommen, was sie eigentlich meinte, und fügte schon im Gehen leise hinzu: »Es ist die Familie meiner Mutter . . .«
Adelheid fand, das hätte er nicht zu sagen brauchen; es klang wie eine Zurechtweisung, weil sie sich in seine Angelegenheiten gemischt hatte.
Sie hatte seit Vater Dags Tod schon manches Mal ein unsicheres Gefühl gehabt, jetzt wurde ihr ernstlich bange. Da ging Dag hart gegen kleine Schuldner vor und lieh dann ohne weiteres solche Summen aus. Was konnte da nicht das nächste Mal geschehen?
In den folgenden Tagen war Dag unzugänglicher als je, er schien nicht einmal die Kinder zu sehen. Wollten sie mit ihm sprechen, dann gab er keine Antwort.

Eines Abends, als Dag in der Diele vorm Kamin saß, kam Adelheid die Treppe herunter und ließ sich mit ihrer Handarbeit still in ihrem Sessel nieder. Als sie ihn hier unauffällig beobachten konnte, zog sich ihr das Herz zusammen. Es lag etwas so Unheimliches über seiner zusammengesunkenen Gestalt, das Haar hing ihm wirr in die Stirn, die Augen glühten unter den halbgeschlossenen Lidern, und die kräftigen, gefährlichen Hände waren so heftig zusammengepreßt, als hielte er sich selber mit aller Kraft fest. Der Mann dort war nicht nur unheimlich – er war unglücklich . . .
Zum erstenmal kam ihr das jetzt klar zum Bewußtsein – hinter all seiner Unfaßlichkeit in letzter Zeit war er unglücklich, tief, ja grenzenlos unglücklich. Es flimmerte ihr vor den Augen von Tränen, und ehe sie es recht wußte, sagte sie: »Weshalb können wir nicht – anders miteinander sein?«

Sein Blick weitete sich, als entdecke er im Feuer etwas Unfaßbares, er hob langsam den Kopf, als lausche er auf etwas ebenso Unfaßbares, kam schwerfällig hoch – wie in unerträglicher Spannung, stand ganz auf und wendete sich ihr zu. »Weil nicht ich es war, den du damals liebtest, als du – hierher heiratetest...«, sagte er in einem Ton, der jedes Wort zwischen den Zähnen zerknirschte. In derselben Sekunde schien seine innere Spannung zu zerreißen. Er drehte sich um und verschwand im Dunkel der Diele; dann hörte sie ihn die Schlafkammertür hinter sich verriegeln.

Die leidenschaftlich bebende Gestalt, die verzerrten Züge, die haßfinsteren Augen, das ganze Bild, das sich im Kaminfeuer so scharf gegen den dunkeln Hintergrund abhob, brannte sich ihr ein als das Schrecklichste, was sie je gesehen hatte. Und die Worte, diese furchtbaren Worte, mit denen er sie zerschmetterte. Ja, zerschmetterte – denn jetzt war alles aus.

Am Morgen nach diesem Auftritt war Dag auf Skiern in den Wald gegangen. Er blieb viele Tage fort; sie wurden die furchtbarsten in Adelheids Leben. Ein unklares Gefühl, daß er einen Grund für seine grausame Beschuldigung haben müsse, trieb ihr die Gedanken in nebelhaft jagenden Schwaden ohne Anfang, ohne Ende durch den Kopf – und dahinter wuchs von Tag zu Tag die Angst, er könne noch einmal eine solche Wahnsinnstat unternehmen wie damals am Totenberg und sie würde ihn nie wiedersehen.

Sie sann und zermarterte ihr Gehirn, überlegte, ob ihre Frage wegen des Geldes für Holder ihn verletzt haben könnte und ob er daraus schlösse, daß sie in das Geld verliebt wäre und ihn deswegen geheiratet hätte. Aber sie hatte den Haß in seinem Blick schon längst bemerkt. Sie erwog auch, ob er vielleicht erfahren hatte, daß sie damals mit einem anderen verlobt war; aber er konnte doch nicht glauben, daß sie in den alten Apotheker verliebt gewesen sei. Sie wühlte sich tiefer und tiefer in ihre Verzweiflung, und dahinter glomm die Angst, Tag und Nacht...

Eines Abends, als sie gerade zu Bett gehen wollte, hörte sie jemand an der Haustür; die Tür ging auf und wieder zu, und – ja, das war sein Schritt: durch die Diele und die Wohnstube, in die Schlafkammer, aber es war nicht sein gewohnter fester, schneller Schritt, sondern es lag eine Müdigkeit darin... Und es war der zwölfte Abend, seit er in den Wald gegangen war.

Sie wußte nicht, weshalb, aber sie ging zum Spiegel und – erblickte die starren Züge ihrer Großmutter. Sie wich schaudernd zurück; so abgehärmt und vergrämt war sie in dieser letzten Zeit geworden. So alt geworden, ohne zu wissen, wo sie selbst war...

Was hatte Vater Dag gesagt? Ja – wenn irgend etwas nicht stimmte, so solle sie mit Tante Eleonore sprechen; denn das sei ein verständiger Mensch.

Verständig, gewiß. Adelheid schauderte bei dem Gedanken an die unverblümte Art ihrer Tante; jetzt mußte es aber sein, sie wollte morgen nach

Borgland reiten – alle strengen Vorwürfe über sich ergehen lassen, wenn es nur einen Ausweg gab aus diesem Dunkel.
Um Dag brauchte sie sich heute abend jedenfalls nicht zu ängstigen; und sie schlief sofort ein – zum erstenmal seit langem.

4

Das Portal auf Borgland öffnete sich, Tante Eleonore trat auf die Schwelle und sah freundlich und aufmerksam zu, wie Adelheid vom Pferd stieg und die Treppe heraufkam, während der Knecht das Pferd fortführte.
Der Schlaf einer langen Nacht, die Erleichterung über Dags Heimkehr und der Ritt in der frischen Luft hatten Adelheid etwas erfrischt. Unter dem prüfenden Blick ihrer Tante schritt sie so forsch wie möglich durch die Zimmerflucht zum blauen Eckkabinett, in das die Vormittagssonne hineinschien, gedämpft durch die leichten Vorhänge der großen Fenster.
»Nein, weißt du«, wies die Tante sie heiter zurecht, »so kannst du nicht länger gehen. Eine alte Frau von bald vierzig Jahren und ein Schwung von oben bis in die Zehenspitzen – wie ... Nun, genug davon!«
Niemand konnte das Lächeln ferner liegen als Adelheid heute, aber sie mußte jetzt einfach das Gesicht verziehen und lächeln. Immer hatte ihre Tante etwas zum Trost oder zur Erheiterung ihrer Umgebung bereit, seit sie als Herrin auf Borgland lebte.
»Wenn man selber von früh bis spät nichts als Freude hat, dann fehlte es gerade noch, daß man nichts für andere übrig hätte«, hatte sie einmal geantwortet, als Adelheid ihre gute Laune bewunderte.
Die Tante stellte sich einen Stuhl hin und rückte für Adelheid die Kissen im Kanapee zurecht. »Ich wäre morgen zu dir gefahren, um mit dir über das zu reden, was du auf dem Herzen hast«, sagte sie mit einem deutlichen Anflug von Ernst. »Während ich draußen etwas für uns zurechtmache, kannst du dich ausweinen, dann hält es uns bei unserer Unterhaltung nicht auf.« Damit fegte Tante Eleonore aus dem Zimmer und warf in der Tür noch einen teilnehmenden Blick auf Adelheids verblüfftes Gesicht.

Die Tante kam mit Tee und Kuchen, mit Gelee und Süßigkeiten zurück und stellte das Brett auf den Tisch. »Bei dem Gesicht, das du machst, verzichten wir lieber auf das Mädchen als neugierigen Zuschauer.«
Als sie Tee eingeschenkt und daran genippt hatten, setzte sie sich Adelheid kerzengerade gegenüber. »Nun schieß los! Ich habe alle Türen geschlossen, wir sind ganz sicher vor jedem Besuch. Es handelt sich also um Dag und dich.«
Adelheid hob erstaunt den Kopf.

»Nun«, fuhr die Tante abwechselnd ernst und scherzend fort, »da müßte man schon sehr viel dümmer sein als ich, um nicht zu sehen, daß ihr beiden euch gegenseitig das Leben schwer macht. Und du hast ja eigentlich genug Trauriges gesehen und erlebt. Du hättest nicht nötig, das Unglück für dich und andere noch besonders zu hätscheln, wie es die meisten Menschen tun und – es dann noch unentrinnbare Wirklichkeit nennen. Dazu bist du zu klug. Du willst lieber sehen, dem ein Ende zu machen – und darüber willst du mit mir reden.«
Tante Eleonore mußte Scherz und Ernst mischen, um sie zum Reden zu bringen. Ihre leisen, verständnisvollen Worte, ihr leichtes Streicheln über Schultern und Haare erinnerten Adelheid so herzbewegend an glückliche Tage ihrer frühen Kindheit, wenn die Tante zu Besuch kam und Frische, Wärme und Licht in das steife, kalte Leben bei der Großmutter brachte. Und endlich erzählte Adelheid. Erst wand sie sich um den Kern herum; die Tante verstand es aber, sie auf das zu lenken, was sie im Innersten quälte, und sie schüttete schließlich ihr ganzes Herz aus. Das sonst so steife Fräulein Ramer rückte immer näher an Adelheid heran; die Hand gegen die Wange des Sofas gestützt, legte sie den Arm um Adelheid und neigte sich weit vor, als wolle sie jede Kleinigkeit ganz genau in sich aufnehmen, und Blick und Miene folgten Adelheids Worten so lebhaft, als hänge ihr eigenes Leben davon ab.

Fräulein Ramer hatte von Vater Dag eine beglaubigte Urkunde erhalten, daß sie bis zu ihrem Tod auf Borgland wohnen dürfe, und alle ihre Rechte und Pflichten waren darin ausführlich bestimmt. Die Verpflichtung, für Bruder Lorenz bis zu seinem Ende zu sorgen, war festgelegt, ebenso ihre Rechte für den Fall, daß Klein Dag Borgland noch zu ihren Lebzeiten übernähme. Sie solle jedenfalls sichergestellt sein, hatte Vater Dag gesagt. Und wenn sie auf Adelheid und Dag ein Auge haben wolle und – auf die Söhne, falls sie die noch groß werden sähe, so vergelte sie ihm alles mehr als genug.
Ja, Fräulein Ramer saß fest auf Borgland; aber sie war nicht der Mensch, der etwas ohne Gegenleistung annahm, und sie hatte diese letzten Worte des Alten nicht vergessen. Und wenn sie zu etwas Geschick hatte, dann dazu, ein Auge auf ihre Mitmenschen zu haben. Sie fühlte sich Adelheid gegenüber verpflichtet, aber ebenso gegenüber dem Wunsch des Toten, und damit auch gegenüber Dag; und bei aller Liebe zu ihrer Nichte hatte sie es doch stets verstanden, ihre Ansichten nicht von Gefühlen beherrschen zu lassen, und heute – darüber gab sich Fräulein Ramer keiner Täuschung hin – war dies wichtiger als je.

Als Adelheid ihre Beichte mit Dags bitteren Worten abschloß, daß sie nicht ihn geliebt habe, als sie nach Björndal heiratete, da nickte Tante Eleonore zustimmend und sagte so leise, als denke sie nur laut: »Ganz richtig.«

Was? Adelheid schrak wie aus einem Traum auf und starrte sie entsetzt an.
»Ganz richtig«, wiederholte die Tante nur ruhig, unberührt von Adelheids starker Bewegung.
»Was meinst du?« Adelheid wollte auffahren, Tante Eleonore aber legte ihr die Hand auf die Schulter und hielt sie zurück: »Bleib ganz still sitzen, Adelheid. Dies ist eine tiefernste Sache, die wir gründlich überlegen müssen.« Ihre Stimme klang leise, aber sehr bestimmt.
Adelheid starrte sie erschrocken an. Was in aller Welt meinte sie nur?
Die Sonne war inzwischen nach Süden herumgegangen und fiel jetzt gedämpft, aber licht auf Adelheids Nacken und Tante Eleonores Gestalt. Fräulein Ramer nickte zwei-, dreimal bestimmt und holte tief Atem, als sei sie mit ihren Gedanken so weit fortgewesen, daß sie sogar vergessen hätte, zu atmen.
»Ja, so ist es«, sagte sie und blickte an Adelheid vorbei durch das Ostfenster. »So ist es im Leben. Den Allernächsten vergessen wir!«
»Was meinst du eigentlich?« brachte Adelheid endlich heraus. »Oh, ich dachte an etwas anderes«, sagte Tante Eleonore abwesend.
An etwas anderes? Adelheid war fassungslos. Da kam sie, von Schmerz und Verzweiflung zu Tode gehetzt, um sich auszusprechen, und hoffte auf Trost und Verständnis. Und statt dessen bekam sie zu hören, daß die Tante das Sinnloseste, was es geben konnte, »ganz richtig« fand und gleich darauf an »etwas anderes« dachte.
»Ja«, sagte Tante Eleonore und schenkte sich eine Tasse kalten Tee ein, »an etwas anderes und – doch an das, wovon du erzählt hast.« Sie nippte an dem Tee; sie wollte wohl Zeit gewinnen, um sich zu sammeln.
»Meinst du wirklich, daß ich Dag nicht geliebt habe?« Adelheids Stimme zitterte vor Entsetzen.
»Ja, so ungefähr«, war die trockene Antwort.
»Habe ich es etwa nur aus Eigenliebe getan?«
»Das tun wir alle grade dann, wenn wir glauben, andere zu lieben; aber daran dachte ich jetzt nicht.«
»Aber wen, um des Himmels willen, meinst du denn eigentlich?«
»Deinen Schwiegervater!«
Adelheid war wie von einem Schlag getroffen hintüber gesunken, fuhr aber mit verzweifelten Beschwörungen wieder auf, weinte und war lange nicht zu beruhigen. Tante Eleonore hatte sie wenigstens wieder auf das Kanapee gebracht und zum Schluß gesagt: »Denk einmal selbst darüber nach, wenn du zur Ruhe gekommen bist.«
Nach langem Schweigen und Schluchzen in ihr Taschentuch fragte Adelheid leise: »Glaubst du, daß Dag dies gemeint hat?«
»Er kann gar nichts anderes gemeint haben.«
»Aber weshalb nur?«
»Grade das will ich dir erklären. Es ist einfach genug, aber ich weiß nicht

recht, wie ich anfangen soll.« Tante Eleonore hatte sich erhoben; sie ging auf und ab, warf einen Blick auf die verschneite Landschaft, wo die Südhänge leicht abzutauen begannen, rückte hier und da im Zimmer etwas zurecht und legte Holz nach. Endlich setzte sie sich wieder. »Hast du bemerkt, wie ähnlich Dag in letzter Zeit seinem Vater wird?«

»Ja.«

»Er wird ihm immer ähnlicher werden. Nicht nur äußerlich. Er hat offenbar dieselbe Veranlagung wie der Alte und hat für seine Tatkraft nie Verwendung gehabt. Hast du je darüber nachgedacht?«

»Nein!«

»Ich habe das öfter beobachtet, in meiner Jugend auf dem Land bei Bauern und später in der Stadt bei Kaufmannsfamilien. Wo ein Sohn sich tagaus, tagein gegen einen starken Vater durchsetzen muß, da steht der Sohn im Schatten. Ein richtiger Mann hat das Bedürfnis nach Verantwortung; und wenn auch nur für sein Haus, für Frau und Kinder. Verantwortungsgefühl ist eine der stärksten Stützen im Leben des Mannes, es hält ihn von vielem zurück, worauf er sonst vielleicht verfallen würde. Nimm zum Beispiel Vater Dag: Man könnte denken, daß viel von seiner früheren Härte nur Herrschsucht war. Im Grunde war es aber das alte Verantwortungsgefühl seiner Sippe für das Ergehen seiner Umgebung, das er dann in jugendlichem Eifer übertrieb. Auch bei den Anfechtungen seiner späteren Jahre kannst du immer wieder sehen, wie sie ständig um diesen Gedanken der Verantwortung kreisten. Jetzt kommt aber der Fehler. In all seiner Fürsorge für andere vergaß er den Allernächsten, wie wir alle es so leicht tun. Du weißt, daß Eltern mit ihren Kindern wenig von den eigenen Kämpfen sprechen. Deshalb muß jeder sein Leben ganz von vorn anfangen, und deshalb schreitet die Menschheit auch so langsam fort. Vater Dag vergaß es oder sah es nicht, daß sein Sohn längst erwachsen war, ohne seine stärksten Kräfte zur Geltung bringen zu können – das vom Vater ererbte, in der ganzen Familie tief verwurzelte Verantwortungsgefühl. Dag hatte zwar mit dem Holz und den Wäldern zu tun, aber immer nur nach den Anweisungen des Vaters. Wirkliche Verantwortung hatte er nicht. Er sah den Mangel vielleicht selbst nicht; daß er ihn aber fühlte und unsicher wurde und lebensfremd, das weißt du jetzt. Sein Unfall in den Bergen war sicherlich nicht allein die Folge eines inneren Schmerzes über die Jungen, sondern auch eine gewisse Verzweiflung über sich selbst. Er hatte eine Verantwortung für die Kinder in sich aufkeimen fühlen – und dann war ihm alles plötzlich wieder entrissen. Nach dem Unglück hattet ihr beide, Vater Dag und du, den Verdacht, ob nicht Dags Kopf gelitten hätte. So kam es, daß ihr beiden gegen ihn zusammenhieltet. Und du gabst deinem Drang, dich an Vater Dag zu klammern, immer mehr nach und – versuchtest immer weniger, deine Pflicht zu tun: dir das Vertrauen deines Mannes zu bewahren. Auf diese Weise verlor er auch noch das bißchen Verantwortung, das er für dich hätte fühlen können. – Du siehst mich entsetzt an, Adelheid – aber schweig, bis ich fertig bin. Du meintest dein möglichstes zu tun, wenn du spieltest und sangst, sooft er daheim war, und dich den ehelichen Pflichten nicht entzogst. Aber du betrachtetest ihn wie einen kleinen Jungen, und zwar mit der Zeit immer unverhohlener. Du unterhieltest dich weiter mit seinem Vater, wenn dein Mann aus dem Wald kam, fragtest niemals, wie es ihm ging, und zeigtest keinerlei Interesse für ihn. Ich habe das beobachtet, hielt es aber für eine überspannte Scheu, dich in Gegenwart anderer zärtlich zu zeigen; aber nach deiner heutigen Beichte ist mir der Zusammenhang klar. – Begreifst du jetzt, weshalb Dags Blick verbittert war, wenn er dich ewig um den Alten sah? Er brauchte selber so dringend eine liebevolle Stütze wie nur je ein Mensch. Statt dessen trugst du nur dazu bei, ihn noch unsicherer zu machen. – Ich erkläre dir dies alles nicht, um dich zu tadeln, sondern um dir offen meine Meinung zu sagen. Bei allem, was du erlebt hattest, und mit solch einem Vater – ja, verzeih, wenn ich dies sagen muß – ist es nur natürlich, daß dich in deiner Lebensangst ein so zuverlässiger Mensch wie der Alte unwiderstehlich anziehen mußte. Das mag schon bei deinem ersten Weihnachtsaufenthalt begonnen haben, und seitdem ihr ganz vertraut miteinander wurdet, warst du glücklicher, als du wußtest – selbst wenn du um Dag Kummer zu haben glaubtest. Dem Alten gehörte deine wahre Liebe. Dag hat sie wohl nie besessen.«

Adelheid starrte, gegen die Rückenlehne des Kanapees gestützt, durch das Fenster ins Leere, als habe das Dasein allen Zusammenhang verloren. Alle ihre lieben Erinnerungen an Vater Dag waren so farblos, ja, fast unsauber geworden.

Die Tante ließ ihr nicht lange Zeit, sondern fuhr fort: »Dann kam Dag aus dem Wald zurück – als der Vater gestorben war. Setzte sich täglich stundenlang und die ganze letzte Nacht zu ihm, klammerte sich an ihn, verstand weder sich selbst noch irgend etwas, da der fort war, der bisher alles gelenkt hatte – auch ihn. Und dies verschärfte seinen Schmerz, den Vater verloren zu haben und nicht mehr zurechtgekommen zu sein, um Abschied von ihm zu nehmen. Danach war er zu nichts mehr fähig, nicht einmal, in den Wald zu gehen. Doch das Leben zwingt uns wieder in seinen Bann, und dafür sorgten diesmal die Kleinen. – Dann sah er dich mit den Leuten umgehen und das Geld in Empfang nehmen. Da endlich ging es ihm auf, daß er übersehen worden war, von dem Alten wie von dir – jahrelang. Er sah dich die Bücher führen, merkte, daß du darin eingeweiht warst, und nicht er, daß du in deiner Selbstzufriedenheit nicht einmal spürtest, wie tief ihn das verletzen mußte. Und da riß er denn alles an sich, aber ohne jede innere Sicherheit. – In jener Nacht stellte er aus den Büchern fest, daß die Schuldner, die zu seines Vaters Lebzeiten pünktlich bezahlt hatten, jetzt nachlässig wurden, ja, ihn nicht für voll nahmen – genau wie du und jeder andere auf dem Hof. Damit wurde ihm seine eigene Stellung klar, und er fuhr tagaus, tagein über Land, die Leute eines Besseren zu belehren. Seitdem war er schroff gegen jedermann, um anderen und vor allem sich selber zu zeigen, daß er einfach nicht länger zu übersehen war. – Dein Mann ist nicht mehr der junge Dag Björndal, Adelheid – mit der Büchse über der Schulter, mit Waldluft um sich –, sondern vielleicht auf dem besten Wege, sich in seinem Trotz zu verlieren wie der Alte einst in seiner Habgier. – Die Geschichte mit dem Geld für Holder kann ihren Grund in Dags großer Liebe zu seiner Mutter und Tante haben, sie kann aber auch Trotz sein. Vielleicht hat er aus den Büchern gesehen, daß Holder mit den Zahlungen mehrere Jahre im Rückstand war und daß du davon wissen mußtest, während er nie ein einziges Wort davon erfuhr. Möglich, daß sich sein Ärger über dich ganz einfach auf diese Weise Luft gemacht hat. Alles, was er durch seine Unsicherheit jahrelang gelitten hat, ohne die Zusammenhänge zu durchschauen, will sich vielleicht jetzt in Haß gegen dich sammeln. Er hat eine gefährliche Veranlagung. Das hast du aus seiner blindwütigen Kletterei am Totenberg gesehen und vielleicht aus der Sache mit Holder und – aus seiner scharfen Antwort letzthin.« Tante Eleonore wendete sich Adelheid zu, die völlig gebrochen dasaß, und nahm ihre Hand. Ein ungewohnter Glanz strahlte in ihren Augen. »Ein Mensch kann nicht tiefer sinken, als wenn er dasitzt und sich selbst bemitleidet. Kopf hoch, Adelheid! Aller wahre Trost will erkämpft sein. Geh also jetzt geradewegs zu Dag und sprich dich mit ihm aus. Fort mit dem eitlen Gefühl, daß du mehr gelernt hättest, mehr könntest als er und über ihm stündest. Nichts hat dich vielleicht so gehemmt wie dies. Du hast etwas anderes gelernt, kannst etwas anderes als er. Das ist alles. Er hat nicht so viel gelesen wie du, aber er versteht seine Sache, und das ist vielleicht mehr wert. Du wirst noch genug damit zu tun haben, seinen Gedanken zu folgen, wenn du ihn näher kennenlernst. Ein Mensch lebt nicht jahrzehntelang im Wald und in den Bergen oder im Dunstkreis mühevoller Arbeit, ohne über den Ernst des Lebens nachzudenken. Ich selber habe viel von den Arbeitern hier auf Borgland gelernt. Beug dich und deinen Stolz vor deiner Liebe zu ihm, wenn – du sie wirklich hast. Hast du sie nicht – nun, dann hat alles Reden keinen Sinn. Ich kann mich in dem und jenem irren, aber ich glaube es nicht.«

Das seidene Pferd tänzelte und wiegte sich mit Adelheid durch die Allee und über die Landstraße hin – nach Norden. Ihr Blick ruhte auf dem schimmernden Fell des schönen Tieres, und irgendwo haftete die Erinnerung, daß es ihr die guten, klaren Augen zugewendet hatte, als sie die Borglander Treppe hinunterstieg. Mehr wußte sie nicht. Tante Eleonores Worte hatten all ihr Bewußtsein irgendwohin mitgenommen – in die Ewigkeit.

Der Hufschlag auf der hölzernen Brücke am Anfang der Björndaler Allee dünkte sie wie der Nachhall eines vergangenen Lebens. Sie richtete sich auf und fühlte den reinen kühlen Wind wie einen prickelnden Lebenshauch in ihrer Nase. Während das Pferd, sich selbst überlassen, leicht und geschmeidig die Allee hinauftrabte, kehrte ihr Bewußtsein langsam wieder und mit ihm die Reden der Tante, Wort für Wort – über allen jenen Worten aber ihre eigenen Gedanken ... Dag war ein Mensch ganz für sich, der tat, was er selber wollte, den Geboten seines Vaters zum Trotz. Denn die Lebenden herrschen, nicht die Toten.

5

Adelheid schloß die Tür zu Dags Stube. Es war am zweiten Abend nach ihrem Besuch auf Borgland, und heute hatte die Tante die Buben wieder holen und sagen lassen, sie sollten über Nacht bleiben. Adelheid ahnte die Absicht. Sie hatte der Tante verschwiegen, daß Dag lange Zeit im Küchenhaus geschlafen hatte und jetzt in die große Schlafkammer unten übergesiedelt war. Sie empfand es als eine persönliche Schmach und hatte es nicht über die Lippen gebracht. Die Tante wollte gewiß die Buben beiseite haben, damit Dag und sie sich heute abend ungestört aussprechen könnten.

Dag war aber gestern, bevor sie nach Borgland ritt, in den Wald gegangen und noch nicht heimgekehrt; auch fühlte sie sich einer Aussprache noch nicht gewachsen. Ihre Empfindungen, die das Gespräch mit der Tante wachgerufen hatte, waren noch so unfertig, und sie stand unter dem Druck eines schweren Schuldgefühls. Sie hatte die Mahnungen von sich zu schieben versucht, hatte mit dem Gedanken einer Versöhnung ohne eine peinliche Aussprache gespielt. Denn wenn sie nur an diese Aussprache dachte, sah sie Dag vor sich, wie er ihr neulich seine bitteren Worte entgegengeschleudert hatte. Sie wollte und konnte sein Gesicht so nicht noch einmal sehen. Sie hatte seitdem eine verzehrende Angst vor ihm, und die Worte ihrer Tante hatten sie auch nicht mutiger gemacht. Gestern abend vorm Einschlafen hatten sie wie eine schwere Last auf ihr gelegen. Tagsüber hatte sie ihnen auszuweichen gestrebt, aber jetzt gegen Abend drangen sie von neuem überwältigend auf sie ein. Sie war in Dags Stube gewesen, hatte die leeren Kinderbetten und sein verlassenes Bett und den ganzen finsterkalten Raum betrachtet. Sie hatte einen erkältenden Zug um sich gefühlt und die Empfindung gehabt, alles, was hier einst lebendig gewesen war, war jetzt tot – für immer.

Sie kam sich wie erlöst vor, als sie wieder in ihrer eigenen Kammer war und die Tür verriegelt hatte. Sie schloß die Augen und sah Dag vor sich, wie er so manches Mal am Kamin gesessen hatte. Wunderlicher als je schien es ihr, daß sie nun nach bald zwölf Jahren Ehre eigentlich noch immer keine Ahnung von ihm hatte. Sein Innerstes blieb in tiefes Dunkel gehüllt, und in diesem

Dunkel sah sie jetzt drohend aufsteigen, was Vater Dag ihr von seiner eigenen Jugend erzählt hatte – von Haß und Rachsucht und Herzlosigkeit.
An diese Herzlosigkeit war indessen bei Dag schwer zu glauben. Sein Schmerz über den Verlust der Kinder hatte ihr viel verraten, ebenso sein Verhältnis zu seinen Hunden und zu den Buben damals und jetzt wieder und – viele, viele kleine Züge in seinem Verhalten zu ihr. Nein, Vater Dag hatte schon recht: ihr Mann besaß ein gutes Herz, aber es war weit bis dorthin – für sie jetzt unendlich weit. Sie kannte ein altes Wort: Haß versiegelt die Herzen.
Ihre eigene Schuld an Dags Verdüsterung, von der Tante Eleonore geredet hatte, weckte in ihr eine verzehrende Angst vor allem, was ihr aus den unbekannten Tiefen seines Wesens drohen konnte, aus dem Erbe einer uralten, harten Sippe . . .
Sie schrak zusammen. Klang es nicht, als würden in der Laube Skier aneinandergeklappt und neben der Haustür aufgestellt? Ja, da kam jemand an die Tür; es war Dags Schritt, nicht müde und gleichgültig wie bei seiner letzten Heimkehr, sondern leicht und federnd. Sie hörte, wie er seine Jacke aufhängte, zur Schreibstube und von da zur Küche ging. Sie hörte ihn zurückkommen, die Stiefel ausziehen, im Kamin Holz auflegen, hörte eine Magd aus der Küche kommen und ein Glas klirren. Also wollte er etwas Heißes trinken, wie es sein Vater auch zu tun pflegte, wenn er bei Kälte draußen gewesen war.
Nicht einen zögernden oder unsicheren Ton hatte sie vernommen. Es war der selbstsichere Eigentümer von Vater Dags Besitz, der sich, aus seinen Wäldern heimgekehrt, an seinem eigenen Kamin niedergelassen hatte.
Das weckte eine brennende Sehnsucht in ihr nach Erlösung von toter Qual zu lebendigem Leben. Sie schlich zur Tür und horchte begierig auf den kleinsten Laut.
Sie hatte sich völlig von der Überzeugung ihrer Tante überrumpeln lassen, daß sie Vater Dag geliebt hätte. Aber es war nicht ganz so einfach, wie die Tante glaubte. Nach jener Behauptung hatte ihr Denken wie in einem drükkenden Gefängnis geschmachtet, jetzt begann es sich wieder zu befreien. Wie eine Verurteilte hatte sie sich vor der Aussprache mit Dag gegraut. Jetzt überfiel sie eine quälende Angst, er könne aufstehen und in sein Zimmer gehen, ehe sie zu ihm hinunterkommen und sich mit ihm aussprechen könnte. Sorgfältig wie selten hatte sie in letzter Zeit Haar und Kleidung gepflegt; jetzt trat sie rasch vor den Spiegel, bürstete ihr Haar glatt und strich den weißen Besatz an Brust und Schultern zurecht.
Als sie nach der Türklinke greifen wollte, zögerte sie. Es galt fest zu sein, sich zu sammeln. Sie durfte nicht leidenschaftlich und unbesonnen handeln. Sie öffnete die Tür, schloß sie leise und ging ohne Überstürzung die Treppe hinunter.
Dag saß im vollen Schein des Feuers an seines Vaters altem Platz. Adelheid konnte in seinem Gesicht nichts von dem erschreckend unheimlichen oder

ruhelos unglücklichen Zug entdecken, wie neulich, bevor es im wilden Haß aufflammte. Sie sah ein ruhig nachdenkliches Gesicht, es lag darin aber eine so regungslose Härte, eine solche Willensstärke, daß sie schauderte.

Als sie die unterste Stufe betrat, stand Dag auf, ohne eine Miene zu verziehen, und wollte wohl zu Bett gehen.

»Hast du nicht noch einen Augenblick Zeit? Ich wollte gern etwas mit dir besprechen.« Adelheids Stimme klang leise und schmerzlich weich.

Dag blieb stehen, die Linke auf den Tisch gestemmt. Vor seinem Schatten an der Wand wirkte er größer auf sie als sonst – breiter in den Schultern. Die Falte in der Wange war im Feuerschein tief und scharf gezeichnet und lief in einem fast unmerklichen Bogen gegen die Mundwinkel zurück. Es wirkte wie der Ansatz eines herben Lächelns.

Sie trat von der Treppe ins Licht und blieb dicht vor ihm stehen – die Hände verschlungen, den Kopf erhoben. Sie fühlte sich hier noch heute – wie einst – als flüchtiger Gast. Dag gehörte hierher seit seinem ersten Atemzug, er war gleichen Blutes mit denen, die vor undenklichen Zeiten dies Haus geschaffen hatten. Und sie war als erwachsener, fertiger Mensch vor wenigen Jahren hierher gekommen, ohne an dieser Stätte verwurzelt zu sein. Vater Dag war hier ihr Halt gewesen, er war dahin, und mit ihm ihr Halt . . .

Aber sie mußte Abschied nehmen, ehe sie in die Einsamkeit ihrer Kammer zurückging oder nach Borgland zog. Sie wollte ehrlich sein, gegen Vater Dag, gegen ihren Mann und – gegen sich selbst; dann mochte es zu Ende sein.

Eine ihm unbekannte Schwingung in ihrer Stimme hatte Dag aufhorchen lassen, als aber den ersten Worten nichts folgte, wendete er den Kopf und sah sie an. Kein Muskel regte sich in seinem Gesicht, aber die Gleichgültigkeit wich einer leisen Teilnahme. Sie hielt seinem Blick stand, ohne zu zucken. »Meintest du, daß ich deinen Vater geliebt haben soll?« fragte sie mit erzwungener Ruhe.

Er sah sie nur befremdet an und nickte fast unmerklich.

»Ja«, fuhr sie leise fort, »ich habe ihn geliebt und werde ihn lieben bis an mein Lebensende. Dein Vater war stark und – gut. Aber auch dich liebte ich, soweit du es mir erlaubtest und die Ereignisse und Stimmungen in unserem Leben es zuließen. Oft verschmolzen eure beiden Gestalten mir zu einem einzigen Mann mit allen Eigenschaften, die mir lieb waren. An deiner rätselvollen Jugend hing alles in mir, was jung und unmittelbar war, während mir die Stärke deines Vaters ein Ausruhen für all meine Vergrübeltheit und Lebensangst bedeutete, die ich noch aus meinem früheren leeren, freudlosen Dasein mit mir herumschleppte.«

Dag blieb äußerlich unbewegt, schien aber aufmerksam zu lauschen. Adelheids Stimme verlor jetzt die beabsichtigte Ruhe: »So flickte ich denn eine ganze Liebe zusammen, doch in meinem innersten Herzen war sie nicht ganz; denn man soll denselben Mann haben im Fühlen und im Denken.« Sie schrak beim Klang ihrer eigenen Stimme zusammen – sie hatte so flehend geklungen. Jetzt spürte sie schmerzhaft, daß die innere Klärung, in der Dag begriffen war, alles das aus ihm machen würde, was sie vom ersten Tag an ersehnt hatte. Der zuverlässige Mensch, dem sie sich in allem anvertrauen, mit dem sie alles besprechen könnte; und unter all dieser Reife und Kraft würde ein ewiger Junge in ihm verborgen bleiben mit gutem Humor und Gemüt und seinem herzensguten Lächeln bei aller Strenge, wenn er nur einen einzigen Menschen besaß, der es lebendig erhielt. Und gerade jetzt, wo er fähig wurde, ihr ganzes Herz zu gewinnen und alles Stückwerk in ihr zu neuer, fester Einheit zu fügen, sollte sie ihn verlieren. Gerade jetzt, wo sie ihm etwas sein konnte, gereift an seines Vaters Worten und Gedanken und an ihren eigenen bitteren Erfahrungen in der Welt dort draußen. Jetzt, da sie endlich fühlte, daß sie sich ihm völlig hingeben konnte, mit Leib und Seele – grenzenlos.

Adelheid zuckte zusammen, als Dag sich bewegte. Er trat zum Kamin und stieß mit dem Fuß den großen Wurzelstock zurecht, daß die Funken stoben. Seine gleichgültigen Bewegungen und der kräftige Stoß trafen sie mitten ins Herz. Da hatte sie die Antwort auf die Worte und auf alles, was sie hinter ihnen gedacht und gefühlt hatte. Sie glaubte nicht mehr Atem holen zu können, der ganze Raum fing sich zu drehen an, der Boden zu wanken. Endlich atmete sie tief auf und kam wieder zu klarer Besinnung. Sie blickte Dag an. Vom Kamin her fiel ein heller Schein über ihn, verdunkelte sich und flammte wieder auf. Als rängen Licht und Dunkel um ihn; und waren es nun die Flammen oder seine innere Bewegung – sein Mienenspiel wechselte, als rängen auch darin Licht und Dunkel. Die Flammen sanken immer tiefer zusammen mit knurrendem Flackern. Dags Gestalt verschmolz mehr und mehr mit der Dunkelheit – nur noch ab und zu traf sie ein schwaches Aufleuchten. Adelheid meinte, eine Gestalt aus Vater Dags Schilderungen vor sich zu sehen. Das drohendste, tiefste Urzeiterbe seiner Familie lebte in dieser roten flackernd ersterbenden Beleuchtung wieder auf: der Jäger, der mit Auge und Ohr den schleichenden Tieren des Waldes auflauerte; und seine Spannung schien sich in zitterndem, unhörbarem Atem zu steigern, dem Augenblick zu, da ein Leben unter seinen Händen erlöschen sollte.

Das letzte Aufflackern im Kamin erstarb, es wurde halbdunkel.

Adelheid fuhr verstört zurück, als sie ihn kommen fühlte, doch seine Arme umfingen sie schon und schlossen sich fest um sie.

Der Mond schien ins Fenster der Schlafkammer. Der Vorhang am großen Bett war an der Fensterseite zurückgeschlagen, und das Licht fiel voll auf die Kissen. Adelheid drehte den Kopf dem Mond zu. Sie murmelte im Schlaf unverständliche Worte und schlief weiter. Ihr Haar flutete golden über das Kissen. Es war wohl das erstemal seit den Kindertagen, daß sie ohne Nachthaube ins Bett gekommen war.

Dag lehnte auf die Kissen gestützt in der Innenecke des Bettes, wie er in Hunderten von Nächten in den Hütten auf der Pritsche oder am Feuer auf Fichtengrün gelegen und in die Glut gestarrt hatte.

Jetzt starrte er auf Adelheids Gesicht. Noch nie hatte er auf einem Gesicht eine so tiefe Ruhe gesehen. Es war schön anzusehen. Sie hatte in letzter Zeit wohl viel zu denken gehabt und wenig Schlaf gefunden. Er selbst hatte genug geschlafen, fand er. Ja, er hatte im Leben einfach zuviel geschlafen.

Sie hatten im Dunkel des Bettes noch über so vieles gesprochen, bevor der Mond kam. Er hatte auch ungemein viele treffende Bemerkungen des Fräulein Ramer zu hören bekommen. Und ihm war so leicht und licht zu Sinne geworden, daß er unmöglich schlafen konnte. Am liebsten wäre er aufgestanden und hätte sich mit diesen neuen Augen umgesehen.

Er rückte näher an Adelheid heran und betrachtete ihr Gesicht. Der kalte starre Zug war verschwunden, ein zarter Jugendschimmer lag auf ihren Wangen, und der Mund bewegte sich beim Atmen lebhaft mit leisem Zittern. Und wie unglaublich schön sie doch war mit ihren großen, rein gezeichneten Brauen, mit den langen Lidern, den dunklen Wimpern und vom gelösten Haar umflutet!

Dag blickte zu dem bleichen Mond auf, wie in zahllosen Nächten im Wald. Sie brauche einen Menschen, an den sie sich halten könne, ganz fest – hatte sie gesagt. Seine Schulter hob sich in ihrer ganzen Breite, das Licht des Mondes fiel darauf, dann sank sie wieder ruhig ins Dunkel zurück. Sein Gesicht blieb noch beleuchtet – seine tiefgefurchte Stirn, gefurcht von Kummer und Gedankenarbeit und der ständigen Anspannung seiner Kräfte auf der Jagd bei jedem Wetter, in jedem Gelände. Altersfurchen und die harten Züge eines unbeugsamen Willens; die Augen aber wach, klar und jung. Er sah wieder zu Adelheid nieder, als hielte er nächtlich Wache über einem Feuer neben sich – über einem Feuer im tiefen Herzen ...

6

Noch nie war Adelheid der Sommer so schön erschienen, noch nie hatte sie sich so sicher gefühlt, nie war ihr die Welt so schön erschienen wie in den Jahren, nachdem Dag und sie sich gefunden hatten. Seitdem schlief auch sie in der Schlafkammer und benutzte ihr Zimmer nur bei Tage. Sie hatte angefangen, die alten Überlieferungen niederzuschreiben, die sie von Vater Dag und Unn Hammarbö erfahren und in Dortheas und Thereses Büchern gefunden hatte. Mit der Zeit fühlte sie sich völlig zu Dag und seiner Familie gehörig – verwuchs immer fester mit der Vergangenheit und der Gegenwart,

und ihre praktische Frauennatur beobachtete ihre Umwelt immer aufmerksamer.
Auch Dag war zur Ruhe gekommen. Das gute Einvernehmen mit Adelheid und alles, was er von ihr über seinen Vater erfuhr, gaben ihm Rückhalt, und er wurde mit den Jahren stark und entschlossen. Er ermunterte Adelheid und die Tante, Verwandte und Freunde aus Stadt und Land einzuladen, und es gab einmal jährlich Fest und Tanz im Saal auf Björndal wie auf Borgland. Über den Weihnachtsabenden lag der alte feierliche Glanz mit klingender Kirchfahrt, und – Dag stolperte nie mehr beim Verlesen des Bibeltextes. Sichere Kraft und ruhige Freude strahlten von ihm aus wie nie zuvor.
Er nahm auch eine alte Sitte wieder auf, die in seines Vaters strenger Zeit abgekommen war: er ließ die Waldkätner im Herbst vor Beginn der Winterarbeit auf dem Hof zusammenkommen, um ihnen Werkzeuge auszuhändigen und mit ihnen über die Abholzstellen zu reden. Die Besprechung fand in der Alten Stube statt und entwickelte sich zu einem großen Gelage mit viel Essen und Trinken, und Dag war mitten unter den Leuten.
Es waren schwere Jahre mit schlechten Preisen und vielerlei Rückschlägen, Dag aber wußte in allen Schwierigkeiten Rat. Als die Getreide- und Holzpreise hoffnungslos sanken, half er sich mit der Vermehrung des Viehbestandes. Die alten Almhütten und Sommerställe wurden hergerichtet und die Waldweiden gründlich ausgenutzt. Als die Zollsätze in England es unmöglich machten, Bauholz von fünf bis sechs Ellen Länge zu verschiffen, fuhr er weit und breit im Lande umher und brachte eine Regulierung des Flusses in Gang, so daß es möglich wurde, auch längere Stämme zu flößen. Allen voran war er, wo es galt, eine Arbeit anzupacken – ganz wie sein Vater.

Und gleichwohl blieb etwas in seinem tiefsten Innern Adelheid verschlossen und weckte ihre Unruhe. Er war zu nachsichtig gegen Holder und – andere. Die Strenge, die er im ersten Jahr nach seines Vaters Tod gegen die kleinen Leute hatte walten lassen, schien wirklich nur Trotz oder Unsicherheit gewesen zu sein; denn sie zeigte sich nie wieder.

Jahre waren vergangen; man schrieb das Jahr 1826. Die Knaben waren elf Jahre alt, sie trieben sich im Wald und überall herum, und anfangs war Torgeir der Führer bei allen ihren Unternehmungen gewesen; jetzt überflügelte ihn Klein Dag. Eckig und unfertig und für sein Alter hochaufgeschossen war er noch immer; aber er fing an, sich herauszumachen, sagten die Leute.
Adelheid hatte mehrere Jahre mit den Buben Schule gehalten, beide konnten längst lesen, schreiben und rechnen und hatten auch andere Fächer angefangen. Sie beklagte sich manchmal bei Dag darüber, daß sie sich zuviel draußen herumtrieben.

»Laß sie nur ihre Freiheit noch etwas genießen, ehe sie zum Pfarrer müssen«, antwortete er, »denn von da ab müssen sie ernstlich ran.«
Adelheid träumte davon, daß einer von ihnen – gleichgültig welcher – die Schule in der Stadt besuchen und – ja, Offizier werden könnte. Am besten der, dem einmal Borgland zufiele. Mit so etwas durfte man Dag aber kaum kommen. Daß sie nach der Konfirmation ernstlich ran müßten, das hieß wohl eher, sie mit den Arbeiten des Hofes vertraut zu machen. Sie konnte sich noch nicht recht mit diesem Gedanken befreunden, jedenfalls nicht für beide; aber es sah danach aus.
Ein Mann, der mit einer Fuhre aus der Stadt zurückkam, brachte Dag die dürre Nachricht von Holder, er brauche Geld. Der alte Holder war im letzten Jahr gestorben, und jetzt führte der Sohn das Geschäft. Er war übrigens auch nicht mehr jung – schon siebenundvierzig Jahre.
Dag erfuhr, daß Holder selber ins Leutezimmer hinuntergekommen war, um das dem Boten aufzutragen, und dachte sich sein Teil davon, in welcher Verfassung er dann gewesen sein mochte. Am besten, er fuhr sofort selbst in die Stadt.
Unterwegs sann er über vieles nach. Da hatte nun sein Vater in den letzten Lebensjahren im Björndaler Bereich alles herrichten lassen, so daß es nicht einen morschen Balken in den Kätnerhütten gab, hatte dafür gesorgt, daß keinem von den Leuten die notwendigen Gerätschaften fehlten, so fern im Wald er auch wohnte. Und für Fräulein Ramer hatte er bis an ihr Lebensende alles genau geregelt. Auch Holder hatte er auf alle mögliche Weise geholfen, hatte die Abrechnung Jahr um Jahr anstehen lassen, ihm obendrein noch Geld geliehen, damit er über die schwierigen Zeiten fortkäme. Aber kaum war sein Vater tot, als schon neue Ereignisse eintraten – ein Angeln nach Geld und sonstiger Hilfe. Es hieß auf dem Posten sein und seine Arbeit tun, wenn man es auch noch so dick hatte – das sah man immer wieder. Wo es keine Arbeitslust mehr gab, wie bei Holder, da nützte alles nichts, weder Geld noch sonstige Hilfe.
Es war ihm nicht entgangen, daß Adelheid mit den Buben höher hinaus wollte, aber daraus sollte nichts werden, nein. Arbeitslust mußten sie bekommen, sobald sie eingesegnet waren, und bis dahin sollten sie sich mit dem Wald vertraut machen. Es tut jungen Menschen gut, sich zu rühren, daß es Schweiß kostet. Menschen ohne Saft und Kraft in den Händen waren das Schlimmste, was er kannte.

Dag tat das Herz weh, als er von der Ladenseite des Holderschen Hauses her in den gepflasterten Hof einfuhr. Seine Verwandten waren hier seit über hundert Jahren Kaufleute gewesen, hier waren seine tüchtige herzensgute Mutter geboren und – Tante Dorthea. Beide waren hier herangewachsen und zu Hause gewesen, bevor sie nach Björndal kamen.

Früher hatte hier immer lautes Leben und Treiben von vielen Menschen und Pferden geherrscht; jetzt standen nur ein paar Gäule herum, sonst war es gänzlich öde. Er hatte sich fest entschlossen, mit der Faust auf den Tisch zu schlagen und Holder kurz und bündig mitzuteilen, auf Björndal sei für ihn nichts mehr zu holen, weder Geld noch Ware. Als er aber den heutigen Zustand mit den Eindrücken aus seiner Jugend verglich: wie er hier mit Mutter und Vater und Tante Dorthea festlichen Glanz und frohes Behagen erlebt hatte, da wollte sich ihm das Herz im Leibe umdrehen. Hätte sein Vater hier »nein« sagen können, wenn er an seiner Stelle gewesen wäre? Der Vater mit all seinen viel stärkeren Erinnerungen? – Unterwegs hatte er überlegt, daß er es einfach nicht länger treiben lassen durfte, selbst wenn er wollte. Er war für zahllose Menschen, für seinen Hof und seine Familie verantwortlich. Es war ohnehin schwer genug, alles fest zusammenzuhalten. Große Landbesitzer hatten in den letzten Jahren ihr Eigentum Hals über Kopf verlassen müssen. Doch es hier zur Versteigerung zu treiben und den ganzen Besitz aus der Holderschen Familie gehen zu sehen, das brachte er nicht übers Herz.

Dag band sein Pferd an und hängte ihm den Hafersack um und musterte groß und breitschultrig den alten Kaufmannshof mit allen seinen Treppenaufgängen und Wandgalerien. Schon mancher seiner Vorfahren hatte auf diesem Hof gestanden, aber eine so peinliche Stunde wie er hatte wohl keiner hier durchlebt. Dag war vom Kontor nach oben gewiesen worden. Eine Magd führte ihn in die Wohnstube. Dag wußte, daß seine Mutter einst hier oben gewohnt hatte; daß aber seine Eltern gerade in diesem Zimmer miteinander einig geworden waren vor bald einem halben Jahrhundert – das wußte er nicht.

Die Tür ging auf, Holder trat mit rotem Kopf ein. Er war nicht ganz fest auf den Beinen und begrüßte den Vetter mit großen Gesten und überschüttete ihn mit weitschweifigen Erklärungen über neue Zusammenbrüche in London und mit allen möglichen Entschuldigungen. Eine Magd brachte Wein und Gläser, Holder schenkte ein und stürzte ein Glas hinunter. Dag rührte das seine nicht an.

Holder füllte sein eigenes Glas von neuem und goß es gleich dem anderen nach. »Bringst du also das Geld?« fragte er leichthin, fast nachsichtig.

Dag starrte düster vor sich hin und warf ab und zu einen Seitenblick auf ihn. »Wieviel brauchst du denn?«

Der andere nannte einen derartig hohen Betrag als nur einstweiligen Vorschuß, daß Dag, augenblicklich ernüchtert, alle seine Gefühle vergaß. Holder fuhr leicht und obendrein fort, gerade jetzt könne er ein ausgezeichnetes Geschäft machen, das alles mit einem Schlage wieder in die Höhe bringen werde. Später aber solle Dag ihm noch einmal soviel leihen, dann würde das Haus Holder in seinem alten Glanz auferstehen. Dafür sei er der Mann. Sein Vater sei zu kleinlich gewesen, deshalb sei alles schiefgegangen. Man müsse zugreifen, wenn sich die rechte Gelegenheit biete, und – großzügig zugreifen.

Dag erhob sich. »Ich bin gekommen, um Geld zu fordern«, erwiderte er kalt. »Was hast du dazu zu sagen?«
Holder fuhr im Sessel zurück und saß lange fassungslos. Dann lehnte er sich weit nach hinten, ließ die Arme schlaff über die Lehnen hängen und streckte die Beine weit von sich. »Hier kann niemand etwas fordern, hier ist nichts.«
Holder hatte während der letzten Jahre einzig und allein bei Dag Kredit gehabt, so daß Dag jetzt über das, was noch übrig war, verfügen konnte. Dag gab dem Anwalt seine Anweisungen. Es wurde ein Dokument aufgesetzt, wonach der jetzt etwa zwanzigjährige Sohn des »jungen Holder« mit aller Vorsicht versuchen solle, das Ladengeschäft weiterzuführen, jeglicher Großhandel müsse endgültig eingestellt werden. Alle Räume bis auf ein paar Zimmer über dem Laden für Vater und Sohn sollten vermietet werden. Ließ sich auch dies nicht halten, so müsse die ganze Herrlichkeit zur Versteigerung kommen. Der Anwalt lächelte, als er mit dem Schriftstück fertig war. »Das hätte schon zu Lebzeiten Ihres Vaters geschehen sollen!«
Damit war der größte Teil des Reichtums, der einmal aus dem Hause Holder nach Björndal gekommen war, wieder dorthin zurückgekehrt.

7

An einem Spätherbsttag des Jahres 1830 saß Dag in der Schreibstube. Er legte die Papiere, die er vor sich hatte, schnell weg, als Adelheid eintrat, und schlug das Buch so darüber auf, daß es die Papiere verdeckte.
Adelheid war in letzter Zeit sichtlich gealtert. Der Nachsommer von Jugend war mit den Jahren verblaßt, und im alltäglichen Leben lag eine Steifheit über ihr, vor der sich die Menschen zurückhielten.
Sie trat dicht an den Schreibtisch und setzte sich in den danebenstehenden Sessel, die Arme auf den Tisch gestützt. Es war lange her, seit Dag ihr die Bücher abgenommen hatte. Nach ihrer Versöhnung hatte sie in Dags Abwesenheit oftmals Rechnungen von Stadtfuhren wie von Leuten, die Zinsen und Abschlagszahlungen aus dem offenen Lande brachten, entgegennehmen müssen, hatte alles eingetragen und erledigt, und mit den Jahren ergab es sich, daß Dag und sie abwechselnd die Bücher führten, wie es sich gerade traf.
Aus der Art, wie Adelheid ihre Eintragungen machte, aus allerhand Fragen und liegengebliebenen Zetteln mit Ziffern und Zusammenrechnungen bekam Dag allmählich einen Eindruck von ihr, der ihm mißfiel. Das alles schmeckte etwas nach kleinlicher Geldgier.
Er schob es auf die jahrelange drückende Armut in ihrer Jugend, vielleicht auch auf eine gewisse Wesensgleichheit mit ihrer Großmutter, die in ihrer

sehr bedrängten Lage jeden Schilling mehrmals hatte umdrehen müssen. Aber seitdem war Zeit genug vergangen, daß Adelheid sich die Kleinlichkeit hätte abgewöhnen können. Er kam nicht auf den Gedanken, daß er selber sie mit seinen wiederholten Darlehen an Holder stutzig gemacht haben könnte.
Sie kam ihm auch mit sonstigen Kleinigkeiten: daß die Waldkätner dies und jenes mitgenommen hätten, was sie in der Küche erwischen konnten, und daß andere, die in den Vorratskammern zu tun hatten, gern einen Leckerbissen mitgehen hießen.
Jetzt sprach sie wieder von solchen Dingen.
»Unsere Augen entdecken manches in der Welt, Adelheid; aber wir dürfen uns nicht alles zu Herzen nehmen. Auf einem Hof geschieht viel, was sich nicht streng buchen läßt.« Dags Miene und Stimme wirkten auf sie ungewöhnlich bestimmt, in letzter Zeit aber schien ihr manches an ihm ungewohnt, so daß sie sich weiter keine Gedanken darüber machte. Sie war auch nicht nur um dieser Kleinigkeiten willen in die Schreibstube gekommen.
»Diesen Herbst hat noch niemand Geld gebracht«, sagte sie geradeheraus, »weder Zinsen noch Abschlagszahlungen; hast du das bemerkt?«
Dag sah eine Weile vor sich hin, als käme ihm die Frage etwas überraschend, dann aber antwortete er bestimmt und ruhig: »Du mußt dir nicht soviel Gedanken machen – über so etwas. Ich habe ihnen gesagt, daß ich dieses Jahr auf alle Zahlungen verzichte. Nach einem so schlechten Herbst hat jeder genug eigene Sorgen.« Er zog die Brauen scharf zusammen, blickte in das aufgeschlagene Buch und fuhr mit der Hand nach den darunterliegenden Papieren, ließ sie dann aber liegen. Adelheid zuckte erschrocken zusammen, als er plötzlich aufsprang. Sein Ausdruck war nicht freundlich, und er ging mit raschen Wendungen mehrmals im Zimmer auf und ab. Er trat ans Fenster, sah auf den Hof hinaus, wendete sich wieder zum Zimmer und blieb stehen. »Ich bin so oft bei den Leuten unten in den Südgemeinden gewesen, daß ich Bescheid weiß, wie sie leben – immer den Lensmann und den Vogt auf dem Hals. Wenn es ihnen schon so schlecht geht, widersteht es mir, daß sie auch noch das ganze Jahr über ängstlich die Taler für uns zusammenkratzen müssen, die – wir nicht nötig haben.«
Adelheid sah verwundert Dags ungewohnt jugendlichem Eifer zu und verband diesen Eindruck mit dem Inhalt seiner Worte. »Wir müssen an die Zukunft denken und – an unsere Jungen«, sagte sie.
»Du mußt durch deine Jugendjahre verängstigter sein, als ich dachte, wenn du dich hier in Björndal vor der Zukunft fürchtest. Mit den Verlusten Holders aus Londoner Geschäften ist jetzt Schluß und Schluß mit der Geldanlage bei ihm, seit es Banken gibt. Das weißt du aus den Büchern und hast gesehen, daß sich der Besitz vermehrt. Du weißt auch, daß wir jetzt Bauholz von zehn Ellen Länge schlagen und bessere Preise dafür bekommen. – Im übrigen habe ich die Jungen genau beobachtet, bei der Arbeit und wo ich sie sonst ver-

wendet habe, und auch, wenn sie mit im Walde waren. Sie sind zäh von Natur und haben Respekt vor Leuten, die ihre Sache verstehen, sie lassen sich etwas sagen, ohne aufzumucken. Damit bin ich für die Zukunft beruhigt, und dann kannst auch du es sein. Wenn Jungen sich dazu anlernen lassen, selber zuzugreifen, dann lernen sie auch mit Achtung und Vernunft regieren, wenn es einmal dazu kommt. Und das ist das einzige, was hier not tut. Es ist hier mancherorts steinig und steil, aber es gibt daneben auch guten Boden und Wald und Kätnerstellen genug, und Borgland bringt reichen Ertrag in den Jahren, wo nicht alles erfriert.«

Dag trat ein paar Schritte näher. »Man soll nicht knauserig sein. Das macht nur böses Blut, denn hier nimmt niemand mehr mit, als er wirklich nötig braucht. Meines Wissens hat hier in der Umgebung nie jemand Not gelitten, solange es bei uns im Hause noch etwas gab. Was sie also aus der Speisekammer oder der Küche mitnehmen, das hat ihnen Jungfer Kruse wohl meistens nachgesehen, wie sie es gelernt hat – von meiner Mutter.«

Adelheid lehnte sich im Sessel zurück. Sie hatte Dag noch nie soviel auf einmal sagen hören; er mußte sich in Gedanken lange damit beschäftigt haben. Sie spürte auch, daß er die ganze Zeit mit ihr ins Gericht ging; die letzten Sätze, die sich unmittelbar gegen sie richteten, kamen ihr daher nicht unerwartet, schmerzten sie aber dennoch, und die letzten Worte empfand sie wie eine Abstrafung.

Sie hatte erfahren, ja, es niedergeschrieben, wie Dags Mutter sich um alle gekümmert hatte, die ihrer Hilfe bedurften, streng und schroff, wo es not tat, doch voll innerer Güte, die man bei all ihrem Tun herausfühlte.

Adelheid mußte über Dags Äußerungen viel nachgedacht haben, denn abends im Dunkel des Bettes kam sie damit heraus: »Wenn ich zu den Leuten ginge wie deine Mutter – das würden sie sicherlich nicht mögen!«

»Nein, kaum«, antwortete Dag deutlich.

Adelheid schwieg lange, endlich sagte sie, und – ihre Stimme klang ganz ungewohnt: »Was kann ich nur dabei tun?«

Langes Schweigen, dann kam Dags Antwort: »Wenn du so wärst, daß deine nächste Umgebung mit dir zu sprechen wagte, dann würden die anderen schon kommen. Es gibt so viel, was sie grade mit dir gern bereden würden, so gebildet und klug, wie du bist. Da gibt es Kummer und Sorgen über Kinder und Vieh, über Krankheit und das tägliche Leben, wie überall, aber du müßtest ein warmes Herz zeigen; denn sonst traut sich niemand heran.«

Da kam Dag mit demselben Wort daher, das Vater Dag so manches liebe Mal gebraucht hatte. Sie selber hatte es an Dag weitergegeben und im stillen geglaubt, ein warmes Herz zu besitzen. Und nun mußte sie diese kalte Äußerung von ihm hören. »Meinst du, ich hätte kein Herz?« brachte sie endlich stockend hervor.

»Doch – das hast du schon, aber es ist erfroren.«
Adelheid dachte nach, bis ihr ganz heiß wurde, und in dieser Nacht ihres achtundvierzigsten Lebensjahres wurde ihr endlich klar, daß sie ein wirklich warmes Herz stets nur für sich selber hatte, nie für andere.
Adelheid war ein guter, braver Mensch – aber kein Mensch über dem Durchschnitt. Sie hatte viel Leute unter Schulden wie unter einem Alpdruck leiden sehen, der sich nie im Leben abschütteln ließ. Und deshalb überstieg es ihr Fassungsvermögen, daß man einfach herumfahren und andere Leute auf ein ganzes Jahr von diesem Alpdruck befreien konnte. Niemals hatte sie gehört, daß jemand auf einen so abseitigen Einfall gekommen wäre.
Sie hatte Dag in diesen guten Jahren sehr liebgehabt, nie aber so etwas gefühlt wie jetzt. Seine letzten Worte, daß ihr Herz erfroren sei, klangen in ihr nach. »Was soll ich tun?« – Ihre Stimme war völlig verwandelt.
Ohne Zögern kam die Antwort: »Auftauen für deine nächste Umgebung, das übrige geht dann schon von selbst.«
Vor langen Jahren hatte sich Adelheid vorgenommen, Jungfer Kruse zu helfen, und hatte sich selbst an dem Gedanken erwärmt. Aber es war bei dem Vorsatz geblieben, in diesem wie in manchem anderen Fall.

Zwei Tage danach kam ein Mann aus dem Süden auf den Hof gefahren und wollte Dag sprechen. Dag empfing ihn in der Diele – Adelheid konnte in ihrer Kammer jedes Wort hören. – Er komme nicht, um sich zu beschweren, aber er habe etwas auf dem Herzen, was ihm keine Ruhe lasse. Sein Nachbar schulde Dag doppelt soviel als er und jetzt habe man diesem Nachbarn ebenfalls jede Zinszahlung erlassen. Und das wäre also doppelt soviel als bei ihm. Er komme nicht, sich zu beschweren, in keiner Weise – aber er müsse es schon sagen, wie es sei – daß er eben um die Hälfte weniger bekommen habe als der Nachbar.
Dag ließ ihn ausreden, aber bei all den weitschweifigen Erklärungen und Rechtfertigungen des Mannes stillzusitzen, brachte er nicht fertig. Als er aufstand, erhob sich auch der Mann und drehte sich immer mit, während Dag ihn in immer engeren Ringen umkreiste. Daß Dag ihm drohend immer näher auf den Leib rückte, ohne ein Wort zu sagen, machte den Kerl zuletzt so zahm, daß er nichts mehr herausbrachte und verwirrt den Kopf schüttelte.
Dag hatte gemeint, gegen seine Schuldner billig verfahren zu sein, und nun war dies Gemecker der erste Widerhall. Er ließ seine Hand dem Mann etwas zu schwer auf die Schulter fallen und mußte ihn festhalten, damit er nicht zusammenknickte. »Weißt du, was du auf deinem Wagen hattest, den ganzen langen Weg von zu Hause bis hierher?«
Der Mann wußte es nicht.
»Eine Satansbrut, vor der du dich hüten mußt – den Neid. Hat er dich erst in den Klauen, dann hast du keinen frohen Tag mehr im Leben. Er macht die

Menschen zu Krüppeln bis über die Ohren!« Der Kerl wollte sich herausreden, doch Dag unterbrach ihn: »Ich brauche keine Entschuldigungen. Du bist nicht der einzige. Alle möglichen Menschen leiden an dieser Krankheit. Fahr nach Hause und denk an dein Weib und die Kinder, an das Vieh und deine Arbeit und – geh mit Gott!«
Der Mann machte, daß er fortkam, auf der Schwelle aber brachte er noch heraus, seine Alte sei schuld, sie habe ihn zu der Fahrt beredet.
»Raus!« wetterte Dag und schlug die Tür hinter ihm zu.

8

Der Mensch kann seine Natur zwar nicht im Handumdrehen ändern, aber mit gutem Willen doch allmählich, wenn er ein Ziel klar vor Augen hat. Vater Dags Worte hatten auf Adelheid wie eine schöne Melodie gewirkt, bei der das Herz sich ausruhen konnte – sie waren ihr nicht zur lebendigen Aufgabe geworden, um deren Erfüllung sie sich selbst mühen mußte. Seine Milde ließ die Worte sozusagen nur wie eine Zärtlichkeit in sie eindringen. Dag hatte schonungslos zu ihr gesprochen, ja, ihr den Weg gezeigt, der unvermeidlich war – den Weg durch das eigene Herz. Und so begann sie endlich nach und nach ihr Herz ernstlich zu öffnen und ihr Inneres an seiner Wärme auftauen zu lassen.
Sie fing bei Jungfer Kruse an und bat sie, ihre abendlichen Pflichten manchmal jemand anderem zu überlassen und, wenn Dag fort war, in die Diele oder auf ihre Kammer zu kommen und sich bei einer Handarbeit mit ihr zu unterhalten. Anfangs erschreckte dieser Einfall Jungfer Kruse, Adelheids vorsichtige Klugheit machte sie aber allmählich beherzter, und bald freute sie sich schon den ganzen Tag auf den Abend. Diese Plauderstunden waren der Widerschein ihrer schönsten Erinnerungen jener Abende in Jungfer Dortheas Kammer, als Jungfer Kruse noch die kleine Stine war.
Ihre stille Freude strahlte wärmend auf Adelheid zurück, und so erwachten neue Lebensregungen in dieser. Wie Jungfer Kruse mit der Zeit auftaute, erfuhr sie vieles über die Leute auf dem Hof und den Kätnerstellen im Wald. Auch Vater Dag hatte im Laufe der Jahre dies und jenes berührt, aber doch mehr äußerlich. Jungfer Kruse kannte die Leute inwendig. Sie kamen zu ihr und vertrauten ihr alle Sorgen an. Gegen Ende des Winters kam es dann so weit, daß Jungfer Kruse die Sorgen und Nöte der Leute mit Adelheid besprach. Endlich begann diese am Leben ihrer Umgebung teilzuhaben und dabei die Macht von Vater Dags immer wiederholter Forderung an sich selbst zu spüren.

Dag rauchte seines Vaters lange Pfeife in der Schreibstube. Es war ein Abend zu Ende März mit Frost und Neuschnee, und der Kamin brannte.

Sie hatten soeben in der Wohnstube gegessen, die Buben, Adelheid und Dag. Die Buben waren in ihre Kammer hinaufgegangen, Adelheid saß mit Jungfer Kruse in der Diele.

Wieviel behaglicher war es doch in letzter Zeit geworden! Die Buben, die sich nach Jungenart früher geknufft und geprügelt hatten, so daß Dag sie mitunter wie junge Hunde im Genick packen und gehörig schütteln mußte, hatten sich tüchtig herausgemacht, seit sie ihre Kräfte an der Arbeit erproben konnten. Sie hatten immer etwas vor, auf ihrer Kammer oder anderwärts, machten sich mit Waffen und Werkzeug und Geräten zu schaffen und waren ein Herz und eine Seele. Dag hatte sich bei den Leuten, die mit ihnen zusammengearbeitet hatten, erkundigt und nichts als Gutes gehört. Hilfsbereit und freundlich und nicht zimperlich waren sie; ja Klein Dag hatte man sogar zurückhalten müssen, er war in dem unvernünftigen Alter, wo man seinem unausgewachsenen Körper alles zutraut. Dag war aber ganz ruhig – sie hatten verständige Menschen um sich, die sich auch gegen seine Söhne nicht vor einem offenen Wort scheuten. Und Adelheid schien ihm auf dem rechten Weg zu sein. Die Kleinlichkeit, die sich in ihr zu entwickeln gedroht hatte, schien verschwunden. Und das war gut, denn er wollte davon nichts wissen.

In der Stadt schien sich der Laden soweit zu halten. Auch mit dem jüngeren Holder war nicht viel los, er schien aber doch nach gutem Zureden von Dag und dem Anwalt allmählich Verstand anzunehmen. Mit seinem Vater gab es ständig Verdruß und Klagen. Er komme sich in seiner kleinen Behausung wie im Gefängnis vor und zeige sich am liebsten gar nicht auf der Straße. Dag hatte ihm erklärt, das sei seine eigene Schuld; aber er könne gern nach Borgland ziehen, dort habe er soviel Platz, wie er nur wünschen könne. Darauf hatte Holder geantwortet, Dag habe an ihm schon unchristlich genug gehandelt; ob er ihn etwa auf seine alten Tage noch zum Bauern machen wolle? Dag gefiel der Ton nicht, in dem er »Bauer« sagte; im übrigen war er froh, ihn nicht so nah auf dem Leibe zu haben.

Dag saß nachdenklich vor dem Kamin, die Füße auf der steinernen Kante. Er ließ seine Gedanken wandern, und bald flogen die Sorgen wegen Holder und sonst mancherlei mit dem Rauch zum Schornstein hinaus, und andere Bilder traten hervor. Wie so oft schon, wanderten seine Gedanken zum Totenberg hinauf. Wie anders hatte die Welt von dort oben ausgesehen; wie anders auch das Leben so Auge in Auge mit dem Tode! Unbegreiflich, daß Menschen einander niedertrampeln mögen auf dem kurzen Weg durchs Leben – zum Tode. Und doch – hatte er sich nicht selbst jahrelang in Haß verloren und den Blick von dort oben fast vergessen? Jetzt aber war es ihm wieder nah, ja, fast deutlicher als damals; denn er war inzwischen selbst tiefer in das

menschliche Leben eingedrungen. Er hatte sich aus dem Haßdunkel zurückgefunden zu einer Lebensanschauung, die ihm klarer wurde.
Da war der Mann aus dem Süden mit seiner unverschämten Forderung. Auch über die Geschichte dachte er noch einmal nach. Und dabei wurde er sich bewußt, wie anders er im Leben gestellt war als die meisten Menschen. Verdankte er die Klarheit und Weite seines Denkens nicht dem Umstand, daß er nie den harten Kampf um das tägliche Brot zu führen brauchte? Er hatte tüchtig zugegriffen im Leben – aber niemals unter dem Zwang des Daseinskampfes. Alle seine Vorfahren hatten darunter gestanden, hatten sich ihrer Haut wehren müssen. Er genoß ihr Erbe, der erste der Sippe, der nie darunter gelitten hatte.
Er hatte jenen Mann wegen seines Neides streng verurteilt, wenn er es aber recht bedachte, dann hatte der, seit er erwachsen war, sicherlich nicht viel sorgenfreie Stunden gehabt. Kein Wunder, daß ein Mensch dann bitter und kleinlich wurde.
Dag erhob sich und wanderte durchs Zimmer. Nach Adelheids Schilderungen hatte sich sein Vater zu der Erkenntnis durchgerungen, daß die Pflichten gegen den Herrgott anders und strenger werden, wenn man keinen Kampf ums Dasein zu führen braucht. Und daß diese Pflichten des Wohlhabenden gegen Gott sich nicht in erbaulichen Gedanken erschöpfen, sondern unter den Menschen auf Erden erfüllt werden sollten. Und das hatte ihm so sehr am Herzen gelegen, daß er sich nicht auf Adelheid verlassen wollte, sondern in der Nacht zu ihm auf den Skarfjell kam, um es ihm selbst zu sagen – ja, er hatte tagelang gegen die Scheu ankämpfen müssen, die sie voreinander empfanden, weil es ihn unbezwinglich trieb, seine schwer errungene neue Lebensauffassung zu offenbaren; und in jener Nacht hatte er sich in dem kalten Wind auf dem Gebirge den Tod geholt. Damals hatte Dag seinen Vater zum letztenmal im Leben gesehen, und man soll die Worte eines Todgeweihten heilighalten.

Dag öffnete eine der Schubladen im Schrank und zog ein paar Papiere heraus. Dieselben, die er an jenem Herbsttag – mit den gleichen Gedanken – draußen liegen gehabt und unter dem Rechnungsbuch verborgen hatte, als Adelheid hereinkam. Er steckte sie in die Tasche, schloß die Schublade und – blieb nachdenklich stehen. Dann trat er zum Fenster und öffnete es, setzte sich und blickte in die Frühjahrsnacht hinaus. Der Frühling war aber noch nicht da. Es hatte zwar zu Anfang des Monats lange Zeit mildes Wetter geherrscht, so daß das Eis auf dem Fluß und auf den Bergseen zu bersten begann und der Eisgang einsetzte. Dann war es wieder kalt geworden und gab noch einmal Schlittenbahn. Er konnte das ferne Brausen des Flusses und das Krachen des berstenden Eises von hier aus hören. Er zog den betäubend starken Duft von Vorfrühling und Schnee ein. Er mußte jetzt ernstlich an die Ausführung seiner Absichten denken und in die Stadt fahren, zu seinem Anwalt. Morgen sollte es geschehen.

Es gibt in der menschlichen Seele Geheimnisse, von denen selbst die Nächsten nichts ahnen.

Adelheid hatte das Empfinden, es schlummere in Dags Gemüt etwas, tiefer drinnen als alles, was sie kannte. Sie hatte den Schlüssel zu diesem Geheimnis vor ihren Augen, aber sie sah ihn nicht.

Die drei Menschen, die Vater Dag aus seinem tiefen geistigen Schlafwandel geweckt hatten, diese drei hatte auch Dag gekannt, und sie hatten ihre Wirkung auch auf ihn nicht verfehlt. Es war in seiner Jugend gewesen, wo die Gedanken sich gestalten, zu denen man dann im späteren Leben immer wieder zurückkehrt – solange der Sinn frisch ist.

Dag hatte mit seinen scharfen Sinnen mehr von seines Vaters Handlungsweise gesehen und bemerkt, als ihm jemand zutraute, und hatte in unzähligen Stunden im Wald und an nächtlichen Feuern darüber nachsinnen können. Niemand kann auf Bergeshöhen oder im Wald von der menschlichen Kleinheit mehr sehen, als was er an Eindrücken aus dem Tiefland und seinem Leben mitgenommen hat – die Eindrücke aber können klarer werden, wenn man über und abseits vom Menschentrott steht.

Dag war einer von den Schweigsamen auf dieser Welt, und niemand ahnte, was er über seine Beobachtungen dachte. Damals auf dem Skarfjell hatte er ein hartes Lächeln aufgesetzt, als der Vater sagte: »Die Habgier der Leute, die im Leben vorangekommen sind, die macht den Menschen das Leben so schwer.«

Er hatte um seines Vaters willen mit Adelheid hierüber nicht sprechen mögen, aber einmal mußte seine Anschauung vom Leben hervortreten – und zwar durch die Tat, ehe er sie in Worte faßte.

Dag schloß das Fenster und ging auf die Tür nach der Diele zu; aber mitten auf dem Weg hielt er inne. An den Schläfen ergraut, nahe den Fünfzig, fast so aufrecht und kräftig wie in seiner Jugend – ein Kind des Waldes an Leib und Seele.

9

Von allen Seiten kamen Menschen herbeigeeilt. Die Brücke war fortgerissen. Und das Schlimmste war: ein kleiner Junge war darauf gewesen. Eine Schar Buben hatte auf der morschen Brücke gespielt, denn Jungen wollen immer da sein, wo etwas los ist. Die Brücke war lange nicht mehr befahren worden, und verständige Leute hatten schon warnend vorausgesagt, der Eisgang im Frühjahr werde sie mitnehmen, da sie so baufällig sei. Aber grade deshalb trieb es wohl die Kinder dorthin. Die Brücke stand ja, solange sie lebten, sie würde wohl auch noch einen Tag länger halten. Und so war es denn geschehen.

Alle anderen hatten sich ans Ufer gerettet, als die Brücke zusammenkrachte, nur der kleine Iver Tjernbråten, der immer den rechten Augenblick verpaßte, war mit hinuntergestürzt. Er klammerte sich jetzt an dem vereisten Mittelpfosten fest und konnte nicht vorwärts und nicht zurück. Unter ihm schoß der angeschwollene Fluß hin, und die Eisschollen krachten gegen die Trümmer der Brücke und zwängten sich strudelnd zwischen ihnen durch. Hinter der Brücke bildete der Fluß eine Schnelle, die das Eis an sich saugte, und die noch stehenden Pfeiler und hinabhängenden Trümmer der Brücke schwankten und drohten jeden Augenblick abzutreiben.

An beiden Ufern des Flusses sammelten sich Menschen und blickten auf das frische junge Leben, das da in die Tiefe sollte. Denn der Kleine draußen an dem Brückenpfeiler war unrettbar verloren. Auf den Resten der Brücke, die noch standen, konnte man nicht hinauskommen, und kein Boot vermochte sich zwischen den Eisschollen durchzuzwängen. Weiber und Männer und Kinder strömten von allen Seiten herbei, aber sie konnten nur dabeistehen und auf das Brausen des Flusses horchen und auf das herzzerreißende Schreien des armen Kindes, konnten nur zusehen, wie die Schollen Pfosten um Pfosten mitrissen. Der Himmel war schwer und trüb, mit jagenden Wolken, und der Abend brach herein.

Da kam von Süden her ein Mann die Landstraße heraufgefahren. Er mußte wohl den Menschenauflauf unten um die weggerissene Brücke bemerkt haben; denn er hielt sein Pferd an.

Alle sahen, wer es war. Ein paar halbwüchsige Jungen rannten zur Landstraße hin, ihm das Geschehene zu berichten.

Dag Björndal befand sich auf dem Heimweg von der Stadt. Er hatte kaum den atemlosen Bericht der Jungen vernommen, als er schon zur Brücke hinunterlenkte. Ein Aufatmen ging bei seinem Kommen durch alle. Nicht weil er hier noch etwas helfen konnte. Aber wo ein Björndaler machtlos war, da waren andere jeder Verantwortung ledig. Dag hielt an, wo der Weg steil die Böschung hinablief, und sah hinunter, ohne abzusteigen. Alle starrten ihn an in der Erwartung, er werde den Kopf schütteln. Aber er blickte zum Fluß hinunter und wieder hinauf und kratzte sich am Kopf.

Der Junge an dem Brückenpfosten mußte eine Weile benommen gewesen sein, denn er hatte lange keinen Laut mehr von sich gegeben; jetzt aber schrie er wieder gellend, daß es allen durch Mark und Bein ging.

Dag lenkte sein Pferd vom Wege ab, am oberen Rand der Uferböschung hin. Er wollte offenbar einen besseren Überblick gewinnen. Auf die Menschen am anderen Ufer wirkten das Pferd und der Mann im Schlitten, wie sie sich da dunkel gegen den Abendhimmel abzeichneten, gleich einer gespenstischen

Erscheinung und weckten die Vorahnung von Ereignissen, die über allem Verstand waren.
Die Leute auf dem diesseitigen Ufer waren auf Dag zugeströmt. Sie hielten sich in gemessenem Abstand, doch immerhin so nah, daß sie sein stark vorgebeugtes Gesicht sehen konnten, seinen ruhig flußabwärts schweifenden Blick, seine Hände, die leicht mit den Zügeln spielten, um das Pferd bei Aufmerksamkeit zu halten. Auch diese Leute überkam das Vorgefühl unfaßlicher Ereignisse. Sie sahen, wie sich sein Blick auf irgend etwas weit oben im Fluß heftete und es gespannt verfolgte, wie es näher und näher kam. Alte Sagen und Erzählungen von der schier unbegreiflichen Tollkühnheit der Björndaler spukten in den Köpfen. Aber keiner wußte zu erzählen, daß hier im Wald jemand eine blitzschnelle Fahrt über treibende Eisschollen gewagt hätte, während die sich grade zusammenpreßten, und keiner ahnte, daß Dag eben auf eine solche Gelegenheit wartete. Eine Tollkühnheit hier, wo der Strom so breit und das morsche Pfahlwerk der Brückenpfosten die einzige Stütze gegen das Saugen der Stromschnelle war. Dag sah dies alles; aber ...

Eine Frau, die bisher ganz unten an der Brücke gestanden hatte, gesellte sich jetzt zu den übrigen. Es war die Mutter des Kleinen. Sie hielt die Schürze vors Gesicht und weinte laut und drängte sich durch den Haufen zu Dag hin. »Gott im Himmel, gibt es denn keine Rettung?« jammerte sie.
Dags Blick verfolgte eine große Eisscholle, die auf die Brücke zutrieb und sich zwischen den Pfeilern festsetzte. Kleinere Schollen schurrten an ihr und stauten sich hinter ihr und den Brückentrümmern. Die krachten und wankten, und der Strom unterhalb der Brücke murrte und zog, aber es trieben immer mehr Schollen an und schoben sich gegen die anderen.
Wieder begann das Kind gellend zu schreien, und jetzt klang ein unerträgliches Entsetzen aus seiner Stimme. Die Mutter jammerte Dag wieder und wieder dieselben Worte ins Ohr.
Dags Söhne waren auch einmal in dem Alter gewesen wie das Wurm dort unten, und er hatte sie sehr geliebt. Den Blick auf den Fluß gerichtet, sagte er still, als antworte er auf die Klage der Mutter: »Nun denn, in Gottes Namen!«
Hiermit ließ er die Zügel locker, und die Peitsche sauste auf den Gaul nieder. Es ging die Böschung hinunter, daß der Schnee stob, aufs Eis des Flusses hinaus, die Hufe trafen auf Eis und trafen auf Wasser, hochauf spritzte es vor dem Pferd – ein Bein drinnen, drei draußen, aber unaufhaltsam ging es über den Fluß in sausender Fahrt. Dag beugte sich nach rechts zum Schlitten hinaus, holte mit dem Arm weit aus und riß den Jungen an sich; und – dann – gaben die Brückentrümmer nach. Pferd und Schlitten, Eis und Pfeiler, alles schoß in die Stromschnelle hinaus und verschwand im Gischt ...

Niemand wußte später zu sagen, ob man es offenen Auges mit angesehen hatte, aber gesehen hatten es alle.
Lange währte es, bis sich jemand rühren konnte, schließlich aber setzten sie sich in Bewegung, einer nach dem anderen, ein grauer Zug in der Abenddämmerung am Flußufer hinunter.
Jemand hatte die Geistesgegenwart, einzuspannen, und nach Norden zu fahren, um die Björndaler aufzubieten.
Viele Wagen und Leute mit brennenden Fackeln fuhren in dieser Nacht von Björndal aus. Ganz oben am Taleingang teilten sie sich, und eine Gruppe ging bei der Nordbrücke über den Fluß, so daß beide Ufer im Fackelschein abgesucht werden konnten.
Adelheid hatte sich die ganze Nacht hindurch wieder und wieder auf den Balkon vor ihrer Kammer geschleppt und sich die Augen nach den nächtlichen Höhen von Hammarbö blind gestarrt. Sie wollte eben hineingehen, als sie oben am Wald einen schwachen Lichtschein entdeckte. Er verschwand, tauchte aber wieder auf, und jetzt konnte sie deutlich Fackeln unterscheiden. Sie kamen langsam – ach, so langsam – die Hügel herunter. Adelheid schloß die Augen und taumelte hintüber gegen die Tür, kam aber wieder hoch und starrte hinaus. Da schwenkten sie in den Hofplatz von Hammarbö ein, der Schein der Fackeln streifte die Häuser. Aber – sie fuhren nicht weiter. Weshalb hielten sie dort?
Da vernahm sie es wie Glockenton in sich, wie den Widerhall der Totenglocke von Vater Dags Beerdigung, und unter ihrem Klang hörte sie sich selber flüstern: Sie holen Unn zur Totenwache. Dag ist tot.

Es war Klein Dag, der das Gesicht des Vaters in einer stillen Seitenbucht entdeckt hatte, und er war mit dem Holzfäller-Martin hineingewatet. Sie hatten ihn mit dem Kind geborgen, um das er noch den erstarrten Arm geschlungen hielt.
Seine linke Schläfe war von einer Scholle oder einem Pfosten zertrümmert; der Stoß müsse den Tod herbeigeführt haben, meinte Martin – sonst hätte er sich wohl mit dem Jungen ans Ufer retten können. Denn Dag sei nicht das erstemal übers Eis gefahren, auch nicht das erstemal dabei eingebrochen. Er sei sich der Gefahr wohl bewußt gewesen, habe es aber nicht ertragen können, das Kind dort draußen in Todesgefahr zu sehen. Er sei eben so weichherzig gewesen, der Dag . . .
Nicht nur Unn hatte man auf dem Heimweg mitgenommen. Es war auch jemand auf Borgland bei Fräulein Ramer gewesen. Man dachte sich wohl, daß Adelheid sie brauchen könne.
Als die Tante in die Kammer hinaufkam, lag Adelheid bewußtlos auf dem Fußboden. Erst am dritten Tag vermochte sie mit ins Küchenhaus hinunterzugehen. Unn hatte bestimmt, daß sie Dag hier aufbahren sollten; denn hier

habe er am liebsten gewohnt. Aber sie hatte wohl noch etwas anderes im Sinn. Man hatte auf dem Herd ein Feuer unterhalten, bis Adelheid kam. Dag lag auf seinem Bett, die rechte Seite der Stube, die linke der Wand zugekehrt. Der Feuerschein warf einen warmen Hauch von Leben, ja, von Jugend über seine schönen Züge. Lange blieb sie starr stehen, bis sie über dem Bett zusammenbrach. Am Fußende saß Unn Hammarbö mit unbeweglichem Gesicht. Sie näherte sich jetzt den Siebzigern, aber sie erfüllte ihre Aufgabe unverdrossen – wie Ane Hammarbö.

In der Tür stand Fräulein Ramer. Sie war jetzt schon zweiundsiebzig, war in der letzten Zeit rasch gealtert und ein wenig hinfällig geworden. Ihr Haar war schneeweiß, ihre Stimme greisenhaft, aber noch immer redete sie mit jedem eine deutliche Sprache. Sie trat zu Adelheid, als deren Weinen einen Augenblick verstummte, nahm sie fest unter den Arm und hob sie auf. »Einen Mann wie Dag darf man nicht beweinen. Er hat sein Leben für einen anderen gelassen – höher kann ein Mensch nicht kommen.«

Adelheid gedachte der Weissagung Ane Hammarbös, von der sie in Mutter Thereses Aufzeichnungen gelesen hatte. Sie wendete sich in der Tür noch einmal um und blickte lange in Dags Gesicht, das im Lichtschein aus dem Bettdunkel hervorleuchtete.

10

Es brauchte diesmal seine Zeit, bis Adelheid hochkam, und als sie sich am Ende des Sommers wieder außer Haus zeigte, sahen die Leute ihr lange nach. Gesicht und Haltung schienen in diesen Monaten um Jahre gealtert.

Syver Hintenauf war noch nicht hinfällig und besorgte die Wirtschaft auf Björndal und Borgland weiter, wie es ihm Vater Dag beigebracht hatte; Even Steinrud hatte er zur Hilfe und – wenn er eines Tages ausfiel – als Nachfolger. Die Waldarbeit hatte der Holzfäller-Martin übernommen, und alles ging dort seinen gewohnten Gang.

Die Knaben waren mit jugendlichem Eifer überall dabei, wo etwas los war; und sonst trieben sie sich mit Hund und Büchse im Walde herum und wanderten dieselben Wege in Wald und Moor, in Berg und Hochland wie der Großvater in jungen und alten Jahren, und wie ihr Vater sie seiner Lebtage unermüdlich gewandert war. Und sie schliefen nachts auf den Pritschen der Hütten oder am Feuer unterm Nachthimmel, wie es ihre Sippe von je getan hatte.

Adelheid saß eines Abends in der Schreibstube über den Büchern. Es war Herbst, es regnete und stürmte draußen. Der Wind heulte durch den Schornstein, der Regen schlug an die Scheiben. Im Laufe des Herbstes war sie etwas

frischer geworden. Die Tante hatte sie fleißig besucht und sie an Vater Dags Mahnung erinnert, von der Adelheid ihr einmal gesprochen hatte: was auch komme, der Mensch müsse wieder aufwärts, vorwärts, das ganze Leben lang.
Sie hatte grade allerlei in den Büchern erledigt; denn es war viel liegengeblieben. Nach und nach erwachte ihre starke Natur wieder, und sie fing an, sich in der Schreibstube wieder etwas wohl zu fühlen. Ja, die kleinen Zauberzeichen, die Zahlen, mochten an etwas rühren, was auch ihr seit vielen Generationen tief im Blute saß. Und da sie jetzt allein auf sich angewiesen war, packte sie wieder der Gedanke, für sich und die Buben alles so sicher wie möglich zu gestalten.
Sie hatte grade zusammengezählt, was an Zahlungen aus den Talgemeinden ausstand, was für Zinsen das abwerfen und wie hoch es das Konto auf der Bank mit den Jahren ansteigen lassen würde. Da hörte sie einen Wagen auf dem Hof vorfahren und unterschied Stimmen, die Jungfer Kruses und die eines Mannes. Sie stand auf und ging in die Diele hinaus. Sie traf dort einen Herrn aus der Stadt; er kam ihr bekannt vor, aber sie konnte sich nicht auf ihn besinnen, bis er seinen Namen nannte.
Es war Dags Anwalt, er war auch schon der Anwalt Vater Dags gewesen, wie sein Vater vor ihm. Er wußte also über die Björndaler Verhältnisse gründlich Bescheid. Er sei gekommen, einiges mit ihr zu besprechen, müsse sich aber nach der Fahrt in diesem Hundewetter erst umziehen. Jungfer Kruse führte ihn ins blaue Zimmer im Neubau.
In der Wohnstube war der Tisch schön gedeckt; der Anwalt war ein gewandter Mann, der viel aus der Stadt und fernen Ländern zu berichten wußte. Die Knaben hörten seinen Erzählungen gespannt zu, und auch für Adelheid bedeutete dieser Hauch aus der Welt eine Auffrischung. Zugleich aber fragte sie sich mit leiser Unruhe, was so einen beschäftigten Mann wohl zu einem so weiten Weg veranlaßt haben könne.
Sie saßen in der Schreibstube, Adelheid und der Anwalt. Er bekam ein Glas zu trinken, eine Pfeife und Tabak, wie es sich gehörte, und hatte bald das Gespräch geschickt über die Ereignisse der letzten Zeit auf das Anliegen gelenkt, das ihn zu der weiten Reise getrieben hatte.
Dag sei bei seinem letzten Aufenthalt in der Stadt bei ihm gewesen und – habe alle Pfandbriefe von den Höfen im Südbezirk mitgehabt. Er wolle darauf verzichten, habe er gesagt und verlangt, daß der Verzicht rechtskräftig darauf vermerkt und zur Unterschrift vorbereitet werde; dann möge er, der Anwalt, sie den Leuten zustellen. Und damit sollten alle Schulden gelöscht sein. Er habe immer noch genug für sich und seine Familie, es bestehe also kein Grund, andere mit solchen Papieren zu drücken.
Dem Anwalt war so etwas wie der Unsinn, derartige Summen einfach fortzugeben, noch nicht vorgekommen. Daher hatte er zu Dag gesagt, die Ausfertigung sei eine sehr umständliche Geschichte und er müsse sich mit den

Unterschriften gedulden, bis er das nächste Mal in die Stadt komme. Das habe er getan, damit sich Dag die Sache noch einmal in Ruhe überlegen könne, aber nun sei ja alles so ganz anders gekommen. Er habe ein halbes Jahr verstreichen lassen, um sie nicht zu bald nach dem Unglück zu belästigen. Aber nun sei er da; und Adelheid werde sich gewiß für seine Mühe erkenntlich zeigen – mit einem angemessenen Anteil an den großen Werten, die er ihr und ihren Söhnen gerettet habe.

Behutsam ließ er durchblicken, daß er vom Unglück ihres Mannes in den Bergen wisse und daß Dag seitdem zuweilen etwas merkwürdig gewesen sei. Er deutete auch an, daß alle großen Familien dadurch zugrunde gingen, daß der eine verschleudere, was der andere gesammelt hätte. Er wisse viel Gutes über Vater Dag zu sagen; das sei ein umsichtiger, weitschauender Mann gewesen, und es wäre ein Jammer, wenn sein Lebenswerk auf diese Weise verlorenginge.

Adelheid wußte zuerst nicht, was sie davon halten solle. Die Sache mit den Papieren ließ sich schon aus Dags verändertem Wesen in der letzten Zeit erklären. Aber alles, was der Anwalt dazu sagte, klang so einfach und klar, und im innersten Herzen verstand auch sie nicht, wie man so große Werte einfach fortgeben konnte. Es war ihr schon schwergefallen, es zu begreifen, daß Dag im letzten Herbst die Zinsen dieser Schuldverschreibungen auf ein Jahr hatte erlassen können, und sie war grade drauf und dran gewesen, einmal in den Keller zu steigen und alle Papiere in der Truhe nachzuprüfen.

In diesem Hin- und Herüberlegen über Dag und die ganze Angelegenheit waren das einzige Klare die Zahlen: und mit den Zahlen muß man genau sein, hatte sie von ihrer Großmutter gelernt – die darf man nicht weggeben oder verkleinern.

Noch als sie den Anwalt durch die Diele nach dem Neubau begleitete, war sie ganz seiner Meinung. Aber in den Nachtstunden sah sie dann Dags Gesicht vor sich, klar und stark wie damals in der Schreibstube, als er ihr auseinandersetzte, wie unrecht es sei, daß sich die Leute in ihrer Not die Taler absparen müßten – für sie, die sie nicht brauchten. Sie wußte aus den Büchern, daß sie und ihre Söhne dieses Geld nicht unbedingt nötig hatten. Aber es war so beruhigend, es als Rückhalt zu haben.

Sie hatte keine Ruhe vor Dags Augen gefunden. Jede wache Stunde sah sie ihn vor sich, ja auch im Traum, klar, entschlossen und ernst, und dann war sie bei Tagesgrauen aufgestanden und hatte einen Wagen nach Borgland geschickt, Tante Eleonore zu holen.

Grade, als der Anwalt zum Frühstück in die Wohnstube trat, erschien auch Tante Eleonore in der Haustür. Sie hatte in letzter Zeit Schmerzen im Fuß und ging am Stock.

»Da bin ich«, sagte sie. »Ich gebe mir mit dem Sterben alle Mühe, aber ich werde immer langsamer. Du mußt dich schon noch ein Jährchen gedulden.«

Adelheid lächelte über ihren Galgenhumor, und sie setzten sich zum Frühstück. Danach bat Adelheid den Anwalt, es sich eine Weile in der Diele bequem zu machen, sie habe noch etwas mit ihrer Tante zu besprechen.
Oben in ihrer Kammer erzählte ihr Adelheid die ganze Sache und fragte sie nach ihrer Meinung.
»Gib gut auf die Papiere acht und fordere den Winkeladvokaten auf, so schnell wie möglich zu verschwinden«, war der deutliche Bescheid der Tante.
»Ja, aber ...«, sagte Adelheid.
»Hier gibt's kein Aber, wenn du im Grab Ruhe haben willst«, unterbrach die Tante scharf. »Erst fort mit dem Kerl da unten, dann wollen wir weiter darüber reden.«
Adelheid mußte hinuntergehen und den Anwalt wegschicken; sie wolle die Papiere einstweilen dabehalten und sich die Sache überlegen.
Erst als Tante Eleonore den Wagen davonrollen hörte, kam sie aus der Kammer und die Treppe heruntergehumpelt, und weiter in die Schreibstube. Dort setzte sie sich in den Sessel und wartete.
Adelheid sah sie prüfend an, während sie sich am Schreibtisch niederließ: »Ja, was soll ich nun machen?«
»Aufwachen«, antwortete Tante Eleonore streng; »anfangen, den Mann zu verstehen, mit dem du Kinder in die Welt gesetzt hast. Du sollst das erste Papier dort aufschlagen und schreiben, wie ich dir diktiere: ›Nach dem Willen meines Mannes Dag Björndal, bezahlt mit ...‹, und dann den Betrag und deinen Namen darunter.«
Adelheid betrachtete das Gesicht ihrer Tante, das jetzt so runzelig war, und ihr silberweißes Haar. Konnte sie noch so klar denken wie früher? Oder war sie innen so ergraut wie außen?
»Bist du sicher, daß Dag ...?« begann sie.
»Jawohl«, antwortete die Tante scharf. »Noch bin ich weder taub noch blind. Ich weiß, was er gewollt hat. Borgland und Björndal sind schuldenfrei – das weißt du. Und weißt du auch, was das heißt in einer Zeit, wo alle anderen bis über die Ohren verschuldet sind? Diese beiden Höfe sollten seine Söhne einmal erben; und wenn sie sich gut entwickeln und fleißig sind, wie er hoffte, dann werden sie kaum mehr brauchen. Wenn sie sich aber nicht gut machen, dann können ihnen auch die Zinsen und Pfandbriefe nichts helfen. Die Habgier zu überwinden, ist die schwierigste Kunst im Leben. Der Alte hat danach gerungen, aber Dag ist weiter gekommen.«
Tante Eleonore erhob sich schwerfällig an ihrem Stock. Der Fuß schmerzte beim Aufstehen. Ihre Worte klangen knochentrocken: »Das kommt aus der Stadt hergereist und will von Dags Verstand reden ... Wenn Geld das große Gesetz des Lebens ist, dann war Dag freilich nicht ganz richtig im Kopf; wenn aber das Gebot des Lebens lautet, ein Mensch mit lebendigem Herzen

zu werden, dann war Dag klarer im Kopf als alle, denen ich in meinem langen Leben begegnet bin.«
Die Tante ging, und – Adelheid schrieb.
Der Herbststurm raste vom Gebirge her, aber die Wälder fingen ihn auf. Gewaltig und stark brauste es um die Häuser, hoch über die Siedlung – hinaus in die Welt ...

Bitte beachten Sie
die folgenden Seiten:

Kathrin Rüegg

ein Ullstein Buch

Kleine Welt im Tessin
Ullstein Buch 20674

Dies ist mein Tal –
dies ist mein Dorf
Ullstein Buch 20675

Mit herzlichen
Tessiner Grüßen
Ullstein Buch 20747

Nach jedem Winter
kommt ein Sommer
Ullstein Buch 20769

Von Lämmern und
Leuten in Froda
Ullstein Buch 20820

Großer Stall –
kleines Haus
Ullstein Buch 20860

Evelyn Peters

Mai in Morcote
Ullstein Buch 20812

Frauen ohne Männer
Ullstein Buch 20815

Klassentreffen
Ullstein Buch 20817

Reise nach
Casablanca
Ullstein Buch 20822

Eine Frau von vierzig
Ullstein Buch 20847

Ende einer Kindheit
Ullstein Buch 20871

ein Ullstein Buch

Skandinavische Literatur bei Ullstein

Knut Hamsun

Im Märchenland
Ullstein Buch 20133

Die Novellen (Bd. 2)
Ullstein Buch 20173

Pan/Die Nachbarstadt
Ullstein Buch 40025

Halldór Laxness

Das wiedergefundene Paradies
Ullstein Buch 20103

Atomstation
Ullstein Buch 20115

Auf der Hauswiese
Ullstein Buch 20138

Die Litanei von den Gottesgaben
Ullstein Buch 20388

Sein eigener Herr
Ullstein Buch 20484

Salka Valka
Ullstein Buch 30191

ein Ullstein Buch